新编高等院校公共基础课程特色教材

中国现当代文学精品导读

宋向阳　王振军◎主编

中国广播影视出版社

图书在版编目（CIP）数据

中国现当代文学精品导读 / 宋向阳，王振军主编
.—北京：中国广播影视出版社，2017.4（2022.1重印）
ISBN 978-7-5043-7843-9

Ⅰ.①中… Ⅱ.①宋… ②王… Ⅲ.①中国文学－现代文学－文学欣赏 ②中国文学－当代文学－文学欣赏 Ⅳ.①I206.6

中国版本图书馆CIP数据核字（2017）第008024号

中国现当代文学精品导读
宋向阳　王振军　主编

责任编辑　李潇潇
装帧设计　亚里斯
责任校对　张　哲

出版发行　中国广播影视出版社
电　　话　010-86093580 010-86093583
社　　址　北京市西城区真武庙二条 9 号
邮　　编　100045
网　　址　www.crtp.com.cn
电子信箱　crtp8@sina.com

经　　销　全国各地新华书店
印　　刷　河北鑫兆源印刷有限公司

开　　本　787 毫米 × 1092 毫米 1/16
字　　数　381（千）字
印　　张　20.5
版　　次　2017 年 4 月第 1 版　2022年 1 月第 5 次印刷

书　　号　ISBN 978-7-5043-7843-9
定　　价　48.00 元

主　　编　宋向阳　王振军

编委成员（按姓氏笔画排列）

王振军　宋向阳

倪雪坤　夏冬兰

前　言

读者面前的这本《中国现当代文学精品导读》，主要是为高等院校传媒、艺术等专业的师生编写的教材，也适合其他专业的学生学习中国现当代文学使用。本教材在体例与内容等方面呈现以下特点：

一是体例较为周全而实用。包括“概述”“作家简介”“正文 / 节选”“导读”“选评”“思考讨论”“拓展延伸”“推荐阅读”几个部分。“概述”是在每一单元之前的对各个历史时期文学发展概况、总体走向和特点的描述，便于读者从宏观上把握文学的阶段特征；“作家简介”是对作者生平、创作状况与特点的精要介绍；“导读”部分是对作品的背景、艺术特征和价值的鉴赏和评析；“选评”则摘录了学界关于作品的相关学术见解和观点，便于拓展和深化读者对作品的理解。“思考与讨论”“拓展与延伸”和“推荐阅读”这几项内容，目的是适应现代高等教育教学发展的需要，培养学生自主学习的积极性和质疑创新的精神，体现了编者以学生为本的教学指导原则和教材编写理念。

二是典型性与全面性相结合。这本教材中的文本大都是作家的代表作或中国现当代文学史上各个时期具有典型意义的作品，浓缩了百年中国文学的精华，较为全面地体现了中国现当代文学的整体风貌。从时间跨度看，始于二十世纪二十年代中国“新文学”的黄金时期，终于新世纪的当下；从体裁来看，包括了小说、诗歌、散文、戏剧；教材除了遴选了以大陆作家为主的作品，同时兼顾了港澳台与海外华语文学，较为全面地呈现了世界范围内华语文学的地理版图。

三是经典性与通俗性相结合。本教材遴选的作品都是被文学史经典化了的中国现当代文学学科公认的代表性文本，具有极高的学术价值和阅读价值。同时，也努力契合当前大学生群体的阅读兴趣和阅读经验，如选入了“八零后”作家韩寒、武侠小说大家金庸等作家的作品，呈现出经典性、大众性和时代性的特点。

教材建设是一个永无止境的过程，需要在实践中不断打磨与修订。本书肯定还存在有待改进的地方。我们真诚希望各路方家提出宝贵意见，以期不断完善。

编者

2016 年 7 月

目　录

第一单元　二十世纪二十年代文学

鲁　迅 …… 3
　阿Q正传（节选）…… 4
　伤　逝 …… 8
　过　客 …… 22
郁达夫 …… 28
　沉　沦（节选）…… 28
丁　玲 …… 33
　莎菲女士的日记（节选）…… 34
郭沫若 …… 40
　凤凰涅槃（节选）…… 40
徐志摩 …… 45
　雪花的快乐 …… 45
　偶　然 …… 47
　再别康桥 …… 48
闻一多 …… 50
　死　水 …… 51
周作人 …… 54
　喝　茶 …… 54
冰　心 …… 57
　往事一（节选）…… 58

第二单元　二十世纪三十年代文学

茅　盾 …… 62
　子　夜（节选）…… 63
巴　金 …… 67
　家（节选）…… 68
老　舍 …… 72
　骆驼祥子（节选）…… 72
沈从文 …… 78
　边　城（节选）…… 78
戴望舒 …… 83
　雨　巷 …… 83

艾 青 ………………………… 87

大堰河——我的保姆 …………… 87

我爱这土地 …………………… 92

曹 禺 ………………………… 94

雷 雨（节选）………………… 94

第三单元 二十世纪四十年代文学

张天翼………………………… 105

华威先生（节选）…………… 105

赵树理………………………… 110

小二黑结婚（节选）………… 110

钱钟书………………………… 115

围 城（节选）……………… 115

张爱玲………………………… 120

金锁记（节选）……………… 120

萧 红 ………………………… 125

呼兰河传（节选）…………… 126

梁实秋………………………… 131

雅 舍 ……………………… 131

第四单元 二十世纪五十到七十年代的文学

杨 沫 ………………………… 138

青春之歌（节选）…………… 139

王 蒙 ………………………… 143

组织部来了个年轻人（节选）…… 144

穆 旦 ………………………… 151

智慧之歌 …………………… 151

冬 …………………………… 153

老 舍 ………………………… 158

茶 馆 ……………………… 158

第五单元 二十世纪八十年代以来的文学

汪曾祺………………………… 169

受 戒（节选）……………… 170

阿 城 ………………………… 175

棋 王（节选）……………… 176

莫 言 ………………………… 181

红高粱（节选）……………… 182

路 遥 ………………………… 187

人 生（节选）……………… 187

北 岛 …………………………………… 193
回 答 …………………………………… 193
舒 婷 …………………………………… 195
呵，母亲 ………………………………… 196
顾 城 …………………………………… 198
一代人 ………………………………… 198
我是一个任性的孩子 ……………… 199
海 子 …………………………………… 203
面朝大海，春暖花开 ……………… 204
黄 裳 …………………………………… 206
秦淮拾梦记 …………………………… 207
锦 云 …………………………………… 213
狗儿爷涅槃（节选）……………… 213

第六单元　二十世纪九十年代文学

刘震云………………………………… 223
一地鸡毛（节选）………………… 224
余 华 …………………………………… 229
活 着（节选）……………………… 229
王安忆………………………………… 234
长恨歌（节选）…………………… 234
王小波………………………………… 239
一只特立独行的猪 ……………… 239

第七单元　新世纪文学

毕飞宇………………………………… 247
青 衣（节选）……………………… 247
格 非 …………………………………… 251
人面桃花（节选）………………… 251
韩 寒 …………………………………… 260
三重门（节选）…………………… 260

第八单元　港澳台及海外华文文学

金 庸 …………………………………… 271
天龙八部（节选）………………… 272
林海音………………………………… 277
城南旧事（节选）………………… 277
白先勇………………………………… 284
游园惊梦（节选）………………… 285
余光中………………………………… 290
春天，遂想起 ……………………… 291

乡 愁 …………………………… 293

董 桥 …………………………… 295

“一室皆春气矣！” ……………… 296

赖声川…………………………… 299

暗恋桃花源（节选）…………… 300

严歌苓…………………………… 306

灰舞鞋（节选）………………… 307

哈 金 …………………………… 311

等 待（节选）………………… 311

后 记 ……………………………………………………… 316

第一单元

二十世纪二十年代文学

【概述】二十世纪二十年代文学以1917年年初发生的文学革命为起点，以1927年大革命的失败为终结，也称为五四时期文学。1917年1月《新青年》发表了胡适的《文学改良刍议》，2月发表了陈独秀的《文学革命论》，文学革命正式启动，其主要内容是反对文言文，提倡白话文；反对旧文学，提倡新文学。文学革命宣告了古典文学的结束，现代文学的开始。钱玄同、刘半农、周作人、鲁迅、俞平伯等人对文学革命积极响应，从思想观念、文体形式等方面对“新文学”进行探讨。文学革命在前进的道路上经历了与复古派的斗争以及新文学内部的分化，呈现出复杂的局面。

文学革命带来了文学观念、语言、形式、内容的全面解放。传统的“载道”观念被否定,关注人生和时代成为现代作家们的共识。新文学作家们用白话文创作，借鉴外国多样化的文学样式，使文学语言与形式更加适合表现现代生活，接近普通大众。他们以文学为武器，催生和促进了中国现代新文化的发展，在中国文化和文学史上具有开创性的贡献。这个时期的文学主流是反封建的启蒙文学，在创作中以人为中心，肯定人的价值、尊严，崇尚个性和人道主义精神，作品中蕴含强烈的个性解放意识和浓郁的现代人文关怀色彩。

在小说领域，鲁迅极富想象力和创造性的小说创作为中国现代小说的发展奠定了坚实的基础，被称为“中国现代文学之父”。从1918年5月发表第一篇白话小说《狂人日记》至1925年，鲁迅共创作了25篇小说，后结集为《呐喊》《彷徨》出版。它们因“表现的深切，格式的特别”而成为白话小说的典范。郁达夫以小说创作获得广泛声誉，成名作《沉沦》以惊世骇俗的自我暴露，改变了中国小说的传统审美特征。叶圣陶、冰心、许地山等人的“问题小说”，王鲁彦、许钦文、台静农等人的乡土小说，女作家庐隐的《海滨故人》、丁玲的《莎菲女士的日记》等都是“五四”小说的重要收获。

白话文运动带来诗歌领域的革新，自由体的白话诗挣脱了数千年格律的束缚，自由自在地表达诗人内心的激情，胡适的《尝试集》(1920)是新文学史上第一部白话诗集，郭沫若的《女神》(1921)是现代诗歌的奠基之作。冰心的“小诗”，湖畔诗社诗人的爱情诗，冯至的抒情诗，都各有特色。闻一多和徐志摩有感于诗体大解放带来的流弊，提倡新格律诗，并进行了相当成功的创作实践。

鲁迅认为，“五四”时期的文学，散文小品的成功，几乎在小说戏曲和诗歌之上。本时期的散文创作可谓盛况空前，题材广泛、风格多样，流派林立，名家辈出。郁达夫认为，现代散文创作，以鲁迅和周作人的散文“最丰富，最伟大”。鲁迅是现代散文的开创者，也是现代杂文之父；周作人于1921年发表《美文》，倡导具有纯正文学性的散文创作。周氏兄弟的散文创作影响深远。朱自清以诗人身份步入文坛，后来从事散文创作，1928 年他的散文结集为《背影》出版，奠定了他在现代散文史上的地位。冰心的散文文字典雅，思想纯洁，被誉为“冰心体”。

话剧作为舶来品在这个时期虽属初创，但也取得了令人瞩目的成就。胡适、郭沫若、田汉、丁西林等人为中国早期话剧的发展做出重要的奠基作用。

鲁　迅

鲁迅

二十世纪三十年代摄于上海

【简介】鲁迅（1881 ～ 1936），二十世纪中国伟大的思想家、文学家。原名周樟寿，字豫才，浙江绍兴人。鲁迅幼时接受传统文化教育，也受到民间文化的濡染。少年时经历了家道中落后的困顿与世态炎凉。17 岁赴南京江南水师学堂读书，改名周树人，接触西方思想文化，开始接受进化论思想。1902 年留学日本学习医学，在观看教学幻灯片时看到健全的国民只能成为毫无意义的看客，深受刺激，决定弃医从文，致力于改造国民性的探索和斗争，并开始从事文学活动。从 1907 年发表《人之历史》到 1936 年在上海病逝，鲁迅笔耕不辍，一生留下大量文学作品，有短篇小说集《呐喊》《彷徨》《故事新编》，散文集《朝花夕拾》（原名《旧事重提》），散文诗集《野草》，杂文集《坟》《热风》《华盖集续编》《三闲集》《二心集》《伪自由书》《南腔北调集》《且介亭杂文》等十六部，书信集《两地书》，学术著作《中国小说史略》《汉文学史纲要》以及大量译著。

鲁迅被称为中国的民族魂、中国现代文学之父。他卓尔不凡的精神品格和思想智慧，极具创造力和想象力的文学作品，为中国现代思想和文学做出了重要贡献，影响了一代又一代的读者。毛泽东对鲁迅在新文化中的地位和作用，做出了经典性的评价：“鲁迅，就是这个文化新军的最伟大和最英勇的旗手。鲁迅是中国文化革命的主将，他不但是伟大的文学家，而且是伟大的思想家和伟大的革命家。鲁迅的骨头是最硬的，他没有丝毫的奴颜和媚骨，这是殖民地半殖民地人民最可宝贵的性格。鲁迅是在文化战线上，代表全民族的大多数，向着敌人冲锋陷阵的最正确、最勇敢、最坚决、最忠实、最热忱的空前的民族英雄。鲁迅的方向，就

是中华民族新文化的方向。”(《新民主主义论》,《毛泽东选集》第2卷，人民出版社1991年版，第698页）

阿Q正传(节选)

第二章　优胜记略

阿Q不独是姓名籍贯有些渺茫，连他先前的“行状”也渺茫。因为未庄的人们之于阿Q，只要他帮忙，只拿他玩笑，从来没有留心他的“行状”的。而阿Q自已也不说，独有和别人口角的时候，间或瞪着眼睛道：

“我们先前——比你阔的多啦！你算是什么东西！”

阿Q没有家，住在未庄的土谷祠里;也没有固定的职业，只给人家做短工，割麦便割麦，舂米便舂米，撑船便撑船。工作略长久时，他也或住在临时主人的家里，但一完就走了。所以，人们忙碌的时候，也还记起阿Q来，然而记起的是做工，并不是“行状”;一闲空，连阿Q都早忘却，更不必说“行状”了。只是有一回，有一个老头子颂扬说:“阿Q真能做！”这时阿Q赤着膊，懒洋洋的瘦伶仃的正在他面前，别人也摸不着这话是真心还是讥笑，然而阿Q很喜欢。

阿Q又很自尊，所有未庄的居民，全不在他眼神里，甚而至于对于两位“文童”也有以为不值一笑的神情。夫文童者，将来恐怕要变秀才者也；赵太爷钱太爷大受居民的尊敬，除有钱之外，就因为都是文童的爹爹，而阿Q在精神上独不表格外的崇奉，他想：我的儿子会阔得多啦！加以进了几回城，阿Q自然更自负，然而他又很鄙薄城里人，譬如用三尺三寸宽的木板做成的凳子，未庄叫“长凳”，他也叫“长凳”，城里人却叫“条凳”，他想：这是错的，可笑！油煎大头鱼，未庄都加上半寸长的葱叶，城里却加上切细的葱丝，他想：这也是错的，可笑！然而未庄人真是不见世面的可笑的乡下人呵，他们没有见过城里的煎鱼！

阿Q“先前阔”，见识高，而且“真能做”，本来几乎是一个“完人”了，但可惜他体质上还有一些缺点。最恼人的是在他头皮上，颇有几处不知于何时的癞疮疤。这虽然也在他身上，而看阿Q的意思，倒也似乎以为不足贵的，因为他讳说“癞”以及一切近于“赖”的音，后来推而广之，“光”也讳，“亮”也讳，再后来，连“灯”“烛”都讳了。一犯讳，不问有心与无心，阿Q便全疤通红的发起怒来，估量了对手，口讷的他便骂，气力小的他便打；然而不知怎么一回事，总还是阿Q吃亏的时候多。于是他渐渐的变换了方针，大抵改为怒目而视了。

谁知道阿Q采用怒目主义之后，未庄的闲人们便愈喜欢玩笑他。一见面，他们便假作吃惊的说：

“哙，亮起来了。”

阿Q照例的发了怒，他怒目而视了。

“原来有保险灯在这里！”他们并不怕。

阿Q没有法，只得另外想出报复的话来：

“你还不配……”这时候，又仿佛在他头上的是一种高尚的光荣的癞头疮，并非平常的癞头疮了；但上文说过，阿Q是有见识的，他立刻知道和“犯忌”有点抵触，便不再往底下说。

闲人还不完，只撩他，于是终而至于打。阿Q在形式上打败了，被人揪住黄辫子，在壁上碰了四五个响头，闲人这才心满意足的得胜的走了，阿Q站了一刻，心里想，“我总算被儿子打了，现在的世界真不像样……”于是也心满意足的得胜的走了。

阿Q想在心里的，后来每每说出口来，所以凡是和阿Q玩笑的人们，几乎全知道他有这一种精神上的胜利法，此后每逢揪住他黄辫子的时候，人就先一着对他说：

“阿Q，这不是儿子打老子，是人打畜生。自己说：人打畜生！”

阿Q两只手都捏住了自己的辫根，歪着头，说道：

“打虫豸，好不好？我是虫豸——还不放么？”

但虽然是虫豸，闲人也并不放，仍旧在就近什么地方给他碰了五六个响头，这才心满意足的得胜的走了，他以为阿Q这回可遭了瘟。然而不到十秒钟，阿Q也心满意足的得胜的走了，他觉得他是第一个能够自轻自贱的人，除了“自轻自贱”不算外，余下的就是“第一个”。状元不也是“第一个”么？“你算是什么东西”呢！？

阿Q以如是等等妙法克服怨敌之后，便愉快的跑到酒店里喝几碗酒，又和别人调笑一通，口角一通，又得了胜，愉快的回到土谷祠，放倒头睡着了。假使有钱，他便去押牌宝，一堆人蹲在地面上，阿Q即汗流满面的夹在这中间，声音他最响：

“青龙四百！”

“咳——开——啦！”桩家揭开盒子盖，也是汗流满面的唱。“天门啦——角回啦——！人和穿堂空在那里啦——！阿Q的铜钱拿过来——！”

“穿堂一百——一百五十！”

阿Q的钱便在这样的歌吟之下，渐渐的输入别个汗流满面的人物的腰间。他终于只好挤出堆外，站在后面看，替别人着急，一直到散场，然后恋恋的回到土谷祠，第二天，肿着眼睛去工作。

但真所谓“塞翁失马安知非福”罢，阿Q不幸而赢了一回，他倒几乎失败了。

这是未庄赛神的晚上。这晚上照例有一台戏，戏台左近，也照例有许多的赌摊。做戏的锣鼓，在阿Q耳朵里仿佛在十里之外；他只听得桩家的歌唱了。他赢而又赢，铜钱变成角洋，角洋变成大洋，大洋又成了叠。他兴高采烈得非常：

“天门两块！”

他不知道谁和谁为什么打起架来了。骂声打声脚步声，昏头昏脑的一大阵，他才爬起来，赌摊不见了，人们也不见了，身上有几处很似乎有些痛，似乎也挨了几拳几脚似的，几个人诧异的对他看。他如有所失的走进土谷祠，定一定神，知道他的一堆洋钱不见了。赶赛会的赌摊多不是本村人，还到那里去寻根柢呢？

很白很亮的一堆洋钱！而且是他的——现在不见了！说是算被儿子拿去了罢，总还是忽忽不乐；说自己是虫豸罢，也还是忽忽不乐：他这回才有些感到失败的苦痛了。

但他立刻转败为胜了。他擎起右手，用力的在自己脸上连打了两个嘴巴，热剌剌的有些痛；打完之后，便心平气和起来，似乎打的是自己，被打的是别一个自己，不久也就仿佛是自己打了别个一般，——虽然还有些热剌剌，——心满意足的得胜的躺下了。他睡着了。

选自《呐喊》，鲁迅著，人民文学出版社1998年版

【导读】

《阿Q正传》创作于1921年，是鲁迅最负盛名的一篇小说，也是最早被介绍到世界上去的中国现代小说。《阿Q正传》是鲁迅对中国国民弱点和病根的思考最突出、最深刻的艺术表现。鲁迅通过阿Q探索中国人的灵魂，目的是“揭出病苦，引起疗救的注意”。

鲁迅曾说：“我们目下的当务之急，是：一要生存，二要温饱，三要发展。”（《忽然想到》之五）《阿Q正传》给我们叙述了一个生活在辛亥革命前后的中国农民，他的发展需求、温饱需求以及生存权利由高级到低级被渐次剥夺的过程，同时展现了他精神被毒害的状态。阿Q勤劳质朴，干起活来是“真能做”。但在地主的盘剥下一贫如洗，甚至连姓赵的权利也被赵老太爷剥夺。阿Q深受封建思想观念的侵害，带有小生产者狭隘保守的特点，还有些游手好闲者的狡猾。他不正视现实，也无力反抗现实，常常以健忘来摆脱痛苦。他妄自尊大，既瞧不起城里人也瞧不起未庄人。他身上有“看客”式的无聊，口口声声“杀头好看”。他愚昧保守，对剪辫子的行为深恶痛绝，更严于“男女之大防”。他畏强凌弱，受了强者欺辱不敢反抗，转而欺负更弱小者。虽然，阿Q表现出自发的革命要求，当辛亥革命爆发的消息传到未庄时，他不觉“神往”起来，但是，不仅阿Q对革命的认识幼稚、糊涂，革命也将阿Q排除在外。最终，阿Q糊里糊涂地

卷入了革命，被枪毙，落了个“大团圆”的结局。

精神胜利法是阿Q的主要性格特征。面对现实中的屈辱和失败，他不敢正视，更不敢抗争，通过编织另一套虚幻的叙述来宽解自己，以获得精神上的胜利，用夸耀过去（我先前——比你阔多啦！你算什么东西！）来解脱现实的烦恼，或编织虚无的未来（我的儿子会阔得多！）以宽解眼前的困窘。他健忘（挨了假洋鬼子打后，选择忘却），自欺欺人（挨了赵太爷耳光后，用“儿子打老子”来化解屈辱），自轻自贱（称自己为“虫豸”），自戕（打自己耳光），恃强凌弱（拧小尼姑的脸），种种表现都是为了求得“精神上的胜利”，这种精神状态使阿Q显得可笑、可怜又可悲。阿Q的经历表明：一个不觉醒的人，他的命运在社会剧变中必定是被牺牲的悲剧。鲁迅在小说中通过对阿Q这一典型人物的塑造，真实地反映了旧时代农民的悲惨命运，深刻地揭示了国民精神上的病态和性格缺陷，启示人们振奋起来，破除阻碍人性健全发展的精神枷锁。

在艺术表现上，《阿Q正传》最突出的特色是用喜剧的外套包装一个悲剧性的故事。阿Q的一生是悲剧性的，他的下场令人同情，令人感叹，但这一切又是通过阿Q日常生活中富有喜剧性的事件表现出来的。所以，人们往往被阿Q可笑的言行逗得忍俊不禁，可是掩卷沉思，又不免悲从中来，为阿Q的不幸遭遇而唏嘘叹息，对造成阿Q悲剧命运的文化与制度进行反思。悲剧因素与喜剧因素在小说里相互交织、融合，构成这篇小说最大的艺术特色。

《阿Q正传》具有深远的历史意义，小说所写的虽是辛亥革命前后的事情，但作品中所揭示的阿Q精神作为一种历史、社会及人自身的“病状”将在相当长的历史阶段存在，其思想价值不会因为时代的变迁而丧失。作为一种精神文化现象，阿Q精神不仅承载了中国的国民性弱点，而且也容纳了普世性的人在面对生存困境和摆脱困境时的徒劳与矛盾，具有超越时代和民族的意义和价值。从《阿Q正传》发表之日起，人们就没有停止过对阿Q的讨论，不同时代、不同民族、不同层次的读者从不同角度和侧面去解读它，成为“说不尽的阿Q”。几乎每个读者都能从这个人物身上找到自己的影子。

小说共九章，分别为序、优胜记略、续优胜记略、恋爱的悲剧、生计问题、从中兴到末路、革命、不许革命以及大团圆。本书所选的是第二章，通过一系列的场景设置，阿Q精神胜利法的特征被淋漓尽致地展现出来，如妄自尊大、自欺欺人、自轻自贱自戕、麻木健忘等。

【选评】

1. 在小说《阿Q正传》里，与描绘“精神胜利法”的各章相并列，还有另一极也是显而易见的事实。即“不准革命”的一章。阿Q走向没落，被逼无路便动了投奔“革命”的心思，却被假洋鬼子给赶了出去，结果是作为牺牲的羔羊，被一班把“革命”果实弄到手的人以莫须有的罪名给糊里糊涂地枪毙了。故事迎来“大团圆”。鲁迅描写的，也正是这样一个阿 Q。那就是不会被任何时代任何权利放在眼里的受厄无告之民的样子。而且，不论在哪个时代，也不论经历了哪种革命，占绝大多数的也还都是这种受厄无告之民。我以为，对于这样的无告之民来说，“精神胜利法”不也是一种不借此便无法生存下去的“智慧”吗？（吉田富夫：《精神胜利法与不准革命》，《文艺报》2011 年 9 月 16 日）

伤逝

如果我能够，我要写下我的悔恨和悲哀，为子君，为自己。

会馆里的被遗忘在偏僻里的破屋是这样地寂静和空虚。时光过得真快，我爱子君，仗着她逃出这寂静和空虚，已经满一年了。事情又这么不凑巧，我重来时，偏偏空着的又只有这一间屋。依然是这样的破窗，这样的窗外的半枯的槐树和老紫藤，这样的窗前的方桌，这样的败壁，这样的靠壁的板床。深夜中独自躺在床上，就如我未曾和子君同居以前一般，过去一年中的时光全被消灭，全未有过，我并没有曾经从这破屋子搬出，在吉兆胡同创立了满怀希望的小小的家庭。

不但如此。在一年之前，这寂静和空虚是并不这样的，常常含着期待；期待子君的到来。在久待的焦躁中，一听到皮鞋的高底尖触着砖路的清响，是怎样地使我骤然生动起来呵！于是就看见带着笑涡的苍白的圆脸，苍白的瘦的臂膊，布的有条纹的衫子，玄色的裙。她又带了窗外的半枯的槐树的新叶来，使我看见，还有挂在铁似的老干上的一房一房的紫白的藤花。

然而现在呢，只有寂静和空虚依旧，子君却决不再来了，而且永远，永远地！……

子君不在我这破屋里时，我什么也看不见。在百无聊赖中，随手抓过一本书来，科学也好，文学也好，横竖什么都一样；看下去，看下去，忽而自己觉得，已经翻了十多页了，但是毫不记得书上所说的事。只是耳朵却分外地灵，仿佛听到大门外一切往来的履声，从中便有子君的，而且橐橐地逐渐临近，——但是，往往又逐渐渺茫，终于消失在别的步声的杂沓中了。我憎恶那不像子君鞋声的穿布底鞋的长班的儿子，我憎恶那太像子君鞋声的常常穿着新皮鞋的邻院的搽雪花膏的小东西！

莫非她翻了车么？莫非她被电车撞伤了么？……

我便要取了帽子去看她，然而她的胞叔就曾经当面骂过我。

蓦然，她的鞋声近来了，一步响于一步，迎出去时，却已经走过紫藤棚下，脸上带着微笑的酒窝。她在她叔子的家里大约并未受气；我的心宁帖了，默默地相视片时之后，破屋里便渐渐充满了我的语声，谈家庭专制，谈打破旧习惯，谈男女平等，谈伊孛生，谈泰戈尔，谈雪莱……。她总是微笑点头，两眼里弥漫着稚气的好奇的光泽。壁上就钉着一张铜板的雪莱半身像，是从杂志上裁下来的，是他的最美的一张像。当我指给她看时，她却只草草一看，便低了头，似乎不好意思了。这些地方，子君就大概还未脱尽旧思想的束缚，——我后来也想，倒不如换一张雪莱淹死在海里的记念像或是伊孛生的罢；但也终于没有换，现在是连这一张也不知那里去了。

"我是我自己的，他们谁也没有干涉我的权利！"

这是我们交际了半年，又谈起她在这里的胞叔和在家的父亲时，她默想了一会之后，分明地，坚决地，沉静地说了出来的话。其时是我已经说尽了我的意见，我的身世，我的缺点，很少隐瞒；她也完全了解的了。这几句话很震动了我的灵魂，此后许多天还在耳中发响，而且说不出的狂喜，知道中国女性，并不如厌世家所说那样的无法可施，在不远的将来，便要看见辉煌的曙色的。

送她出门，照例是相离十多步远；照例是那鲇鱼须的老东西的脸又紧帖在脏的窗玻璃上了，连鼻尖都挤成一个小平面；到外院，照例又是明晃晃的玻璃窗里的那小东西的脸，加厚的雪花膏。她目不邪视地骄傲地走了，没有看见；我骄傲地回来。

"我是我自己的，他们谁也没有干涉我的权利！"这彻底的思想就在她的脑里，比我还透澈，坚强得多。半瓶雪花膏和鼻尖的小平面，于她能算什么东西呢？

我已经记不清那时怎样地将我的纯真热烈的爱表示给她。岂但现在，那时的事后便已模胡，夜间回想，早只剩了一些断片了；同居以后一两月，便连这些断片也化作无可追踪的梦影。我只记得那时以前的十几天，曾经很仔细地研究过表示的态度，排列过措辞的先后，以及倘或遭了拒绝以后的情形。可是临时似乎都无用，在慌张中，身不由己地竟用了在电影上见过的方法了。后来一想到，就使我很愧恧，但在记忆上却偏只有这一点永远留遗，至今还如暗室的孤灯一般，照见我含泪握着她的手，一条腿跪了下去……。

不但我自己的，便是子君的言语举动，我那时就没有看得分明；仅知道她已经允许我了。但也还仿佛记得她脸色变成青白，后来又渐渐转作绯红，——没有见过，也没有再见的绯红；孩子似的眼里射出悲喜，但是夹着惊疑的光，虽然力避我的视线，张皇地似乎要破窗飞去。然而我知道她已经允许我了，没有知道她怎样说或是没有说。

她却是什么都记得：我的言辞，竟至于读熟了的一般，能够滔滔背诵；我的举动，就如有一张我所看不见的影片挂在眼下，叙述得如生，很细微，自然连那使我不愿再想的浅薄的电影的一闪。夜阑人静，是相对温习的时候了，我常是被质问，被考验，并且被命复述当时的言语，然而常须由她补足，由她纠正，像一个丁等的学生。

这温习后来也渐渐稀疏起来。但我只要看见她两眼注视空中，出神似的凝想着，于是神色越加柔和，笑窝也深下去，便知道她又在自修旧课了，只是我很怕她看到我那可笑的电影的一闪。但我又知道，她一定要看见，而且也非看不可的。

然而她并不觉得可笑。即使我自己以为可笑，甚而至于可鄙的，她也毫不以为可笑。这事我知道得很清楚，因为她爱我，是这样地热烈，这样地纯真。

去年的暮春是最为幸福，也是最为忙碌的时光。我的心平静下去了，但又有别一部分和身体一同忙碌起来。我们这时才在路上同行，也到过几回公园，最多的是寻住所。我觉得在路上时时遇到探索，讥笑，猥亵和轻蔑的眼光，一不小心，便使我的全身有些瑟缩，只得即刻提起我的骄傲和反抗来支持。她却是大无畏的，对于这些全不关心，只是镇静地缓缓前行，坦然如入无人之境。

寻住所实在不是容易事，大半是被托辞拒绝，小半是我们以为不相宜。起先我们选择得很苛酷，——也非苛酷，因为看去大抵不像是我们的安身之所；后来，便只要他们能相容了。看了二十多处，这才得到可以暂且敷衍的处所，是吉兆胡同一所小屋里的两间南屋；主人是一个小官，然而倒是明白人，自住着正屋和厢房。他只有夫人和一个不到周岁的女孩子，雇一个乡下的女工，只要孩子不啼哭，是极其安闲幽静的。

我们的家具很简单，但已经用去了我的筹来的款子的大半；子君还卖掉了她唯一的金戒指和耳环。我拦阻她，还是定要卖，我也就不再坚持下去了；我知道不给她加入一点股分去，她是住不舒服的。

和她的叔子，她早经闹开，至于使他气愤到不再认她做侄女；我也陆续和几个自以为忠告，其实是替我胆怯，或者竟是嫉妒的朋友绝了交。然而这倒很清静。每日办公散后，虽然已近黄昏，车夫又一定走得这样慢，但究竟还有二人相对的时候。我们先是沉默的相视，接着是放怀而亲密的交谈，后来又是沉默。大家低头沉思着，却并未想着什么事。我也渐渐清醒地读遍了她的身体，她的灵魂，不过三星期，我似乎于她已经更加了解，揭去许多先前以为了解而现在看来却是隔膜，即所谓真的隔膜了。

子君也逐日活泼起来。但她并不爱花，我在庙会时买来的两盆小草花，四天不浇，枯死在壁角了，我又没有照顾一切的闲暇。然而她爱动物，也许是从官太太那里传染的罢，不一月，我们的眷属便骤然加得很多，四只小油鸡，在小院子里和房主人的十多只在一同走。但她们却认识鸡的相貌，各知道那一只是自家的。还有一只花白的叭儿狗，从庙会买来，记得似乎原有名字，子君却给它另起了一个，叫作阿随。我就叫它阿随，但我不喜欢这名字。

这是真的，爱情必须时时更新，生长，创造。我和子君说起这，她也领会地点点头。

唉唉，那是怎样的宁静而幸福的夜呵！

安宁和幸福是要凝固的，永久是这样的安宁和幸福。我们在会馆里时，还偶有议论的冲突和意思的误会，自从到吉兆胡同以来，连这一点也没有了；我们只在灯下对坐的怀旧谭中，回味那时冲突以后的和解的重生一般的乐趣。

子君竟胖了起来，脸色也红活了；可惜的是忙。管了家务便连谈天的工夫也没有，何况读书和散步。我们常说，我们总还得雇一个女工。

这就使我也一样地不快活，傍晚回来，常见她包藏着不快活的颜色，尤其使我不乐的是她要装作勉强的笑容。幸而探听出来了，也还是和那小官太太的暗斗，导火线便是两家的小油鸡。但又何必硬不告诉我呢？人总该有一个独立的家庭。这样的处所，是不能居住的。

我的路也铸定了，每星期中的六天，是由家到局，又由局到家。在局里便坐在办公桌前钞，钞，钞些公文和信件；在家里是和她相对或帮她生白炉子，煮饭，蒸馒头。我的学会了煮饭，就在这时候。

但我的食品却比在会馆里时好得多了。做菜虽不是子君的特长，然而她于此却倾注着全力；对于她的日夜的操心，使我也不能不一同操心，来算作分甘共苦。况且她又这样地终日汗流满面，短发都粘在脑额上；两只手又只是这样地粗糙起来。

况且还要饲阿随，饲油鸡，……都是非她不可的工作。

我曾经忠告她：我不吃，倒也罢了；却万不可这样地操劳。她只看了我一眼，不开口，神色却似乎有点凄然；我也只好不开口。然而她还是这样地操劳。

我所豫期的打击果然到来。双十节的前一晚，我呆坐着，她在洗碗。听到打门声，我去开门时，是局里的信差，交给我一张油印的纸条。我就有些料到了，到灯下去一看，果然，印着的就是：

> 奉
> 局长谕史涓生着毋庸到局办事
> 秘书处启　十月九号

这在会馆里时，我就早已料到了；那雪花膏便是局长的儿子的赌友，一定要去添些谣言，设法报告的。到现在才发生效验，已经要算是很晚的了。其实这在我不能算是一个打击，因为我早就决定，可以给别人去钞写，或者教读，或者虽然费力，也还可以译点书，况且《自由之友》的总编辑便是见过几次的熟人，两月前还通过信。但我的心却跳跃着。那么一个无畏的子君也变了色，尤其使我痛心；她近来似乎也较为怯弱了。

"那算什么。哼，我们干新的。我们……"她说。

她的话没有说完；不知怎地，那声音在我听去却只是浮浮的；灯光也觉得格外黯淡。人们真是可笑的动物，一点极微末的小事情，便会受着很深的影响。我们先是默默地相视，逐渐商量起来，终于决定将现有的钱竭力节省，一面登"小广告"去寻求钞写和教读，一面写信给《自由之友》的总编辑，说明我目下的遭遇，请他收用我的译本，给我帮一点艰辛时候的忙。

"说做，就做罢！来开一条新的路！"

立刻转身向了书案，推开盛香油的瓶子和醋碟，子君便送过那黯淡的灯来。我先拟广告；其次是选定可译的书，迁移以来未曾翻阅过，每本的头上都满漫着灰尘了；最后才写信。

我很费踌蹰，不知道怎样措辞好，当停笔凝思的时候，转眼去一瞥她的脸，在昏暗的灯光下，又很见得凄然。我真不料这样微细的小事情，竟会给坚决的，无畏的子君以这么显著的变化。她近来实在变得很怯弱了，但也并不是今夜才开始的。我的心因此更缭乱，忽然有安宁的生活的影像——会馆里的破屋的寂静，在眼前一闪，刚刚想定睛凝视，却又看见了昏暗的灯光。

许久之后，信也写成了，是一封颇长的信；很觉得疲劳，仿佛近来自己也较为怯弱了。于是我们决定，广告和发信，就在明日一同实行。大家不约而同地伸直了腰肢，在无言中，似乎又都感到彼此的坚忍崛强的精神，还看见从新萌芽起来的将来的希望。

外来的打击其实倒是振作了我们的新精神。局里的生活，原如鸟贩子手里的禽鸟一般，仅有一点小米维系残生，决不会肥胖；日子一久，只落得麻痹了翅子，即使放出笼外，早已不能奋飞。现在总算脱出这牢笼了，我从此要在新的开阔的天空中翱翔，趁我还未忘却了我的翅子的扇动。

小广告是一时自然不会发生效力的；但译书也不是容易事，先前看过，以为已经懂得的，一动手，却疑难百出了，进行得很慢。然而我决计努力地做，一本半新的字典，不到半月，边上便有了一大片乌黑的指痕，这就证明着我的工作的切实。《自由之友》的总编辑曾经说过，他的刊物是决不会埋没好稿子的。

可惜的是我没有一间静室，子君又没有先前那么幽静，善于体帖了，屋子里总是散乱着碗碟，弥漫着煤烟，使人不能安心做事，但是这自然还只能怨我自己无力置一间书斋。然而又加以阿随，加以油鸡们。加以油鸡们又大起来了，更容易成为两家争吵的引线。

加以每日的"川流不息"的吃饭；子君的功业，仿佛就完全建立在这吃饭中。吃了筹钱，筹来吃饭，还要喂阿随，饲油鸡；她似乎将先前所知道的全都忘掉了，也不想到我的构思就常常为了这催促吃饭而打断。即使在坐中给看一点怒色，她总是不改变，仍然毫无感触似的大嚼起来。

使她明白了我的作工不能受规定的吃饭的束缚，就费去五星期。她明白之后，大约很不高兴罢，可是没有说。我的工作果然从此较为迅速地进行，不久就共译了五万言，只要润色一回，便可以和做好的两篇小品，一同寄给《自由之友》去。只是吃饭却依然给我苦恼。菜冷，是无妨的，然而竟不够；有时连饭也不够，虽然我因为终日坐在家里用脑，饭量已经比先前要减少得多。这是先去喂了阿随了，有时还并那近来连自己也轻易不吃的羊肉。她说，阿随实在瘦得太可怜，房东太太还因此嗤笑我们了，她受不住这样的奚落。

于是吃我残饭的便只有油鸡们。这是我积久才看出来的，但同时也如赫胥黎的论定"人类在宇宙间的位置"一般，自觉了我在这里的位置：不过是叭儿狗和油鸡之间。

后来，经多次的抗争和催逼，油鸡们也逐渐成为肴馔，我们和阿随都享用了十多日的鲜肥；可是其实都很瘦，因为它们早已每日只能得到几粒高粱了。从此便清静得多。只有子君很颓唐，似乎常觉得凄苦和无聊，至于不大愿意开口。我想，人是多么容易改变呵！

但是阿随也将留不住了。我们已经不能再希望从什么地方会有来信，子君也早没有一点食物可以引它打拱或直立起来。冬季又逼近得这么快，火炉就要成为很大的问题；它的食量，在我们其实早是一个极易觉得的很重的负担。于是连它也留不住了。

倘使插了草标到庙市去出卖，也许能得几文钱罢，然而我们都不能，也不愿这样做。终于是用包袱蒙着头，由我带到西郊去放掉了，还要追上来，便推在一个并不很深的土坑里。

我一回寓，觉得又清静得多多了；但子君的凄惨的神色，却使我很吃惊。那是没有见过的神色，自然是为阿随。但又何至于此呢？我还没有说起推在土坑里的事。

到夜间，在她的凄惨的神色中，加上冰冷的分子了。

“奇怪。——子君，你怎么今天这样儿了？”我忍不住问。

“什么？”她连看也不看我。

“你的脸色……”

“没有什么，——什么也没有。”

我终于从她言动上看出，她大概已经认定我是一个忍心的人。其实，我一个人，是容易生活的，虽然因为骄傲，向来不与世交来往，迁居以后，也疏远了所有旧识的人，然而只要能远走高飞，生路还宽广得很。现在忍受着这生活压迫的苦痛，大半倒是为她，便是放掉阿随，也何尝不如此。但子君的识见却似乎只是浅薄起来，竟至于连这一点也想不到了。

我拣了一个机会，将这些道理暗示她；她领会似的点头。然而看她后来的情形，她是没有懂，或者是并不相信的。

天气的冷和神情的冷，逼迫我不能在家庭中安身。但是，往那里去呢？大道上，公园里，虽然没有冰冷的神情，冷风究竟也刺得人皮肤欲裂。我终于在通俗图书馆里觅得了我的天堂。

那里无须买票；阅书室里又装着两个铁火炉。纵使不过是烧着不死不活的煤的火炉，但单是看见装着它，精神上也就总觉得有些温暖。书却无可看：旧的陈腐，新的是几乎没有的。

好在我到那里去也并非为看书。另外时常还有几个人，多则十余人，都是单薄衣裳，正如我，各人看各人的书，作为取暖的口实。这于我尤为合式。道路上容易遇见熟人，得到轻蔑的一瞥，但此地却决无那样的横祸，因为他们是永远围在别的铁炉旁，或者靠在自家的白炉边的。

那里虽然没有书给我看，却还有安闲容得我想。待到孤身枯坐，回忆从前，这才觉得大半年来，只为了爱，——盲目的爱，——而将别的人生的要义全盘疏忽了。第一，便是生活。人必生活着，爱才有所附丽。世界上并非没有为了奋斗者而开的活路；我也还未忘却翅子的扇动，虽然比先前已经颓唐得多……

屋子和读者渐渐消失了，我看见怒涛中的渔夫，战壕中的兵士，摩托车中的贵人，洋场上的投机家，深山密林中的豪杰，讲台上的教授，昏夜的运动者和深夜的偷儿……。子君，——不在近旁。她的勇气都失掉了，只为着阿随悲愤，为着做饭出神；然而奇怪的是倒也并不怎样瘦损……。

冷了起来，火炉里的不死不活的几片硬煤，也终于烧尽了，已是闭馆的时候。又须回到吉兆胡同，领略冰冷的颜色去了。近来也间或遇到温暖的神情，但这却反而增加我的苦痛。记得有一夜，子君的眼里忽而又发出久已不见的稚气的光来，笑着和我谈到还在会馆时候的情形，时时又很带些恐怖的神色。我知道我近来的超过她的冷漠，已经引起她的忧疑来，只得也勉力谈笑，想给她一点慰藉。然而我的笑貌一上脸，我的话一出口，却即刻变为空虚，这空虚又即刻发生反响，回向我的耳目里，给我一个难堪的恶毒的冷嘲。

子君似乎也觉得的，从此便失掉了她往常的麻木似的镇静，虽然竭力掩饰，总还是时时露出忧疑的神色来，但对我却温和得多了。

我要明告她，但我还没有敢，当决心要说的时候，看见她孩子一般的眼色，就使我只得暂且改作勉强的欢容。但是这又即刻来冷嘲我，并使我失却那冷漠的镇静。

她从此又开始了往事的温习和新的考验，逼我做出许多虚伪的温存的答案来，将温存示给她，虚伪的草稿便写在自己的心上。我的心渐被这些草稿填满了，常觉得难于呼吸。我在苦恼中常常想，说真实自然须有极大的勇气的；假如没有这勇气，而苟安于虚伪，那也便是不能开辟新的生路的人。不独不是这个，连这人也未尝有！

子君有怨色，在早晨，极冷的早晨，这是从未见过的，但也许是从我看来的怨色。我那时冷冷地气愤和暗笑了；她所磨练的思想和豁达无畏的言论，到底也还是一个空虚，而对于这空虚却并未自觉。她早已什么书也不看，已不知道人的生活的第一着是求生，向着这求生的道路，是必须携手同行，或奋身孤往的了，倘使只知道捶着一个人的衣角，那便是虽战士也难于战斗，只得一同灭亡。

我觉得新的希望就只在我们的分离；她应该决然舍去，——我也突然想到她的死，然而立刻自责，忏悔了。幸而是早晨，时间正多，我可以说我的真实。我们的新的道路的开辟，便在这一遭。

我和她闲谈，故意地引起我们的往事，提到文艺，于是涉及外国的文人，文人的作品：《诺拉》《海的女人》。称扬诺拉的果决……。也还是去年在会馆的破屋里讲过的那些话，但现在已经变成空虚，从我的嘴传入自己的耳中，时时疑心有一个隐形的坏孩子，在背后恶意地刻毒地学舌。

她还是点头答应着倾听，后来沉默了。我也就断续地说完了我的话，连余音都消失在虚空中了。

“是的。”她又沉默了一会，说，“但是，……涓生，我觉得你近来很两样了。

可是的？你，——你老实告诉我。”

我觉得这似乎给了我当头一击，但也立即定了神，说出我的意见和主张来：新的路的开辟，新的生活的再造，为的是免得一同灭亡。

临末，我用了十分的决心，加上这几句话：“……况且你已经可以无须顾虑，勇往直前了。你要我老实说；是的，人是不该虚伪的。我老实说罢：因为，因为我已经不爱你了！但这于你倒好得多，因为你更可以毫无挂念地做事……。”

我同时豫期着大的变故的到来，然而只有沉默。她脸色陡然变成灰黄，死了似的；瞬间便又苏生，眼里也发了稚气的闪闪的光泽。这眼光射向四处，正如孩子在饥渴中寻求着慈爱的母亲，但只在空中寻求，恐怖地回避着我的眼。

我不能看下去了，幸而是早晨，我冒着寒风径奔通俗图书馆。

在那里看见《自由之友》，我的小品文都登出了。这使我一惊，仿佛得了一点生气。我想，生活的路还很多，——但是，现在这样也还是不行的。

我开始去访问久已不相闻问的熟人，但这也不过一两次；他们的屋子自然是暖和的，我在骨髓中却觉得寒冽。夜间，便蜷伏在比冰还冷的冷屋中。

冰的针刺着我的灵魂，使我永远苦于麻木的疼痛。生活的路还很多，我也还没有忘却翅子的扇动，我想。——我突然想到她的死，然而立刻自责，忏悔了。

在通俗图书馆里往往瞥见一闪的光明，新的生路横在前面。她勇猛地觉悟了，毅然走出这冰冷的家，而且，——毫无怨恨的神色。我便轻如行云，飘浮空际，上有蔚蓝的天，下是深山大海，广厦高楼，战场，摩托车，洋场，公馆，晴明的闹市，黑暗的夜……

而且，真的，我预感得这新生面便要来到了。

我们总算度过了极难忍受的冬天，这北京的冬天；就如蜻蜓落在恶作剧的坏孩子的手里一般，被系着细线，尽情玩弄，虐待，虽然幸而没有送掉性命，结果也还是躺在地上，只争着一个迟早之间。

写给《自由之友》的总编辑已经有三封信，这才得到回信，信封里只有两张书券：两角的和三角的。我却单是催，就用了九分的邮票，一天的饥饿，又都白挨给于己一无所得的空虚了。

然而觉得要来的事，却终于来到了。

这是冬春之交的事，风已没有这么冷，我也更久地在外面徘徊；待到回家，大概已经昏黑。就在这样一个昏黑的晚上，我照常没精打采地回来，一看见寓所的门，也照常更加丧气，使脚步放得更缓。但终于走进自己的屋子里了，没有灯火；摸火柴点起来时，是异样的寂寞和空虚！

正在错愕中，官太太便到窗外来叫我出去。“今天子君的父亲来到这里，将她接回去了。”她很简单地说。

这似乎又不是意料中的事，我便如脑后受了一击，无言地站着。

“她去了么？”过了些时，我只问出这样一句话。

“她去了。”

“她，——她可说什么？”

“没说什么。单是托我见你回来时告诉你，说她去了。”

我不信；但是屋子里是异样的寂寞和空虚。我遍看各处，寻觅子君；只见几件破旧而黯淡的家具，都显得极其清疏，在证明着它们毫无隐匿一人一物的能力。我转念寻信或她留下的字迹，也没有；只是盐和干辣椒，面粉，半株白菜，却聚集在一处了，旁边还有几十枚铜元。这是我们两人生活材料的全副，现在她就郑重地将这留给我一个人，在不言中，教我借此去维持较久的生活。

我似乎被周围所排挤，奔到院子中间，有昏黑在我的周围；正屋的纸窗上映出明亮的灯光，他们正在逗着孩子推笑。我的心也沉静下来，觉得在沉重的迫压中，渐渐隐约地现出脱走的路径：深山大泽，洋场，电灯下的盛筵；壕沟，最黑最黑的深夜，利刃的一击，毫无声响的脚步……。

心地有些轻松，舒展了，想到旅费，并且嘘一口气。

躺着，在合着的眼前经过的豫想的前途，不到半夜已经现尽；暗中忽然仿佛看见一堆食物，这之后，便浮出一个子君的灰黄的脸来，睁了孩子气的眼睛，恳托似的看着我。我一定神，什么也没有了。

但我的心却又觉得沉重。我为什么偏不忍耐几天，要这样急急地告诉她真话的呢？现在她知道，她以后所有的只是她父亲——儿女的债主——的烈日一般的严威和旁人的赛过冰霜的冷眼。此外便是虚空。负着虚空的重担，在严威和冷眼中走着所谓人生的路，这是怎么可怕的事呵！而况这路的尽头，又不过是——连墓碑也没有的坟墓。

我不应该将真实说给子君，我们相爱过，我应该永久奉献她我的说谎。如果真实可以宝贵，这在子君就不该是一个沉重的空虚。谎语当然也是一个空虚，然而临末，至多也不过这样地沉重。

我以为将真实说给子君，她便可以毫无顾虑，坚决地毅然前行，一如我们将要同居时那样。但这恐怕是我错误了。她当时的勇敢和无畏是因为爱。

我没有负着虚伪的重担的勇气，却将真实的重担卸给她了。她爱我之后，就要负了这重担，在严威和冷眼中走着所谓人生的路。

我想到她的死……。我看见我是一个卑怯者，应该被摈于强有力的人们，无论是真实者，虚伪者。然而她却自始至终，还希望我维持较久的生活……。

我要离开吉兆胡同，在这里是异样的空虚和寂寞。我想，只要离开这里，子君便如还在我的身边；至少，也如还在城中，有一天，将要出乎意表地访我，像住在会馆时候似的。

然而一切请托和书信，都是一无反响；我不得已，只好访问一个久不问候的世交去了。他是我伯父的幼年的同窗，以正经出名的拔贡，寓京很久，交游也广阔的。

大概因为衣服的破旧罢，一登门便很遭门房的白眼。好容易才相见，也还相识，但是很冷落。我们的往事，他全都知道了。

"自然，你也不能在这里了，"他听了我托他在别处觅事之后，冷冷地说，"但那里去呢？很难。——你那，什么呢，你的朋友罢，子君，你可知道，她死了。"我惊得没有话。

"真的？"我终于不自觉地问。

"哈哈。自然真的。我家的王升的家，就和她家同村。"

"但是，——不知道是怎么死的？"

"谁知道呢。总之是死了就是了。"

我已经忘却了怎样辞别他，回到自己的寓所。我知道他是不说谎话的；子君总不会再来的了，像去年那样。她虽是想在严威和冷眼中负着虚空的重担来走所谓人生的路，也已经不能。她的命运，已经决定她在我所给与的真实——无爱的人间死灭了！

自然，我不能在这里了；但是，"那里去呢？"

四围是广大的空虚，还有死的寂静。死于无爱的人们的眼前的黑暗，我仿佛一一看见，还听得一切苦闷和绝望的挣扎的声音。

我还期待着新的东西到来，无名的，意外的。但一天一天，无非是死的寂静。

我比先前已经不大出门，只坐卧在广大的空虚里，一任这死的寂静侵蚀着我的灵魂。死的寂静有时也自己战栗，自己退藏，于是在这绝续之交，便闪出无名的，意外的，新的期待。

一天是阴沉的上午，太阳还不能从云里面挣扎出来；连空气都疲乏着。耳中听到细碎的步声和咻咻的鼻息，使我睁开眼。大致一看，屋子里还是空虚；但偶然看到地面，却盘旋着一匹小小的动物，瘦弱的，半死的，满身灰土的……。

我一细看，我的心就一停，接着便直跳起来。

那是阿随。它回来了。

我的离开吉兆胡同，也不单是为了房主人们和他家女工的冷眼，大半就为着这阿随。但是，“那里去呢？”新的生路自然还很多，我约略知道，也间或依稀看见，觉得就在我面前，然而我还没有知道跨进那里去的第一步的方法。

经过许多回的思量和比较，也还只有会馆是还能相容的地方。依然是这样的破屋，这样的板床，这样的半枯的槐树和紫藤，但那时使我希望，欢欣，爱，生活的，却全都逝去了，只有一个虚空，我用真实去换来的虚空存在。

新的生路还很多，我必须跨进去，因为我还活着。但我还不知道怎样跨出那第一步。有时，仿佛看见那生路就像一条灰白的长蛇，自己蜿蜒地向我奔来，我等着，等着，看看临近，但忽然便消失在黑暗里了。

初春的夜，还是那么长。长久的枯坐中记起上午在街头所见的葬式，前面是纸人纸马，后面是唱歌一般的哭声。我现在已经知道他们的聪明了，这是多么轻松简截的事。

然而子君的葬式却又在我的眼前，是独自负着虚空的重担，在灰白的长路上前行，而又即刻消失在周围的严威和冷眼里了。

我愿意真有所谓鬼魂，真有所谓地狱，那么，即使在孽风怒吼之中，我也将寻觅子君，当面说出我的悔恨和悲哀，祈求她的饶恕；否则，地狱的毒焰将围绕我，猛烈地烧尽我的悔恨和悲哀。

我将在孽风和毒焰中拥抱子君，乞她宽容，或者使她快意……。

但是，这却更虚空于新的生路；现在所有的只是初春的夜，竟还是那么长。我活着，我总得向着新的生路跨出去，那第一步，——却不过是写下我的悔恨和悲哀，为子君，为自己。

我仍然只有唱歌一般的哭声，给子君送葬，葬在遗忘中。

我要遗忘；我为自己，并且要不再想到这用了遗忘给子君送葬。

我要向着新的生路跨进第一步去，我要将真实深深地藏在心的创伤中，默默地前行，用遗忘和说谎做我的前导……。

一九二五年十月二十一日毕

选自《彷徨》，鲁迅著，人民文学出版社 1998 年版

【导读】

《伤逝》完成于1925年10月21日，这一年对于不惑之年的鲁迅来说是不平静的：夏天他与许广平相爱；8月份因为支持女师大学生运动被教育总长章士钊革去教育部佥事职务，虽然官司打赢，但也让他和一批官僚、学者结怨，在北京的处境随之恶化；9月初他肺病复发，连绵数月方愈。世事多艰，病痛纠缠，爱情来临，不惑之年的鲁迅完成他创作生涯中唯一的一部爱情题材小说——《伤逝》。

《伤逝》讲述的是一段逝去的爱情，一个现代的婚恋故事。子君与涓生是二十世纪20年代真心相爱的一对年轻人，他们的爱情纯真热烈，没有权力、金钱的杂质；打破家庭专制、追求个性自由解放的新思潮激荡着他们的心灵，他们对未来充满希望。当爱情受到家族阻挠时，子君勇敢地说出："我是我自己的，他们谁也没有干涉我的权利！"这是中国女性自我意识觉醒的宣言。为了爱而叛逆了家庭的子君，来到涓生身边，两人在吉兆胡同建立了满怀希望的小家庭。然而仅仅一年时间，在内外交困的人生处境中真爱成殇：涓生久经思量后对子君说出了真话："我已经不爱你！"子君被父亲领回了家，在父亲的严威和旁人的冷眼底下走向了生命的尽头，离开了这个"无爱的人间"；而涓生也因此陷入无尽的悔恨和悲哀之中，独自寻找着新的生路。

鲁迅的小说素以"表现的深切和格式的特别"著称。《伤逝》"表现的深切"，在于鲁迅超越了"五四"众多作家编织的爱情故事套路——把摆脱父母之命、媒妁之言，实现自由恋爱并结婚等同于幸福快乐的生活前景；而是把一个喜剧开头的自由恋爱故事写成了悲剧的结局，清醒地思考着现代的婚恋背后可能隐藏的复杂性和危机。就故事表层而言，小说启发读者去思考：是什么毁灭了一对年轻人的美好爱情，让他们不能自由幸福地生活？首先，从婚恋观念来看，虽然自由恋爱成为许多年轻人的共识，但当时的环境依然是春寒料峭，新生的萌芽被顽固的守旧势力所摧残。其次，爱情自由与经济独立之间的关系不容忽略。他们成立了小家庭后，所有的经济来源只有涓生微薄的薪水。子君受到新文化运动鼓舞，希望冲出旧家庭、走向社会做一个独立的人，但是当时的社会并没有为这些女性提供合适的工作位置。冲破了旧家庭束缚的子君不得不回到家庭，成为传统的主妇。涓生失业后，生存成为一个严峻的问题，经济的困顿加速了爱情的破灭。再次，当高蹈的爱情理想转变为世俗的婚姻生活，他们两人（尤其是涓生）没有能从心态上做出合适的调整，面对子君"诗意的丧失"，缺少应有的理解与宽容。

透过婚恋故事的表层，小说通过涓生这一形象，深入探讨"五四"时期"个人本位"的自由伦理与传统的"家庭本位"的责任伦理之间的碰撞以及选择的两难。鲁迅的哲学被称为"以后的哲学"，他往往在别人思考终结的地方开始新的思考，比如：娜拉走后怎样？在《伤逝》中，他在思考当“爱”变成“不爱”后该如何处置？《伤逝》用相当比例的篇幅来展现涓生对子君的爱情消逝后，在自由伦理与责任伦理之间左右拉扯的矛盾心态。新文化运动提倡建基于“个人本位”之上的个性解放思想，爱情自由，婚姻自由，认为“没有爱情的婚姻是不道德的”；依此观点，涓生就应该真实地说出自己的“不爱”，用婚姻的破碎来维护现代婚姻的自由。但是从“责任伦理”出发，在当时的现实环境中，这样的“自由”选择伤害的必然是处于弱势的子君，涓生明白这一点，他甚至想到子君的死，因而迟迟没有做出决断。当涓生终于卸去“虚伪”的重负，把“真实”示之于子君时，导致了子君的死亡。在对自由、解放、个性浩歌狂热的年代，鲁迅揭示了这样一个残酷的真相：“真实”也可以杀人。涓生因为误信了“真实”的力量而误杀了子君这个善良纯真、富有牺牲精神的女子，这是鲁迅的深刻洞见。不仅如此，鲁迅还把涓生放置在道德的“求善”与理性的“求真”无法和谐统一的困境中，让读者和涓生一起去思考这一对永恒的矛盾，从而让阅读变成心灵的探险，一个无法触及最底部的旅程。

《伤逝》“格式的特别”，首先表现在“涓生的手记”这种文体形式，可以赋予主人公涓生以极大的叙述权利与自由，让叙述随着涓生思绪的流动在过去与现在之间灵活自由地穿行，切入他的感情经历和复杂的内心世界。其次，《伤逝》充满浓郁的抒情性，堪称“伟大的抒情诗”。小说开篇就定下“悔恨与悲哀”的抒情基调。用“依然是这样的……，这样的……”一系列的排比句，连同空屋、破窗、冷床、败壁、半死的树等意象，营造出物是人非、凄凉哀伤、颓败孤寂的心境。作为悼亡者兼抒情主体，涓生睹物思人：初恋时的期待，热恋时的告白，结合时的甜蜜，琐碎生活中诗意丧失的不满，生存压力下的无奈抱怨，爱情消亡后的矛盾纠结，决定说出真实想法时的灵魂诡辩与不安，获悉子君死后浃肌沦髓的负罪感与忏悔，直至以“抉心自食”的勇气正视自己的灵魂，在良心的法庭上进行无情的自我拷问，层层递进，撼人心魄。在叙事抒情的同时，深刻地剖析了人物的隐秘心理。

【选评】

涓生无情地解剖自己。他的忏悔透着“抉心自食”的勇气——这也是鲁迅特有的精神拷问，即使陀斯妥耶夫斯基的忏悔者，未必如此酷烈——他们固然极力实施自我审判，“拷问出藏在底下的罪恶”，但他们的忏悔总是敷上一层“自我怜悯”的薄膜——五四文学中忏悔题材的小说大都染上陀氏“自我怜悯”的余绪，以至于感伤稀释了忏悔应有的无情和酷烈。

涓生的忏悔是“一个民族的触角”（庞德语）它浓缩着“彷徨的一代”的痛苦。他代表的小知识分子群体经历了启蒙运动的洗礼。将个性解放的广阔外延收缩成一个狭隘的概念：恋爱自由。为争取这种自由，他们付出了最大的代价：爱情变成理

想的祭品。(张箭飞:《作为悼亡诗的〈伤逝〉和悼亡诗里的〈伤逝〉》,《外国文学研究》1999年第4期)

过　客

时:

或一日的黄昏。

地:

或一处。

人:

老翁——约七十岁,白头发,黑长袍。

女孩——约十岁,紫发,乌眼珠,白地黑方格长衫。

过客——约三四十岁,状态困顿倔强,眼光阴沉,黑须,乱发,黑色短衣裤皆破碎,赤足著破鞋,胁下挂一个口袋,支着等身的竹杖。

东,是几株杂树和瓦砾;西,是荒凉破败的丛葬;其间有一条似路非路的痕迹。一间小土屋向这痕迹开着一扇门;门侧有一段枯树根。

(女孩正要将坐在树根上的老翁搀起。)

翁——孩子。喂,孩子!怎么不动了呢?

孩——(向东望着,)有谁走来了,看一看罢。

翁——不用看他。扶我进去罢。太阳要下去了。

孩——我,——看一看。

翁——唉,你这孩子!天天看见天,看见土,看见风,还不够好看么?什么也不比这些好看。你偏是要看谁。太阳下去时候出现的东西,不会给你什么好处的。……还是进去罢。

孩——可是,已经近来了。阿阿,是一个乞丐。

翁——乞丐?不见得罢。

(过客从东面的杂树间跄踉走出,暂时踌躇之后,慢慢地走近老翁去。)

客——老丈,你晚上好?

翁——阿,好!托福。你好?

客——老丈,我实在冒昧,我想在你那里讨一杯水喝。我走得渴极了。这地方又没有一个池塘,一个水洼。

翁——唔,可以可以。你请坐罢。(向女孩)孩子,你拿水来,杯子要洗干净。

（女孩默默地走进土屋去。）

翁——客官，你请坐。你是怎么称呼的。

客——称呼？——我不知道。从我还能记得的时候起，我就只一个人，我不知道我本来叫什么。我一路走，有时人们也随便称呼我，各式各样，我也记不清楚了，况且相同的称呼也没有听到过第二回。

翁——阿阿。那么，你是从哪里来的呢？

客——（略略迟疑，）我不知道。从我还能记得的时候起，我就在这么走。

翁——对了。那么，我可以问你到哪里去么？

客——自然可以。——但是，我不知道。从我还能记得的时候起，我就在这么走，要走到一个地方去，这地方就在前面。我单记得走了许多路，现在来到这里了。我接着就要走向那边去，（西指，）前面！

（女孩小心地捧出一个木杯来，递去。）

客——（接杯，）多谢，姑娘。（将水两口喝尽，还杯，）多谢，姑娘。这真是少有的好意。我真不知道应该怎样感谢！

翁——不要这么感激。这于你是没有好处的。

客——是的，这于我没有好处。可是我现在很恢复了些力气了。我就要前去。老丈，你大约是久住在这里的，你可知道前面是怎么一个所在么？

翁——前面？前面，是坟。

客——（诧异地，）坟？

孩——不，不，不的。那里有许多许多野百合，野蔷薇，我常常去玩，去看他们的。

客——（西顾，仿佛微笑，）不错。那些地方有许多许多野百合，野蔷薇，我也常常去玩过，去看过的。但是，那是坟。（向老翁，）老丈，走完了那坟地之后呢？

翁——走完之后？那我可不知道。我没有走过。

客——不知道？！

孩——我也不知道。

翁——我单知道南边；北边；东边，你的来路。那是我最熟悉的地方，也许倒是于你们最好的地方。你莫怪我多嘴，据我看来，你已经这么劳顿了，还不如回转去，因为你前去也料不定可能走完。

客——料不定可能走完？……（沉思，忽然惊起，）那不行！我只得走。回到那里去，就没一处没有名目，没一处没有地主，没一处没有驱逐和牢笼，没一处没有皮面的笑容，没一处没有眶外的眼泪。我憎恶他们，我不回转去。

翁——那也不然。你也会遇见心底的眼泪，为你的悲哀。

客——不。我不愿看见他们心底的眼泪，不要他们为我的悲哀！

翁——那么，你，（摇头，）你只得走了。

客——是的，我只得走了。况且还有声音常在前面催促我，叫唤我，使我息不下。可恨的是我的脚早已经走破了，有许多伤，流了许多血。（举起一足给老人看，）因此，我的血不够了；我要喝些血。但血在那里呢？可是我也不愿意喝无论谁的血。我只得喝些水，来补充我的血。一路上总有水，我倒也并不感到什么不足。只是我的力气太稀薄了，血里面太多了水的缘故罢。今天连一个小水洼也遇不到，也就是少走了路的缘故罢。

翁——那也未必。太阳下去了，我想，还不如休息一会的好罢，像我似的。

客——但是，那前面的声音叫我走。

翁——我知道。

客——你知道？你知道那声音么？

翁——是的。他似乎曾经也叫过我。

客——那也就是现在叫我的声音么？

翁——那我可不知道。他也就是叫过几声，我不理他，他也就不叫了，我也就记不清楚了。

客——唉唉，不理他……。（沉思，忽然吃惊，倾听着，）不行！我还是走的好。我息不下。可恨我的脚早经走破了。（准备走路。）

孩——给你！（递给一片布，）裹上你的伤去。

客——多谢，（接取，）姑娘。这真是……。这真是极少有的好意。这能使我可以走更多的路。（就断砖坐下，要将布缠在踝上，）但是，不行！（竭力站起，）姑娘，还了你罢，还是裹不下。况且这太多的好意，我没法感激。

翁——你不要这么感激，这于你没有好处。

客——是的，这于我没有什么好处。但在我，这布施是最上的东西了。你看，我全身上可有这样的。

翁——你不要当真就是。

客——是的。但是我不能。我怕我会这样：倘使我得到了谁的布施，我就要像兀鹰看见死尸一样，在四近徘徊，祝愿她的灭亡，给我亲自看见；或者咒诅她以外的一切全都灭亡，连我自己，因为我就应该得到咒诅。但是我还没有这样的力量；即使有这力量，我也不愿意她有这样的境遇，因为她们大概总不愿意有这样的境遇。我想，这最稳当。（向女孩，）姑娘，你这布片太好，可是太小一点了，还了你罢。

孩——（惊惧，退后，）我不要了！你带走！

客——（似笑，）哦哦，……因为我拿过了？

孩——（点头，指口袋，）你装在那里，去玩玩。

客——（颓唐地退后，）但这背在身上，怎么走呢？……

翁——你息不下，也就背不动。——休息一会，就没有什么了。

客——对咧，休息……。（默想，但忽然惊醒，倾听。）不，我不能！我还是走好。

翁——你总不愿意休息么？

客——我愿意休息。

翁——那么，你就休息一会罢。

客——但是，我不能……。

翁——你总还是觉得走好么？

客——是的。还是走好。

翁——那么，你还是走好罢。

客——（将腰一伸，）好，我告别了。我很感激你们。（向着女孩，）姑娘，这还你，请你收回去。

（女孩惊惧，敛手，要躲进土屋里去。）

翁——你带去罢。要是太重了，可以随时抛在坟地里面的。

孩——（走向前，）阿阿，那不行！

客——阿阿，那不行的。

翁——那么，你挂在野百合野蔷薇上就是了。

孩——（拍手，）哈哈！好！

翁——哦哦……。

（极暂时中，沉默。）

翁——那么，再见了。祝你平安。（站起，向女孩，）孩子，扶我进去罢。你看，太阳早已下去了。（转身向门。）

客——多谢你们。祝你们平安。（徘徊，沉思，忽然吃惊，）然而我不能！我只得走。我还是走好罢……。（即刻昂了头，奋然向西走去。）

（女孩扶老人走进土屋，随即关了门。过客向野地里跄踉地闯进去，夜色跟在他后面。）

一九二五年三月二日

选自《野草》，鲁迅著，人民文学出版社 1998 年版

【导读】

《野草》收录了一九二四年至一九二六年间所作的散文诗二十三篇，第一篇为《秋夜》，最后一篇为《一觉》，于一九二七年结集出版。二十年代中期，“五四”走向落潮，曾经是新文化运动先驱者的鲁迅在抗争与停滞之间彷徨，陷入了巨大的精神困境。他这样描述当时的处境：“后来《新青年》团体散掉了，有的高升、有的退隐、有的前进，我又经验了一回同一战阵中的伙伴还是会这么变化，并且落得一个‘作家’的头衔，依然在沙漠中走来走去，不过已逃不出在散漫的刊物上做文字，叫做随便谈谈。有了小感触，就写些短文，夸大点说就是散文诗，以后印成一本，谓之《野草》。”《野草》正是在此背景下创作的，是鲁迅心路历程艺术化的写照，真实地记录了鲁迅的孤独、痛苦、荒谬、绝望等复杂的情绪体验，展示了一颗在生与死、爱与恨、希望与绝望、存在与虚无、现实与理想、黑暗与光明等多重人生矛盾中挣扎而破裂的灵魂以及在绝望中抗争的人生姿态。有些学者认为《野草》是鲁迅所有创作中最美的一部作品，独特的意象，丰富的意蕴，沉郁的情感与哲学性的思考，都使它具有一种神秘而幽深的美。

用小型的话剧形式写成的散文诗《过客》，被一致公认是《野草》的压卷之作。该文塑造了一个一往无前地走向绝望与虚无的前行者形象，他困顿疲惫，饥肠辘辘，伤痕累累甚至阴森可怖，他从一个“没一处没有名目，没一处没有地主，没一处没有驱逐和牢笼，没一处没有皮面的笑容，没一处没有眶外的眼泪”的世界中来，向着一片尽头是“坟”的所在走去。“坟”喻示着死亡、恐怖、绝望、虚无。“过客”清醒地知道继续走下去的结果，但是仍然执著前行。作者通过这个形象传达了一种勇敢无畏、坚韧不拔、直面惨淡现实的人生态度和人格力量。

《野草》最鲜明的艺术特色是象征手法的运用。鲁迅很早就接触过西方象征主义文学思潮。曾经翻译过日本厨川白村的《苦闷的象征》，还受到波特莱尔等人作品的影响。在《过客》中，三个戏剧性的人物形象——孩子、老人、过客具有浓厚的象征色彩“这三个人物形象象征了在时代的激流中人生的三个时期，他们因为有着不同的年龄和经历，因而对于过去的道路和未来的前途就有了不同的回答。”（孙玉石：《野草研究》，中国社会科学出版社 1982 年版，第 26 页）

【选评】

《过客》中，戏剧性的人物是体现三代人的朦胧的象征——老人拒绝正视生活的基本问题，代表从生活的退却；中年人是新的更有意义的价值的寻求者，他在一个非现象的象征世界里永远追寻；年轻女孩通过她童年欢欣的有色眼镜来观察这个世界和社会。（李天明：《难以直说的苦衷——鲁迅〈野草〉探秘》，人民文学出版社 2000 年版，第 75 页）

【思考与讨论】

1. 阿 Q 是中国现代文学中的不朽形象，请结合作品，谈谈你对这一人物形象的理解。

2. 鲁迅小说以“表现的深切与格式的特别”而著称，结合《伤逝》谈谈你的理解。

3. 结合文本谈谈《过客》的象征性。

【拓展与延伸】

1. 鲁迅在人们的心目中往往模样是“横眉冷对”，文章则是“匕首投枪”。学者陈丹青却认为：“就文学论，就人物论，他是百年来中国第一好玩的人。”请参阅陈丹青《鲁迅是百年来中国第一好玩的人》，萧红的《回忆鲁迅先生》，以《我心中的鲁迅》为题，写一篇文章。

2. 鲁迅去世后，作家郁达夫曾著文说：“一个有伟大人物而不知敬仰的民族，是毫无希望的奴隶之邦。”近年来，在一些中学语文教材的编写中出现了“去鲁迅化”现象，由此引发强烈的社会争议。你如何看待这一现象？

3.1983 年 6 月，北京人艺首演高行健话剧《车站》时，把鲁迅的《过客》放在前面，由同一个演员扮演“过客”与《车站》中“沉默的人”。阅读这两个剧本，比较二者的异同。

4. 鲁迅的杂文取得了很高的艺术成就，如《中国人失掉自信力了吗》《论雷峰塔的倒掉》都是其杂文中的名篇。请针对当代社会的种种现象，借鉴鲁迅杂文的艺术手法，自拟题目，写一篇杂文。

5. 香港女作家亦舒作品众多，深受都市女性的喜爱。她对鲁迅的作品情有独钟，其长篇小说《我的前半生》延续了《伤逝》中男女主人公的名字：涓生和子君；探讨了婚恋与经济独立之间的关系。请阅读《我的前半生》，谈谈《伤逝》对该小说的影响。

【推荐阅读】

1.《鲁迅小说全集》（丁聪插图本），鲁迅著，人民文学出版社 2013 年版。

2.《心灵的探寻》，钱理群著，北京大学出版社 1999 年版。

3.《论鲁迅的复调小说》（增订版），严家炎著，北京大学出版社 2011 年版。

郁达夫

郁达夫

【简介】郁达夫（1898 ～ 1945），原名郁文，浙江富阳人。郁达夫出生于衰落的书香门第，自幼好学，有良好的古典文学修养。1913 年随大哥东渡日本留学，在日本期间受国内新文化运动影响，开始接触英国和德国浪漫主义作品，1921 年夏天与郭沫若等人在东京发起成立文学社团“创造社”。1921 年 10 月小说集《沉沦》出版，在国内文坛产生重大影响。1922 年回国后辗转各地从事小说创作和文学编辑工作。1938 年赴新加坡，以报纸为阵地，写了大量战斗檄文，宣传抗日。太平洋战争爆发后隐居印尼苏门答腊岛，1945 年 9 月被日本宪兵秘密杀害，新中国成立后被人民政府追认为“烈士”。

郁达夫一生创作了大量的小说和散文作品，是 20 世纪 20 年代中国现代文学史上重要的浪漫主义代表作家。小说代表作有《沉沦》《南迁》《春风沉醉的晚上》《薄奠》《迟桂花》等；他的散文创作也很有成就，尤其是游记作品。郁达夫本质上是诗人，情感纤细敏锐，内心体验深刻，其小说不追求故事情节的完整，而是注重内心情绪的宣泄，最容易引起争议的是其作品中对主人公的性苦闷和变态心理的描写。这种自我暴露与他的文艺观有关，也与日本“私小说”的影响有关。他认为文学作品，都是作家的自叙传，艺术的价值，完全在一个“真”字上，“心境是如此，我若要辞绝虚伪的罪恶，我只好赤裸裸的把我的心境写出来”（《郁达夫全集》第 5 卷，浙江文艺出版社 1992 年版，第 77 ～ 78 页）。

沉沦（节选）

二

他的忧郁症愈闹愈甚了。

他觉得学校里的教科书，真同嚼蜡一般，毫无半点生趣。天气清朗的时候，他每捧了一本爱读的文学书，跑到人迹罕至的山腰水畔，去贪那孤寂的深味去。在万籁俱寂的瞬间，在天水相映的地方，他看看草木虫鱼，看看白云碧落，便觉得自家是一个孤高傲世的贤人，一个超然独立的隐者。有时在山中遇着一个农夫，他便把自己当作了Zaratustra，把Zaratustra所说的话，也在心里对那农夫讲了。他的Megalomania也同他的Hypochondria成了正比例，一天一天地增加起来。他竟有接连四五天不上学校去听讲的时候。

有时候到学校里去，他每觉得众人都在那里凝视他的样子。他避来避去想避他的同学，然而无论到了什么地方，他的同学的眼光，总好像怀了恶意，射在他的背脊上面。

上课的时候，他虽然坐在全班学生的中间，然而总觉得孤独得很；在稠人广众之中，感得的这种孤独，倒比一个人在冷清的地方，感得的那种孤独，还更难受。看看他的同学看，一个个都是兴高采烈的在那里听先生的讲义，只有他一个人身体虽然坐在讲堂里头，心思却同飞云逝电一般，在那里作无边无际的空想。

好容易下课的钟声响了！先生退去之后，他的同学说笑的说笑，谈天的谈天，个个都同春来的燕雀似的，在那里作乐；只有他一个人锁了愁眉，舌根好像被千钧的巨石锤住的样子，兀的不作一声。他也很希望他的同学来对他讲些闲话，然而他的同学却都自家管自家的去寻欢乐去，一见了他那一副愁容，没有一个不抱头奔散的，因此他愈加怨他的同学了。

“他们都是日本人，他们都是我的仇敌，我总有一天来复仇，我总要复他们的仇。”

一到了悲愤的时候，他总这样的想的，然而到了安静之后，他又不得不嘲骂自家说：

“他们都是日本人，他们对你当然是没有同情的，因为你想得他们的同情，所以你怨他们，这岂不是你自家的错误么？”

他的同学中的好事者，有时候也有人来向他说笑的，他心里虽然非常感激，想同那一个人谈几句知心的话，然而口中总说不出什么话来；所以有几个解他的意的人，也不得不同他疏远了。

他的同学日本人在那里欢笑的时候，他总疑他们是在那里笑他，他就一霎时的红起脸来。他们在那里谈天的时候，若有偶然看他一眼的人，他又忽然红起脸来，以为他们是在那里讲他。他同他同学中间的距离，一天一天的远背起来，他的同学都以为他是爱孤独的人，所以谁也不敢来近他的身。

有一天放课之后，他挟了书包，回到他的旅馆里来，有三个日本学生系同他同路的。将要到他寄寓的旅馆的时候，前面忽然来了两个穿红裙的女学生。在这一区市外的地方，从没有女学生看见的，所以他一见了这两个女子，呼吸就紧缩起来。他们四个人同那两个女子擦过的时候，他的三个日本人的同学都问她们说：

“你们上哪儿去？”

那两个女学生就作起娇声来回答说：

“不知道！”

“不知道！”

那三个日本学生都高笑起来，好像是很得意的样子；只有他一个人似乎是他自家同她们讲了话似的，害了羞，匆匆跑回旅馆里来。进了他自家的房，把书包用力的向席上一丢，他就在席上躺下了——日本室内都铺的席子，坐也席地而坐，睡也睡在席上的——他的胸前还在那里乱跳；用了一只手枕着头，一只手按着胸口，他便自嘲自骂的说：

“你这卑怯者！”

“你既然怕羞，何以又要后悔？”

“既要后悔，何以当时你又没有那样的胆量？不同她们去讲一句话。”

“Oh，coward，coward！”

说到这里，他忽然想起刚才那两个女学生的眼波来了。

那两双活泼泼的眼睛！

那两双眼睛里，确有惊喜的意思含在里头。然而再仔细想了一想，他又忽然叫起来说：

“呆人呆人！她们虽有意思，与你有什么相干？她们所送的秋波，不是单送给那三个日本人的么？唉！唉！她们已经知道了，已经知道我是支那人了，否则她们何以不来看我一眼呢！复仇复仇，我总要复他们的仇。”

说到这里，他那火热的颊上忽然滚了几颗冰冷的眼泪下来。他是伤心到极点了。这一天晚上，他记的日记说：

“我何苦要到日本来，我何苦要求学问。既然到了日本，那自然不得不被他们日本人轻侮的。中国呀中国！你怎么不富强起来，我不能再隐忍过去了。”

“故乡岂不有明媚的山河，故乡岂不有如花的美女？我何苦要到这东海的岛国里来！”

“到日本来倒也罢了，我何苦又要进这该死的高等学校。他们留了五个月学回去的人，岂不在那里享荣华安乐么？这五六年的岁月，教我怎么能挨得过去。受尽了千辛万苦，积了十数年的学识，我回国去，难道定能比他们来胡闹的留学生更强么？”

“人生百岁，年少的时候，只有七八年的光景，这最纯最美的七八年，我就不得不在这无情的岛国里虚度过去，可怜我今年已经是二十一了。”

“槁木的二十一岁！”

“死灰的二十一岁！”

“我真还不如变了矿物质的好，我大约没有开花的日子了。”

“知识我也不要，名誉我也不要，我只要一个安慰我体谅我的‘心’。一副白热的心肠！从这一副心肠里生出来的同情！从同情而来的爱情！”

“我所要求的就是爱情！”

“若有一个美人，能理解我的苦楚，她要我死，我也肯的。”

“若有一个妇人，无论她是美是丑，能真心真意的爱我，我也愿意为她死的。”

“我所要求的就是异性的爱情！”

“苍天呀苍天，我并不要知识，我并不要名誉，我也不要那些无用的金钱，你若能赐我一个伊甸园内的‘伊扶’，使她的肉体与心灵，全归我有，我就心满意足了。”

选自《沉沦》，《郁达夫选集》（上），人民文学出版社 2004 年版

【导读】

《沉沦》写于 1921 年 5 月，1921 年 10 月收入小说集《沉沦》中出版，这是郁达夫自己、也是中国现代文学史上第一部白话短篇小说集。《沉沦》是郁达夫的成名作，也是郁达夫小说的典型样式，开创了中国现代文学“自叙传”抒情小说的先河。

小说以凄切、哀婉的笔调描写了一个留日学生灵魂堕落的过程。主人公“他”独处异国他乡，渴望得到纯真的友谊和温柔的爱情，但由于祖国贫弱，受到的只是屈辱和歧视，从而形成孤独自卑的性格，终因绝望厌世而沉沦，在大海的波涛中自求毁灭。小说强烈地表现了“五四”新一代知识分子对个性解放的追求，并写出了感觉被社会和国家抛弃、徘徊于社会边缘的“零余者”在时代中的哀怨。

这部作品的成功之处，首先是作者成功地刻画了主人公孤僻自卑的性格特征，主人公在稠人广众之中总是感到孤独，总是感到别人对自己的压迫，以致离群索居，自怨自艾。这是青春期常有的忧郁症，只是主人公比较严重，甚至到了病态的地步，这种忧郁症最突出的表现是在性的问题上格外敏感，如遇到女学生惊喜、害羞又忐忑不安。主人公渴望得到正常的友情和爱情，但他孤僻自卑的性格使他渴望而不得，由此生出种种苦闷，这是青春期常见的心理现象，但小说把这种心理现象夸大了，写出了主人公因压抑而产生的精神变态和病态。郁达夫写病态，并不是刻意在展览病态，而是正视作为人天性中重要组成部分的情欲问题，所以小说中郁达夫通过很多大胆的自我暴露的描写将之表现出来。这就使得小说一经发表即

引发了强烈的社会轰动，郁达夫也因此受到诸多非议，但周作人著文指出这部作品的精神和精彩之处，认为“《沉沦》是一件艺术的作品，但他是‘受戒者的文学’，而非一般人的读物”，这才使得小说被大众认可。

其次，这部作品揭示了形成主人公病态心理、忧郁情绪的时代和社会原因。主人公“他”作为一个留学日本的学生，深切感受到一个弱国子民被欺侮、歧视的切肤之痛，当有人问“他”是哪里人时，“他”总是说不出话来，感到自己简直“站在断头台上”，而内心则在焦急地呼唤：“祖国啊，祖国，你怎么不富强起来。”显而易见，主人公的忧郁孤僻性格，烙印着鲜明的时代特征，他不是一般的忧郁症患者，而是“五四”时期实现了人的觉醒，追求个性解放、民族复兴、爱情幸福而不能得到实现的“活人的颓废”。

此外，这部作品中还描写了造成主人公悲剧的深层文化原因，中国几千年封建伦理道德对“性”的禁忌，造成中国青年内心情感和精神的严重压抑，道学家们宣扬“存天理、灭人欲”使人们无法对性有正确的认识，对性存在罪恶感和恐惧感，造成人性的扭曲和压抑。郁达夫在文艺观念上特别信奉“一切作品都是作家的自叙传”，所以这篇小说的创作跟郁达夫本人的身世经历有很大的关系，虽然采用第三人称，但写的是作者的主观情绪，小说包含了作者自己的灵肉冲突，主人公作为作者的化身，坦白率真、无所顾忌、大胆暴露个人生活和心境，包括私生活中的性苦闷和病态性心理，是从人性的角度向虚伪的旧道德和封建礼教挑战，体现出“五四”知识分子个性解放精神和对自身精神困境的自省与拷问。郁达夫用小说的形式大胆而率真地写青春期的忧郁和因情欲问题引起的心理紧张，这在中国历来的文学中都是十分罕见的，因此郁达夫被认为是敢于彻底暴露自我的作家。

小说全文八节，本书选择的是小说的第二节，在这一节中作者着重描写了主人公自怜的情绪和对爱情强烈的渴望。

【选评】

他那清新的笔调，在中国的枯槁的社会里面好像吹来一股清风，立刻吹醒了当时无数青年的心。他那大胆的自我暴露，对于深藏在千年万年背甲里面的士大夫的虚伪，完全是一种暴风雨式的闪击，把一些假道学、假才子们震惊得至于狂怒了。（郭沫若：《论郁达夫》，原载 1946 年 9 月《人物杂志》第 3 期）

【思考与讨论】

1. 你认为是什么原因造成了《沉沦》中主人公的悲剧？

2. 结合文本分析《沉沦》的艺术特色。

【拓展与延伸】

1. 有学者认为：“中国作家更关心的不是内在自我的心灵安顿与精神求索，

而是自己在公众中的形象。"而"那些最富有创造性的伟大艺术家几乎都有以下特征：不顾及自我在公众中的印象如何，义无反顾地孜孜追求理想自我，哪怕与公众价值标准抵牾冲突也在所不惜，正是在这种追求中，他们敢于在作品中坦率地裸露自己的深层心理，善于灵魂的自我解剖，因而较少自我防御。"（周宪：《论认同性自我批判——新时期文学的文化心理学分析之一》,《文学评论》1989年第5期）结合这段话，谈谈《沉沦》的异质性和可贵性。

2. 查阅相关资料，了解弗洛伊德的精神分析学说，试着用本我、自我、超我的人格结构理论来分析《沉沦》，写一篇2000字左右的论文。

【推荐阅读】

1.《郁达夫全集》，郁达夫著，浙江大学出版社2007年版。

2.《郁达夫新论》，许子东著，浙江文艺出版社1983年版。

3.《郁达夫自传》，郁达夫著，江苏文艺出版社1996年版。

丁　玲

【简介】丁玲（1904～1986），原名蒋冰之，湖南临澧人。出生在破落官僚家庭，早年曾在长沙读中学，受到"五四"思潮的影响，1923年进入共产党创办的上海大学中文系学习。1927年12月，丁玲第一篇短篇小说《梦珂》在《小说月报》上发表，1928年2月又发表了早期代表作《莎菲女士的日记》，此后连续发表《暑假中》《阿毛姑娘》等十几篇小说，引起文坛的热烈反响。1930年参加左翼作家联盟，后出任左联机关刊物《北斗》主编及左联党团书记。这时期她创作的《水》《母亲》等作品，显示了左翼革命文学的实绩。1933年被国民党特务绑架，逃离南京后丁玲转赴中共中央所在地陕北保安县，此后历任西北战地服务团团长、《解放日报》文艺副刊主编等职，并先后创作《一颗未出膛的枪弹》《夜》《我在霞村的日子》《在医院中》等解放区文学优秀作品。1948年创作完成长篇小说《太阳照在桑干河上》，该作品在1951年获得斯大林文学奖金，曾被译为多国文字。

丁玲

新中国成立后，丁玲先后担任文艺界多种重要领导职务，并在繁忙工作之余，发表了大量小说和评论文章。1955 年和 1957 年被错误地定为“丁玲、陈企霞反党小集团”和“丁玲、冯雪峰右派反党集团”主要成员，1958 年又受到“再批判”，被下放到“北大荒”“劳动改造”。“文革”期间深受迫害并被投入监狱。1979 年后获得平反并重返文坛，任中国作协副主席、全国政协常委兼文化组组长。1986 年 3 月 4 日，丁玲在北京协和医院病逝，享年 82 岁。

丁玲一生著作丰富，是中国现代文学史上创作活动时间最长、影响最大的女作家，虽然屡经磨难，多次被迫搁笔，仍然创作了近 300 万字的作品。有些作品被译为多种文字，在世界文坛也产生了广泛的影响。美国《二十世纪百科全书》“丁玲”条目这样写道：“丁玲女士，作为一名二十世纪最有力量、最为活跃的作家，在中国文学史上，占据着一个显著位置。”

莎菲女士的日记（节选）

一月一日

我不知道那些热闹的人们是怎样的过年，我只在牛奶中加了一个鸡子，鸡子是昨天苇弟拿来的，一共二十个，昨天煨了七个茶卤蛋，剩下十三个，大约够我两星期吃。若吃午饭时，苇弟会来，则一定有两个罐头的希望。我真希望他来。因为想到苇弟来，我便上单牌楼去买了四盒糖，两包点心，一篓橘子和苹果，预备他来时给他吃。我断定今天只有他才能来。

但午饭吃过了，苇弟却没来。

我一共写了五封信，都是用前几天苇弟买来的好纸好笔。我想能接得几个美丽的画片，却不能。连几个最爱弄这个玩艺儿的姊姊们都把我这应得的一份儿忘了。不得画片，不稀罕，单单只忘了我，却是可气的事。不过自己从不曾给人拜过一次年，算了，这也是应该的。

晚饭还是我一人独吃，我烦恼透了。

夜晚毓芳云霖来了，还引来一个高个儿少年，我想他们才真算幸福；毓芳有云霖爱她，她满意，他也满意。幸福不是在有爱人，是在两人都无更大的欲望，商商量量平平和和地过日子。自然，有人将不屑于这平庸。但那只是另外人的，与我的毓芳无关。

毓芳是好人，因为她有云霖，所以她“愿天下有情人皆成眷属”。她去年曾替玛丽作过一次恋爱婚姻介绍者。她又希望我能同苇弟好，她一来便问苇弟。但她却和云霖及那高个儿把我给苇弟买的东西吃完了。

那高个儿可真漂亮，这是我第一次感觉到男人的美，从来我还没有留心到。只以为一个男人的本行是会说话，会看眼色，会小心就够了。今天我看了这高个儿，才懂得男人是另铸有一种高贵的模型，我看出在他面前的云霖显得多么委琐，多么呆拙……我真要可怜云霖，假使他知道他在这个人前所衬出的不幸时，他将怎样伤心他那些所有的粗丑的眼神，举止。我更不知，当毓芳拿这一高一矮的男人相比时，会起一种什么情感！

他，这生人，我将怎样去形容他的美呢？固然，他的颀长的身躯，白嫩的面庞，薄薄的小嘴唇，柔软的头发，都足以闪耀人的眼睛，但他还另外有一种说不出，捉不到的丰仪来煽动你的心。比如，当我请问他的名字时，他会用那种我想不到的不急遽的态度递过那只擎有名片的手来。我抬起头去，呀，我看见那两个鲜红的，嫩腻的，深深凹进的嘴角了。我能告诉人吗，我是用一种小儿要糖果的心情在望着那惹人的两个小东西。但我知道在这个社会里面是不准许任我去取得我所要的来满足我的冲动，我的欲望，无论这于人并没有损害的事，我只得忍耐着，低下头去，默默地念那名片上的字：

“凌吉士，新加坡……”

凌吉士，他能那样毫无拘束的在我这儿谈话，像是在一个很熟的朋友处，难道我能说他这是有意来捉弄一个胆小的人？我为要强迫地拒绝引诱，不敢把眼光抬平去一望那可爱慕的火炉的一角。两只不知羞惭的破烂拖鞋，也逼着我不准走到桌前的灯光处。我气我自己：怎么会那样拘束，不会调皮的应对？平日看不起别人的交际，今天才知道自己是显得又呆，又傻气。唉，他一定以为我是一个乡下才出来的姑娘了！

云霖同毓芳两人看见我木木的，以为我不欢喜这生人，常常去打断他的话，不久带着他走了。这个我也感激他们的好意吗？我望着那一高两矮的影子在楼下院子中消失时，我真不愿再回到这留得有那人的靴印，那人的声音，和那人吃剩的饼屑的屋子。

……

三月十三日

好几天又不提笔，不知是因为我心情不好，或是找不出所谓的情绪。我只知道，从昨天来我是只想哭了。别人看到我哭，以为我在想家，想到病，看见我笑呢，又以为我快乐了，还欣庆着这健康的光芒……但所谓朋友皆如是，我能告谁以我的不屑流泪，而又无力笑出的痴呆心境？因我看清了自己在人间的种种不愿舍弃的热望以及每次追求而得来的懊丧，所以连自己也不愿再同情这未能悟彻所引起的伤心。更哪能捉住一管笔去详细写出自怨和自恨呢！

是的，我好像又在发牢骚了。但这只是隐忍在心头反复向自己说，似乎还无碍。因为我未曾有过那种胆量，给人看我的蹙紧眉头，和听我的叹气，虽说人们早已无条件的赠送过我以“狷傲”“怪僻”等等好字眼。其实，我并不是要发牢骚，我只想哭，想有那么一个人来让我倒在他怀里哭，并告诉他：“我又糟蹋我自己了！”不过谁能了解我，抱我，抚慰我呢？是以我只能在笑声中咽住“我又糟蹋我自己了”的哭声。

我到底又为了什么呢，这真难说！自然我未曾有过一刻私自承认我是爱恋上那高个儿了的，但他在我的心心念念中又蕴蓄着一种分析不清的意义。虽说他那颀长的身躯，嫩玫瑰般的脸庞，柔软的嘴唇，惹人的眼角，可以诱惑许多爱美的女子，并以他那娇贵的态度倾倒那些还有情爱的。但我岂肯为了这些无意识的引诱而迷恋一个十足的南洋人！真的，在他最近的谈话中，我懂得了他的可怜的思想；他需要的是什么？是金钱，是在客厅中能应酬买卖中朋友们的年轻太太，是几个穿得很标致的白胖儿子。他的爱情是什么？是拿金钱在妓院中，去挥霍而得来的一时肉感的享受，和坐在软软的沙发上，拥着香喷喷的肉体，抽着烟卷，同朋友们任意谈笑，还把左腿叠压在右膝上；不高兴时，便拉倒，回到家里老婆那里去。热心于演讲辩论会，网球比赛，留学哈佛，做外交官，公使大臣，或继承父亲的职业，做橡树生意，成资本家……这便是他的志趣！他除了不满于他父亲未曾给他过多的钱以外，便什么都可使他在一夜不会做梦的睡觉；如有，便只是嫌北京好看的女人太少，有时也会厌腻起游戏园，戏场，电影院，公园来……唉，我能说什么呢？当我明白了那使我爱慕的一个高贵的美型里，是安置着如此一个卑劣灵魂，并且无缘无故还接受过他的许多亲密。这亲密，还值不了他从妓院中挥霍里剩余下的一半！想起那落在我发际的吻来，真使我悔恨到想哭了！我岂不是把我献给他任他来玩弄来比拟到卖笑的姊妹中去！这只能责备我自己使我更难受，假设只要我自己肯，肯把严厉的拒绝放到我眸子中去，我敢相信，他不会那样大胆，并且我也敢相信，他所以不会那样大胆，是由于他还未曾有过那恋爱的火焰燃炽……唉！我应该怎样来诅咒我自己了！

选自丁玲著《莎菲女士的日记》，人民文学出版社 2004 年版

【导读】

1928 年 2 月，《莎菲女士的日记》发表在叶圣陶主编的《小说月报》头条位置，旋即在少男少女中刮起了一阵旋风，“好似在这死寂的文坛上抛下了一颗炸弹一样，大家都不免被她的天才所震惊了”（朱自清语，见《中国新文学大系·诗集·诗话》中“白采”条）。于是，丁玲和她的莎菲女士一起，一鸣惊人，震动了文坛。

小说由莎菲女士的三十一则日记组成，描写了五四运动以后几年北京城里的几个男女青年的生活，以莎菲与凌吉士的爱情为主线，与苇弟的关系为副线，相互交错着展开情节，表现了莎菲追求个性解放的时代女性的心灵痛苦、骚乱及其悲剧命运。

小说开篇，莎菲正处在幻灭的悲哀中，她南方北方的奔波，不为读书，不为事业，而是把爱情当作生活的唯一追求，但结果，始终未能得到“真的爱情”。且不说那位只会肉麻地“爱呀爱的”粗壮的安徽男人，着实令人生厌；对莎菲无比虔诚的苇弟，也不过是一个思想贫乏、行为怯懦的庸人，没有高远的目标，不了解莎菲那颗热烈追求生活的心灵，当然不是莎菲的理想人物。灰色的求爱者，令人窒息的生活环境，使莎菲感到无聊、苦闷，她发自内心地呼喊：“但我却宁肯能找到些新的不快活，不满足；只是新的，无论好坏，似乎都隔得我太远了。”经过这样的铺垫和渲染，凌吉士出现了。这位南洋阔少漂亮的仪表和潇洒的谈吐，使莎菲周围的朋友相形失色，他确实是“新的”，因而燃起了莎菲追求的欲望。在凌吉士面前莎菲放下了在苇弟那里一直保持着的女性尊严，但是，在逐渐的交往中，莎菲透过他美丽的躯壳看清他肮脏的灵魂，其生活观和恋爱观无不散发着没落资产阶级的腐朽气味，嘴上把爱情说得崇高至上，实际上却视妇女为商品和玩物，十足一个的自私自利的小人。在爱与恨的痛苦挣扎中，莎菲挣脱了凌吉士用“色相”布下的情网，一脚踢开了凌吉士，决定背负着痛苦和绝望的重负，到无人认识的地方去，浪费自己生命的余剩。

莎菲与凌吉士之间的矛盾冲突以至最后的决裂，究其根源，是人生观、恋爱观矛盾冲突的结果。莎菲恋爱观的基本核心就是追求“真的爱情”。什么是“真的爱情”，其内涵为何？首先是男女之间互相了解，互相尊重，二人能心灵相通，心心相印。莎菲强烈渴望被人理解：“如若不懂得我，我要那些爱，那些体贴做什么？”她之所以不理会苇弟的虔诚追求，原因即在于苇弟不懂得她的心灵。“假使苇弟知道我，我自然是会将他当做我唯一可诉心腑的朋友，我将热诚的拥着他同他接吻。”可是，苇弟得到了读莎菲袒露心迹的日记的机会，却全然不理解它的真正意义，以至于莎菲伤心地感叹道：“谁能懂得我呢？”在与凌吉士的交往中，莎菲首先考虑的也是自己对凌吉士“还一丝一毫都不知道”；所伤心的，也是“我无能使他了解我而敬重我”。其次，在莎菲看来，“真的爱情”是与封建世俗观念、传统道德相对立的。“父母之命，媒妁之言”“男女授受不亲”等封建道德的规范莎菲统统不放在眼里，在日记里她毫不掩饰地剖白自己的爱情心理和性爱冲动，她说，自己的日记不愿意示人的原因，“我也怕别人给一些理智的面孔给我看，好更刺透我的心；似乎我自己也会因了别人所尊崇的道德而真的也感到像犯下罪一样难受。”第三，莎菲认为自己所追求的“真的爱情”是圣洁的，不为金钱所动，不为名利地位所惑。她鄙视凌吉士：“你认为我所希望的是‘家庭’吗？我所喜欢的是‘金钱’吗？我所骄傲的是‘地位’吗？你，在我面前，是显得多么可怜的一个男子呵！”莎菲在爱情上不依赖于任何男性，渴求的是精神和肉体高度和谐统一的爱情，是人类在精神和情感上的高尚境界。

莎菲在追求“真的爱情”过程中，表现出矛盾复杂的性格，这表现在她生活的各个方面：她讨厌周围朋友的平庸委琐，但也时常为受到冷落而怄气；虽对凌吉士的丑陋灵魂已有清楚认识，却不能摆脱对他的感情，后 16 则日记主要描绘的是，莎菲在看清凌吉士本质后仍然迷恋他的矛盾心情；一方面莎菲想享有美好的人生，但另一方面，又感到人生的无意义，认为还不如早死了干净，甚至糟蹋自己的生命。诚如茅盾先生所言，“莎菲女士是‘五四’以后解放的青年女子在性爱上的矛盾心理的代表者。”（茅盾：《女作家丁玲》，载《丁玲研究资料》，天津人民出版社 1982 年版）

莎菲是我国新文学史上真正具有强烈的现代意识的新女性形象，她是封建礼教的叛逆者、旧道德的挑战者和黑暗社会的叛逆者，她心灵上苦闷的创伤，概括了“五四”落潮期尤其是大革命失败后小资产阶级新女性的苦闷。她们一方面对传统价值观念感到动摇和失望，对社会的黑暗感到愤懑；但又对未来感到迷茫，找不到出路，有一种失落感。于是，经常处在矛盾、苦闷、孤独、绝望之中，而这种苦闷感伤，正是那个时代青年的苦闷，是生和死的痛苦挣扎冲突所发出的叛逆的绝叫，因而带有某种普遍意义。

一个身负时代创伤的女孩子，在委琐、平庸、自私的黑暗现实中，为了坚持自己高傲的理想追求，进行着顽强的自我斗争，使每个读过小说的人无不为之感动。小说发表至今，人们对它的兴趣经久不衰，对莎菲这一形象褒贬毁誉，相距甚远。究其原因，一方面有政治因素，莎菲的升降浮沉和作者丁玲的政治命运息息相关，另一方面，莎菲形象本身的复杂性让不同时代的读者见仁见智，评价产生分歧在所难免。在现代文学历史的人物长廊里，莎菲女士是一个不容忽略的艺术典型。

节选的两篇日记，“一月一日”描写了莎菲第一次与凌吉士见面的情景和心理，她被凌吉士美丽的外貌所吸引，情难自禁；“三月十三日”描写莎菲已经获知凌吉士的本相，对其卑劣的灵魂产生厌恶。

【选评】

丁玲的早期小说不但在意识内容上属于现代，而且在艺术思想、审美要求上也地道地属于现代。她的作品从一开始就拒绝单调和贫乏。她的笔墨总是无所顾忌地着力表现生活本身的丰富性、复杂性，不走简单回避的道路。主题往往是多重的（《庆云里中的一间小房里》《阿毛姑娘》等主题都不那么单纯）。人物性格也具有多层面、多矛盾的特点，经得起多方发掘和咀嚼。作者的感情倾向尽量隐蔽在画面背后，很少直接流露。这些都使她的小说具有现实主义的厚度，甚至容易带来歧义，茅盾就曾赞许地说过：丁玲的“短篇小说的特点就是立意深湛，即使写的是‘身边琐事’，也不使人感到琐细单薄”。只要读读借孩子的眼睛来写的《过年》这样出色的短篇，我们就会觉得茅盾这话丝毫没有夸大过誉之处。（严家炎：《开拓者的艰难跋涉——论丁玲小说的历史贡献》，《文学评论》1987 年第 4 期）

【思考与讨论】

1. 结合文本分析莎菲形象。

2. 郁达夫的《沉沦》以男性视角写出了“五四”时期男性“生的苦闷”与“性的苦闷”，而素有“女性《沉沦》”之誉的《莎菲女士的日记》则是以女性视角写出了“五四”落潮时期女性精神的苦闷。联系二十世纪二十年代的社会文化环境，分析青年人“苦闷”的原因及其表现形态。

【拓展与延伸】

1. 丁玲的小说创作，从早期的《梦珂》《莎菲女士的日记》《韦护》到《在医院中》《我在霞村的时候》，再到《太阳照在桑干河上》《杜晚香》，有一条嬗变的轨迹：个性解放主题的淡化和阶级解放主题的强化，但是“淡化”不等于消失，请结合文学史背景和作品中的人物形象对这一现象进行分析。

2. 日记体小说是“五四”时期在西方小说的影响下兴起的一种文体形式，鲁迅的《狂人日记》是奠基之作、庐隐的《丽石的日记》、洪灵菲的《路上》、冰心的《一个军官的笔记》、茅盾的《腐蚀》等都是日记体小说，中外文学史上还有哪些日记体小说？日记体小说的特点又是怎样的？

【推荐阅读】

1.《丁玲作品新编》，王中忱编，人民文学出版社 2010 年版。

2.《丁玲传》，丁言昭著，复旦大学出版社 2011 年版。

3.《魑魅世界风雪人间：丁玲的回忆》，丁玲著，人民文学出版社 1989 年版。

郭沫若

郭沫若

【简介】郭沫若（1892～1978），原名郭开贞，1892年出生于四川省乐山县沙湾镇，优美的自然风光熏陶了诗人浪漫主义情怀。因其故乡为两条河流——沫水和若水环绕，故改名为郭沫若。1906年入新式学堂，期间，他多次参与反帝反封建的爱国运动，逐渐养成了叛逆的性格。1914年赴日本留学，就读医学专业。这期间，郭沫若的兴趣转向文学，阅读了一批西方文学以及哲学作品，形成了浪漫主义文艺观，接受了泛神论的影响。1921年，与郁达夫等组建创造社，同年《女神》结集出版。1927年，参加中国共产党领导的南昌起义，后为躲避国民党政府缉捕而再次赴日，1937年，归国参加抗战。新中国成立后历任政务院副总理、中国文联主席、中国科学院院长、全国人大常委副委员长等职。他留下了丰富的文学著作，主要成就是诗歌与历史剧的创作。出版的诗集有《女神》《星空》《瓶》《前茅》等，代表性剧作有《三个叛逆的女性》《屈原》《虎符》《蔡文姬》等。

凤凰涅槃（节选）

凤凰更生歌

鸡鸣

听潮涨了，
听潮涨了，
死了的光明更生了。

春潮涨了，
春潮涨了，
死了的宇宙更生了。

生潮涨了，
生潮涨了，
死了的凤凰更生了。

凤凰和鸣

我们更生了。
我们更生了。
一切的一，更生了。
一的一切，更生了。
我们便是他，他们便是我，
我中也有你，你中也有我。
我便是你，
你便是我。
火便是凰。
凤便是火。
翱翔！翱翔！
欢唱！欢唱！

我们新鲜，我们净朗，
我们华美，我们芬芳，
一切的一，芬芳。
一的一切，芬芳。
芬芳便是你，芬芳便是我。
芬芳便是他，芬芳便是火。
火便是你。
火便是我。
火便是他。
火便是火。
翱翔！翱翔！
欢唱！欢唱！

我们热诚，我们挚爱。

我们欢乐，我们和谐。
一切的一，和谐。
一的一切，和谐。
和谐便是你，和谐便是我。
和谐便是他，和谐便是火。
火便是你。
火便是我。
火便是他。
火便是火。
翱翔！翱翔！
欢唱！欢唱！

我们生动，我们自由。
我们雄浑，我们悠久。
一切的一，悠久。
一的一切，悠久。
悠久便是你，悠久便是我。
悠久便是他，悠久便是火。
火便是你。
火便是我。
火便是他。
火便是火。
翱翔！翱翔！
欢唱！欢唱！

我们欢唱，我们翱翔。
我们翱翔，我们欢唱。
一切的一，常在欢唱。
一的一切，常在欢唱。
是你在欢唱？是我在欢唱？
是他在欢唱？是火在欢唱？
欢唱在欢唱！
欢唱在欢唱！

只有欢唱！
只有欢唱！
欢唱！
　欢唱！欢唱！

1920 年 1 月 20 日初稿
1928 年 1 月 3 日改削

选自《郭沫若文集》，郭沫若著，人民文学出版社 1957 年版

【导读】

《凤凰涅槃》选自郭沫若诗集《女神》，《女神》是中国新诗的奠基之作，它以极端自由的形式、奇特的想象和奔放恣肆的激情展示了“五四”时期狂飙突进的时代精神；以直抒胸臆的方式表现了爱国思想、反封建意识和张扬的个性。《女神》开启了一代诗风，是中国现代白话自由新诗的代表之作，奠定了郭沫若在中国现代诗歌史上的地位。

《凤凰涅槃》是一首控诉旧时代、讴歌新时代的悲壮诗篇，充满了破旧立新的时代激情以及爱国主义情怀。作者在诗中以惊天动地的气概、热烈奔放的激情鞭挞封建专制，主张个性解放和民主自由。诗中凤凰的形象不仅是诗人自我形象的化身，也是民族和祖国的象征。诗人借助于凤凰“满五百岁后，集香木自焚，复以“死灰中更生”的传说，象征中国的新生。诗人要把病入膏肓、腐朽衰败的旧我和旧中国投入熊熊大火，燃烧殆尽，在决然毁弃的剧痛中迎接新我以及新生中国的到来。

“凤歌”是雄鸟的歌唱，刚烈、豪放，是对“黑暗如漆”“冷酷如铁”“腥秽如血”的现实的强烈控诉和诅咒。“凰歌”是雌鸟的歌唱，阴柔、哀怨，“倾泻如瀑”“淋漓如烛”的眼泪表达对美好时光的追悼和呼唤。“凤凰更生歌”是全诗的高潮，是对新生命的赞美。诗人用“光明”“新鲜”“华美”“芬芳”“自由”“生动”等形容词呈现了一个万象更新的新世界，用“翱翔”“欢唱”的姿态表达“欢乐”“热诚”的高亢昂扬的情绪，呈现出一派欢乐景象。“凤凰更生歌”也包含着泛神论的色彩，消除了自然界万物之间的界限，呈现出物我合一的自由境界。全诗涌动着斗志昂扬的激情，充满了瑰丽奇特的想象，造成巨大的情绪张力和想象张力，表现出典型的浪漫主义风格。郭沫若善于捕捉艺术创作过程中的灵感、直觉，使之触动诗人刹那间的感性，并在内心搅动起巨大的情感漩涡，正如他在《创造十年》中所说：

“每每有诗的发作袭来，就好像生了热病一样，使我作寒作冷，使我提起笔来战颤着，有时候写不成字。”

在诗歌的形式上，《凤凰涅槃》打破旧诗格律的束缚，形式自由奔放，节奏抑扬顿挫。诗人采用叠字、复沓、排比等修辞手法以及不固定的韵脚变换，制造回环往复的韵律感；利用情绪的高低起伏、轻重缓急增强了诗歌内在的节奏感，将憎恨、哀怨、昂扬、坚强有力等多种情绪渲染得淋漓尽致。

【选评】

在郭沫若所面对的大海里，一切都不是作为特定的符号存在的……它是一种状态，是一种没有思想含义的形式，是一种没有本质的现象，它需要的不是领悟、咀嚼和品咂，它需要的是感受，直接的感受；它不需要你联想什么，不需要你赋予它什么意义，只需要你的心弦随着它的波涛起伏，应着它咆哮跳动。……它给你的仅仅是那一刹那的沉醉，但正是这一刹那的沉醉使你感到你自己是完全自由的，是充满巨大、澎湃的生命力的，感到你不是卑微的、软弱的、草芥般微不足道的，而是一个高扬的人，是世界的主宰，宇宙的主人。（王富仁：《他开辟了一个新的审美境界——论郭沫若的诗歌创作》，《郭沫若研究》1988 年第 7 期）

【思考与讨论】

五四运动使身居异邦的郭沫若郁积的感情找到突破口，从 1919 年下半年至 1920 年上半年，他的诗歌创作进入“暴发期”。请以《凤凰涅槃》《天狗》等诗歌为例，谈谈《女神》所蕴含的“五四”时代精神。

【拓展与延伸】

1．有学者认为，“苍白、空洞的政治说教、政治告白，不加选择、五花八门的题材，泛滥、不加节制的情感发泄，诗歌写作技术的成熟以至趋于僵化，构成了郭沫若新中国成立后诗歌创作的显著特点。”（贾振勇著《郭沫若研究十六讲》，山东文艺出版社 2009.04 版第 190 页）。请选读郭沫若《新华颂》《百花齐放》《长春集》中的诗歌，对照《女神》，结合当代文学写作环境，分析郭沫若诗风变化的原因。

2．郭沫若是诗人，也是著名的剧作家。“五四”时期创作了历史剧《卓文君》《王昭君》《聂嫈》，合称“三个叛逆的女性”，请选读这些剧本，从思想内容、戏剧语言、艺术风格等角度进行简要分析。

【推荐阅读】

1.《女神》，郭沫若著，人民文学出版社 2002 年版。

2.《屈原 蔡文姬》，郭沫若著，人民文学出版社 1997 年版。

3.《郭沫若正传》，黄侯兴著，江苏文艺出版社 2010 年版。

徐志摩

徐志摩

【简介】徐志摩（1897 ～ 1931），现代诗人，原名徐章垿，浙江海宁人。从小接受传统教育，聪明过人。1918 年赴美留学，改名为志摩。1921 年进入英国剑桥大学，剑桥的生涯虽然短暂，但对徐志摩的影响却非常深远。在此期间，他深受英国浪漫主义诗人雪莱、拜伦、华兹华斯的熏陶，接受了罗素的思想，形成了单纯的人生观——对“爱、美、自由”的信仰，并开始新诗创作。1922 年回国，次年发起成立“新月社”。1926 年在北京主编《晨报副刊 · 诗镌》，与闻一多、朱湘等人在对初期白话诗创作进行反思的基础上，提倡新格律诗，推动了白话新诗的发展。1928 年担任《新月》杂志主编。1931 年创办《诗刊》季刊。同年 11 月 19 日，免费搭乘由南京飞往北平的飞机，在济南党家庄附近因飞机失事不幸遇难。徐志摩的主要著作有诗集《志摩的诗》《翡冷翠的一夜》《猛虎集》《云游》；散文集《落叶》《巴黎的鳞爪》《自剖》《秋》以及日记《爱眉小札》等。徐志摩是新月诗派的代表诗人，诗歌风格灵动飘逸，意境优美婉转，想象丰富，韵律和谐，形式整饬灵活，具有鲜明的艺术个性。

雪花的快乐

假如我是一朵雪花，
翩翩的在半空里潇洒，
　我一定认清我的方向——
　飞扬，飞扬，飞扬，——
这地面上有我的方向。

不去那冷寞的幽谷，
不去那凄清的山麓，

也不上荒街去惆怅——
飞扬，飞扬，飞扬，——
你看！我有我的方向！

在半空里娟娟的飞舞，
认明了那清幽的住处，
等着她来花园里探望——
飞扬，飞扬，飞扬，——
啊，她身上有朱砂梅的清香！

那时我凭借我的身轻，
盈盈的，沾住了她的衣襟，
贴近她柔波似的心胸——
消溶，消溶，消溶——
溶入了她柔波似的心胸！

选自《徐志摩选集》(上)，人民文学出版社 2002 年版

【导读】

《雪花的快乐》一诗是徐志摩灵动飘逸的诗歌风格的典型体现。全诗的核心意象是“娟娟的飞舞”的“雪花”，“雪花”飞扬灵动、漫天飘洒，是一切纯洁、优雅的美好事物的象征。“雪花”可以是爱的化身，诗人变身为轻盈的“雪花”——一个由爱凝结成的精灵，不去“冷寞的幽谷”“凄清的山麓”“惆怅的荒街”，他要去花园，找寻一个有着“朱砂梅的清香”的姑娘，她衣襟飘扬、温柔可亲，令人心旌动荡。诗人笔下的“雪花”不再是漫无目的地在茫茫大地上飘荡，而是执着地认明了方向——爱的方向。诗人借助“雪花”传达了恋爱至上的爱情宣言。“雪花”也可以是自由的化身，它是一个追求自由的快乐精灵，它无拘无束，任意妄为，它勇敢地冲破世俗的阻碍，听从爱的声音。诗人借助“雪花”表达了对自由的渴望。

这首诗意境优美和谐，美丽的“雪花”、美丽的姑娘和渴望爱情的诗人，三者融合在一个意境里，浑然天成。在情绪上，有淡淡的忧愁，但是整体是欢快轻盈的。整首诗充分体现了“五四”个性解放、乐观进取的时代精神。

《雪花的快乐》很好地实践了新格律诗“音乐美”“建筑美”的主张。在韵律上，通过音节上的押韵、音调上的抑扬顿挫以及重复等修辞造成欢快轻盈的韵律感。

在诗行的排列上，全诗共四个诗节，每一个诗节五个诗行，第三、四个诗行缩进一格，整饬又不失灵动。

偶　然

我是天空里的一片云，
偶尔投影在你的波心——
　　你不必讶异，
　　更无须欢喜——
在转瞬间消灭了踪影。

你我相逢在黑夜的海上，
你有你的，我有我的，方向；
　　你记得也好，
　　最好你忘掉，
在这交会时互放的光亮！

选自《徐志摩选集》（上），人民文学出版社 2002 年版

【导读】

《偶然》一诗的核心意象是“一片云”，诗人将自己比作“天空里的一片云”，在人生的道路上漂泊无定，随时变幻，透露出无法把握未来的隐隐的恐慌。诗中的“你”象征着爱情，也象征着一切“爱”与“美”的事物。在每个人的一生中，总有与这些美好纯真事物“偶然”“相逢”的缘分，但往往都是“偶然”的“投影”，昙花一现，在转瞬间便会了无痕迹。它就像黯淡的生命中的一抹“光亮”，稍纵即逝，因此，更加令人感到珍贵难忘，也更加令人叹息无奈。但是，诗人并没有一味停留在失落的低谷，诗人劝慰道：“你不必讶异，更无须欢喜”“你记得也好，最好你忘掉”。只需把这次偶遇在记忆中好好珍藏，传达出了达观、洒脱的人生态度。诗人用非常节制的语言抹去了以前的火气，将珍惜、无奈、洒脱等丰富的内心情感奇妙地交织在一起，传达的悠长深邃，清淡典雅，在读者的心头久久萦绕不去，在形式上，每个诗节第一、二句与第三、四句采用错开两格的排列方式，上下两个诗节整齐对称，又富有变化。在韵律上，通过押韵、音尺等手段，带来委婉顿挫、朗朗上口的节奏感。

再别康桥

轻轻的我走了，
　正如我轻轻的来；
我轻轻的招手，
　作别西天的云彩。

那河畔的金柳，
　是夕阳中的新娘；
波光里的艳影，
　在我的心头荡漾。

软泥上的青荇，
　油油的在水底招摇；
在康河的柔波里，
　我甘心做一条水草！

那榆荫下的一潭，
　不是清泉，是天上虹；
揉碎在浮藻间，
　沉淀着彩虹似的梦。

寻梦？撑一支长篙，
　向青草更青处漫溯，
满载一船星辉，
　在星辉斑斓里放歌。

但我不能放歌，
　悄悄是别离的笙箫；
夏虫也为我沉默，
　沉默是今晚的康桥！

悄悄的我走了，
正如我悄悄的来；
我挥一挥衣袖，
不带走一片云彩。

选自《徐志摩选集》（上），人民文学出版社 2004 年版

【导读】

康桥对于徐志摩来说具有非同寻常的意义。徐志摩在《吸烟与文化》一文中写道：“我的眼是康桥教我睁的，我的求知欲是康桥给我拨动的，我的自我意识是康桥给我胚胎的。”《再别康桥》写于 1928 年秋，诗人带着一颗被现实击碎的心重访康桥，“西天的云彩”还是那样动人心扉，但是时光不再、物是人非，徐志摩感触万千，在归国途中，写下了这首现代诗歌史上的不朽名作。

本诗第一个诗节，连用三个“轻轻的”，使我们想象到诗人如一股清风悄无声息地来临又离去，就像不忍惊扰睡梦中的恋人，显示了诗人温柔的情怀以及洒脱的人生态度。第二节至第六节，诗人通过大量的康桥景物描写，抒写了康桥的美和诗人的眷恋之情。傍晚时分，夕阳西下，披着金黄色嫁衣的柳树像新娘一样美丽动人，水波反射出的五颜六色的光彩使诗人心旌摇曳。面对这样的美景，诗人情愿化身为一株小小的水草，也要依恋着康河的怀抱，深深的眷恋之情达到极致。诗人无数次流连过的拜伦潭在满天星光的夜色中变幻着彩虹般的色彩，像一个个瑰丽的梦，到回忆中“寻梦”去，诗人沉醉在欢快的情绪里，甚至忍不住要放声高歌。但是，转念间诗人想到了现实，现实破碎了他瑰丽的梦和畅然的快乐，使他无法“放歌”，“夏虫也为我沉默，沉默是今晚的康桥”，此处无声胜有声，情绪转向深沉，更为动人。最后一个诗节，以三个“悄悄的”与第一个诗节回环呼应，将诗人的情绪变化表现得缠绵悱恻，丰富深沉，眷恋、无奈、伤痛、洒脱统统凝结在诗人离去的背影里，萦绕在读者的心头久久难以挥散。

诗人表达内心的情感是理智有分寸的，淡淡起头，又淡淡结尾，却包含了多少复杂情绪，使人产生丰富的联想和回味。诗人笔下的客观风景与主观情感和谐相容，物我合一，浑然一体，诗人像康桥一样质朴，康桥像诗人一样有了生命。

全诗共七个诗节，每个诗节四个诗句，每个诗句字数大体相等。诗句的排列采用一进一缩的形式，像一起一伏的康河水波，灵动有致。在音节上，每个诗节换韵，二、四句押韵，整齐不失变化；使用叠字、复沓等修辞手法，使第一诗节与最后

一个诗节相互呼应，产生回环往复的韵律感。

【选评】

他的人生观真是一种单纯的信仰，这里面只有三个大字：一个是爱，一个是自由，一个是美。他梦想这三个理想的条件能够会合在一个人生里，这是他的“单纯信仰”。他的一生的历史，只是他追求这个单纯信仰的实现的历史。（胡适：《追忆志摩》，选自陈引驰编《文人画像——名人笔下的名人》，上海三联书店 1996 年版，第 172 ～ 173 页）

【思考与讨论】

1.“爱”“美”“自由”是徐志摩“单纯的信仰”。请结合徐志摩的诗歌，谈谈这一“单纯的信仰”是如何体现在他的创作中的。

2. 品读《偶然》，如果从爱情这一角度来看，这首诗表达了什么样的爱情观？对你有什么启发？就这一问题进行小组讨论，并写一篇读后感。

【拓展与延伸】

1. 作家梁遇春在 Kissing the Fire 一文中这样评价徐志摩：“人世的经验好比是一团火，许多人都是敬鬼神而远之，隔江观火……他却肯亲自吻着这团生龙活虎般的烈火，火光一照，化腐朽为神奇，遍地开满了春花……”他认为“Kissing the fire”这句话可以代表徐志摩对人生的态度。请阅读这篇文章，结合徐志摩的人生经历和诗文，谈谈你的见解。

2. 徐志摩短暂的一生堪称一部浪漫传奇，著名剧作家赵耀民创作的优秀话剧《记得也好，最好忘掉》与《志摩归去》讲述的均是徐志摩的故事。可对比阅读，也可以表演其中的片段。

【推荐阅读】

1.《徐志摩选集》，徐志摩著，人民文学出版社 2002 年版。

2.《徐志摩传》，韩石山著，人民文学出版社 2010 年版。

3.《林徽因集》，林徽因著，梁从诫编，人民文学出版社 2014 年版。

闻一多

【简介】闻一多（1899 ～ 1946），原名闻家骅，出生于湖北浠水。自幼接受传统文化的教育，1912 年考入清华留美预备学校，期间学习刻苦，阅读广泛。五四运动时成为学生代表，积极参加学生运动。1922 年赴美留学，学习美术。

1923年出版第一本新诗集《红烛》，表达对祖国热情的思念，具有唯美倾向。1925年归国，参与《晨报副刊·诗镌》的编辑工作，积极倡导“新格律诗”，提出新诗应该具备建筑美、绘画美、音乐美（“三美”原则）。1928年出版第二本诗集《死水》，在动乱的时世中仍深沉地倾诉着爱国主义的情怀。此后致力于古典文学的研究。

闻一多

1937年抗日战争爆发后，闻一多在昆明西南联大任教，他蓄须不剪，以示抗战到底的决心。1943年以后，他目睹国民政府的腐败，积极投身于反独裁、争取民主的斗争洪流中。1944年加入中国民主同盟。1945年12月1日发生了镇压进步学生的惨案，史称“一二·一”惨案，闻一多满怀悲愤之情，猛烈抨击国民党的暴行，亲自为死难者送葬。1946年7月15日在悼念李公朴先生大会上，怒斥国民党暗杀李公朴的罪行，发表了著名的《最后一次讲演》，当天下午即被国民党特务暗杀。爱国主义是贯穿闻一多一生的主旋律，这条旋律由热切唯美走向深沉悲愤，由情感的涌动化为外在的行动。

死　水

这是一沟绝望的死水，
清风吹不起半点漪沦。
不如多扔些破铜烂铁，
爽性泼你的剩菜残羹。

也许铜的要绿成翡翠，
铁罐上锈出几瓣桃花；
再让油腻织一层罗绮，
霉菌给他蒸出些云霞。

让死水酵成一沟绿酒，
飘满了珍珠似的白沫；
小珠笑一声变成大珠，

又被偷酒的花蚊咬破。

那么一沟绝望的死水，
也就夸得上几分鲜明。
如果青蛙耐不住寂寞，
又算死水叫出了歌声。

这是一沟绝望的死水，
这里断不是美的所在，
不如让给丑恶来开垦，
看他造出个什么世界。

选自《闻一多作品新编》，人民文学出版社 2009 年版

【导读】这首诗写于 1926 年 4 月，是诗人从美国留学回来的第二年。在国外，年轻的诗人对祖国朝思暮想，把对祖国的热爱和思念倾吐在《太阳吟》《忆菊》《孤雁》等诗歌中。1925 年，漂泊的游子终于回到祖国的怀抱，满目疮痍、残酷丑恶的社会现实让他无比失落、痛心与愤懑，迸发出“这不是我的中华，不对，不对！”的呐喊，可谓椎心泣血！爱之深、恨之切，他先后创作了《发现》《一句话》《死水》等诗歌以抒发内心郁积的情感。

《死水》把对社会现实的感受凝聚成一个经典的意象：一沟绝望的死水。表面的喧哗与光鲜、内在的死寂、污秽形成极大的对比。象征军阀统治下的旧中国黑暗陈腐、停滞不前的现状，诗人对其进行了强烈的诅咒，表现了深切的爱国热情。诗人常常采用凝滞沉郁的意象表达炽热浓烈的情感，动静结合，相得益彰，充分体现了诗人独特的艺术风格。

全诗共五个诗节，可分为三个部分。第一部分为第一个诗节，“绝望”一词写出了诗人对如“死水”一般的黑暗现实的深深失望；“清风吹不起半点漪沦”描绘出了死水的腐臭死寂的程度；“多扔些破铜烂铁”“泼你的剩菜残羹”表现了诗人希望再多加些破坏，也许加速它的灭亡才能促使新气象更快地到来。第二个部分是第二、三、四诗节，诗人用“翡翠”“桃花”“罗绮”“云霞”等丰富的色彩以及青蛙、蚊虫的喧嚣，渲染出了一潭多姿多彩、热闹非凡的“死水”，揭示了它“金玉其外，败絮其中”的丑恶本质。第三个部分是最后一个诗节，“这里断不是美的所在”对这一潭丑恶的死水进行了彻底的否定，同时也蕴育着希望，希望光明富强、

新生的祖国早日到来。

《死水》是闻一多的“新格律诗”理论——“三美原则”（建筑美、绘画美、音乐美）的完美试验。建筑美指“节的匀称和句的均齐”，是诗歌外在的形式。《死水》每个诗节四个诗行，每个诗行九个字，整齐匀称。绘画美指辞藻的运用，“翡翠”“桃花”“绿酒”“白沫”显示了丰富的色彩，达到了反讽的艺术效果。音乐美指诗歌的韵律，闻一多提出了“音尺”概念，《死水》中每一个诗行都是由一个“三音尺”与三个“二音尺”构成，每个诗节换韵，隔句押韵，规律中有变化，变化中有统一，堪称新格律诗的典范之作。

【选评】

以清明的眼，对一切人生景物凝眸，不为爱欲所眩目，不为污秽所恶心，同时，也不为尘俗卑猥的一片生活厌烦而有所逃遁；永远是那么看，那么透明地看，细小处，幽僻处，在诗人的眼中，皆闪耀一种光明。作品上，以一个“老成懂事”的风度，为人所注意，是闻一多先生的《死水》。〔沈从文：《论闻一多的〈死水〉》，选自沈从文全集（第16卷），北岳文艺出版社2002年12月第1版，第109页〕

【思考与讨论】

1. 有感于五四时期诗歌形式过于自由化的弊端，闻一多倡导写新格律诗，并提出了新格律诗创作的“三美”原则。请谈谈“三美”原则的基本内容及其在《死水》中的体现。

2. 徐志摩和闻一多虽然同属于新格律诗派诗人，但由于性格、气质等方面的不同，他们的诗歌风格呈现很大的差异性。请结合两人的具体诗歌，谈谈其艺术风格上的特点。

【拓展与延伸】

1. 请对比阅读闻一多诗歌《心跳》与周作人散文《死之默想》，谈谈这两篇作品折射出知识分子在乱世中什么样的心态与立场。

【推荐阅读】

1.《红烛·死水》，闻一多著，复旦大学出版社2006年版。

2.《现代诗的情感与形式》，蓝棣之著，人民文学出版社2002年版。

3.《红烛：我的父亲闻一多》，闻立雕著，新华出版社2009年版。

周作人

周作人

【简介】周作人（1885～1967），浙江绍兴人。1901年至1905年求学于南京江南水师学堂，开始翻译外国文学作品并进行文学创作。1906年留学日本，与胞兄鲁迅一起翻译并出版《域外小说集》。1911年回国，1918年任北京大学教授并积极参与文学革命，发起成立文学研究会。他的《人的文学》《平民文学》《思想革命》等文章对新文学的理论建设做出重要贡献。《喝茶》《谈酒》《乌篷船》《故乡的野菜》等是周作人二十年代散文名篇。"五四"落潮后，遁入书斋。1937年北平沦陷，周作人滞留北京，出任伪职，抗战胜利后被捕获刑，新中国成立后出狱。五十年代始，从事回忆录写作与古希腊文学和日本古典文学翻译。

周作人的一生创作了大量的散文，刘绪源将其分成三类：杂著、小品和书话，每一个类别都不乏传世精品，引起人们经久的关注。沈从文在《论冯文炳》一文中对周作人的散文做出了这样的评价："从五四以来，以清淡朴讷文字、原始的单纯、素描的美支配了一时代一些人的文学趣味，直到现在还有不可动摇的势力，且俨然成为一特殊风格的提倡者与拥护者，是周作人先生。"

喝茶

前回徐志摩先生在平民中学讲"吃茶"，——并不是胡适之先生所说的"吃讲茶"——我没有工夫去听，又可惜没有见到他精心结构的讲稿，但我推想他是在讲日本的"茶道"（英文译作Teaism），而且一定说的很好。茶道的意思，用平凡的话来说，可以称作"忙里偷闲，苦中作乐"，在不完全的现世享乐一点美与和谐，在刹那间体会永久，是日本之"象征的文化"里的一种代表艺术。关于这一件事，徐先生一定已有透彻巧妙的解说，不必再来多嘴，我现在所想说的，只是我个人的很平常的喝茶观罢了。

喝茶以绿茶为正宗，红茶已经没有什么意味，何况又加糖——与牛奶？葛辛

（George Gissing）的《草堂随笔》（原名 *Private Papers of Henry Ryecroft*）确是很有趣味的书，但冬之卷里说及饮茶，以为英国家庭里下午的红茶与黄油面包是一日中最大的乐事，支那饮茶已历千百年，未必能领略此种乐趣与实益的万分之一，则我殊不以为然，红茶带“土斯”未始不可吃，但这只是当饭，在肚饥时食之而已；我的所谓喝茶，却是在喝清茶，在赏鉴其色与香与味，意未必在止渴，自然更不在果腹了。中国古昔曾吃过煎茶及抹茶，现在所用的都是泡茶，冈仓觉三在《茶之书》（*Book of Tea*，1919）里很巧妙的称之曰“自然主义的茶”，所以我们所重的即在这自然之妙味。中国人上茶馆去，左一碗右一碗的喝了半天，好象是刚从沙漠里回来的样子，颇合于我的喝茶的意思（听说闽粤有所谓吃功夫茶者自然更有道理），只可惜近来太是洋场化，失了本意，其结果成为饭馆子之流，只在乡村间还保存一点古风，惟是屋宇器具简陋万分，或者但可称为颇有喝茶之意，而未可许为已得喝茶之道也。

喝茶当于瓦屋纸窗之下，清泉绿茶，用素雅的陶瓷茶具，同二三人共饮，得半日之闲，可抵十年的尘梦。喝茶之后，再去继续修各人的胜业，无论为名为利，都无不可，但偶然的片刻优游乃正亦断不可少，中国喝茶时多吃瓜子，我觉得不很适宜，喝茶时所吃的东西应当是清淡的“茶食”。中国的茶食却变了“满汉饽饽”，其性质与“阿阿兜”相差无几；不是喝茶时所吃的东西了。日本的点心虽是豆米的成品，但那优雅的形色，朴素的味道，很合于茶食的资格，如各色“羊羹”（据上田恭辅氏考据，说是出于中国唐时的羊肝饼），尤有特殊的风味。江南茶馆中有一种“干丝”，用豆腐干切成细丝，加姜丝酱油，重汤炖热，上浇麻油，出以供客，其利益为“堂倌”所独有。豆腐干中本有一种“茶干”，今变而为丝，亦颇与茶相宜。在南京时常食此品，据云有某寺方丈所制为最，虽也曾尝试，却已忘记，所记得者乃只是下关的江天阁而已。学生们的习惯，平常“干丝”既出，大抵不即食，等到麻油再加，开水重换之后，始行举箸，最为合式，因为一到即罄，次碗继至，不遑应酬，否则麻油三浇，旋即撤去，怒形于色，未免使客不欢而散，茶意都消了。

吾乡昌安门外有一处地方，名三脚桥（实在并无三脚，乃是三出，因以一桥而跨三汊的河上也），其地有豆腐店曰周德和者，制茶干最有名。寻常的豆腐干方约寸半，厚可三分，值钱二文，周德和的价值相同，小而且薄，才及一半，黝黑坚实，如紫檀片。我家距三脚桥有步行两小时路程，故殊不易得，但能吃到油炸者而已。每天有人挑担设炉镬，沿街叫卖，其词曰：

辣酱辣，
麻油炸，
红酱搽，辣酱搨；
周德和格五香油炸豆腐干。

其制法如上所述，以竹丝插其末端，每枚三文。豆腐干大小如周德和，而甚柔软，大约系常品。惟经过这样烹调，虽然不是茶食之一，却也不失为一种好豆食。——豆腐的确也是极好的佳妙的食品，可以有种种的变化，惟在西洋不会被领解，正如茶一般。

日本用茶淘饭，名曰“茶渍”，以腌菜及“泽庵”（即福建的黄土萝卜，日本泽庵法师始传此法，盖从中国传去）等为佐，很有清淡而甘香的风味。中国人未尝不这样吃，惟其原因，非由穷困即为节省，殆少有故意往清茶淡饭中寻其固有之味者，此所以为可惜也。

一九二四年十二月

选自《周作人散文选集》，百花文艺出版社 2009 年版

【导读】

鲁迅生前对美国记者斯诺说：中国最好的散文家是周作人。周作人的散文举重若轻，富有学识，具有独特的精神气韵，对后世散文随笔影响巨大。二十年代是他散文创作的鼎盛时期，出版了《自己的园地》《雨天的书》《谈龙集》《谈虎集》等多部散文集。他最早从西方引入“美文”的概念，提倡抒发个人情性的“言志”小品文，并身体力行，写出了《故乡的野菜》《乌篷船》《喝茶》《饮酒》等传世佳作。

《喝茶》写于 1924 年，收入《雨天的书》。“五四”落潮，周作人心境苦闷落寞。曾经是旧时代“叛徒”的周作人，“现在的快乐只想在闲时喝一杯清茶，看点新书”，退守“自己的园地”，做一个忧患人间的“隐士”。因而，《喝茶》这部作品体现了一种“闲适”的情趣，希望“在不完全的现世享乐一点美与和谐，在刹那间体会永久”。文章带着一种“闲话风”，语调纡徐自然，由徐志摩讲“吃茶”谈到日本的茶道，以及红茶与绿茶的风味与吃法，进而谈到喝茶的理想境界与趣味，最后介绍故乡和异地的各种茶食。字里行间有着苦中作乐的淡淡喜悦，而人生的“涩味”也如茶一样深深地浸润其中。

周作人的散文具有“浮躁凌厉”与“冲淡平和”两种不同的艺术风格，而最能代表周作人创作个性的是后者。冲淡平和是周作人的性格、人生态度、思想境界、学识视野在散文创作中的集中反映。无论是自然界的花鸟虫鱼还是平凡琐碎的人生世相，都能随意而谈，旁征博引，融知识、趣味、哲理于一体，达到了人生态度和情调的高度统一，《喝茶》就是这样的“美文”。

【选评】

看看他的散文的写法究竟有什么特点？这比谈《滕王阁序》之类的文章要难，

因为那是浓，这是淡；那是有法，这是无法。还是先由印象说起……像是家常谈闲话，想到什么就说，怎么说方便就怎么说。布局行云流水，起，中间的转移，止，都没有规程，好像只是兴之所至。话很平常，好像既无声（腔调），又无色（清词丽语），可是意思却既不一般，又不晦涩。话语中间，于坚持中有谦逊，于严肃中有幽默。处处显示了自己的所思和所信，却又像是出于无意，所以没有费力。总的一句话，不像坐在书桌前写的，像个白发过来人，冬晚坐在热炕头说的，虽然还有余热，却没有一点火气。（张中行：《再谈苦雨斋》，陈子善编《闲话周作人》，浙江文艺出版社 1996 年版，第 150 页）

【思考与讨论】

1. 1921 年 6 月周作人发表《美文》，提倡“美文”创作。请结合具体作品谈谈美文的文体特点。

2. 周作人自号“苦雨斋主人”，后又自号“苦茶庵”，还将散文集命名为《苦茶随笔》《苦竹杂记》等，“涩味”是周作人散文的主要特点之一，其主要体现在哪些方面，结合周作人具体作品予以分析。

【拓展与延伸】

1. 郁达夫曾说：“中国现代散文的成绩，鲁迅周作人两人最为丰富最伟大。”周氏兄弟的散文风格迥异。请阅读周作人散文《喝茶》与鲁迅的杂文《喝茶》，具体谈谈你对周氏兄弟性格及其散文风格的理解。

2. 学者孙郁在《当代文学中的周作人传统》一文中指出，周作人散文审美情调影响深远，在当代文学中存在着一脉周作人传统，请选读张中行、黄裳、邓云乡、止庵、刘绪源等人的散文，谈谈这些作家的创作在哪些方面继承了周作人的散文传统。

【推荐阅读】

1.《周作人散文全集》，周作人著，钟叔河编订，广西师范大学出版社 2009 年版。

2.《解读周作人》，刘绪源著，上海书店出版社 2008 年版。

3.《周作人传》，钱理群著，北京十月文艺出版社 1990 年版。

冰　心

【简介】冰心（1900 ～ 1999），原名谢婉莹，生于福建福州。她的父亲谢葆璋是一名具有维新思想的海军军官。1913 年冰心随父亲来到北京，随后就读于教会中学贝满女中。1918 年进入协和女子大学，后协和女子大学并入燕京大学。大

冰心

学期间正值五四运动，冰心热心地投身于时代潮流中，开始发表作品，逐渐蜚声文坛。这时期的冰心写作了许多反映社会现状的“问题小说”，例如《两个家庭》《斯人独憔悴》等；引领了“小诗”创作潮流，结集为《繁星》《春水》。1923年冰心大学毕业，以优异的成绩获得美国威尔斯利女子大学的奖学金，开始了留学生涯。与此同时，陆续写作以《寄小读者》为总题的系列散文，成为中国儿童文学的奠基人。1926年，冰心回国，在燕京大学、清华大学等高校任教。抗战期间，辗转至昆明、重庆，积极通过文学参与国家救亡活动。抗战胜利后去日本讲学。新中国成立后，回到祖国，定居北京，曾在中国作家协会以及中国文联等部门任职。“文革”期间，受到不公正对待。“文革”结束之后，晚年的冰心继续创作了大量的文学作品，迎来第二次创作高潮。1999年在北京去世。

冰心作品既具有文言文的凝练典雅，又有白话文的流畅易懂，风格婉约清丽，如行云流水，在“五四”文坛独树一帜，被称为“冰心体”，《寄小读者》《往事》等都是其代表性作品。冰心具有博爱的胸怀，爱自然，爱孩子，爱人类。她用行动和作品阐释着“爱的哲学”，对“母爱、童真、自然”的歌颂构成了她作品的主旋律。

往事一（节选）

六

涵在廊上吹箫，我也走了出去。

天上只微微的月光，我撩起垂拂的白纱帐子来，坐在廊上的床边。

我的手触了一件蠕动的东西，细看时是一条很长的蜈蚣。我连忙用手绢拂到地上去，又唤涵踩死它。

涵放了箫，只默然的看着。

我又说：“你还不踩死它！”

他抬起头来，严重而温和的目光，使我退缩。他慢慢的说：“姊姊，这也是一个生命呵！”

霎时间，使我有无穷的惭愧和悲感。

七

父亲的朋友送给我们两缸莲花，一缸是红的，一缸是白的，都摆在院子里。

八年之久，我没有在院子里看莲花了——但故乡的园院里，却有许多；不但有并蒂的，还有三蒂的，四蒂的，都是红莲。

九年前的一个月夜，祖父和我在园里乘凉。祖父笑着和我说："我们园里最初开三蒂莲的时候，正好我们大家庭中添了你们三个姊妹。大家都欢喜，说是应了花瑞。"

半夜里听见繁杂的雨声，早起是浓阴的天，我觉得有些烦闷。从窗内往外看时，那一朵白莲已经谢了，白瓣儿小船般散飘在水面。梗上只留个小小的莲蓬，和几根淡黄色的花须，那一朵红莲，昨夜还是菡萏的，今晨却开满了，亭亭地在绿叶中间立着。

仍是不适意！——徘徊了一会子，窗外雷声作了，大雨接着就来，愈下愈大。那朵红莲，被那繁密的雨点，打得左右欹斜。在无遮蔽的天空之下，我不敢下阶去，也无法可想。

对屋里母亲唤着，我连忙走过去，坐在母亲旁边——一回头忽然看见红莲旁边的一个大荷叶，慢慢的倾侧了来，正覆盖在红莲上面……我不宁的心绪散尽了！

雨势并不减退，红莲却不摇动了。雨点不住的打着，只能在那勇敢慈怜的荷叶上面，聚了些流转无力的水珠。

我心中深深的受了感动——

母亲呵！你是荷叶，我是红莲。心中的雨点来了，除了你，谁是我在无遮拦天空下的荫蔽？

一九二二年七月二十一日

选自《冰心全集（第一卷）》，海峡文艺出版社 1994 年版

【导读】

《往事一》一文是体现冰心以童真、母爱、大自然为核心的"爱的哲学"的典范之作。作者将日常生活中的点滴片段用一颗充满了"爱"的心串联起来，使得整篇文章看似零散，实则整齐，不失灵魂。作者选取的生活片段都极为细微，常常会被忽略：一次来自蜈蚣的惊吓，一次雨打红莲，一次好友交谈，一次夜半醒来，一次儿时的寻梦，一次乘凉时对大海的冥想，一次黄昏时分雨纷纷的慵懒，一次悠然又怃然的白日梦，一次马背驰骋的任性……作者不仅把它们"反复而深深地镂刻在回忆的心版上"，而且从中发现了生命的平等与珍贵、大自然的宽广与雄伟，体悟到母爱的伟大和父爱的宽容，感受到朋友之间知心交谈的愉悦和姐弟之间温柔而沉静的亲情。冰心用爱的眼光关照整个世界，呈现给读者一颗晶莹透彻又丰富饱满的心灵，将感性的体悟与哲理性的思考融为一炉，启迪心智又温暖人心。

冰心的散文在情感表达上哀而不伤，温暖宁静中略带一点忧伤；语言清丽委婉，将文言与白话妥帖地融于一炉，既有文言的典雅蕴藉，又有白话的通俗流畅。这种散文风格在“五四”文坛独树一帜，深得读者的喜爱，被称为“冰心体”。

【选评】

过去我们都是孤寂的孩子。从她的作品里，我们得到了不少的温暖和安慰。我们懂得了爱星，爱海，而且我们从那些亲切而美丽的语句里重温了我们永久失去了的母爱。现在我不能说是不是那些著作也曾给我加添过一点生活的勇气，可是甚至在今夜对着一盏油灯，听着窗外的淅沥的雨声，我还能想起我们弟兄从书本上（冰心著作）抬起头相对微笑的情景。我抑制不住我的感激的心情。(《巴金如是说：巴金自述一百条》,《文学评论》1997 年第 5 期)

【思考与讨论】

郁达夫在《中国新文学大系·散文二集·导言》中称赞：“冰心女士散文的清丽，文字的典雅，思想的纯洁，在中国好算是独一无二的作家了。”请从思想、风格、语言运用等方面，谈谈你对冰心散文的认识。

【拓展与延伸】

1. 冰心是深受基督教文化影响的一位作家，因为基督教义的影响形成了她“爱的哲学”，请结合冰心的经历及其作品，对“爱的哲学”进行阐述。

2．冰心翻译过印度伟大诗人泰戈尔的作品，其创作也深受泰戈尔影响。请比较分析冰心与泰戈尔创作上的异同。

【推荐阅读】

1.《小橘灯》，冰心著，商务印书馆 2015 年版。

2.《我知道的冰心》，吴泰昌著，三联书店 2010 年版。

第二单元

二十世纪三十年代文学

【**概述**】二十世纪三十年代文学起始于1928年左右，到1937年抗战前结束，这是中国现代文学的第二个十年。随着社会、历史的巨大动荡，整个社会阶级矛盾日趋激烈。文学主潮随之改变，由二十年代的个性解放转变为三十年代的社会解放。人的思考中心由如何实现个人价值和人生意义转向对社会性质、出路和发展趋向的探求。在无产阶级革命文学论争的促进下形成了左翼联盟，带来革命文学思潮及其文学创作的勃兴。传承了“五四”个性主义、人道主义的人文主义文学思潮继续发展并趋于成熟，使得三十年代文学呈现出多元共生、复杂矛盾的状态。

小说创作在本时期得到长足发展，新人迭出、体式丰富、数量激增，引人注目的是出现多部中长篇小说，作品在思想的深度、反映生活的广度、表现手法的多样性等方面都有所突破。茅盾、巴金、老舍、沈从文等在本时期都拿出了能够奠定他们文学地位、确定其创作风格的作品。《子夜》《家》《骆驼祥子》《边城》等小说不仅是他们个人的代表作，也反映了三十年代中国现代小说创作的水平和成就。

诗坛在本时期呈现出争荣竞秀的局面。以殷夫、蒲风为代表的中国诗歌会诗人群继承了无产阶级诗歌创作的传统，是无产阶级革命文学的一部分。以徐志摩、陈梦家为代表的后期新月派坚持超功利的、回到内心的、贵族化的“纯诗”立场。以戴望舒、卞之琳为代表的现代派诗歌创作，致力于诗歌现代性的追求与探索，在诗歌语言、形式、风格等方面提供了新的经验，形成各自的创作风格。

话剧在三十年代有了重大发展，曹禺的《雷雨》《日出》，李健吾的《这不过是春天》，田汉的《回春之曲》，夏衍的《上海屋檐下》等优秀剧作相继问世，中国话剧艺术进入成熟期。

三十年代的散文创作继承了“五四”散文的传统，在时代的推动下有了新的发展，出现杂文、报告文学等各类散文作品创作的繁荣局面，杂文领域成就最突出的当属鲁迅，另外一些新晋作家与二十年代成名的作家们一起促进了三十年代散文的多元发展。

茅　盾

【**简介**】茅盾（1896～1981），原名沈德鸿，字雁冰，浙江省桐乡县乌镇人。茅盾十岁丧父，由寡母抚养长大。北京大学预科毕业后进入上海商务印书馆工作。1920年11月任《小说月报》主编，随即对之进行革新，把《小说月报》由鸳鸯蝴蝶派的主要阵地变成新潮小说的核心刊物。同年，他与周作人、叶圣陶等人发

茅盾

起成立文学研究会，提倡“为人生”的文学。1927年“大革命”失败后，开始转向文学创作，1927年至1928年创作完成处女作《蚀》三部曲。二十世纪三十年代写出了长篇小说《子夜》，这是一部具有史诗品格的作品；还创作了短篇小说《林家铺子》、“农村三部曲”（《春蚕》《秋收》《残冬》）。抗战时期，辗转于香港、新疆、延安、重庆、桂林等地，发表了长篇小说《腐蚀》《霜叶红似二月花》《锻炼》和剧本《清明前后》等。中华人民共和国成立之后，他历任中国文联副主席、文化部长、中国作协主席等职。“文革”期间受到冲击，“文革”后完成《霜叶红似二月花》的续稿和回忆录《我走过的道路》。茅盾是一位杰出的现实主义小说家，他开创了社会剖析小说流派。茅盾于1981年3月27日辞世，临终前，他把自己多年积蓄的25万元稿费捐献出来，委托中国作协设立茅盾文学奖，奖励长篇小说的创作。

子　夜（节选）

汽车发疯似的向前飞跑。吴老太爷向前看。天哪！几百个亮着灯光的窗洞像几百只怪眼睛，高耸碧霄的摩天建筑，排山倒海般地扑到吴老太爷眼前，忽地又没有了；光秃秃的平地拔立的路灯杆，无穷无尽地，一杆接一杆地，向吴老太爷脸前打来，忽地又没有了；长蛇阵似的一串黑怪物，头上都有一对大眼睛放射出叫人目眩的强光，啵——啵——地吼着，闪电似的冲将过来，准对着吴老太爷坐的小箱子冲将过来！近了！近了！吴老太爷闭了眼睛，全身都抖了。他觉得他的头颅仿佛是在颈脖子上旋转；他眼前是红的，黄的，绿的，黑的，发光的，立方体的，圆锥形的，——混杂的一团，在那里跳，在那里转；他耳朵里灌满了轰，轰，轰！轧，轧，轧！啵，啵，啵！猛烈嘈杂的声浪会叫人心跳出腔子似的。不知经过了多少时候，吴老太爷悠然转过一口气来，有说话的声音在他耳边动荡：

“四妹，上海也不太平呀！上月是公共汽车罢工，这月是电车了！上月底共产党在北京路闹事，捉了几百，当场打死了一个。共产党有枪呢！听三弟说，各工厂的工人也都不稳。随时可以闹事。时时想暴动。三弟的厂里，三弟公馆的围墙上，都写满了共产党的标语……”

“难道巡捕不捉么？”

“怎么不捉！可是捉不完。啊哟！真不知道哪里来的这许多不要性命的人！——可是，四妹，你这一身衣服实在看了叫人笑。这还是十年前的装束！明天赶快换一身罢！”

是二小姐芙芳和四小姐蕙芳的对话。吴老太爷猛睁开了眼睛，只见左右前后都是像他自己所坐的那种小箱子——汽车。都是静静地一动也不动。横在前面不远，却像开了一道河似的，从南到北，又从北到南，匆忙地杂乱地交流着各色各样的车子；而夹在车子中间，又有各色各样的男人女人，都像有鬼赶在屁股后似的跌跌撞撞地快跑。不知从什么高处射来的一道红光，又正落在吴老太爷身上。

这里正是南京路同河南路的交叉点，所谓“抛球场”。东西行的车辆此时正在那里静候指挥交通的红绿灯的命令。

“二姊，我还没见过三嫂子呢。我这一身乡气，会惹她笑痛了肚子罢。”

蕙芳轻声说，偷眼看一下父亲，又看看左右前后安坐在汽车里的时髦女人。芙芳笑了一声，拿出手帕来抹一下嘴唇。一股浓香直扑进吴老太爷的鼻子，痒痒地似乎怪难受。

“真怪呢！四妹。我去年到乡下去过，也没看见像你这一身老式的衣裙。”

“可不是。乡下女人的装束也是时髦得很呢，但是父亲不许我——”

像一枝尖针刺入吴老太爷迷惘的神经，他心跳了。他的眼光本能地瞥到二小姐芙芳的身上。他第一次意识地看清楚了二小姐的装束；虽则尚在五月，却因今天骤然闷热，二小姐已经完全是夏装；淡蓝色的薄纱紧裹着她的壮健的身体，一对丰满的乳房很显明地突出来，袖口缩在臂弯以上，露出雪白的半只臂膊。一种说不出的厌恶，突然塞满了吴老太爷的心胸，他赶快转过脸去，不提防扑进他视野的，又是一位半裸体似的只穿着亮纱坎肩，连肌肤都看得分明的时装少妇，高坐在一辆黄包车上，翘起了赤裸裸的一只白腿，简直好像没有穿裤子。“万恶淫为首！”这句话像鼓槌一般打得吴老太爷全身发抖。然而还不止此。吴老太爷眼珠一转，又瞥见了他的宝贝阿萱却正张大了嘴巴，出神地贪看那位半裸体的妖艳少妇呢！老太爷的心卜地一下狂跳，就像爆裂了似的再也不动，喉间是火辣辣地，好像塞进了一大把的辣椒。

此时指挥交通的灯光换了绿色，吴老太爷的车子便又向前进。冲开了各色各样车辆的海，冲开了红红绿绿的耀着肉光的男人女人的海，向前进！机械的骚音，汽车的臭屁，和女人身上的香气，霓虹电管的赤光——一切梦魇似的都市的精怪，毫无怜悯地压到吴老太爷朽弱的心灵上，直到他只有目眩，只有耳鸣，只有头晕！直到他的刺激过度的神经像要爆裂似的发痛，直到他的狂跳不歇的心脏不能再跳动！

选自《子夜》，茅盾著，人民文学出版社 2000 年版

【导读】

《子夜》写于1931年至1932年，1933年问世，是茅盾长篇小说的代表作，也被誉为二十世纪三十年代左翼文学运动的重要收获。《子夜》的出现，标志着中国现代长篇小说已经摆脱了“五四”时期相对幼稚的状态，走向成熟。瞿秋白说：“1933年在将来的文学史上，没有疑问的要记录《子夜》的出版。”（乐雯[瞿秋白]:《〈子夜〉和国货年》,《申报·自由谈》1933年3月2日）

《子夜》以1930年春末夏初军阀混战、帝国主义转移经济危机、工农运动风起云涌为背景，通过对民族工业资本家吴荪甫等典型形象的塑造，以及对各阶层人物命运的真实描写，展示了三十年代初期中国社会的历史画卷。

小说的主要成就在于塑造了吴荪甫这一具有复杂个性的民族资本家。值得注意的是，因为在一段历史时期，“资本家”这个名字在政治上不大光彩，现代文学评论界在分析吴荪甫的性格特征时往往使用阶级分析的方法，把人物抽象化、概念化，这不仅破坏了艺术形象的完整性，也违背了艺术的创造规律。在作家笔下，他不是目光短浅、庸俗猥琐的人物，而是民族资产阶级的佼佼者，是“二十世纪机械工业时代的英雄、骑士和‘王子’”，他富有进取心和事业心，有理想、有胆识、有魄力、有手腕，又有比较雄厚的资本，加上曾经留学德国，掌握了近代资产阶级管理工业的本领。他关心中国如何实现现代化，成为世界强国，他深信只要中国“国家像个国家，政府像个政府，中国工业一定有希望的”。但是，1930年国内外尖锐复杂的矛盾——国内军阀混战、工人罢工、农民暴动，国外经济危机、列强的侵略，让他的理想和抱负难以实现。吴荪甫在各种矛盾纠缠下陷入经济困境：双桥镇的农民暴动，使他在家乡的产业尽数毁掉，失去重要的经济后盾；为了弥补工厂资金的不足，吴荪甫以辞退工人、克扣工资等手段来加重对工人的剥削，工人大罢工给他以沉重打击。但这些都不足以摧垮吴荪甫，真正毁灭性的打击来自赵伯韬。赵伯韬是美国资本在华的附庸，是上海滩的金融大亨；他在政界后台强硬，在股市上呼风唤雨，被称作股市的“魔王”。吴荪甫的投资公司和赵伯韬较量不到两个月，就一败涂地。赵伯韬依恃自己与政界、美方的关系以及雄厚的经济实力，制造假情报，又收买吴荪甫的合作伙伴，使吴荪甫腹背受敌。最后，吴荪甫为了挽救自己的企业而孤注一掷，把自己的资产连同家产都押上，到股市上去奋力一搏，与赵伯韬决一死战，最后以倾家荡产的悲剧收场。

吴荪甫原本以自己的才能和企业的实力自雄，但在赵伯韬的打击下，深深感受到自己在政治、经济各方面的软弱无力，这种无力感是致命的，它影响了吴荪甫的性格和心理，使他的性格呈现出两面性：果断决绝与优柔寡断，自信张扬与悲观绝望并存，最后走向崩溃。作品深刻地揭示了造成吴荪甫悲剧的原因，并不是由于他个人的失误，而是当时中国各种社会矛盾相互作用的结果。茅盾借吴荪甫的悲剧告诉人们，在中国走资本主义道路是行不通的，二十世纪三十年代的中国，由于外国资本主义势力的高度渗入，在各种错综复杂的历史条件下，更加半殖民地半封建化了。

为了适应作品的表现内容，茅盾在小说艺术结构方面颇具匠心，精心设计了“蛛网式”的密集结构来表现纷繁复杂的生活。《子夜》的故事从吴老太爷来上海开始，这个“封建主义的僵尸”在家乡“因为土匪太嚣张，而且邻省的共产党红军也有燎原之势”才躲到上海来，这就巧妙地交代了小说的时代背景，上海民族资本家的故事是在中国共产党领导的土地革命的背景下展开的，而吴老太爷受不了上海光怪陆离的刺激而猝死，象征了封建地主阶级被资本主义挤出了历史舞台。随后以吴老太爷的丧事，引出小说全部主要人物，各种矛盾也陆续铺开。小说情节安排井井有条，情绪有张有弛，互相纠缠的多重矛盾的同时出现，既多侧面地展示了吴荪甫的性格，又能揭示各种矛盾的内在联系。

《子夜》在艺术表现上另一个重要特征是讽喻式的描写。作为小说背景的真实事件是中原大战，战争于1930年10月以蒋介石政府的胜利而告终，宣布了新兴资产阶级对于封建军阀的胜利，政权统治渐趋稳定，经济复苏。就在这似乎为资产阶级带来无限光明前景的背景中，展开了吴荪甫作为民族资本家的悲剧，具有明显的政治讽喻色彩。“子夜”喻“夕阳”，其寓意就更为明确，道出了作者对此时虽才“正午”但已经现出“晚景”的国民政府的批判意识。

这里节选的是小说第一章的部分内容，描述的是吴荪甫的父亲吴老太爷初到上海时的情景，小说通过陌生化的手法细致地描写了“封建主义的僵尸”在进入现代都市中的陌生感、震惊感和恐惧感。

【选评】

中国自新文学运动以来，小说方面有两位杰出的作家。鲁迅在前，茅盾在后。茅盾之所以被人重视，最大缘故是在他能抓住巨大的题目来反映当时的时代和社会；他能懂得我们的时代，能懂得我们这个社会。他的最大的特点便是在此。（吴组缃：《评茅盾〈子夜〉》，《文艺月报》创刊号，1933年6月）

【思考与讨论】

1. 吴荪甫是茅盾长篇小说《子夜》的主人公，也是一个性格矛盾复杂且血肉丰满的艺术形象。谈谈你对吴荪甫这一人物形象的认识。

2. 请揣摩小说中有关吴老太爷的“都市感觉”的文字，体味一下语言的声、色变幻和节奏感，并与《红楼梦》第六回中刘姥姥进大观园的片段比较，讨论这两处描写有什么异同。

【拓展与延伸】

1. 茅盾小说《子夜》《春蚕》《林家铺子》都曾被拍摄成电影，其中《林家铺子》是名著改编的杰作，享有极高的声誉。请观看这部影片，写一篇影评。

2. “茅盾文学奖”是中国作家协会根据茅盾先生的遗愿，为鼓励优秀长篇小说创作而设立的我国具有最高荣誉的文学大奖之一。请了解“茅盾文学奖”及历届获奖作品，并通过微信等传播方式推荐给大家。

【推荐阅读】

1.《子夜》，茅盾著，译林出版社 2015 年版。

2.《林家铺子》，茅盾著，译林出版社 2015 年版。

3.《茅盾：翰墨人生八十秋》，丁尔纲著，长江文艺出版社 2000 年版。

巴　金

巴金

【简介】巴金（1904 ～ 2005），原名李尧棠，字芾甘，四川成都人。现代文学家、翻译家、出版家，“五四”新文化运动以来最有影响的作家之一，中国现代文坛的巨匠。1919 年“五四”新文化运动影响波及成都，巴金阅读《新青年》等杂志，受到新思潮的熏陶。1923 年，巴金离开家乡到上海、南京等地求学，1925 年毕业于东南大学附中。1927 年远赴法国求学，在法国创作了处女作《灭亡》，发表时使用笔名“巴金”。1928 年年底回到上海，主要从事创作和翻译。1929 年至 1937 年，创作了“爱情三部曲”（《雾》《雨》《电》）、“激流三部曲”（《家》《春》《秋》）等中长篇小说，有力地奠定了巴金在中国现代文学史上的地位。抗战爆发后，巴金积极投身于抗战文化工作。创作转向对现实的理性审视和批判，显示出日益走向成熟的坚实姿态。主要作品有《寒夜》《憩园》《第四病室》等中长篇小说。1949 年新中国成立后任《收获》杂志主编。“文革”结束后曾担任全国文联副主席、中国作家协会主席等职务。从 1978 年开始写作《随想录》，对“文革”进行反思。2005 年 10 月在上海去世，享年 101 岁。

家（节选）

鸣凤从觉慧的房里出来，她知道这一次真正是一点希望也没有了。她并不怨他，她反而更加爱他。而且她相信这时候他依旧像从前那样地爱她。她的嘴唇还热，这是他刚才吻过的；她的手还热，这是他刚才捏过的。这证明了他的爱，然而同时又说明她就要失掉他的爱到那个可怕的老头子那里去了。她永远不能够再看见他了。以后的长久的岁月只是无终局的苦刑。这无爱的人间还有什么值得留恋？她终于下了决心了。

她不回自己的房间，却一直往花园里走去。她一路上摸索着，费了很大的力，才走到她的目的地——湖畔。湖水在黑暗中发光，水面上时时有鱼的唼喋声。她茫然地立在那里，回想着许许多多的往事。他跟她的关系一幕一幕地在她的脑子里重现。她渐渐地可以在黑暗中辨物了。一草一木，在她的眼前朦胧地显露出来，变得非常可爱，而同时她清楚地知道她就要跟这一切分开了。世界是这样静。人们都睡了。然而他们都活着。所有的人都活着，只有她一个人就要死了。过去十七年中她所能够记忆的是打骂、流眼泪、服侍别人，此外便是她现在所要身殉的爱。在生活里她享受的比别人少，而现在在这样轻的年纪，她就要最先离开这个世界了。明天，所有的人都有明天，然而在她的前面却横着一片黑暗，那一片、一片接连着一直到无穷的黑暗，在那里是没有明天的。是的，她的生活里是永远没有明天的。明天，小鸟在树枝上唱歌，朝日的阳光染黄树梢，在水面上散布无数明珠的时候，她已经永远闭上眼睛看不见这一切了。她想，这一切是多么可爱，这个世界是多么可爱。她从不曾伤害过一个人。她跟别的少女一样，也有漂亮的面孔，有聪明的心，有血肉的身体。为什么人们单单要蹂躏她，伤害她，不给她一瞥温和的眼光，不给她一颗同情的心，甚至没有人来为她发出一声怜悯的叹息！她顺从地接受了一切灾祸，她毫无怨言。后来她终于得到了安慰，得到了纯洁的、男性的爱，找到了她崇拜的英雄。她满足了。但是他的爱也不能拯救她，反而给她添了一些痛苦的回忆。他的爱曾经允许过她许多美妙的幻梦，然而它现在却把她丢进了黑暗的深渊。她爱生活，她爱一切，可是生活的门面面地关住了她，只给她留下那一条堕落的路。她想到这里，那条路便明显地在她的眼前伸展，她带着恐怖地看了看自己的身子。虽然在黑暗里她看不清楚，然而她知道她的身子是清白的。好像有什么人要来把她的身子投到那条堕落的路上似的，她不禁痛惜地、爱怜地摩抚着它。这时候她下定决心了。她不再迟疑了。她注意地看那平静的水面。她要把身子投在晶莹清澈的湖水里，那里倒是一个很好的寄身的地方，她死了也落得一个清白的身子。她要跳进湖水里去。

忽然她又站住了。她想她不能够就这样地死去，她至少应该再见他一面，把自己的心事告诉他，他也许还有挽救的办法。她觉得他的接吻还在她的唇上燃烧，他的面颜还在她的眼前荡漾。她太爱他了，她不能够失掉他。在生活中她所得到的就只有他的爱。难道这一点她也没有权利享受？为什么所有的人都还活着，她在这样轻的年纪就应该离开这个世界？这些问题一个一个在她的脑子里盘旋。同时在她的眼前又模糊地现出了一幅乐园的图画，许多跟她同年纪的有钱人家的少女在那里嬉戏，笑谈，享乐。她知道这不是幻象，在那个无穷大的世界中到处都有这样的幸福的女子，到处都有这样的乐园，然而现在她却不得不在这里断送她的年轻的生命。就在这个时候也没有一个人为她流一滴同情的眼泪，或者给她送来一两句安慰的话。她死了，对这个世界，对这个公馆并不是什么损失，人们很快地就忘记了她，好像她不曾存在过一般。“我的生存就是这样地孤寂吗？”她想着，她的心里充满着无处倾诉的哀怨。泪珠又一次迷糊了她的眼睛。她觉得自己没有力量支持了，便坐下去，坐在地上。耳边仿佛有人接连地叫“鸣凤”，她知道这是他的声音，便止了泪注意地听。周围是那样地静寂，一切人间的声音都死灭了。她静静地倾听着，她希望再听见同样的叫声，可是许久，许久，都没有一点儿动静。她完全明白了。他是不能够到她这里来的。永远有一堵墙隔开他们两个人。他是属于另一个环境的。他有他的前途，他有他的事业。她不能够拉住他，她不能够妨碍他，她不能够把他永远拉在她的身边。她应该放弃他。他的存在比她的更重要。她不能让他牺牲他的一切来救她。她应该去了，在他的生活里她应该永久地去了。她这样想着，就定下了最后的决心。她又感到一阵心痛。她紧紧地按住了胸膛。她依旧坐在那里，她用留恋的眼光看着黑暗中的一切。她还在想。她所想的只是他一个人。她想着，脸上时时浮出凄凉的微笑，但是眼睛里还有泪珠。

最后她懒洋洋地站起来，用极其温柔而凄楚的声音叫了两声：“三少爷，觉慧，”便纵身往湖里一跳。

平静的水面被扰乱了，湖里起了大的响声，荡漾在静夜的空气中许久不散。接着水面上又发出了两三声哀叫，这叫声虽然很低，但是它的凄惨的余音已经渗透了整个黑夜。不久，水面在经过剧烈的骚动之后又恢复了平静。只是空气里还弥漫着哀叫的余音，好像整个的花园都在低声哭了。

选自《家》，人民文学出版社 2005 年版

【导读】

《家》是“激流三部曲”的第一部，1931 年在上海《时报》连载时，题名为《激流》，1935 年出版单行本，作为《激流》之一，改名为《家》。小说在 1933 年至 1951 年期间先后再版三十三次，是现代文学史上最畅销的作品之一。《家》带有一定的自传性，巴金本打算写一个旧式大家庭衰败的历史，但写了六章以后，挚爱的大哥在成都老家开枪自杀的消息给巴金很深的刺激，他认为，是旧家庭所代表的专制制度扼杀了包括他大哥在内的一切青年人的幸福。所以，巴金把他所感受到的社会压迫和反抗情绪都集中向旧家庭发泄。小说以二十年代四川成都一个封建官僚家庭祖孙两代的矛盾冲突为线索，通过梅、鸣凤和瑞珏三个年轻女子的恋爱婚姻悲剧，控诉了封建家族制度对年轻生命的摧残，揭露了封建家庭的罪恶及其必然没落的命运，同时也热情歌颂了年轻一代民主主义思想的觉醒和敢于冲破家庭牢笼，投身社会的反封建斗争精神。

小说成功地塑造了几个形象鲜明、性格复杂的人物形象。虽然对高老太爷着墨不多，但他的阴影却时时处处笼罩着高公馆，左右着其他人物的命运。他是封建势力和封建家族制度的代表，竭力维持封建大家庭内部的伦理秩序和外部的社会地位，制造了高公馆一系列悲剧事件，小说中三个年轻的女性——梅、瑞珏、鸣凤的悲剧都是由他直接或间接造成的；小说也细致地刻画了他性格的另一面，如他的幻灭感和临终前的慈祥和忏悔，使人物形象丰富而真实。觉慧是在“五四”思潮冲击下觉醒的青年，是第一个从封建专制家庭中杀出来的“一个幼稚而大胆的叛徒”。他公然违抗高老太爷的旨意投身革命活动，编革命刊物，撰写讨伐封建主义的檄文；大胆追求个性解放和个人幸福，支持和帮助觉民逃婚，向鸣凤表达爱情，批评大哥的“不抵抗主义”，当面顶撞长辈，最后不顾一切冲破封建大家庭的牢笼，离家出走。巴金在这个人物身上寄托了自己的理想。作者既写出了他身上叛逆大胆的一面，也写出了他“幼稚”的一面，以及思想的局限性，这在他对待鸣凤的态度上得到集中体现。

《家》中刻画得最成功的形象是高觉新，他是新旧交替时代一个具有双重性格的悲剧典型。一方面，他进过“洋学堂”，与觉民、觉慧一起阅读《新青年》与《每周评论》等进步杂志，受到“民主”“科学”“自由”“个性解放”等“五四”新思潮的洗礼，在思想上有一定的进步性；另一方面，作为高家的长房长孙，他肩负着比其他兄弟更为重要的家庭责任。自小所受的封建伦理教育像沉重的枷锁，让他躬行“孝”道，磨平棱角，成为一个不会反抗甚至从来想不到反抗的人。他相貌清秀，聪明过人，曾经有过美好的理想和初恋，但他痛苦而顺从地接受了父亲安排的婚姻，放弃了学业和青梅竹马的恋人钱梅芬，陷梅芬于绝望痛苦之中，经历了远嫁、丧夫，不久离开人世。婚后的觉新为了维持大家庭的关系，在与三姑六姨的无聊应酬与琐碎繁杂的日常事务中丧尽了青春的活力。高老太爷去世时，他不相信“产妇的血光会冲犯到死人身上”这种愚见，但还是为了尽“孝道”而服从长辈的安排，把临产的妻子送到城外去生产，导致妻子瑞珏的死亡。可以说，他理论上接受的是新思想，行动上遵循的却是旧伦理，成为一个“分裂”式人物。他的善良怯懦、顺从退让以及“明知不对而为之”的选择导致悲剧一次又一次地发生，这一切让他痛苦自责，陷入罪恶的深渊而不能自拔。

在塑造人物时，巴金擅长对人物心理活动和情绪波折进行细致的描摹。他不仅使用充满感情色彩的长篇独白直接书写人物心理，还使用人物之间大段对话，以急切的一泻千里的方式直诉衷肠。此外，小说还以梦境、幻想等潜意识揭示人物内心隐秘之处。

在结构上，巴金自觉借鉴了《红楼梦》的手法，以觉慧与鸣凤，觉新与瑞珏、梅芬之间的感情纠葛为小说的情节线并展示了高公馆衰亡的过程，各种矛盾围绕着情节主线展开，既纷繁复杂，又有条不紊、紧凑周密。

本文节选了小说第二十六章的部分内容，这是小说中最能打动读者的内容之一。年轻的丫鬟鸣凤被迫将要嫁给六十多岁的冯乐山做小妾，纯洁、刚烈的她宁死不从，投湖自尽。巴金用内心独白的方式，让纯真善良、无依无靠的鸣凤在临死前倾吐出无法向人言传的孤独苦痛与对生命的留恋。

【选评】

1930 年以后，巴金成为一个多产作家而蜚声文坛，拥有了许许多多相识和不相识的年轻崇拜者，但这种魅力不是来自他生命的圆满，恰恰是来自人格的分裂：他想做的事业已经无法做成，不想做的事业却一步步诱得他功成名就，他的痛苦、矛盾、焦虑……这种情绪用文学语言宣泄出来以后，唤醒了因为各种缘故陷入同样感情困境里的中国知识青年枯寂的心灵，这才成了一代偶像。巴金的痛苦就是巴金的魅力，巴金的失败就是巴金的成功。（陈思和：《人格的发展——巴金传》，上海人民出版社 1992 年版，第 118 页）

【思考与讨论】

1. 分析高觉新的性格特征及其悲剧性。

2. 作为现代家族小说，《家》受《红楼梦》的影响很大，请举例说明。

【拓展与延伸】

1. 巴金四十年代的长篇小说《寒夜》是继《家》后的又一个艺术高峰，《寒夜》以小人物汪文宣的悲剧深入思考了国家、社会、家庭、人生和人性。请阅读小说，分析造成汪文宣悲剧的原因，并谈谈你对小说中女主人公曾树生的看法。

2. 1942年，曹禺将巴金的小说《家》改编成同名话剧，被认为是中国话剧史上成功改编的经典范例。可以观看话剧《家》视频，从名著改编的角度进行比较分析，写一篇小论文；也可以选择其中的片段进行排演，在课堂上演出。

【推荐阅读】

1.《家》，巴金著，人民文学出版社2006年版。

2.《随想录》，巴金著，人民文学出版社2006年版。

3.《巴金传》，李辉著，人民日报出版社2011年版。

4.《巴金晚年思想研究论稿》，陈思和著，复旦大学出版社2015年版。

老　舍

老舍

【简介】老舍（1899～1966），原名舒庆春，字舍予，满族，北京人，小说家、戏剧家，曾获得北京人民政府授予的“人民艺术家”称号。曾任小学校长、中学教员、大学教授。1924年，老舍得到燕京大学英籍教授艾温士推荐，前往英国伦敦大学东方学院任华语讲师，在英国期间，陆续写成长篇小说《老张的哲学》《赵子曰》和《二马》。1929年老舍回国，1930年7月任教于济南齐鲁大学文学院。二十世纪三十年代中期，老舍进入自己的创作高峰期。1936年创作的长篇小说《骆驼祥子》，是中国现代小说史上当之无愧的杰作。此外，他还创作完成了长篇小说《猫城记》《离婚》等，中篇小说《月牙儿》，短篇精品《断魂枪》《微神》。四十年代，老舍完成了三卷本长篇小说《四世同堂》，这是继《骆驼祥子》之后又一部里程碑式的作品。五十年代后期，老舍创作了话剧《茶馆》和自传体长篇小说《正红旗下》（未完成）。1966年8月“文革”初期，老舍遭到造反派和红卫兵的批斗和毒打后，自沉于北京太平湖。

骆驼祥子（节选）

大概有十一点多了，祥子看见了人和厂那盏极明而怪孤单的灯。柜房和东间没有灯光，西间可是还亮着。他知道虎姑娘还没睡。他想轻手蹑脚的进去，别教虎姑娘看见；正因为她平日很看得起他，所以不愿头一个就被她看见他的失败。他刚把车拉到她的窗下，虎妞由车门里出来了：

“哟，祥子？怎——”她刚要往下问，一看祥子垂头丧气的样子，车上拉着铺盖卷，把话咽了回去。

怕什么有什么，祥子心里的惭愧与气闷凝成一团，登时立住了脚，呆在了那里。说不出话来，他傻看着虎姑娘。她今天也异样，不知是电灯照的，还是擦了粉，脸上比平日白了许多；脸上白了些，就掩去好多她的凶气。嘴唇上的确是抹着点胭脂，使虎妞带出些媚气；祥子看到这里，觉得非常的奇怪，心中更加慌乱，因为平日没拿她当过女人看待，骤然看到这红唇，心中忽然感到点不好意思。她上身穿着件浅绿的绸子小夹袄，下面一条青洋绉肥腿的单裤。绿袄在电灯下闪出些柔软而微带凄惨的丝光，因为短小，还露出一点点白裤腰来，使绿色更加明显素净。下面的肥黑裤被小风吹得微动，像一些什么阴森的气儿，想要摆脱开那贼亮的灯光，而与黑夜联成一气。祥子不敢再看了，茫然的低下头去，心中还存着个小小的带光的绿袄。虎姑娘一向，他晓得，不这样打扮。以刘家的财力说，她满可以天天穿着绸缎，可是终日与车夫们打交待，她总是布衣布裤，即使有些花色，在布上也就不惹眼。祥子好似看见一个非常新异的东西，既熟识，又新异，所以心中有点发乱。

心中原本苦恼，又在极强的灯光下遇见这新异的活东西，他没有了主意。自己既不肯动，他倒希望虎姑娘快快进屋去，或是命令他干点什么，简直受不了这样的折磨，一种什么也不像而非常难过的折磨。

“嗨！”她往前凑了一步，声音不高的说：“别愣着！去，把车放下，赶紧回来，有话跟你说。屋里见。”

平日帮她办惯了事，他只好服从。但是今天她和往日不同，他很想要思索一下；愣在那里去想，又怪僵得慌；他没主意，把车拉了进去。看看南屋，没有灯光，大概是都睡了；或者还有没收车的。把车放好，他折回到她的门前。忽然，他的心跳起来。

“进来呀，有话跟你说！”她探出头来，半笑半恼的说。

他慢慢走了进去。

桌上有几个还不甚熟的白梨，皮儿还发青。一把酒壶，三个白磁酒盅。一个头号大盘子，摆着半只酱鸡，和些熏肝酱肚之类的吃食。

“你瞧，”虎姑娘指给他一个椅子，看他坐下了，才说：“你瞧，我今天吃犒劳，你也吃点！”说着，她给他斟上一杯酒；白干酒的辣味，混合上熏酱肉味，显着特别的浓厚沉重。“喝吧，吃了这个鸡；我已早吃过了，不必让！我刚才用骨牌打了一卦，准知道你回来，灵不灵？”

“我不喝酒！”祥子看着酒盅出神。

“不喝就滚出去；好心好意，不领情是怎着？你个傻骆驼！辣不死你！连我还能喝四两呢。不信，你看看！”她把酒盅端起来，灌了多半盅，一闭眼，哈了一声。举着盅儿：“你喝！要不我揪耳朵灌你！”

祥子一肚子的怨气，无处发泄；遇到这种戏弄，真想和她瞪眼。可是他知道，虎姑娘一向对他不错，而且她对谁都是那么直爽，他不应当得罪她。既然不肯得罪她，再一想，就爽性和她诉诉委屈吧。自己素来不大爱说话，可是今天似乎有千言万语在心中憋闷着，非说说不痛快。这么一想，他觉得虎姑娘不是戏弄他，而是坦白的爱护他。他把酒盅接过来，喝干。一股辣气慢慢的，准确的，有力的，往下走，他伸长了脖子，挺直了胸，打了两个不十分便利的嗝儿。

虎妞笑起来。他好容易把这口酒调动下去，听到这个笑声，赶紧向东间那边看了看。

“没人，”她把笑声收了，脸上可还留着笑容。“老头子给姑妈作寿去了，得有两三天的耽误呢；姑妈在南苑住。”一边说，一边又给他倒满了盅。

听到这个，他心中转了个弯，觉出在哪儿似乎有些不对的地方。同时，他又舍不得出去；她的脸是离他那么近，她的衣裳是那么干净光滑，她的唇是那么红，都使他觉到一种新的刺激。她还是那么老丑，可是比往常添加了一些活力，好似她忽然变成另一个人，还是她，但多了一些什么。他不敢对这点新的什么去详细的思索，一时又不敢随便的接受，可也不忍得拒绝。他的脸红起来。好像为是壮壮自己的胆气，他又喝了口酒。刚才他想对她诉诉委屈，此刻又忘了。红着脸，他不由的多看了她几眼。越看，他心中越乱；她越来越显出他所不明白的那点什么，越来越有一点什么热辣辣的力量传递过来，渐渐的她变成一个抽象的什么东西。他警告着自己，须要小心；可是他又要大胆。他连喝了三盅酒，忘了什么叫作小心。迷迷忽忽的看着她，他不知为什么觉得非常痛快，大胆；极勇敢的要马上抓到一种新的经验与快乐。平日，他有点怕她；现在，她没有一点可怕的地方了。他自己反倒变成了有威严与力气的，似乎能把她当作个猫似的，拿到手中。

屋内灭了灯。天上很黑。不时有一两个星刺入了银河，或划进黑暗中，带着发红或发白的光尾，轻飘的或硬挺的，直坠或横扫着，有时也点动着，颤抖着，给天上一些光热的动荡，给黑暗一些闪烁的爆裂。有时一两个星，有时好几个星，同时飞落，使静寂的秋空微颤，使万星一时迷乱起来。有时一个单独的巨星横刺入天角，光尾极长，放射着星花；红，渐黄；在最后的挺进，忽然狂悦似的把天角照白了一条，好象刺开万重的黑暗，透进并逗留一些乳白的光。余光散尽，黑暗似晃动了几下，又包合起来，静静懒懒的群星又复了原位，在秋风上微笑。地上飞着些寻求情侣的秋萤，也作着星样的游戏。

选自《老舍全集·第三卷》，老舍著，人民文学出版社 1999 年版

【导读】

《骆驼祥子》写于 1936 年，在《宇宙风》杂志第 25 期至 48 期上连载，1939 年由上海人间书屋出版单行本。《骆驼祥子》是老舍的代表作，也是现代文学史上最优秀的长篇小说之一，自问世以来，已被译成十几国文字，为老舍赢得了世界声誉。

《骆驼祥子》讲述的是一个农民进城的故事。由于农村破产，乡下“青皮后生”祥子从农村来到北京城，以拉车为生。拥有一辆属于自己的车，是他的梦想和奋斗的动力。小说通过祥子三次“买车——丢车”的经历，串联起一系列的人物与事件，展现了三十年代北京城的世态人情，也清晰地描摹出祥子由精进向上、不甘失败到自甘堕落的精神历程。

小说的成功首先在于塑造了祥子与虎妞两个鲜活的人物形象。小说开篇，祥子经过三年苦挣苦熬，终于实现了自己的梦想，拥有了一辆属于自己的车，成为自食其力的洋车夫。但不久，在兵荒马乱中这辆车被逃兵抢走，祥子受到第一次重大打击。丢车，成为祥子悲剧的起点。他从兵匪的魔爪中逃脱，路上捡到三匹骆驼，卖了三十五块钱，这就是“骆驼祥子”这个名字的来历。但这笔钱只抵原来车资的三分之一，祥子从头开始，进行新一轮的拼搏，在即将攒够了买一辆新车的钱时，又被孙侦探敲诈洗劫一空。祥子只得又回到人和车厂拉车，车厂老板刘四爷是个唯利是图的家伙，连自己的女儿虎妞也被他当作不花钱的劳力来使用，从不为虎妞的生活着想。虎妞在这样阴暗市侩的生存环境中见到老实本分、勤劳健壮的祥子，心生喜爱之情。祥子并不爱虎妞，但在一次醉酒后与虎妞发生肉体关系，被动地与虎妞成婚。婚后，虎妞用自己的钱给祥子买了一辆车，但虎妞难产去世，一贫如洗的祥子只得卖车为她安葬。这时候，他真心喜欢的小福子成为他活下去的精神支柱，但小福子在贫苦中沦为妓女，上吊而死，他最后的梦想破灭了。太多的折磨彻底挫败了要强的、体面的祥子，他吃、喝、嫖、赌，与主人的姨太太私通染上梅毒，为了钱出卖朋友，彻底堕落成一具行尸走肉。可以说，在祥子身上既体现了坚忍不拔的人生追求，也体现了他在理想处处碰壁之后所滋生的自暴自弃的人性弱点。

祥子的悲剧命运深刻地揭示了社会的黑暗。社会失去公正和公平，腐败混乱，

祥子艰苦的付出换不到最低的生活保障，基本生存条件被毁坏，生活在社会底层的人想通过个人奋斗闯出一条金光大道是不可能的。勤劳却不能致富，没有权势的人致富也被强夺。社会的黑暗活活将人变成非人。此外，老舍更深地挖掘出金钱至上、人欲横流的现代城市文明病对健康人性的腐蚀。

与祥子一样，虎妞也是一个悲剧人物，是“中国现代文学史上最有光彩的女性形象”，但人们对虎妞这一形象的认识一直存在着扭曲、负面评价、表面化等问题：或是把她抽象化为“阶级”与“道德”的符号；或是歧视她先天的缺陷，把她作为丑女的代名词；大多关注她表面的泼辣直率，对她的内心世界缺少细致的分析。虎妞相貌丑陋，在单亲家庭中长大，缺少母亲的关爱呵护，父亲刘四爷流氓习气十足，加上长期处于粗鄙的车场生活环境中，整天与车夫们打交道，虎妞养成了爽直泼辣、厉害粗鲁、精明干练、深通世故的性格特征，缺少女性的温柔细腻。她曾经不幸失身，在贞操观念无比严重的时代，这无疑是无法言说的痛苦，也让她在祥子眼中成了一个“不要脸”的女人。但她毕竟是一个传统的女性，她渴望婚姻和家庭生活，当刘四爷不满她下嫁祥子而悄悄离开时，她有过一丝后悔，但终究舍不得祥子，选择了“嫁鸡随鸡，嫁狗随狗”，决定就是祥子“去要饭也要永远跟着他”。然而，在即将成为母亲的时候，她在贫困中难产而死，带着她寄托了无限喜悦与希望的小生命离开人世。可以说，在她短暂的一生中几乎集中了女性所有的不幸。（参照李城希：《性格、问题与命运：虎妞形象再认识》，《文学评论》2009 年第 6 期）

小说具有浓郁的北京地域色彩，“京味儿”醇厚，这首先表现在语言上，老舍说，“无论我写什么我都力求文字清浅。我的野心（恐怕生平只有这么一点野心）就是想从日用的俗语中创造出文艺作品来，不教雅语丽词压住我，我要从俗话中掏出来珍珠。”（《编写民众读物的困难》，《教育通讯》1938 年第 39 期）老舍在小说中主要使用现代白话和北京方言，不仅保留了民间口语的活泼生动，而且具有艺术语言的简洁明快。老舍自己说：“《骆驼祥子》可以朗诵，它的言语是活的。”现代北京方言也正是仰赖了老舍，才具有了“文学语言”的价值。其次，小说描写了老北京市民社会各色人物以及风土人情，具有浓郁的地域文化与民俗色彩。

小说共二十四章，本篇节选了第六章部分内容，丢掉工作的祥子茫然无助，来到人和车场后见到了虎妞，这是他与虎妞扯不清的关系的开始。

【选评】

《骆驼祥子》有两个外部特征应该引起我们的思考：第一，它不幽默；第二，它是悲剧。而它是老舍的代表作。这就说明，没有幽默，老舍依然是老舍，没有悲剧，老舍就失去了幽默。幽默只是他的脸谱，而悲剧才是他的魂魄。……祥子的悲剧，是一个人在尊严和屈辱上下两块磁石之间奋力挣扎，而终于堕入屈辱的悲剧。

老舍似乎是告诉你，人天生应该抓住自己的那份尊严，有了那份尊严，人才像个人。（孔醉:《屈辱与尊严——老舍创作与精神世界的主旋律》,《中国现代文学研究丛刊》1990 年第 1 期）

【思考与讨论】

1.《骆驼祥子》是一部强者沉沦的悲剧，结合文本对这一问题进行分析。

2. 虎妞“是中国现代文学史上最有光彩的女性形象”（陈思和：《中国现当代文学名篇十五讲》，北京大学出版社 2003 年版，第 308 页），而“对虎妞这一形象的认识一直存在着扭曲与忽略；负面评价；表面化；‘重男轻女’等问题”（李城希：《性格、问题与命运：虎妞形象再认识》,《文学评论》2009 年第 6 期）。你眼中的虎妞又是一个怎样的人？

3. 老舍是“京味儿”小说的代表性作家，在老舍小说中，“京味儿”体现在哪些方面，请举例说明。

【拓展与延伸】

1. 老舍的创作深受英国作家康拉德的影响，他说：“我将永远忘不了康拉德的恩惠。”他这样评价康拉德小说：“Nothing，常常成为康拉德的故事的结局。不管人有多么大的志愿与生力，不管行为好坏，一旦走入这个魔咒的势力圈中，便很难逃出。”请查阅相关资料，结合老舍《骆驼祥子》《我这一辈子》《月牙儿》等作品，写一篇论文，分析康拉德对老舍文学创作的影响。

2.《微神》是老舍小说中非常特别的一篇，也是老舍本人的心爱之作，小说用抒情的笔致和现代手法讲述了一个凄美的爱情故事。请阅读《微神》，写一篇读后感。可以参考严家炎的文章《〈微神〉——老舍的心象小说》（收入《二十世纪文学精神 严家炎自选集》，人民日报出版社 2014 年版）。

【推荐阅读】

1.《四世同堂》，老舍著，人民文学出版社 1998 年版。

2.《月牙儿·阳光·我这一辈子》，老舍著，人民文学出版社 2009 年版。

3.《老舍之死口述实录》，傅光明、郑实采写，复旦大学出版社 2009 年版。

4.《北京：城与人》，赵园著，北京大学出版社 2002 年版。

沈从文

【简介】沈从文（1902～1988），原名沈岳焕，出生于湖南凤凰县，这是一个土、苗、侗、汉等多民族聚居的区域。十四岁投身行伍，浪迹湘川黔边境地区，谙熟这一带的民风民俗，从生活中获得生命的智慧。1922年来到北京，随后开始文学创作。沈从文一生创作宏富，是京派作家的重要成员。代表作有小说《边城》《长河》《萧萧》等,散文《从文自传》《记丁玲》《湘行散记》《湘西》等。新中国成立后，他在中国历史博物馆和中国社会科学院历史研究所工作，主要从事中国古代服饰的研究，著有《中国古代服饰研究》。沈从文在作品中精心构造着他心目中的“希腊小庙”，庙中供奉着美好的“人性”。他始终以“乡下人”自居，既包含了对充满诗意的湘西故土深深的眷恋与赞美，又包含着对都市文明的审视与批判。

边　城(节选)

河中划船的决了最后胜负后，城里军官已派人驾小船在潭中放了一群鸭子，祖父还不见来。翠翠恐怕祖父也正在什么地方等着她，因此带了黄狗各处人丛中挤着去找寻祖父，结果还是不得祖父的踪迹。后来看看天快要黑了，军人扛了长凳出城看热闹的，皆已陆续扛了那凳子回家。潭中的鸭子只剩下三五只，捉鸭人也渐渐的少了。落日向上游翠翠家中那一方落去，黄昏把河面装饰了一层薄雾。翠翠望到这个景致，忽然起了一个怕人的想头，她想：“假若爷爷死了？”

她记起祖父嘱咐她不要离开原来地方那一句话，便又为自己解释这想头的错误，以为祖父不来必是进城去或到什么熟人处去，被人拉着喝酒，故一时不能来的。正因为这也是可能的事，她又不愿在天未断黑以前，同黄狗赶回家去，只好站在那石码头边等候祖父。

再过一会，对河那两只长船已泊到对河小溪里去不见了，看龙船的人也差不多全散了。吊脚楼有娼妓的人家，已上了灯，且有人敲小斑鼓弹月琴唱曲子。另外一些人家，又有划拳行酒的吵嚷声音。同时停泊在吊脚楼下的一些船只，上面也有人在摆酒炒菜，把青菜萝卜之类，倒进滚热油锅里去时发出吵——的声音。河面已朦朦胧胧，看去好像只有一只白鸭在潭中浮着，也只剩一个人追着这只鸭子。

翠翠还是不离开码头，总相信祖父会来找她一起回家。

吊脚楼上唱曲子声音热闹了一些，只听到下面船上有人说话，一个水手说："金亭，你听你那婊子陪川东庄客喝酒唱曲子，我赌个手指，说这是她的声音！"另一个水手就说："她陪他们喝酒唱曲子，心里可想我。她知道我在船上！"先前那一个又说："身体让别人玩着，心还想着你；你有什么凭据？"另一个说："有凭据。"于是这水手吹着唿哨，作出一个古怪的记号，一会儿，楼上歌声便停止了，两个水手皆笑了。两人接着便说了些关于那个女人的一切，使用了不少粗鄙字眼，翠翠很不习惯把这种话听下去，但又不能走开。且听水手之一说，楼上妇人的爸爸是在棉花坡被人杀死的，一共杀了十七刀。翠翠心中那个古怪的想头，"爷爷死了呢？"便仍然占据到心里有一忽儿。

两个水手还正在谈话，潭中那只白鸭慢慢的向翠翠所在的码头边游过来，翠翠想："再过来些我就捉住你！"于是静静的等着，但那鸭子将近岸边三丈远近时，却有个人笑着，喊那船上水手。原来水中还有个人，那人已把鸭子捉到手，却慢慢的"踹水"游近岸边的。船上人听到水面的喊声，在隐约里也喊道："二老，二老，你真能干，你今天得了五只罢。"那水上人说："这家伙狡猾得很，现在可归我了。""你这时捉鸭子，将来捉女人，一定有同样的本领。"水上那一个不再说什么，手脚并用的拍着水傍了码头。湿淋淋的爬上岸时，翠翠身旁的黄狗，仿佛警告水中人似的，汪汪的叫了几声，那人方注意到翠翠。码头上已无别的人，那人问：

"是谁人？"

"是翠翠！"

"翠翠又是谁？"

"是碧溪岨撑渡船的孙女。"

"你在这儿做什么？"

"我等我爷爷。我等他来。"

"等他来他可不会来，你爷爷一定到城里军营里喝了酒，醉倒后被人抬回去了！"

"他不会这样子。他答应来找我，他就一定会来的。"

"这里等也不成。到我家里去，到那边点了灯的楼上去，等爷爷来找你好不好？"

翠翠误会了邀他进屋里去那个人的好意，心里记着水手说的妇人丑事，她以为那男子就是要她上有女人唱歌的楼上去，本来从不骂人，这时正因等候祖父太久了，心中焦急得很，听人要她上去，以为欺侮了她，就轻轻的说：

“悖时砍脑壳的！”

话虽轻轻的，那男的却听得出，且从声音上听得出翠翠年纪，便带笑说：“怎么，你骂人！你不愿意上去，要呆在这儿，回头水里大鱼来咬了你，可不要叫喊！”

翠翠说：“鱼咬了我也不管你的事。”

那黄狗好像明白翠翠被人欺侮了，又汪汪的吠起来。那男子把手中白鸭举起，向黄狗吓了一下，便走上河街去了。黄狗为了自己被欺侮还想追过去，翠翠便喊：“狗，狗，你叫人也看人叫！”翠翠意思仿佛只在告给狗“那轻薄男子还不值得叫”，但男子听去的却是另外一种好意，男的认为她是要狗莫向好人乱叫，放肆的笑着，不见了。

又过了一阵，有人从河街拿了一个废缆做成的火炬，喊叫着翠翠的名字来找寻她，到身边时翠翠却不认识那个人。那人说：老船夫回到家中，不能来接她，故搭了过渡人口信来告翠翠，要她即刻就回去。翠翠听说是祖父派来的，就同那人一起回家，让打火把的在前引路，黄狗时前时后，一同沿了城墙向渡口走去。翠翠一面走一面问那拿火把的人，是谁告他就知道她在河边。那人说是二老告他的，他是二老家里的伙计，送翠翠回家后还得回转河街。

翠翠说：“二老他怎么知道我在河边？”

那人便笑着说：“他从河里捉鸭子回来，在码头上见你，他说好意请你上家里坐坐，等候你爷爷，你还骂过他！你那只狗不识吕洞宾，只是叫！”

翠翠带了点儿惊讶轻轻的问：“二老是谁？”

那人也带了点儿惊讶说：“二老你还不知道？就是我们河街上的傩送二老！就是岳云！他要我送你回去！”

傩送二老在茶峒地方不是一个生疏的名字！

翠翠想起自己先前骂人那句话，心里又吃惊又害羞，再也不说什么，默默的随了那火把走去。

翻过了小山岨，望得见对溪家中火光时，那一方面也看见了翠翠方面的火把，老船夫即刻把船拉过来，一面拉船一面哑声儿喊问：“翠翠，翠翠，是不是你？”翠翠不理会祖父，口中却轻轻的说：“不是翠翠，不是翠翠，翠翠早被大河里鲤鱼吃去了。”翠翠上了船，二老派来的人，打著火把走了，祖父牵着船问：“翠翠，你怎么不答应我，生我的气了吗？”

翠翠站在船头还是不作声。翠翠对祖父那一点儿埋怨，等到把船拉过了溪，一到了家中，看明白了醉倒的另一个老人后，就完事了。但另一件事，属于自己不关祖父的，却使翠翠沉默了一个夜晚。

选自《边城·雪晴》，复旦大学出版社2004年版

【导读】

《边城》创作于1933年秋到1934年春，先在《国闻周报》上连载，后由上海生活书店出版。《边城》给读者呈现了一个景美、人美、情更美的“世外桃源”。这里山清水秀，景色宜人，远离尘嚣，没有受到现代文明的侵染。自然的淳朴美景与人们的日常生活和谐统一，相映成趣，令人十分向往。优美的自然环境滋养着优美的人性及人情：爷爷年逾古稀，精神矍铄，勤劳善良，不贪财不占小便宜；天保和傩送吃苦耐劳，待人和气，不骄惰，不浮华，不仗势欺人；船总顺顺正直公道，大方洒脱；翠翠更是“爱”和“美”的化身，美丽乖巧、天真无邪，有着少女的羞涩矜持。翠翠是一个自然之子，她与大自然浑然一体，没有沾染人世间的功利思想，像水晶一样晶莹剔透。作者在翠翠身上寄予了至善至美的审美理想。

《边城》在如诗如画的背景中讲述了一个凄美的爱情故事：自幼失去父母的孤女翠翠与外祖父靠摆渡为生。在一年端午节赛龙舟的盛会上，少女翠翠邂逅了船总顺顺家的二儿子傩送，互生好感。当地的王团总也看上了傩送，想把女儿嫁给他，用价值不菲的碾坊作陪嫁。顺顺希望傩送娶王团总的女儿为妻，但是傩送喜欢翠翠，不要碾坊要渡船。傩送的哥哥天保也喜欢翠翠，托人向渡船老人提亲，但是没有得到翠翠的答复。傩送向哥哥袒露了自己也喜欢翠翠的心思，于是两人相约唱山歌，天保自知不敌傩送，娶翠翠无望，出走桃源，不幸卷入险流意外死亡。傩送觉得自己对哥哥的死负有责任，对爷爷也颇有微词，于是也远走他乡。爷爷遭到了顺顺一家的误解，也为翠翠的婚事操心担忧，在一个风雨之夜去世。翠翠一个人孤独地守着渡船，痴心地等待傩送归来。“这个人也许永远不回来了，也许明天回来。”小说开放式的结尾给读者留下了一个意犹未尽又令人期待的结局。翠翠与傩送的爱情是自由、真纯的，没有任何金钱或地位等功利思想的影响。翠翠不因为傩送是船总的儿子而爱他，傩送也不因为翠翠是撑渡船的而不爱她，他们的相爱是自然而然的心动，这样一对有情人终不能在一起，不免令人唏嘘。

小说暗示了命运的不确定性和人生的无奈，翠翠、傩送、爷爷，每一个人的心愿都是美好的，但是由于种种误会，阴差阳错，心愿没有被很好地传达和接受。这使作品具有了优美与忧伤的双重基调。整篇故事在具有浓郁地方色彩的环境中展开，人物性格以及人际关系与湘西的风景民俗浑然交融，呈现出独特的文化内涵。散文化的笔法和抒情诗的笔致相结合，构成了这篇小说独特的艺术风格。

在选文中，主要叙述了翠翠和傩送的初次邂逅。虽然只有短短的几句对话，但是却在彼此的心里埋下了爱的种子。作者笔下迷人的风土人情，细腻的心理描写，真挚的情感展示，都使得作品表现出强烈的艺术感染力。

【选评】

对于这个湘西，如果说《三三》《萧萧》《柏子》等篇还只是一角，那么《边城》《长河》就近于“完整”了。在这些画幅中，作者强调的，是它的未经“文明社会”的社会组织形式羁束的自在状态。一切使社会赖以成为“文明社会”的规矩绳墨，都与这世界无干。这个世界不是用法律也不是用道德来维持，“一切皆为一个习惯所支配”，却无往不合乎情顺乎理。也俨然没有阶级等级，掌水码头的与撑渡船的，都在一种淳厚古朴的人情中人格上平等：一个独立自足的文化圈。（赵园：《沈从文构筑的“湘西世界”》，《文学评论》1986 年第 6 期）

【思考与讨论】

1.《边城》是沈从文先生的代表作，作品构筑了一个田园牧歌般的“湘西世界”。请结合小说《边城》，谈谈“湘西世界”的审美内涵。

2. 沈从文说：“美丽总是令人忧愁。”（沈从文：《序跋集·〈看虹摘星录〉后记》，见《沈从文文集》，第 11 卷，第 49 页，花城出版社、香港三联书店 1984 年版）请结合《边城》，谈谈你对这句话的理解。

【拓展与延伸】

1. 导演凌子风认为，“改编就是原著＋我”，坦言电影《边城》是他导演的作品中最满意的一部。请观看根据小说《边城》改编的同名电影，写一篇影评。

2. 1933 年至 1934 年间中国文坛出现了一场“京派”与“海派”之争，京派作家指三十年代活跃在北京和天津的自由主义作家群，沈从文是主要代表。其他京派小说的代表作有废名的《竹林的故事》《桥》、萧乾的《梦之谷》、林徽因的《九十九度中》、凌淑华的《绣枕》等。请选择阅读，分析京派小说的特点。

【推荐阅读】

1.《沈从文集：边城》，沈从文著，北京十月文艺出版社 2008 年版。

2.《沈从文集：长河》，沈从文著，北京十月文艺出版社 2008 年版。

3.《从文自传》，沈从文著，人民文学出版社 1981 年版。

4.《从〈边城〉走向世界——对作为文学家的沈从文的研究》，凌宇著，生活·读书·新知三联书店 1985 年版。

戴望舒

戴望舒

【简介】戴望舒（1905 ～ 1950），原名戴朝安，浙江杭县（今杭州市余杭区）人。曾用笔名梦鸥、梦鸥生、信芳、江思等。1923 年考入上海大学文学系，后转入震旦大学学习法语。1926 年与施蛰存等创办《璎珞》旬刊。1927 年写作《雨巷》，被称为“雨巷诗人”。1929 年出版第一本诗集《我的记忆》。1932 年参加施蛰存主编的《现代》杂志，同年留学法国。1936 年与卞之琳、冯至等创办《新诗》月刊。主要诗集有《我的记忆》《望舒草》《灾难的岁月》等。

雨　巷

撑着油纸伞，独自
彷徨在悠长、悠长
又寂寥的雨巷，
我希望逢着
一个丁香一样地
结着愁怨的姑娘。

她是有
丁香一样的颜色，
丁香一样的芬芳，
丁香一样的忧愁，
在雨中哀怨，
哀怨又彷徨；

她彷徨在这寂寥的雨巷，
撑着油纸伞
像我一样，

像我一样地
默默彳亍着，
冷漠，凄清，又惆怅。

她静默地走近
走近，又投出
太息一般的眼光
她飘过
像梦一般的，
像梦一般的凄婉迷茫。

像梦中飘过
一枝丁香地，
我身旁飘过这个女郎；
她静默地远了，远了，
到了颓圮的篱墙，
走尽这雨巷。

在雨的哀曲里，
消了她的颜色，
散了她的芬芳
消散了，甚至她的
太息般的眼光，
丁香般的惆怅。

撑着油纸伞，独自
彷徨在悠长、悠长
又寂寥的雨巷，
我希望飘过
一个丁香一样地
结着愁怨的姑娘。

选自《戴望舒》，戴望舒著，人民文学出版社 1993 年版

【导读】

《雨巷》是戴望舒的成名作，写于1927年夏天，发表于1928年《小说月报》第19卷第8号。1927年夏天，蒋介石对革命者的血腥屠杀所造成的白色恐怖笼罩着全国，青年革命者从火热的革命高潮坠入黑暗的深渊。《雨巷》是年轻敏感、追求进步的诗人在残酷的革命现实和特殊的时代境遇下彷徨、迷惘、痛苦的心灵写照。全诗描绘了一个细雨朦胧的江南小巷中的场景：一个雨丝淅淅沥沥、空气潮湿的天气里，“我”撑着油纸伞，在狭长、寂寥的小巷中独自徘徊，心里怀着一点朦胧的期待，期待迎面走来一个有着丁香一样的颜色、芬芳和愁怨的姑娘，她同“我”一样撑着油纸伞在雨巷中默默徘徊，她“静默”地走近我，踏起青石板地面上的积水，向“我”投出“太息一般的眼光”，然后“像梦一般”地从“我”身边飘过，消失在雨巷尽头颓圮的篱墙。全诗塑造了一个追求理想中的事物而不得、带有悲剧色彩的抒情主人公形象，营造了一种古典、幽静、朦胧、伤感的意境，表达了诗人失望、彷徨的情绪。

《雨巷》蕴含着中国古典诗词婉约清丽、含蓄优雅的情致，“丁香一样的结着愁怨的姑娘”是全诗的主要意象，“丁香”是中国古典诗歌中常见的意象，中国古诗中有“丁香空结雨中愁”（南唐李璟《浣溪沙》）的诗句。《雨巷》也表现出象征主义诗歌的特点，诗作运用了暗示、隐喻等象征主义的艺术手法，强调诗歌意象的多义性和模糊性。全诗有三个诗人反复吟咏的意象：“悠长又寂寥的雨巷”“撑着油纸伞的独行者”“丁香一样的结着愁怨的姑娘”。“悠长又寂寥的雨巷”既是诗人所处时代的黑暗而沉闷的社会现实的象征，也是诗人孤独彷徨的精神困境的象征。“撑着油纸伞的独行者”是诗人孤独、迷惘、伤感的情绪的化身。“丁香一样的结着愁怨的姑娘”是美丽、高洁又蕴含着愁怨的事物的象征，她可能是诗人爱恋中的对象，也可能是诗人所追求的理想或信仰，抑或是诗人自我心灵世界的派生者，是诗人自己的化身。从主题意蕴上说，这首诗既可以解读为与一见钟情的姑娘失之交臂的爱情诗，也可以解读为对信仰的追求与失落，还可以理解为诗人与自我的一次失败的对话。在情感的抒发上，诗作强调用暗示、隐喻等手段表达内心情感，情感低沉优美、含蓄优雅、“哀而不伤”。象征意蕴的丰富性和主题的多义性给读者留下了广阔的想象空间，也给诗歌带来了令人回味的余香。

《雨巷》形式工整，全诗共七节，每个诗节六行。《雨巷》最初为人称道的一个重要的方面就是它的音节的优美，叶圣陶盛赞这首诗“替新诗的音节开了一个新的纪元”。诗人通过押韵、复沓、叠句、重唱等手法的使用，造成了回环往复的旋律美和婉转悦耳的乐感。

【选评】

《雨巷》属于戴望舒说的那种通过旧的意象表现新情绪的代表性诗歌。谁都能一眼看出此诗直接采用了古代诗歌中的丁香意象，但是，戴望舒没有简单地重复表现古典的丁香意象所包含的意绪，而是以古典意象固有的意绪作序引，借题发挥地表现自己新的体验，新的情感。……在这诗中，“愁”不再像古诗中那样是表现的主要对象，“冷漠，凄清，又惆怅”才是全诗表现的“新情绪”，“愁”连同包含“愁”绪的丁香意象，以及将这意象人格化的那位想象中的姑娘，只都成了借以表现这些“新情绪”的客体。这样处理的结果，传统的意象不仅没被破坏，而且丁香作为喻体得到了更富有诗意的阐释：它不再单是“愁”字的写意，更像一位结着愁怨的姑娘；但诗歌又没有照搬古诗的意境，它将传统的“愁”绪当作审美对象，一唱三叹地感慨这种情绪的失落。当一位诗人连愁怨的意象都愿意在心中永远驻留，而不愿其流失的时候，可见他的凄清孤寂已经到了何种程度！（朱寿桐：《论中国现代诗歌对古典意象的继承与改造》，《福建论坛·人文社会科学版》，2001年第1期）

【思考与讨论】

1. 结合戴望舒的诗，谈谈象征主义诗歌的艺术特点。

2. “丁香一样的结着愁怨的姑娘”是《雨巷》的主要意象，试分析这个意象所蕴含的主题意蕴。

【拓展与延伸】

1.《雨巷》这首诗中，诗人勾画了一幅幅意境优美的江南雨巷风景图，请为其配上几幅插图或者结合诗歌创作一段动漫视频。

2. 戴望舒的《我的记忆》也是一篇优秀的诗作，这篇诗作在意象选择、韵律安排上都表现出不同于《雨巷》的特点。请写一篇文章，分析这首诗作的特征。

【推荐阅读】

1.《雨巷——戴望舒诗文》，戴望舒著，中华书局2016年版。

2.《雨巷诗人——戴望舒传》，北塔著，浙江人民出版社2003年版。

艾　青

艾青

【简介】艾青（1910～1996），原名蒋海澄，浙江金华人。出生时母亲难产，为了消灾，被父母送到贫苦农妇“大叶荷”家寄养，5岁时回家。1928年中学毕业后考入国立杭州西湖艺术学院绘画系，1929年赴法留学，学习绘画的同时，接触欧洲现代派诗歌。1932年5月回国，加入中国左翼美术家联盟，7月以“颠覆政府”的罪名被捕入狱。1933年，艾青在狱中创作了《大堰河——我的保姆》，发表后一举成名，由此确定了一生的奋斗方向。1935年10月，经保释出狱。抗战期间，辗转于武汉、山西、湖南、广西、重庆、延安等地，艾青的创作也进入高潮阶段，《雪落在中国的土地上》《北方》《我爱这土地》《向太阳》均为这一时期创作的著名诗篇。

艾青的诗歌在吸收传统文化精华的基础上，也广泛借鉴汲取了西方诗歌艺术理论，达到了中西诗歌艺术的融合；他善于把个人遭遇和民族苦难联系到一起，从民族文化建设的角度探寻个人创造的深层价值。他以自身成功的创作实践将自由体诗提高到一个新的成熟的境界。

大堰河——我的保姆

大堰河，是我的保姆。
她的名字就是生她的村庄的名字，
她是童养媳，
大堰河，是我的保姆。

我是地主的儿子；
也是吃了大堰河的奶而长大了的，
大堰河的儿子。

大堰河以养育我而养育她的家，
而我，是吃了你的奶而被养育了的，
大堰河啊，我的保姆。

大堰河，今天我看到雪使我想起了你：
你的被雪压着的草盖的坟墓，
你的关闭了的故居檐头的枯死的瓦菲，
你的被典押了的一丈平方的园地，
你的门前的长了青苔的石椅，
大堰河，今天我看到雪使我想起了你。

你用你厚大的手掌把我抱在怀里，抚摸我；
在你搭好了灶火之后，
在你拍去了围裙上的炭灰之后，
在你尝到饭已煮熟了之后，
在你把乌黑的酱碗放到乌黑的桌子上之后，
在你补好了儿子们的为山腰的荆棘扯破的衣服之后，
在你把小儿被柴刀砍伤了的手包好之后，
在你把夫儿们的衬衣上的虱子一颗颗的掐死之后，
在你拿起了今天的第一颗鸡蛋之后，
你用你厚大的手掌把我抱在怀里，抚摸我。

我是地主的儿子，
在我吃光了你大堰河的奶之后，
我被生我的父母领回到自己的家里。
啊，大堰河，你为什么要哭？

我做了生我的父母家里的新客了！
我摸着红漆雕花的家具，
我摸着父母的睡床上金色的花纹，
我呆呆地看着檐头的我不认得的“天伦叙乐”的匾，
我摸着新换上的衣服的丝的和贝壳的钮扣，
我看着母亲怀里的不熟识的妹妹，

我坐着油漆过的安了火钵的炕凳，
我吃着碾了三番的白米的饭，
但，我是这般忸怩不安！因为我
我做了生我的父母家里的新客了。

大堰河，为了生活，
在她流尽了她的乳液之后，
她就开始用抱过我的两臂劳动了；
她含着笑，洗着我们的衣服，
她含着笑，提着菜篮到村边的结冰的池塘去，
她含着笑，切着冰屑悉索的萝卜，
她含着笑，用手掏着猪吃的麦糟，
她含着笑，扇着炖肉的炉子的火，
她含着笑，背了团箕到广场上去，
　晒好那些大豆和小麦，
大堰河，为了生活，
在她流尽了她的乳液之后，
她就用抱过我的两臂，劳动了。

大堰河，深爱着她的乳儿；
在年节里，为了他，忙着切那冬米的糖，
为了他，常悄悄地走到村边的她的家里去，
为了他，走到她的身边叫一声“妈”，
大堰河，把他画的大红大绿的关云长
　贴在灶边的墙上，
大堰河，会对她的邻居夸口赞美她的乳儿；
大堰河曾做了一个不能对人说的梦：
在梦里，她吃着她的乳儿的婚酒，
坐在辉煌的结彩的堂上，
而她的娇美的媳妇亲切的叫她“婆婆”
……
大堰河，深爱她的乳儿！

大堰河，在她的梦没有做醒的时候已死了。
她死时，乳儿不在她的旁侧，
她死时，平时打骂她的丈夫也为她流泪，
五个儿子，个个哭得很悲，
她死时，轻轻地呼着她的乳儿的名字，
大堰河，已死了，
她死时，乳儿不在她的旁侧。

大堰河，含泪地去了！
同着四十几年的人世生活的凌侮，
同着数不尽的奴隶的凄苦，
同着四块钱的棺材和几束稻草，
同着几尺长方的埋棺材的土地，
同着一手把的纸钱的灰，
大堰河，她含泪地去了。

这是大堰河所不知道的：
她的醉酒的丈夫已死去，
大儿做了土匪，
第二个死在炮火的烟里，
第三，第四，第五，
在师傅和地主的斥骂声里过着日子。
而我，我是在写着给予这不公道的世界的咒语。
当我经了长长的飘泊回到故土时，
在山腰里，田野上，
兄弟们碰见时，是比六七年前更要亲密！
这，这是为你，静静地睡着的大堰河，
所不知道的啊！

大堰河，今天，你的乳儿是在狱里，
写着一首呈给你的赞美诗，
呈给你黄土下紫色的灵魂，
呈给你拥抱过我的直伸着的手，

呈给你吻过我的唇，
呈给你泥黑的温柔的脸颜，
呈给你养育了我的乳房，
呈给你的儿子们，我的兄弟们，
呈给大地上一切的，
我的大堰河般的保姆和她们的儿子，
呈给爱我如爱她自己的儿子般的大堰河。

大堰河，我是吃了你的奶而长大了的
你的儿子，
我敬你
爱你！

一九三三，一，一四，雪朝

选自《艾青诗选》，人民文学出版社 2004 年版

【导读】

1933 年 1 月 14 日早晨，身陷囹圄的艾青望着窗外飘飞的雪花，思念起童年时给予自己无比关爱与温暖的保姆大堰河，创作了著名诗篇《大堰河——我的保姆》。这首诗发表于 1934 年《春光》杂志第 1 卷第 3 号，是艾青的成名作，发表不久即被译为日文，至今已被译为英、法、德、西班牙、俄等十多种文字，享有世界声誉。这是一首自传性质的抒情诗，是一个地主的儿子写给他保姆的一曲深情的挽歌和颂歌。诗歌成功地塑造了大堰河这一光辉动人的乡村农妇形象。她纯朴善良、宽厚仁爱、勤劳坚韧，用自己的乳汁养育了她的乳儿，用一双勤劳的手养活了她的家，把一切都无私地给予了别人，然而世道不公，大堰河在四十多年的生命历程中饱受苦难和折磨，最后悲惨地死去。她没有自己的名字，"她的名字就是生她的村庄的名字"，没有名字的大堰河正是无数中国普通农民的代表，又是一个默默养育生命的大地母亲形象。从这首诗中，我们可以感觉到诗人与多灾多难的农民及土地所保持的深刻的联系。

《大堰河——我的保姆》打破格律诗的限制，是艾青"散文是先天的，比韵文美"这种诗歌主张的完美体现。全诗共 13 节，多则 16 行一节，少则 4 行一节；多则每行 22 字，少则每行 2 字。全诗虽不押韵，但每一节首尾句短而重复，中间几行诗句多采用较长的排比句，用以抒发感情、描摹情状，整首诗在参差变化里取和谐统一。

我爱这土地

假如我是一只鸟，
我也应该用嘶哑的喉咙歌唱：
这被暴风雨所打击着的土地，
这永远汹涌着我们的悲愤的河流，
这无止息地吹刮着的激怒的风，
和那来自林间的无比温柔的黎明……
——然后我死了，
连羽毛也腐烂在土地里面。

为什么我的眼里常含泪水？
因为我对这土地爱得深沉……

1938 年 11 月 17 日

选自《艾青诗选》，人民文学出版社 2004 年版

【导读】

这首诗创作于抗战初期，日本侵略军的铁蹄践踏着中国大地，山河破碎、生灵涂炭。面对日本人的侵略，中国人民奋起反抗，进行了艰苦卓绝、不屈不挠的斗争。诗人自觉地加入民族解放斗争的洪流，作为时代的“吹号者”，写下这首感人至深的爱国主义诗歌——《我爱这土地》。

艾青诗歌的中心意象是“土地”与“太阳”，“土地”意象凝聚着诗人对祖国——大地母亲最深沉的爱；面对这多灾多难、饱受“暴风雨”蹂躏的土地，作为“地之子”，诗人不离不弃，生于斯、长于斯、歌哭于斯，抒发着内心的“悲愤”，歌颂着人民的反抗，向往着自由光明的“温柔的黎明”。他不遗余力地“歌唱”，直到喉咙嘶哑，直到发不出声音，直到死，“死了”也要死于斯——“连羽毛也腐烂在土地里面”。这里所表现的是对祖国生死不渝的最伟大、最深沉的爱。“为什么我的眼里常含泪水？因为我对这土地爱得深沉……”这两句诗，朴素而深情，正是因为爱之深，才痛之切，眼里的泪水是心中对祖国——大地的挚爱，这种爱，是艾青作品咏唱不尽的旋律。

【选评】

诚如艾青自己所说的："在万象中，'抛弃着、拣取着、拼凑着'选择与自己的情感与思想能糅合的，塑造形体。"他的确是不断在万象中寻找并选择与自己的情绪相糅合的、具有"形体"的意象的，这好像已经成为艾青创作中的习惯。在这份习惯工作中，兴的意象构造占的比重较大。……前者(《大堰河——我的保姆》)就是用了五十来个兴的意象来兴托出诗人对贫农大堰河及她一家人悲惨生涯的哀怜之情。……通过这些兴的意象，我们不难看出艾青对旧中国农家生活的熟悉。它们全是属于生活的真实的、在做了详尽而忠实的刻画后成了美的凝结物。(骆寒超:《论艾青的诗歌艺术》,《文艺论丛》10，上海文艺出版社 1980 年 4 月版，第 228～229 页)

【思考与讨论】

1.《大堰河——我的保姆》中，"大堰河"是艾青以自己的乳母"大叶荷"为原型塑造的人物，是无数中国普通农民的代表。请谈谈你对这一人物形象的理解。

2. 艾青的诗歌在意象的选择上独树一帜，请结合《我爱这土地》，谈谈"土地"与"太阳"两个核心意象的审美内涵。

【拓展与延伸】

1. 艾青年轻时曾到法国留学，专攻绘画，这一经历也影响到他的诗歌创作。他说："一首诗里面……没有色调，没有色彩——艺术的生命在哪里呢？"〔艾青：《诗论掇拾》(一),《艾青全集》(第 3 卷)，花山文艺出版社 1991 年版，第 48 页〕品读艾青的《我爱这土地》《向太阳》《北方》几首诗，体会、分析其中的色彩感与诗意。

2. 作为中国现代文学史和新诗发展史上一位地位重要且影响深远的诗人，艾青以属于自己和时代的独特语言和姿态抒写着古老中国大地上永恒的苦难与悲哀，宣告着他对这片土地至死不渝的爱恋。这种苦难、悲哀和爱恋凝结在其诗中，形成一种特有的忧郁情思，从而成为铸就这一伟大诗魂不可或缺的重要因素。现代文学评论界把艾青诗中的忧郁称为"艾青的忧郁"，你是如何理解艾青诗歌中的"忧郁"的，请结合具体作品谈一谈。

【推荐阅读】

1.《艾青诗选》，艾青著，人民文学出版社 2004 年版。

2.《艾青传》，程光炜著，北京十月文艺出版社 1999 年版。

曹禺

曹禺

【简介】曹禺（1910～1996），原名万家宝，祖籍湖北潜江，出生于天津一个没落的封建官僚家庭。母亲在他出生后三天即患产褥热去世。幼年时，曹禺经常跟随继母（小姨）看戏，自小就接触京戏、地方戏和文明戏，五岁时就开始与私塾里的小同学编戏演戏，这些经历为曹禺日后的戏剧创作积累了艺术底蕴。1923 年，曹禺考进天津南开中学，南开中学非常重视学生的戏剧活动，1925 年曹禺加入南开中学新剧团，参演过丁西林、田汉、易卜生、莫里哀、霍普特曼、高尔斯华绥等众多中外剧作家的作品。1928 年，担任《南开双周刊》的戏剧编辑。这些实践活动为曹禺打开了广阔的艺术视野。1928 年，曹禺免试入南开大学，读政治经济专业，1929 年通过清华大学组织的考试，入清华大学西洋文学系就读。

在清华，曹禺一方面饱读中外戏剧大师的作品，一方面进行戏剧的排练和演出。1933 年，《雷雨》在清华大学图书馆诞生，被认为是中国现代话剧成熟的标志，那一年曹禺才 23 岁。1935 年，以上海为背景的话剧《日出》出版并上演。《雷雨》《日出》两部话剧奠定了曹禺在中国现代文学史上的重要地位。1936 年，曹禺将视线转向农村，创作完成了第三部话剧《原野》。1940 年，标志着曹禺创作第二个高峰的《北京人》问世。《雷雨》《日出》《原野》和《北京人》被称为曹禺的四大杰作，在中国戏剧史上占有重要的地位。

雷　雨（节选）

第一幕

〔四凤端茶，放朴面前。

周朴园　四凤，——（向周冲）你先等一等。（向四凤）叫你给太太煎的药呢？

四　凤　煎好了。

周朴园　为什么不拿来？

四　凤　（看蘩漪，不说话）

周蘩漪　（觉出四周的征兆有些恶相）她刚才给我倒来了，我没有喝。

周朴园　为什么？（停，向四凤）药呢？

周蘩漪　（忙说）倒了。我叫四凤倒了。

周朴园　（慢）倒了？哦？（更慢）倒了！

——（向四凤）药还有么？

四　凤　药罐里还有一点。

周朴园　（低而缓地）倒了来。

周蘩漪　（反抗地）我不愿意喝这种苦东西。

周朴园　（向四凤，高声）倒了来。

〔四凤走到左面倒药。

周　冲　爸，妈不愿意，您何必这样强迫呢？

周朴园　你同你母亲都不知道自己的病在哪儿。（向蘩漪低声）你喝了，就会完全好的。

（见四凤犹豫，指药）送到太太那里去。

周蘩漪　（顺忍地）好，先放在这儿。

周朴园　（不高兴地）不。你最好现在喝了它吧。

周蘩漪　（忽然）四凤，你把它拿走。

周朴园　（忽然严厉地）喝了它，不要任性，当着这么大的孩子。

周蘩漪　（声颤）我不想喝。

周朴园　冲儿，你把药端到母亲面前去。

周　冲　（反抗地）爸！

周朴园　（怒视）去！

〔周冲只好把药端到蘩漪面前。

周朴园　说，请母亲喝。

周　冲　（拿着药碗，手发颤，回头，高声）爸，您不要这样。

周朴园　（高声地）我要你说。

周　萍　（低头，至周冲前，低声）听父亲的话吧，父亲的脾气你是知道的。

周　冲　（无法，含着泪，向着母亲）您喝吧，为我喝一点吧，要不然，父亲的气是不会消的。

周蘩漪　（恳求地）哦，留着我晚上喝不成么？

周朴园　（冷峻地）蘩漪，当了母亲的人，处处应当替孩子着想，就是自己不保重身体，也应当替孩子做个服从的榜样。

周蘩漪　（四面看一看，望望朴园又望望周萍。拿起药，落下眼泪，忽而又放下）哦，不！我喝不下！

周朴园　萍儿，劝你母亲喝下去。

周　萍　爸！我——

周朴园　去，走到母亲面前！跪下，劝你的母亲。

〔周萍走至蘩漪面前。

周　萍　（求恕地）哦，爸爸！

周朴园　（高声）跪下！

〔周萍望着蘩漪和周冲；蘩漪泪痕满面，周冲全身发抖。

周朴园　叫你跪下！

〔周萍正向下跪。

周蘩漪　（望着周萍，不等周萍跪下，急促地）我喝，我现在喝！（拿碗，喝了两口，气得眼泪又涌出来，她望一望朴园的峻厉的眼和苦恼着的周萍，咽下愤恨，一气喝下！）哦……（哭着，由右边饭厅跑下。）

〔半晌。

周朴园　（看表）还有三分钟。（向周冲）你刚才说的事呢？

周　冲　（抬头，慢慢地）什么？

周朴园　你说把你的学费分出一部分？——嗯，是怎么样？

周　冲　（低声）我现在没有什么事情啦。

周朴园　真没有什么新鲜的问题啦么？

周　冲　（哭声）没有什么，没有什么，——妈的话是对的。（跑向饭厅）

周朴园　冲儿，上哪儿去？

周　冲　到楼上去看看妈。

周朴园　就这么跑么？

周　冲　（抑制着自己，走回去）是，爸，我要走了，您有事吩咐么？

周朴园　去吧。

〔周冲向饭厅走了两步。

周朴园　回来。

周　冲　爸爸。

周朴园　你告诉你的母亲，说我已经请德国的克大夫来，给她看病。

周　冲　妈不是已经吃了您的药了么？

周朴园　我看你的母亲，精神有点失常，病像是不轻。（**回头向周萍**）我看，你也是一样。

周　萍　爸，我想下去，歇一会儿。

周朴园　不，你不要走。我有话跟你说。（**向周冲**）你告诉她，说克大夫是个有名的脑病专家，我在德国认识的。来了，叫她一定看一看，听见了没有？

周　冲　听见了。（**走了两步**）爸，没有事啦？

周朴园　上去吧。

〔**周冲由饭厅下。**

周朴园　（**回头向四凤**）四凤，我记得我告诉过你，这个房子你们没有事就得走的。

四　凤　是，老爷。（**也由饭厅下**）

〔**鲁贵由书房上。**

鲁　贵　（**见着老爷，便不自主地好像说不出话来**）老，老，老爷。客，客来了。

周朴园　哦，先请到大客厅里去。

鲁　贵　是，老爷。（**鲁贵下**）

周朴园　怎么这窗户谁开开了？

周　萍　弟弟跟我开的。

周朴园　关上，（**擦眼镜**）这屋子不要底下人随便进来，回头我预备一个人在这里休息的。

周　萍　是。

周朴园　（**擦着眼镜，看四周的家具**）这间屋子的家具多半是你生母顶喜欢的东西。我从南边移到北边，搬了多少次家，总是不肯丢下的。（**戴上眼镜，咳嗽一声**）这屋子摆的样子，我愿意总是三十年前的老样子，这叫我的眼看着舒服一点。（**踱到桌前，看桌上的相片**）你的生母永远喜欢夏天把窗户关上的。

周　萍　（**强笑着**）不过，爸爸，纪念母亲也不必——

周朴园　（**突然抬起头来**）我听人说你现在做了一件很对不起自己的事情。

周　萍　（**惊**）什——什么？

周朴园　（**低声走到周萍的面前**）你知道你现在做的事是对不起你的父亲么？并且——（**停**）——对不起你的母亲么？

周　萍　（**失措**）爸爸。

周朴园　（仁慈地，拿着萍的手）你是我的长子，我不愿意当着人谈这件事。（停，喘一口气严厉地）我听说我在外边的时候，你这两年来在家里很不规矩。

周　萍　（更惊恐）爸，没有的事，没有，没有。

周朴园　一个人敢做一件事就要当一件事。

周　萍　（失色）爸！

周朴园　公司的人说你总是在跳舞场里鬼混，尤其是这两三个月，喝酒，赌钱，整夜地不回家。

周　萍　哦，（喘出一口气）您说的是——

周朴园　这些事是真的么？（半晌）说实话！

周　萍　真的，爸爸。（红了脸）。

周朴园　将近三十的人应当懂得“自爱”！——你还记得你的名为什么叫萍吗？

周　萍　记得。

周朴园　你自己说一遍。

周　萍　那是因为母亲叫侍萍，母亲临死，自己替我起的名字。

周朴园　那我请你为你的生母，你把现在的行为完全改过来。

周　萍　是，爸爸，那是我一时的荒唐。

〔鲁贵由书房上。

鲁　贵　老，老，老爷。客——等，等，等了好半天啦。

周朴园　知道。

〔鲁贵退。

周朴园　我的家庭是我认为最圆满，最有秩序的家庭，我的儿子我也认为都还是健全的子弟，我教育出来的孩子，我绝对不愿叫任何人说他们一点闲话的。

周　萍　是，爸爸。

周朴园　来人啦。（自语）哦，我有点累啦。

〔周萍扶他至沙发坐。

〔鲁贵上。

鲁　贵　老爷。

周朴园　你请客到这边来坐。

鲁　贵　是，老爷。

周　萍　不，——爸，您歇一会吧。

周朴园 不，你不要管。（向鲁贵）去，请进来。

鲁 贵 是，老爷。

〔鲁贵下。朴园拿出一支雪茄，周萍为他点上，朴园徐徐抽烟，端坐。

——**幕落**

选自《中国话剧百年剧作选》（第 2 卷），刘厚生等人主编，中国对外翻译出版公司 2007 年版

【导读】

1934 年，曹禺的处女作《雷雨》经巴金审阅和编辑，在《文学季刊》第 3 期全文刊载。1935 年 4 月，《雷雨》由杜宣、吴天等留日学生搬上舞台，好评如潮，继而由中国旅行剧团在天津、上海等地演出，轰动了文坛、剧坛。《雷雨》不仅奠定了曹禺在中国现代戏剧史上的地位，而且对中国话剧由发展走向成熟起了决定性作用。

四幕话剧《雷雨》描写中国二十世纪二十年代前后，一个资产阶级化的封建家庭的悲剧。鲁侍萍和周公馆的主人周朴园不期而遇，由此引出了三十年前的故事。当年，周家的少爷周朴园爱上女佣梅妈的女儿侍萍，并生了两个男孩。而周朴园迫于家庭压力，娶了一个有钱有门第的小姐为妻。侍萍带着刚出生几天的小儿子被周家人赶出家门。漂泊无依的侍萍迫于生活压力，嫁给鲁贵并生下女儿四凤。周朴园与侍萍三十年前结下的恩怨，一直延续到下一代，成为悲剧的总根源。剧作家让侍萍走进周公馆，引发了这个家庭的巨大危机：在周公馆当下人的女儿四凤在重蹈自己当年的命运，爱上四凤的偏偏是自己的长子周萍；周公馆的太太蘩漪和周萍名为母子实为情人，为了挽回周萍的爱情而苦苦挣扎；鲁大海和周朴园，父子之间正展开劳资双方的斗争，一场悲剧已经不可避免。

《雷雨》巨大的艺术震撼力首先体现在剧中人物的性格与命运中。八个人物都有着各自鲜明的性格，从不同的角度展现这场悲剧的丰富性与复杂性。曹禺说《雷雨》中的人物，最早出现在他脑海中的就是蘩漪，他喜欢蘩漪这样性格的女人，哪怕她做了罪大恶极的事情他也会原谅。他以极大的热情塑造这一人物，甚至为她写下了五百余字的精彩小传。蘩漪是《雷雨》中最复杂、最丰富、最具典型价值的人物，是受到"五四"个性解放思想影响的旧式女子，她充满蓬勃的生命热情，追求独立的个性，渴望美好的爱情，但命运让她"落在周朴园这样的家庭中"。十八年来，她在周朴园的精神压制下，没有自由与尊严，过着极端压抑的生活，渐渐被磨成一个"石头样的死人"。就在对生活近乎绝望，在"安安静静等死"的时候，周萍的到来燃起了她渴望自由、渴望爱情的希望。她对周萍的爱是极端大胆、真诚的。她冲破道德的罗网，把打破枷锁、获得新生的希冀甚至自己的生命都押在周萍的身上。然而这段扭曲的爱情并没有持续多久，周萍厌恶了这种不伦之恋，转而追求四凤，背弃了蘩漪的爱情。受到周家两代人欺负的蘩漪陷入绝望，原本抑郁的精神世界变得更加偏执。她紧紧抓住周萍作困兽之斗，希望他带着她逃出周公馆这口“残酷的井”。为此她机关算尽：以周冲喜欢四凤为借口让鲁妈带走四凤；一次次恳求甚至哀求周萍把她带走，甚至和四凤一起走都可以，显得那么卑微与可怜；试图让自己的儿子周冲拦住四凤。这一连串充满嫉妒、阴狠、乖戾的行动把周家引向一条死亡之路，毁灭了自己也毁灭了别人。而在这些行为背后是一个被窒息的灵魂对自由的呐喊，是环境对一个追求自由的女性的逼迫与伤害。蘩漪这一悲剧形象，是曹禺对新文学的杰出贡献，深刻地传达出“五四”反封建与个性解放的主题，引发人们对人的价值、尊严等问题的思考。

周朴园是《雷雨》的中心人物，是悲剧的总根源。曹禺塑造这个带着浓厚封建色彩的资本家形象，没有脸谱化、简单化，而是揭示出周朴园心灵世界的复杂性、丰富性，使人物显得真实可信。周朴园年轻时留学德国，一定程度上受到西方自由民主思想的影响，是一个追求个性、自由和美好爱情的年轻人，他和女仆梅妈的女儿侍萍真诚相爱。但周朴园屈服于封建传统意识和家庭的压力，抛弃侍萍和他们俩刚出生三天的小儿子而与一位富家小姐结婚，这为以后一系列的悲剧埋下了总根芽。他得知侍萍的“死讯”，多少年来一直无法摆脱一种罪恶感，应该说他后来对侍萍的怀念、内疚、忏悔是真诚的。随着周朴园步入社会，经营矿山，现代资本主义经济的发展使他成了一个拥有现代产业的资本家。唯利是图、尔虞我诈、金钱万能的社会现实影响并改变着他的性格，与此同时，封建专制文化传统的顽固性、劣根性一点点在他的精神世界中凸显出来。周朴园成为一个冷酷的资本家、虚伪的慈善家、独断的封建家长。曾经的叛逆者变成了封建伦常秩序的维护者，戏剧通过周朴园威逼蘩漪喝药这个典型的戏剧动作，让人们看到他的封建家长统治对人精神的虐杀。周朴园在制造悲剧的同时也受到了命运的惩罚，成为悲剧的承担者与受害者。

《雷雨》以它巨大的悲剧性震撼着一代又一代的读者。曹禺认为《雷雨》所显示的并不是因果，并不是报应，而是天地间的“残忍”。《雷雨》中的八个人物，每个人都苦苦挣扎：周朴园想维持家庭的秩序与体面；蘩漪想拥有不受压抑的生活，抓住周萍对自己的爱情；周萍想获得四凤的爱情，借以洗涤自己不洁的灵魂；天真的周冲想与四凤一起实现自己的青春幻梦；尝遍人生苦痛的侍萍想立刻带走四凤，以免女儿重蹈自己的覆辙；鲁大海希望通过罢工获得公正；鲁贵想揩更多的油水。然而“宇宙正像一口残酷的井，落在里面，怎样呼号也难逃脱这黑暗的坑”。每个人的挣扎都走向自己愿望的反面。戏剧的结尾，无辜的年青一代，周萍、周冲、四凤死了，鲁大海走了；年老的一代，蘩漪和侍萍疯了，作为悲剧总根源的周朴园生活在无尽的忏悔与孤独中。在这里，可以看出古希腊命运悲剧的影响，展现出人对命运的抗争与命运对人的主宰这一对巨大的矛盾，而每个人的命运都以当时中国特定的现实社会环境为依托，使《雷雨》意蕴深邃而又真实具体。

《雷雨》有着鲜明的艺术风格，首先表现在其结构的紧凑巧妙。《雷雨》运用锁闭式结构，昨日之戏（周朴园与侍萍三十多年前的故事；蘩漪与继子周萍之间的恋爱故事）在人物的对话中加以回顾说明，与今日之戏（台上正在经历着的部分：蘩漪与周朴园的冲突；蘩漪、周萍、四凤之间的情感纠葛；鲁侍萍与周朴园客厅见面；鲁大海与周朴园的冲突等）互为映照，以前者推动后者的急剧发展，不断有“发现”“逆转”与“惊奇”，直至高潮。其次，《雷雨》塑造了个性各异的、饱满的人物形象。《雷雨》中的八个人物，每一个都血肉丰满。另外，《雷雨》的戏剧语言相当出色。提示语言精准而富有启发性，人物对话与独白极具个性，并且拥有丰富的潜台词，这些潜台词不仅富有戏剧性，而且表现了人物复杂的心情。

总之，《雷雨》以卓尔不凡的艺术魅力，奠定了曹禺在中国现代文学史上的地位。曹禺以诗人的慧眼与情怀关注并体味着丰富复杂的社会生活，思考人类的生存处境，探索人物精深微妙的内心世界，博采古今中外的戏剧精华，创作了一部经典。其激荡饱满的情感、深沉幽微的哲思和一个个极具魅力的人物形象，让一代代的导演、演员、读者、观众为之沉醉。

《雷雨》共有四幕，外加序幕与尾声。节选部分是本剧第一幕的片段，体现了周朴园的封建专制家长作风以及他造成的极端压抑的家庭气氛，也体现了蘩漪对周朴园的抗拒以及她与周萍的微妙关系。

【选评】

在中国现代的作家中，鲁迅在他的作品中，不仅揭示人的“生存”的问题，更深刻地揭示人的“存在”问题，这几乎是现当代伟大作家的一个共同的特质。“五四”之后，承继鲁迅这一伟大传统的首推曹禺。他是中国现代第一个也几乎是少数几个把探索人类的“存在”作为艺术追求的剧作家。热烈激荡的情思同形而上的哲思的交融，构成曹禺剧作的深广厚重的思想特色。曹禺对于人性的复杂性有着十分深刻的把握，他以为人性的复杂性甚至是难以破解的。而人性的丰富性，也是他所重视的；因此，在他的剧中所展现出来的人物，他们人性的复杂性和丰富性，在中国剧作家中是首屈一指的。像周朴园、蘩漪、陈白露、仇虎、金子、愫方、曾浩、文清等，这样的中国人性的画廊，是曹禺所发现所创造的，是我们

前所未见的。(田本相:《伟大的人文主义戏剧家曹禺，为纪念曹禺百年诞辰而作》,《中国戏剧》2010 年第 9 期)

【思考与讨论】

1. 曹禺研究专家田本相用“最雷雨”来描述蘩漪的性格。你如何理解蘩漪这一人物形象？周朴园历来被认为是一个冷酷、自私、虚伪的人，但也有人认为他也是一个悲剧人物，有值得同情的一面。请结合剧本谈谈你对这两个人物的看法。

2. 选文部分周朴园逼蘩漪喝药一场戏，历来被解释成封建压迫，但也有学者认为逼着喝药是一场两性斗争，请细读剧本，参考陆炜《周朴园逼蘩漪新解》(《戏剧艺术》，2013 年第 4 期)，谈谈你的见解。

3. 一部优秀的文学作品，往往具有丰富的意蕴，有多种阐释的可能性。关于《雷雨》的主题，有多种研究成果，主要有“命运观”说、“宿命论”说、“反封建反资本主义”说、“生存困境”说等。你如何理解《雷雨》的主题？

【拓展与延伸】

1. 一部《雷雨》，培育了几代话剧人，无论是观众还是剧作家、导演、演员，都从《雷雨》中得到收获。请观看不同版本的《雷雨》话剧，从剧本、导演和表演风格等方面谈谈自己的看法。

2.《雷雨》初版本中有序幕与尾声，对于序幕和尾声的用意，曹禺先生曾有一个明确的说明 :“简单地说，是送看戏的人们回家，带着种哀静的心情。低着头，沉思地，念着这些在热情、在梦想、在计算里煎熬着的人们……我把《雷雨》做一篇诗看，一部故事读，用‘序幕’和‘尾声’把一件错综复杂的罪恶推到时间上非常辽远的处所。”(曹禺 :《雷雨》，人民文学出版社 1998 年版，第 188 页。) 但在舞台演出中，往往掐头去尾(甚至在一些文学版本中都删去序幕与尾声)。《雷雨》序幕和尾声的作用表现在哪些方面？请阅读剧本《雷雨》，谈谈你的看法。

3. 四幕话剧《日出》是曹禺的第二部重要剧作，无论是戏剧结构还是人物形象塑造都做出新的探索。请观看视频或阅读剧本，具体谈谈这种探索的具体表现。

【推荐阅读】

1.《曹禺文集》(第一卷)，曹禺著，中国戏剧出版社 1988 年版。

2.《曹禺传》，田本相著，北京十月文艺出版社 1988 年版。

3.《大小舞台之间——曹禺戏剧新论》，钱理群著，北京大学出版社 2007 年版。

第三单元

二十世纪四十年代文学

【概述】四十年代文学是指从1937年7月7日卢沟桥事变，抗日战争全面爆发，到1949年新中国成立前召开的第一次全国“文代会”这十二年的文学史进程。随着战争局势的发展，与全国的政治地理区域划分相对应，文学被分割为国统区文学、解放区文学、沦陷区文学以及上海“孤岛”时期文学。

抗战初期的国统区文学，以宣传“抗日救亡”为共同指向，有着不同政治和文学观念的作家们团结在一起，于1938年3月27日在武汉成立了中华全国文艺界抗敌协会（简称文协）。广大作家用简短有力、通俗易懂、极具感染力与战斗性的街头剧、朗诵诗等文学形式宣传抗日救亡的思想，基调热情激昂，具有英雄主义色彩。1938年10月武汉失守，战争进入相持阶段，抗战初期昂奋的救国热情转为对现实冷静的思考与剖析，文学创作由歌颂变为讽刺，张天翼的《华威先生》、沙汀的《在其香居茶馆里》、陈白尘的话剧《升官图》等作品是对腐败现实的辛辣讽刺。

抗战中、后期，小说创作在反映生活的广度、深度以及风格的多样性等方面都取得了不俗的成绩。老舍的《四世同堂》以北平沦陷为背景，描写北平人八年的亡国奴生活，对文化与国民性进行沉痛批判与深刻反思；巴金的《寒夜》以冷峻的笔调讲述一个正直知识分子在战争时期贫病交加，在胜利的锣鼓声中死亡的悲剧。钱钟书的《围城》是描写抗战时期知识分子的生存状态的一幅浮世绘，是四十年代讽刺小说的压轴之作。国统区的戏剧活动非常活跃，郭沫若的历史剧《屈原》曾轰动一时。

共产党领导的解放区文学呈现出独特的风貌。1942年毛泽东的《在延安文艺座谈会上的讲话》为解放区文学指明了方向，促进了文学的大众化、民间化。赵树理的《小二黑结婚》《李家庄的变迁》《李有才板话》等作品被作为解放区文学的典范，文艺主管单位号召解放区作家要“向赵树理方向迈进”。

上海“孤岛”时期文学，指1937年11月上海沦陷后，一些作家在租界这一特殊的环境中进行创作，配合抗日救亡的文学活动。以戏剧运动最为活跃，于伶、阿英、李健吾等人创作了一批具有较高艺术水准的话剧。

沦陷区文学包括东北、华北沦陷区文学以及1942年12月太平洋战争爆发后的上海沦陷区文学。由于特殊的政治环境，通俗小说空前繁荣，具有通俗倾向的文学创作也有一定的发展，张爱玲的《传奇》堪为代表。

东北作家群中的萧红在抗战时期辗转漂泊，1941年在香港完长篇小说《呼兰河传》，端木蕻良创作了《科尔沁旗草原》第二部，骆宾基完成长篇自传体小说《幼年》，这些作品都是乱世漂泊中的作家对童年岁月的深情追忆。

张天翼

张天翼

【简介】张天翼（1906～1985），祖籍湖南湘乡，1906年9月26日生于江苏南京。父亲是一位比较开明的知识分子，对他影响较大。1924年，张天翼毕业于杭州宗文中学，入上海美术专科学校学画一年。1926年进北京大学预科，因家境贫困和不满所学课程，中途辍学。离开学校后在沪、杭、宁一带任家庭教师、记者和编辑等职。1928年短篇小说《三天半的梦》发表在鲁迅主编的《奔流》上。1931年加入中国左翼作家联盟，参加文艺大众化研究会的工作，协助编辑《十字街头》等刊物。1938年发表著名短篇小说《华威先生》。新中国成立后，曾任《人民文学》主编、中国作家协会中共党委组成员、书记处书记等职。著有短篇小说《包氏父子》、长篇小说《鬼土日记》及儿童文学作品《大林和小林》《罗文应的故事》《宝葫芦的秘密》《秃秃大王》等。张天翼的作品多以嘲讽笔调见长，文笔活泼新鲜，风格辛辣，展示中国社会中下层的悲剧状态，被鲁迅视为新文学以来“最好的作家”和“最优秀的左翼作家”。

华威先生（节选）

转弯抹角算起来——他算是我的一个亲戚。我叫他“华威先生”。他觉得这种称呼不大好。

“嗳，你真是！”他说。“为什么一定要个‘先生’呢。你应当叫我‘威弟’。再不然叫‘阿威’。”

把这件事交涉过了之后，他立刻戴上了帽子：

“我们改日再谈好不好？我总想畅畅快快跟你谈一谈——唉，可总是没有时间。今天刘主任起草了一个县长公余工作方案，硬叫我参加意见，叫我替他修改。三点钟又还有一个集会。”

这里他摇摇头，没奈何地苦笑了一下。他声明他并不怕吃苦：在抗战时期大家都应当苦一点。不过——时间总要够支配呀。

“王委员又打了三个电报来，硬要请我到汉口去一趟。这里全省文化界抗敌总会又成立了，一切抗战工作都要领导起来才行。我怎么跑得开呢，我的天！”

于是匆匆忙忙跟我握了握手，跨上他的包车。

他永远挟着他的公文皮包。并且永远带着他那根老粗老粗的黑油油的手杖。左手无名指上带着他的结婚戒指。拿着雪茄的时候就叫这根无名指微微地弯着，而小指翘得高高的，构成一朵兰花的图样。

这个城市里的黄包车谁都不作兴跑，一脚一脚挺踏实地踱着，好像饭后千步似的。可是包车例外：叮当，叮当，叮当，——一下子就抢到了前面。黄包车立刻就得往左边躲开，小推车马上打斜，担子很快地就让到路边，行人赶紧就避到两旁的店铺里去。

包车踏铃不断地响着，钢丝在闪着亮。还来不及看清楚——它就跑得老远老远的了，像闪电一样快。

而——据这里有几位抗战工作者的上层分子的统计——跑得顶快的是那位华威先生的包车。

他的时间很要紧。他说过——

“我恨不得取消晚上睡觉的制度，我还希望一天不止二十四小时，抗战工作实在太多了。”

接着掏出表来看一看，他那一脸丰满的肌肉立刻紧张了起来。眉毛皱着，嘴唇使劲撮着，好像他在把全身的精力都要收敛到脸上似的。他立刻就走：他要到难民救济会去开会。

照例——会场里的人全到齐了坐在那里等着他。他在门口下车的时候总得顺便把踏铃踏它一下：叮！

同志们彼此看着：唔，华威先生到会了。有几位透了一口气。有几位可就拉长了脸瞧着会场门口，有一位甚至于要准备决斗似的——抓着拳头瞪着眼。

华威先生的态度很庄严，用种从容的步子走进去，他先前那副忙劲儿好像被他自己的庄严态度消解掉了。他在门口稍为停了一会儿，让大家好把他看个清楚，仿佛要唤起同志们的一种信任心，仿佛要给同志们一种担保——什么困难的大事也都可以放下心来。他并且还点点头。他眼睛并不对着谁，只看着天花板。他是在对整个集体打招呼。

会场里很静，会议就要开始。有谁在那里翻着什么纸张，窸窸窣窣的。

华威先生很客气地坐到一个冷角落里，离主席位子顶远的一角，他不大肯当主席。

“我不能当主席，”他拿着一支雪茄烟打手势。“工人抗战工作协会的指导部今天开常会。通俗文艺研究会的会议也是今天。伤兵工作团也要去的，等一下。你们知道我的时间不够支配：只容许我在这里讨论十分钟。我不能当主席，我想推举刘同志当主席。”

说了就在嘴角上闪起一丝微笑，轻轻地拍几下手板。

主席报告的时候，华威先生不断地在那里刮洋火点他的烟。把表放在面前，时不时像计算什么似地看看它。

“我提议！”他大声说。“我们的时间是很宝贵的：我希望主席尽可能报告得简单一点。我希望主席能够在两分钟之内报告完。”

他刮了两分钟洋火之后，猛的站了起来。对那正在哇啦哇啦的主席摆摆手：

“好了，好了。虽然主席没有报告完，我已经明白了。我现在还要赴别的会，让我先发表一点意见。”

停了一停。抽两口雪茄，扫了大家一眼。

“我的意见很简单，只有两点，”他舔舔嘴唇。“第一点，就是——每个工作人员不能够怠工。而是相反，要加紧工作。这一点不必多说，你们都是很努力的青年，你们都能热心工作。我很感谢你们。但是还有一点——你们时时刻刻不能忘记，那就是我要说的第二点。”

他又抽了两口烟，嘴里吐出来的可只有热气。这就又刮了一根洋火。

“这第二点呢就是：青年工作人员要认定一个领导中心。你们只有在这一个领导中心的领导之下，抗战工作才能够展开。青年是努力的，是热心的，但是因为理解不够，工作经验不够，常常容易犯错误。要是上面没有一个领导中心，往往要弄得不可收拾。”

瞧瞧所有的脸色，他脸上的肌肉耸动了一下——表示一种微笑。他往下说：

“你们都是青年同志，所以我说得很坦白，很不客气。大家都要做抗战工作，没有什么客气可讲。我想你们诸位青年同志一定会接受我的意见。我很感激你们。好了，抱歉得很，我要先走一步。”

把帽子一戴，把皮包一挟，瞧着天花板点点头，挺着肚子走了出去。

选自《华威先生》，张天翼著，商金林编，江苏文艺出版社 2009 年版

【导读】

张天翼是我国优秀的讽刺作家，抗日战争初期所写的小说《谭九先生的工作》《华威先生》《新生》合成短篇小说集《速写三篇》。这些作品以夸张凝练、冷峻精准的“速写”，勾勒出抗战时期一些人利用神圣的民族解放战争作为幌子，图谋私利的无耻嘴脸。从而揭示了群情激昂的抗战热潮中，一些人破坏抗战的严峻现实，产生了广泛的影响和争议。其中以《华威先生》最为著名。

《华威先生》最成功的地方是以区区四千余字的篇幅，富有层次地刻画了主人公华威这一典型的官僚形象，以锐利的眼光透视了抗战时期某些人物的内心世界，揭示了抗战热潮中的阴暗面。1938年，当时正值全民抗战的紧要关头，在后方的“开会迷”华威先生，也在马不停蹄地为抗战做“贡献”。他的贡献就是白天从一个会场赶往另一个会场去开会、讲话，处处宣传“认清一个领导中心”思想，晚上喝酒。整天看似忙忙碌碌，其实不做实事只尚空谈。处处投机钻营攫取权力，企图控制一切人民组织和活动，连妇女界组织了战时保婴会他都要插足做委员。他虚伪做作，表面上与人称兄道弟，以与人平等自居，实质颐指气使，官僚气十足，且见风使舵、媚上欺下。小说以全民抗战、国难当头的环境为背景，勾勒出华威这一丑陋的官僚形象，对其进行了尖锐的讽刺和批判。

用很短的篇幅成功塑造华威先生这一经典形象，离不开作者巧妙的艺术构思。小说中，华威先生的年龄、籍贯、学历、爱好、脾气、家庭情况都未曾特别交代，也没有全面地、历史地描写华威先生性格的形成和发展；也没有具有中心意味的事件，没有开端、发展、高潮、尾声的结构形式以及非常激烈的矛盾冲突。而是以叙事者“我”作为外视点，用漫画式的写意笔法，对华威先生三次参加会议的忙碌情状、衣着、语调、神态以及变色龙一样的行为动作等进行简洁生动的描写。三个会议级别不同，主人公的表演亦明显不同。第一个会议，他到会场时，别人都在等他，他“点点头”，“眼睛并不对着谁，只看着天花板”，旁若无人，态度傲慢；“他不大肯当主席”，“拿着雪茄烟打手势”，指定“刘同志当主席”，限定“主席能够在两分钟之内报告完”，他在主席报告时“猛地站了起来”，“摆摆手”打断主席报告，然后抢先发言，发言后“挺着肚子走了出去”，他根本没有认真听取会议内容，当主席向他谈到会议上所提及的困难问题时，他又“把当主席的同志拽开”，“伸出个食指顶着主席的胸脯”，居高临下，颐指气使。第二个会议，他到会场时，会议已经开始，虽颇有几分不悦，但在抢先发言前，先“拍了三下手板”，请示了主席，申明了理由，然后才开始发言，态度比第一个会议要谦和些。第三个会议，他在入场时“脸上堆上了笑容，并且对每一个点头”，“伸了伸舌头，好像闯了祸怕挨骂似的”，抢先发言前先递个纸条请示主席，发言时“点点头站了起来”，并且分别向主席和各位参会人员“腰板微微地一弯”，显得卑躬屈膝。三个会议，三种不同的表演，一个骄妄、虚伪、庸俗、市侩气十足的官僚形象跃然纸上。除了那三个会议之外，作者还善于从错综复杂的生活现象中，截取最能反映人物精神特征的横断面，进行生动形象又不无夸张地刻画，从而塑造了华威先生这一经典的喜剧形象。

像华威先生这样会议多、效率低，一嘴空话套话，只顾攫取权力不问百姓疾苦的官僚在现实生活中并没有消失，他们随着历史的发展变换着不同的外部风貌，但精神内核没有根本性的差异。为什么会有华威先生这样的人？形成华威精神的社会文化土壤是什么？这是让人深思和警觉的地方，也是小说《华威先生》为什么有持久魅力的主要原因。

本篇节选的是小说的开头部分，勾描了华威先生第一次参加会议时的情状，一个官僚气十足的开会迷形象栩栩如生地出现在读者面前。

【选评】

简捷明快的叙事方式与自然而峭拔的语言，为张天翼的审丑图的描绘提供了恰如其分的构架与笔墨，也显示出白话文学在移植外来影响于民族土壤、融合经典传统与民间活力的一条路径。张天翼的小说生涯不长，但其冷峭的审丑则富于生命力。它总能给人以震撼、警醒与超越性的快感。社会的健康发展，永远也离不开冷峭的目光。（秦弓：《张天翼：审丑图的艺术建构》，《江苏社会科学》2000 年第 2 期）

【思考与讨论】

1. 分析华威先生这一形象，并谈谈其现实意义。

2.《华威先生》以其犀利辛辣的讽刺光芒而著称，请结合作品谈谈小说的讽刺艺术。

【拓展与延伸】

1. 父与子的矛盾是现代文学的重要主题之一。张天翼创作于1934年的小说《包氏父子》，以讽刺的笔法叙述了一个父亲“望子成龙”的愿望彻底落空的故事，一方面是身份卑微的父亲惨淡经营、费尽心血；另一方面是儿子游手好闲、荒唐堕落。其他还有老舍小说《二马》中的马则仁与马威父子，《子夜》中的吴老太爷与吴荪甫父子，等等。请从父子冲突这一角度对《包氏父子》这部作品，或对文学作品中父子冲突这一主题进行分析。

2. 四十年代的讽刺文学，陈白尘的三幕讽刺喜剧《升官图》堪称戏剧方面的代表，一直被公认为中国现代戏剧史上最优秀的一部讽刺喜剧。姜文导演的电影《让子弹飞》，改编自马识途四十年代开始创作的小说《盗官记》。《升官图》与《盗官记》有诸多相似之处，请对比阅读，分析两部作品的讽刺艺术及其现实批判意义。

【推荐阅读】

1.《包氏父子》，张天翼著，孙玉石编，百花文艺出版社 1986 年版。

2.《张天翼儿童文学文集》，张天翼著，南京大学出版社 2015 年版。

3.《张天翼的创作道路》，黄侯兴著，上海文艺出版社 1993 年版。

赵树理

赵树理

【简介】赵树理（1906～1970），原名赵树礼，出生于山西省沁水县尉迟村一农民家庭，自幼喜爱民间曲艺。1927年加入中国共产党，1931年开始发表通俗文学作品，1937年参加抗战工作。1943年因《小二黑结婚》一举成名。四十年代后期在文坛上获得广泛的赞誉，被确立为“赵树理方向”。1949年后，先后任中国曲艺工作者协会主席、《说说唱唱》主编、北京市作协副主席等。1959年因对农村政策有意见而被视为右倾，“文革”期间被迫害致死。

赵树理是最受中国农民欢迎的作家之一，是现代文学史上第一位成功地将中国社会最底层农民作为小说真正的主人公的作家，被誉为描写农村的“铁笔”“圣手”。

小二黑结婚（节选）

二　三仙姑的来历

三仙姑下神，足足有三十年了。那时三仙姑才十五岁，刚刚嫁给于福，是前后庄上第一个俊俏媳妇。于福是个老实后生，不多说一句话，只会在地里死受。于福的娘早死了，只有个爹，父子两个一上了地，家里只留下新媳妇一个人。村里的年青人们感觉着新媳妇太孤单，就慢慢自动地来跟新媳妇做伴，不几天就集合了一大群，每天嘻嘻哈哈，十分红火。于福他爹看见不像个样子，有一天发了脾气，大骂一顿，虽然把外人挡住了，新媳妇却跟他闹起来。新媳妇哭了一天一夜，头也不梳，脸也不洗，饭也不吃，躺在炕上，谁也叫不起来，父子两个没了办法。邻家有个老婆替她请了一个神婆子，在她家下了一回神，说是三仙姑跟上她了，她也哼哼唧唧自称吾神长吾神短，从此以后每月初一十五就下起神来，别人也给她烧起香来求财问病，三仙姑的香案便从此设起来了。

青年们到三仙姑那里去，要说是去问神，还不如说是去看圣像。三仙姑也暗暗猜透大家的心事，衣服穿得更新鲜，头发梳得更光滑，首饰擦得更明，官粉搽得更匀，不由青年们不跟着她转来转去。

这是三十来年前的事。当时的青年，如今都已留下了胡子，家里都是子媳成群，所以除了几个老光棍，差不多都没有那些闲情到三仙姑那里去了。三仙姑却和大家不同，虽然已经四十五岁，却偏爱当个老来俏，小鞋上仍要绣花，裤腿上仍要镶边，顶门上的头发脱光了，用黑手帕盖起来，只可惜官粉涂不平脸上的皱纹，看起来好像驴粪蛋上下上了霜。

老相好都不来了，几个老光棍不能叫三仙姑满意，三仙姑又团结了一伙孩子们，比当年的老相好更多，更俏皮。

三仙姑有什么本领能团结这伙青年呢？这秘密在她女儿小芹身上。

三　小芹

三仙姑前后共生过六个孩子，就有五个没有成人，只落了一个女儿，名叫小芹。小芹当两三岁时候，就非常伶俐乖巧，三仙姑的老相好们，这个抱过来说是“我的”，那个抱起来说是“我的”，后来小芹长到五六岁，知道这不是好话，三仙姑教她说：“谁再这么说，你就说‘是你的姑姑’。”说了几回，果然没有人再提了。

小芹今年十八了，村里的轻薄人说，比她娘年轻时候好得多。青年小伙子们，有事没事，总想跟小芹说句话。小芹去洗衣服，马上青年们也都去洗；小芹上树采野菜，马上青年们也都去采。

吃饭时候，邻居们端上碗爱到三仙姑那里坐一会，前庄上的人来回一里路，也并不觉得远。这已经是三十年来的老规矩，不过小青年们也这样热心，却是近二三年来才有的事。三仙姑起先还以为自己仍有勾引青年的本领，日子长了，青年们并不真正跟她接近，她才慢慢看出门道来，才知道人家来了为的是小芹。

不过小芹却不跟三仙姑一样，表面上虽然也跟大家说说笑笑，实际上却不跟人乱来，近二三年，只是跟小二黑好一点。前年夏天，有一天前晌，于福去地，三仙姑去串门，家里只留下小芹一个人，金旺来了，嬉皮笑脸向小芹说：“这会可算是个空子吧？”小芹板起脸来说：“金旺哥！咱们以后说话规矩些！你也是娶媳妇大汉了！”金旺撇撇嘴说：“咦！装什么假正经？小二黑一来管保你就软了！有便宜大家讨开点，没事；要正经除非自己锅底没有黑。”说着就拉住小芹的胳膊悄悄说：“不用装模作样了！”不料小芹大声喊道：“金旺！”金旺赶紧跑出来。一边还哨念道：“等得住你！”说着就悄悄溜走了。

……

五 小二黑

小二黑，是二诸葛的二小子，有一次反扫荡打死过两个敌人，曾得到特等射手的奖励。说到他的漂亮，那不只在刘家峧有名，每年正月扮故事，不论去到哪一村，妇女们的眼睛都跟着他转。

小二黑没有上过学，只是跟着他爹识了几个字。当他六岁时候，他爹就教他识字。识字课本既不是五经四书，也不是常识国语，而是从天干、地支、五行、八卦、六十四卦名等学起，进一步便学些《百中经》《玉匣记》《增删卜易》《麻衣神相》《奇门遁甲》《阴阳宅》等书。小二黑从小就聪明，像那些算属相、卜六壬课、念大小流年或“甲子乙丑海中金”等口诀，不几天就都弄熟了，二诸葛也常把他引在人前卖弄。因为他长得伶俐可爱，大人们也都爱跟他玩；这个说：“二黑，算一算十岁属什么？”那个说：“二黑，给我卜一课！”后来二诸葛因为说“不宜栽种”误了种地，老婆也埋怨，大黑也埋怨，庄上人也都传为笑谈，小二黑也跟着这事受了许多奚落。那时候小二黑十三岁，已经懂得好歹了，可是大人们仍把他当成小孩来玩弄，好跟二诸葛开玩笑的，一到了家，常好对着二诸葛问小二黑道：“二黑！算算今天宜不宜栽种？”和小二黑年纪相仿的孩子们，一跟小二黑生了气，就连声喊道：“不宜栽种不宜栽种……”小二黑因为这事，好几个月见了人躲着走，从此就和他娘商量成一气，再不信他爹的鬼八卦。

小二黑跟小芹相好已经二三年了。那时候他才十六七，原不过在冬天夜长时候，跟着些闲人到三仙姑那里凑热闹，后来跟小芹混熟了，好像是一天不见面也不能行。后庄上也有人愿意给小二黑跟小芹做媒人，二诸葛不愿意，不愿意的理由有三：第一小二黑是金命，小芹是火命，恐怕火克金；第二小芹生在十月，是个犯月；第三是三仙姑的名声不好。恰巧在这时候彰德府来了一伙难民，其中有个老李带来个八九岁的小姑娘，因为没有吃的，愿意把姑娘送给人家逃个活命。二诸葛说是个便宜，先问了一下生辰八字，掐算了半天说：“千里姻缘一线牵。”就替小二黑收作童养媳。

虽然二诸葛说是千合适万合适，小二黑却不认账。父子俩吵了几天，二诸葛非养不行，小二黑说：“你愿意养你就养着，反正我不要！”结果虽然把小姑娘留下了，却到底没有说清楚算什么关系。

选自《小二黑结婚》，《赵树理文集》（第2卷），人民文学出版社2005年版

【导读】

1942年5月毛泽东发表《在延安文艺座谈会上的讲话》，提出文艺“首先是为工农兵服务的”，赵树理在《讲话》精神的鼓舞下，立意创作新型的“问题小说”，追求“老百姓喜欢看，政治上起作用”，在1943年5月创作了《小二黑结婚》。作品同年9月由华北新华书店出版，发行盛况空前，仅太行山区一地就销到4万份，之后被许多出版社反复再版和翻印，并被收入1952年版的《高级中学语文课本》，且被数以百计的剧团改编成不同地方剧种搬上舞台。赵树理也因此成为解放区家喻户晓的大作家，在农民中的知名度仅次于毛泽东和彭德怀。

《小二黑结婚》以一个真实的故事为素材，在山西左权县某山村，村民兵队长岳冬至与俊俏的智英祥（有作智英贤）自由恋爱，但因岳冬至家里已有一个童养媳，智英祥也以200块大洋的“价钱”被许配给了一个中年富商，两人的爱情很不顺利，不仅遭家长及村里长辈责骂，也被不少同辈人嫉恨，最后岳冬至在一个深夜被垂涎智英祥的富农村长挟私报复，活活打死。赵树理并未完全忠实于故事原型，而是刻意改写了原故事的结局，化悲剧为喜剧，描写新一代农民青抗先队长小二黑与本村纯洁美丽的小芹姑娘自由恋爱，遭到双方家长二诸葛、三仙姑的反对和村里封建恶势力金旺兄弟的迫害，最终在区政府的支持下，恶棍被惩治，落后的老一辈农民被教育，有情人终成眷属。

小说揭示了解放区农村反封建斗争、宣传民主改革的迫切性与艰巨性，歌颂了鼓舞人心的新风尚，显示了民主政权的强大力量，而将一个现实生活中悲剧改造成皆大欢喜的大团圆结局，爱情的美满被赋予了鲜明的政治内涵，则呈现出解放区文学创作的主流倾向。

小说成功地塑造了一系列不同类型的人物形象：小二黑和小芹是解放区农民中的一代新人，他们敢于向旧的传统势力挑战，勇于主宰自己的命运，追求新生活；他们的性格体现了新的时代气息和精神风貌，在恋爱婚姻问题上，他们完全摆脱了封建迷信思想和传统旧观念的束缚，敢于大胆公开、理直气壮地表明自己的态度和要求，在他们身上体现出新的时代精神。二诸葛和三仙姑是新时代的落后人物，他们的愚昧和守旧不合乎时代发展的潮流，必然受到时代的嘲弄，但他们的转变和进步，同样表现了时代的特征：只要认真改造思想，跟上时代步伐，就能开始新的生活。金旺和兴旺兄弟则是残存在新社会里的旧渣滓，他们无恶不作而又善于伪装钻营，但终究会被人们、被历史揭露并祛除。

小说的艺术手法充分体现了赵树理整个创作的风格特色：在人物描写上，赵树理善以起绰号的方法突出人物的鲜明性格，采用典型的生活细节烘托人物的精神风貌，通过白描手法，依据人物自身的言行来勾画其外貌和微妙的心理活动；

在情节结构上，赵树理注重故事的完整和线索的清晰，往往由一个故事引出另一个故事，一个故事套着另一个故事，环环相扣，首尾呼应，另外他还吸收了评书的一些艺术手法，如悬念的设置，使故事波澜起伏，扣人心弦；在语言表达上，从人物对话到作者的叙述语言，兼具时代风貌和地方风味，叙述语通俗简练，生动形象，具有浓厚的生活意味，人物语言明快洒脱，富有独特的个性色彩。

《小二黑结婚》是"赵树理方向"的奠基石，无论在人物塑造，还是情节结构和语言驾驭上，都开辟了一个崭新的为老百姓所喜闻乐见的、独特的艺术世界。这部作品不仅奠定了赵树理在文学史上的声誉和地位，更重要的是它推动了整个现代文学创作领域对农村、农民描写的新的历史进程。

小说共十二节，本文节选了二、三、五节，在这几节中赵树理用通俗简练的语言生动地刻画了小芹、小二黑、三仙姑等主要人物形象。

【选评】

赵树理是民间审美自由性和五四文学理性合孕而成的产儿。在他的身上我们不但看到民间审美在时代理性的偏颇功利挟持下畸变的悲剧，同时也看到五四文学理性在这一伟大作家身上形成的深刻困惑。我们要声明的是，如果我们站在今天的审美高度上看到了赵树理全部创作历程中某些悲剧的话，那么，绝不要把责任独咎于赵树理。他对以民间审美为核心的中国农民文化的通透的把握，在这把握基础上所形成的天然的审美自由意念和创造性智慧以及对"五四"理性的自我消化等，在中国现代文学史上堪称独步。（席扬：《面对现代的审视——赵树理创作的一个侧视》，《延安文艺研究》1991年第2期）

【思考与讨论】

1.《小二黑结婚》被誉为解放区实践工农兵方向的经典范例。请结合作品，具体谈谈这篇小说的民间艺术特色。

2. 一般认为，《小二黑结婚》中的三仙姑是一个落后分子，是批判的对象。而乐黛云教授说："在美国我们开过一个讨论会，几乎所有的美国女学生都认为三仙姑是一个正面人物，而那个村干部才是批判的对象。"（乐黛云等：《女权主义与文学批评》，《文学自由谈》1989年第6期）如何评价三仙姑形象，如何理解这种差异性认同，请谈谈你的看法。

【拓展与延伸】

1. 鲁迅和赵树理都致力于描写农村和农民，但因时代的变更与观察视角不同，两人笔下的农民形象有很大差异，请结合具体作品，谈谈差异之处何在？

【推荐阅读】

1.《赵树理文集》，赵树理著，人民文学出版社2005年版。

2.《荆棘里的生命》，秦弓著，春风文艺出版社2002年版。

3.《“山药蛋派”与三晋文化》，朱晓进著，湖南教育出版社1998年版。

钱钟书

钱钟书

【简介】钱钟书（1910～1998），字默存，号槐聚，出生于江苏无锡一个书香门第，其父钱基博是著名的文学史家。钱钟书幼年接受过良好的中国古典文学教育，相继于美国圣公会办的苏州桃坞中学和无锡辅仁中学完成中学教育，较早地接触西学。1929年考入清华大学外文系，学习期间，钱钟书显示出惊人的博学与识见。1935年考取“庚子赔款留学资助”，赴牛津大学学习，获英国文学学士学位，接着到巴黎大学进修。1938年回国，先后在西南联大、国立蓝田师范学院、上海暨南大学任教。新中国成立后任清华大学外语系教授。1953年转任中国科学院文学研究所研究员。钱钟书文学作品均创作于新中国成立前，主要有散文集《写在人生边上》，短篇小说集《人·兽·鬼》，长篇小说《围城》。学术著作有《谈艺录》《宋诗选注》《管锥编》《七缀集》等。

围　城（节选）

苏小姐骂方鸿渐无耻，实在是冤枉的。他那时候窘得似乎甲板上人都在注意他，心里怪鲍小姐太做得出，恨不能说她几句。他虽然现在二十七岁，早订过婚，却没有恋爱训练。父亲是前清举人，在本乡江南一个小县里做大绅士。他们那县里人侨居在大都市的，干三种行业的十居其九：打铁，磨豆腐，抬轿子。土产中艺术品以泥娃娃最出名；年轻人进大学，以学土木工程为最多。铁的硬，豆腐的淡而无味，轿子的容量狭小，还加上泥土气，这算他们的民风。就是发财做官的人，也欠大方，这县有个姓周的在上海开铁铺子发财，又跟同业的同乡组织一家小银行，名叫“点金银行”，自己荣任经理，他记起衣锦还乡那句成语，有一年乘清明节回县去祭祠扫墓，结识本地人士。方鸿渐的父亲是一乡之望，周经理少不得上门拜访，因此成了朋友，从朋友攀为亲家。鸿渐还在高中读书，随家里做主订了婚。未婚妻并没见面，只瞻仰过一张半身照相，也漠不关心。

两年后到北平进大学，第一次经历男女同学的风味，看人家一对对谈情说爱，好不眼红。想起未婚妻高中读了一年书，便不进学校，在家实习家务，等嫁过来做能干媳妇，不由自主地对她厌恨。这样怨命，怨父亲，发了几天呆，忽然醒悟，壮着胆写信到家里要求解约。他国文曾得老子指授，中学考过第一，所以这信文绉绉，没把之乎者也用错。信上说什么："迩来触绪善感，欢寡愁殷，怀抱剧有秋气。每揽镜自照，神寒形削，清癯非寿者相。窃恐我躬不阅，周女士或将贻误终身。尚望大人垂体下情，善为解铃，毋小不忍而成终天之恨。"他自以为这信措词凄婉，打得动铁石心肠。谁知道父亲快信来痛骂一顿："吾不惜重资，命汝千里负笈，汝埋头攻读之不暇，而有余闲照镜耶？汝非妇人女子，何须置镜？惟梨园子弟，身为丈夫而对镜顾影，为世所贱。吾不图汝甫离膝下，已濡染恶习，可叹可恨！且父母在，不言老，汝不善体高堂念远之情，以死相吓，丧心不孝，于斯而极！当是汝校男女同学，汝睹色起意，见异思迁；汝托词悲秋，吾知汝实为怀春，难逃老夫洞鉴也。若执迷不悔，吾将停止寄款，命汝休学回家，明年与汝弟同时结婚。细思吾言，慎之切切！"方鸿渐吓矮了半截，想不到老头子这样精明。忙写回信讨饶和解释，说：镜子是同室学生的，他并没有买；这几天吃美国鱼肝油丸、德国维他命片，身体精神好转，脸也丰满起来，只可惜药价太贵，舍不得钱；至于结婚一节，务请到毕业后举行，一来妨碍学业，二来他还不能养家，添他父亲负担，于心不安。他父亲收到这封信，证明自己的威严远及于几千里外，得意非凡，兴头上汇给儿子一笔钱，让他买补药。方鸿渐从此死心不敢妄想，开始读叔本华，常聪明地对同学们说："世间哪有恋爱？压根儿是生殖冲动。"

转眼已到大学第四年，只等明年毕业结婚。一天，父亲来封快信，上面说："顷得汝岳丈电报，骇悉淑英病伤寒，为西医所误，遂于本月十日下午四时长逝，殊堪痛惜。过门在即，好事多磨，皆汝无福所致也。"信后又添几句道："塞翁失马，安知非福，使三年前结婚，则此番吾家破费不资矣。然吾家积德之门，苟婚事早完，淑媳或可脱灾延寿。姻缘前定，勿必过悲。但汝岳父处应去一信唁之。"鸿渐看了有犯人蒙赦的快活，但对那短命的女孩子，也稍微怜悯。自己既享自由之乐，愿意旁人减去悲哀，于是向未过门丈人处真去了一封慰唁的长信。周经理收到信，觉得这孩子知礼，便吩咐银行文书科王主任作复，文书科主任看见原信，向东家大大恭维这位未过门姑爷文理书法好，并且对死者情词深挚，想见天性极厚，定是个远到之器，周经理听得开心，叫主任回信说：女儿虽没过门，翁婿名分不改，生平只有一个女儿，本想好好热闹一下，现在把陪嫁办喜事的那笔款子加上方家聘金为女儿做生意所得利息，一共两万块钱，折合外汇一千三百镑，给方鸿渐明年毕业了做留学费，方鸿渐做梦都没想到这样的好运气，对他死去的未婚妻十分感激，他是个无用之人，学不了土木工程，在大学里从社会学系转哲学系，最后转入中国文学系毕业。学国文的人出洋“深造”听来有些滑稽。事实上，惟有学中国文学的人非到外国留学不可。因为一切其他科目像数学、物理、哲学、心理、经济、法律等等都是从外国港灌输进来的，早已洋气扑鼻；只有国文是国货土产，还需要外国招牌，方可维持地位，正好像中国官吏商人在本国剥削来的钱要存在外国银行里，才能保持国币的原来价值。

方鸿渐到了欧洲，既不抄敦煌卷子又不访《永乐大典》，也不找太平天国文献，更不学蒙古、西藏文或梵文。四年中倒换了三个大学，伦敦、巴黎、柏林；随便听几门功课，兴趣颇广，心得全无，生活尤其懒散。第四年春天，他看银行里只剩四百多镑，就计划夏天回国。方老先生也写信问他是否已得博士学位，何日东归，他回信大发议论，痛骂博士头衔的毫无实际。方老先生不大谓然，可是儿子大了，不敢再把父亲的尊严去威胁他；便信上说，自己深知道头衔无用，决不勉强儿子，但周经理出钱不少，终得对他有个交代。过几天，方鸿渐又收到丈人的信，说什么：“贤婿才高学博，名满五洲，本不需以博士为夸耀。然令尊大人乃前清孝廉公，贤婿似宜举洋进士，庶几克绍箕裘，后来居上，愚亦与有荣焉。”方鸿渐受到两面夹攻，才知道留学文凭的重要。这一张文凭，仿佛有亚当、夏娃下身那片树叶的功用，可以遮羞包丑；小小一方纸能把一个人的空疏、寡陋、愚笨都掩盖起来。自己没有文凭，好像精神上赤条条的，没有包裹。

选自《围城》，钱钟书著，人民文学出版社 1980 年版

【导读】

《围城》是钱钟书唯一的一部长篇小说，是用两年时间“锱铢积累”写成的杰作。先是连载于李健吾主编的《文艺复兴》杂志；1947 年由上海晨光出版公司初版，并于 1948 年、1949 年再版，足以看出《围城》在当时的影响。夏志清在《中国现代小说史》中赞誉《围城》是“中国近代文学中最有趣和最用心经营的小说，可能亦是最伟大的一部。作为讽刺文学，它令人想起像《儒林外史》那一类的著名中国古典小说；但它比它们优胜，因为它有统一的结构和更丰富的喜剧性”。

《围城》采用欧美流浪汉小说的框架，以主人公方鸿渐的行踪为线索，描写抗战期间知识分子的生活百态。小说从留法学生方鸿渐坐着邮轮归国写起，在船上他与鲍小姐暧昧。到上海他去拜见已故未婚妻的父母，接着回乡省亲并受当地中学邀请做报告。回上海后拜见老同学苏文纨并结识了赵辛楣、曹元朗等上流社会知识分子。他与苏文纨的表妹唐晓芙相爱，恋爱失败后与赵辛楣一起接受湖南国立三闾大学的聘请，和李梅亭、孙柔嘉、顾尔谦等一路跋涉来到学校。然而三闾大学形同官场，人事上明争暗斗让方鸿渐无比失望。在这里，方鸿渐和孙柔嘉确立恋爱关系，不久即离开三闾大学，转道香港回上海。到上海后他在一家报社任职，后因报社老板的亲日倾向而辞职。事业多舛，婚姻生活也不顺利，方鸿渐与孙柔嘉的关系日渐冷淡甚至趋于破裂，小说最后，心灰意冷的方鸿渐打算通过赵辛楣的关系去重庆谋生。

小说中，归国后的方鸿渐处处没有安顿的地方，一路辗转漂泊，由沦陷区上海至内地，由城市至乡下，目睹社会上各种各样的人和事，也突出展示了战争时期中国一大批知识分子的生存状态与心理素质。他们浅薄虚伪、道德败坏，在名利场中钩心斗角、尔虞我诈。三闾大学校长高松年是个老奸巨猾、道貌岸然的好色之徒。训导长李梅亭满口仁义道德，实质利欲熏心无耻好色。其他人物如伪造学历、招摇撞骗的假洋博士韩学愈等，这些近代中国始产生的新型知识分子被一一置于笔下，加以暴露与讽刺，因而，《围城》又被称为现代的《儒林外史》。

钱钟书说，我想“写现代中国某一部分社会，某一类人，我没忘记他们是人类，只是人类，具有无毛两足动物的基本根性”。小说中心人物方鸿渐是个性格充满矛盾性的人物。他聪明机智兴趣广泛但学无所长，他真诚善良但有时自欺欺人玩世不恭，他风趣幽默但软弱糊涂缺乏处事能力。比起周围的知识分子方鸿渐是比较好的，但在社会现实面前，他慢慢放弃了当初的超然、纯洁而与社会妥协，这是社会的悲剧，也是知识分子的精神悲剧，在小说幽默讽刺的文字下蕴含着一种悲凉的基调。

《围城》是一部意蕴深厚的小说。“围城”既是小说题目，又具有结构功能，并通过“鸟笼”“城堡”等意象进行点染。“围城”象征人生处境，包括婚姻、事业诸多方面。小说围绕着方鸿渐的婚姻恋爱，以及他在人生道路上精神追寻的历程，通过方鸿渐进城、出城、进城、出城这样反反复复的生命模式，揭示了现代知识分子生存和精神上的双重困境，而每一次突围的结果都是落入新的围困。正如小说中点明“结婚仿佛金漆的鸟笼，笼子外面的鸟想住进去，笼内的鸟想飞出；所以结了离，离了结，没有了局”。婚姻如“被围困的城堡，城外的人想冲进去，城内的人想逃出来”。《围城》的这一层面，与西方现代主义文学中普遍存在的对人类困境的感受与精神孤独感是相联系的。

《围城》具有独特的讽刺艺术，笔触涉及社会风俗、人情道德等方方面面，讽刺具有学者式的机智与风趣。此外，丰富多彩的比喻是《围城》又一重要艺术特色。全书有七百多条比喻，平均每页两条，这些比喻新颖、犀利、智慧风趣，凝聚着作者丰富的学识，也反映出他对人生细致入微的体察。

选文部分主要写的是方鸿渐在北京读书时与他父亲的一次通信以及在欧洲游学的经历，从中既可以看出方鸿渐软弱动摇、不彻底以及自欺欺人的性格，也体现了钱钟书幽默风趣的行文风格。

【选评】

方鸿渐人生经历不是快乐的历险，而是痛苦的历程；不是成功的收获，而是失败的总和；不是理想的实现而是对最起码的人生价值的彻底幻灭；不是自我力量的焕发，而是自我的迷失和发自本性的怯懦；不是有目的的理性凯旋，而是盲目的本能受挫。这种人生历程和生存状况完全与理性主义、英雄主义精神相背反，从而把现代文明的危机和现代人生的困境作了极为真实的、极为深刻的揭示，具有震撼人心、发人深省的思想力量和艺术力量。（解志熙：《人生的困境和存在的勇气——论〈围城〉的现代性》，《文学评论》1989 年第 5 期）

【思考与讨论】

1. 关于《围城》的主题，有“新儒林说”（反映知识分子的困境和悲剧命运）、“爱情说”、“围城说”（即婚姻是围城）、“人生境况说”、“多义说”等。你赞成哪种观点？

2. 司马长风在其《中国新文学史》中认为《围城》“地地道道是一部爱情小说”。这种理解显然没有全面地概括《围城》的主题。不过，《围城》的确用诸多笔墨叙述了主人公方鸿渐的恋爱和婚姻，揭示了独特的爱情哲理。他和鲍小姐、苏文纨、唐晓芙、孙柔嘉的感情纠葛被认为是恋爱的四种模式，请结合作品与现实生活，谈谈这四种恋爱模式分别有什么样的特点？

3. 丰富多彩的比喻是《围城》显著的艺术特色。全书有七百多条比喻，这些比喻新颖、犀利、智慧风趣，凝聚着作者丰富的学识，也反映出他对人生细致入微的体察。请挑选出来一些，读一读，说说其中的妙处。

【拓展与延伸】

1.《围城》是钱钟书的代表作，1990 年由黄蜀芹导演，陈道明、英达、吕丽萍、葛优等人主演的电视剧《围城》堪称中国电视剧的经典之作。请观看这部电视剧，写一篇评论性文章。

2. 钱钟书的夫人杨绛是著名的翻译家、文学家，她创作于 80 年代的长篇小说《洗澡》经常被人拿来与《围城》相提并论。作家施蛰存称其为“半部《红楼梦》加半部《儒林外史》”，请阅读杨绛的《洗澡》《我们仨》等作品，也可以就钱杨夫妇的作品组织一次读书交流会。

【推荐阅读】

1.《围城》，钱钟书著，人民文学出版社 1991 年版。

2.《营造巴别塔的智者：钱钟书传》，张文江著，复旦大学出版社 2011 年版。

3.《洗澡》，杨绛著，生活·读书·新知三联书店 1988 年版。

4.《我们仨》，杨绛著，生活·读书·新知三联书店 2003 年版。

张爱玲

张爱玲

【简介】张爱玲（1920～1995），原名张煐，1920 年 9 月 30 日出生在上海公共租界西区一幢没落贵族府邸。她的曾外祖父是李鸿章，祖父是著名的清流派大臣张佩纶。张爱玲的父亲张廷重，是典型的遗少型人物，生活颓废，不思进取。母亲黄逸梵是“五四”新女性，她不能忍受旧式家庭日趋没落的生活，与丈夫的感情破裂之后远涉重洋，留学欧洲。张爱玲从小在畸形的家庭环境中成长，感受不到家庭的温情，养成了孤僻、敏感的性格和悲凉的人生观。

1931 年张爱玲就读于上海圣玛利亚女校，接受西方文化教育。1939 年张爱玲考入香港大学，1942 年日军占领香港，张爱玲中断学业回到上海。1943 年 5 月，小说《沉香屑：第一炉香》发表，一举成名。之后短短几个月间，《茉莉香片》《倾城之恋》《心经》等小说相继问世并引起很大反响。1944 年 8 月，张爱玲将此前发表的小说结集出版，定名为《传奇》，接着散文集《流言》出版。1955 年，张爱玲从香港移居美国，写了《红楼梦魇》，用“国语”译述了《海上花列传》。1995 年在美国去世。

金锁记（节选）

季泽把椅子换了个方向，面朝墙坐着，人向椅背上一靠，双手蒙住了眼睛，又是长长地叹了口气。七巧啃着扇子柄，斜瞟着他道：“你今儿是怎么了？受了暑吗？”季泽道：“你哪里知道？”半晌，他低低的一个字一个字说道：“你知道我为什么跟家里的那个不好，为什么我拼命的在外头玩，把产业都败光了？你知道这都是为了谁？”七巧不知不觉有些胆寒，走得远远的，倚在炉台上，脸色慢慢地变了。季泽跟了过来。七巧垂着头，肘弯撑在炉台上，手里擎着团扇，扇子上的杏黄穗子顺着她的额角拖下来。季泽在她对面站住了，小声道：“二嫂！……七巧！”

七巧背过脸去淡淡笑道：“我要相信你才怪呢！”季泽便也走开了，道：“不错。你怎么能够相信我？自从你到我家来，我在家一刻也待不住，只想出去。你没来的时候我并没有那么荒唐过，后来那都是为了躲你。娶了兰仙来，我更玩得凶了，为了躲你之外又要躲她，见了你，说不了两句话我就要发脾气——你哪儿知道我心里的苦楚？你对我好，我心里更难受——我得管着我自己——我不得平白的坑坏了你，家里人多眼杂，让人知道了，我是个男子汉，还不打紧。你可了不得！”七巧的手直打颤，扇柄上的杏黄须子在她额上苏苏磨擦着。季泽道：“你信也罢！不信也罢！信了又怎样？横竖我们半辈子已经过去了，说也是白说。我只求你原谅我这一片心。我为你吃了这些苦，也就不算冤枉了。”

七巧低着头，沐浴在光辉里，细细的音乐，细细的喜悦……这些年了，她跟他捉迷藏似的，只是近不得身，原来还有今天！可不是，这半辈子已经完了——花一般的年纪已经过去了。人生就是这样的错综复杂，不讲理。当初她为什么嫁到姜家来？为了钱么？不是的，为了要遇见季泽，为了命中注定她要和季泽相爱。她微微抬起脸来，季泽立在她跟前，两手合在她扇子上，面颊贴在她扇子上。他也老了十年了，然而人究竟还是那个人呵！他难道是哄她么？他想她的钱——她卖掉她的一生换来的几个钱？仅仅这一转念便使她暴怒起来。就算她错怪了他，他为她吃的苦抵得过她为他吃的苦么？好容易她死了心了，他又来撩拨她，她恨他。他还在看着她。他的眼睛——虽然隔了十年，人还是那个人呵！就算他是骗她的，迟一点儿发现不好么？即使明知是骗人的，他太会演戏了，也跟真的差不多罢？

不行！她不能有把柄落在这厮手里。姜家的人是厉害的，她的钱只怕保不住。她得先证明他是真心不是。七巧定了一定神，向门外瞧了一瞧，轻轻惊叫道：“有人！”便三脚两步赶出门去，到下房里吩咐潘妈替三爷弄点心去，快些端了来，顺便带芭蕉扇进来替三爷打扇。七巧回到屋里来，故意皱着眉道：“真可恶，老妈子在门口探头探脑的，见了我抹过头去就跑，被我赶上去喝住了。若是关上了门说两句话，指不定造出什么谣言来呢！饶是独门独户住了，还没个清净。”潘妈送了点心与酸梅汤进来，七巧亲自拿筷子替季泽拣掉了蜜层糕上的玫瑰与青梅，道：“我记得你是不爱吃红绿丝的。”有人在跟前，季泽不便说什么，只是微笑。七巧似乎没话找话说似的，问道：“你卖房子，接洽得怎样了？”季泽一面吃，一面答道：“有人出八万五，我还没打定主意呢。”七巧沉吟道：“地段倒是好的。”季泽道：

“谁都不赞成我脱手，说还要涨呢。”七巧又问了些详细情形，便道：“可惜我手头没有这一笔现款，不然我倒想买。”季泽道：“其实呢，我这房子倒不急，倒是咱们乡下你那些田，早早脱手的好。自从改了民国，接二连三的打仗，何尝有一年闲过？把地面上糟蹋得不成样子，中间还被收租的、师爷、地头蛇一层一层勒啃着，莫说这两年不是水就是旱，就遇着了丰年，也没有多少进账轮到我们头上。”七巧寻思着，道：“我也盘算过来，一直挨着没有办。先晓得把它卖了，这会子想买房子，也不至于钱不凑手了。”季泽道：“你那田要卖趁现在就得卖了，听说直鲁又要开仗了。”七巧道：“急切间你叫我卖给谁去？”季泽顿了一顿道：“我去替你打听打听，也成。”七巧耸了耸眉毛笑道：“得了，你那些狐群狗党里头，又有谁是靠得住的？”季泽把咬开的饺子在小碟子里蘸了点醋，闲闲说出两个靠得住的人名，七巧便认真仔细盘问他起来，他果然回答得有条不紊，显然他是筹之已熟的。

七巧虽是笑吟吟的，嘴里发干，上嘴唇黏在牙仁上，放不下来。她端起盖碗来吸了一口茶，舐了舐嘴唇，突然把脸一沉，跳起身来，将手里的扇子向季泽头上滴溜溜掷过去，季泽向左偏了一偏，那团扇敲在他肩膀上，打翻了玻璃杯，酸梅汤淋淋漓漓溅了他一身，七巧骂道：“你要我卖了田去买你的房子？你要我卖田？钱一经你的手，还有得说么？你哄我——你拿那样的话来哄我——你拿我当傻子——”她隔着一张桌子探身过去打他，然而她被潘妈下死劲抱住了。潘妈叫唤起来，祥云等人都奔了来，七手八脚按住了她，七嘴八舌求告着。七巧一头挣扎，一头叱喝着，然而她的一颗心直往下坠——她很明白她这举动太蠢——太蠢——她在这儿丢人出丑。

季泽脱下了他那湿濡的白云纱长衫，潘妈绞了手巾来代他揩擦，他理也不理，把衣服夹在手臂上，竟自扬长出门去了，临行的时候向祥云道：“等白哥儿下了学，叫他替他母亲请个医生来看看。”祥云吓糊涂了，连声答应着，被七巧兜脸给了她一个耳刮子。

季泽走了。丫头老妈子也都给七巧骂跑了。酸梅汤沿着桌子一滴一滴朝下滴，像迟迟的夜漏——一滴，一滴……一更，二更……一年，一百年。真长，这寂寂的一刹那。七巧扶着头站着倏地掉转身来上楼去，提着裙子，性急慌忙，跌跌绊绊，不住的撞到那阴暗的绿粉墙上，佛青袄子上沾了大块的淡色的灰。她要在楼上的窗户里再看他一眼。无论如何，她从前爱过他。她的爱给了她无穷的痛苦。单只这一点，就使他值得留恋。多少回了，为了要按捺她自己，她迸得全身的筋骨与牙根都酸楚了。今天完全是她的错。他不是个好人，她又不是不知道。她要他，就得装糊涂，就得容忍他的坏。她为什么要戳穿他？人生在世，还不就是那么一回事？归根究底，什么是真的，什么是假的？

她到了窗前，揭开了那边上缀有小绒球的墨绿洋式窗帘，季泽正在弄堂里往外走，长衫搭在臂上，晴天的风像一群白鸽子钻进他的纺绸裤褂里去，哪儿都钻到了，飘飘拍着翅子。

七巧眼前仿佛挂了冰冷的珍珠帘，一阵热风来了，把那帘子紧紧贴在她脸上，风去了，又把帘子吸了回去，气还没透过来，风又来了，没头没脸包住她——一阵凉一阵热，她只是流着眼泪。

选自《张爱玲全集·倾城之恋》，北京十月文艺出版社2009年版

【导读】

《金锁记》是张爱玲的代表作，1943年11月发表。小说讲述了曹七巧充满悲剧感的一生。曹七巧是麻油铺老板的女儿，青春健康，性格泼辣，“十八九岁做姑娘的时候，高高挽起了大镶大滚的蓝夏布衫袖，露出一双雪白的手腕，上街买菜去”。她的哥哥贪图富贵把她嫁给了姜家患骨痨的二爷，七巧得不到正常的爱情，欲望被压抑。低微的出身使她在姜公馆备受歧视。畸形的生活刺激了曹七巧对金钱的欲望，获得并死守金钱成为她唯一的安慰。不断膨胀的金钱欲望反之又压抑了对情欲的渴求。曹七巧一生中唯一一抹温暖的亮色是她对三爷季泽的爱，当季泽向她表白爱意的时候，她“低着头，沐浴在光辉里，细细的音乐，细细的喜悦……当初她为什么嫁到姜家来？为了钱么？不是的，为了要遇见季泽，为了命中注定她要和季泽相爱”。一种温暖在她的心头慢慢升起，她微微抬起脸来，充满情意的看着季泽。但是，“仅仅这一转念便使她暴怒起来”。她几乎是下意识地认为季泽是在骗她的钱：“他想她的钱——她卖掉她的一生换来的几个钱？”对金钱的控制欲使她亲手断送了一丝爱的希望，她把季泽赶走了。

这个黄金铸成的枷锁不仅毁灭了她自己，锁住了正常的人性，而且滋生了疯狂的妒忌心理和残酷的破坏欲望。在儿子长白和媳妇芝寿新婚夫妻的恩爱以及女儿与童世舫相识后脸上时时露出的微笑里，曹七巧看到了她一生没有得到的爱情。她霸占长白整夜为她烧烟，探听儿子媳妇闺房私密后到处宣讲，芝寿在愤恨中病亡，长白的第二任妻子绢儿吞生鸦片自杀。她把童世舫请到家里吃饭，向他透露长安有鸦片瘾，用一个“疯子的审慎和机智”断送了长安的爱情。曹七巧在情欲和金钱的煎熬中耗尽了自己，也毁掉了儿女的幸福，长白不敢再娶，长安也不敢再奢望幸福。

小说主人公曹七巧刻薄、乖戾、阴鸷，性格极端，破坏欲极强，作者对人性

扭曲的刻画呈现出惊心动魄的艺术震撼力，是张爱玲作品中少见的“彻底”的人物。曹七巧的悲剧是封建伦理道德制约下的传统女性的悲剧。作者表现了封建伦理道德中的门第观念带来的大家族内部的倾轧与歧视，封建伦理道德中的“贞节观”对女性情欲的压抑。然而更深刻的悲剧因素来源于女性自身内部的精神因素，那种无法把握自身命运的惶惶不安感，使她背上了一副沉重的黄金枷锁，严重地桎梏了她的生命。曹七巧的命运是中国传统妇女命运的极端表现。

张爱玲有非常敏锐的创作天赋，她用丰富的感觉创造出一个个新鲜独特的意象，产生了耐人寻味的意境。“月亮”意象在《金锁记》中多次出现。小说的开头和结尾处都写了月亮，开头写道：“年轻的人想着三十年前的月亮该是铜钱大的一个红黄的湿晕，像朵云轩信笺上落了一滴泪珠，陈旧而迷糊。”把月亮描绘成“铜钱大的一个红黄的湿晕”“朵云轩信笺上落了一滴泪珠”，新颖独特，把读者带入了一种陈旧而凄凉的回忆情境中。芝寿眼中的月亮是“使人汗毛凛凛的反常的明月——漆黑的天上一个灼灼的小而白的太阳”，把月亮描绘成“小而白的太阳”，表现了芝寿扭曲绝望的心绪。

善于把中国古典小说风格与现代西方写作技巧进行有机融合是张爱玲小说显著的艺术特点。她的小说体现出很深的旧学功底，能灵活地化用诗词俗语；对人物外貌服饰、语言动作、居住环境的细致描摹深受《红楼梦》的影响。《金锁记》中曹七巧的出场酷肖《红楼梦》中王熙凤的出场。她善于把电影技巧融入小说创作，比如色彩的渲染、光影的捕捉、淡入淡出的剪辑手法等，让作品充满感性魅力。余光中说：“张爱玲的作品素称雅洁，但分析她的语言，却是多元的调和”，所谓“多元的调和”既是新旧调和，也是中西调和，不仅体现在语言上，也体现在创作手法上。

节选部分情节是整篇文章的大转折，讲述了曹七巧分家后如何赶走上门求财的姜季泽，最终成为一个金钱桎梏下的奴隶。

【选评】

1. 过去批评张爱玲的，总说她只写男女私情，狭窄。前半句是对的，后半句未必。其实是把专门性的题材有可能达到的宽阔程度用某种偏见遮盖了。（吴福辉：《张爱玲的宽度》，《读书》1993年第6期。）

2. 七巧是社会环境的产物，可是更重要的，她是她自己各种巴望、考虑、情感的奴隶。张爱玲兼顾到七巧的性格和社会，使她的一生，更经得起我们道德性的玩味。（夏志清：《中国现代小说史》，复旦大学出版社2005年版，第266~267页）

【思考与讨论】

1.《金锁记》中对于主人公曹七巧变态心理的深刻描写是小说成功的主要原因。请描述曹七巧的心理发展过程及其外部表现，并分析这一人物形象的悲剧成因。

2. 结合作品谈谈张爱玲小说古典与现代相融合的艺术特点。

【拓展与延伸】

张爱玲小说的基本叙事模式是：女主人公的愿望构成叙事的动力，但是在男权社会，因为经济、政治、文化、心理等多重因素的制约，她们的命运往往以失败告终。请结合具体作品谈谈你对这一现象的看法。

张爱玲是个影迷，编过电影剧本，在她创作的小说中也往往具有“影像”化叙事的特征。试结合具体作品分析这一特征。

【推荐阅读】

1.《张爱玲全集·倾城之恋》，张爱玲著，北京十月文艺出版社 2009 年版。

2.《张爱玲传》，余斌著，南京大学出版社 2007 年版。

3.《张爱玲评说六十年》，子通、亦清主编，中国华侨出版社 2001 年版。

萧　红

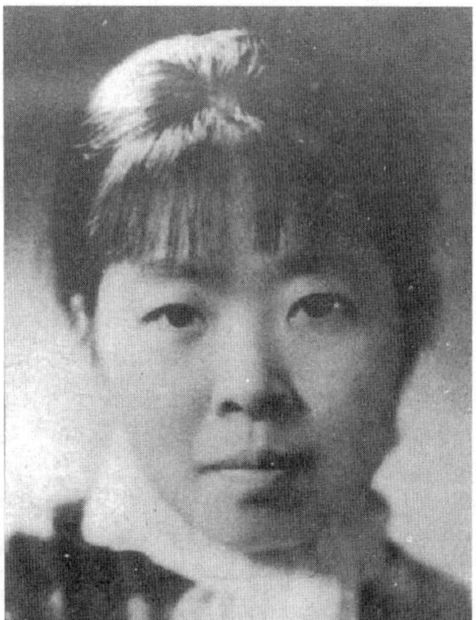

萧红

【简介】萧红（1911 ～ 1942），中国现代文学史上东北作家群中最具才情的作家。原名张乃莹，笔名萧红，悄吟，出生于黑龙江呼兰县一个地主乡绅家庭。幼年丧母，父亲张廷举是当地颇有名望的官僚乡绅，但对萧红严厉专横，继母则对其冷漠寡淡，只有年迈的祖父给予萧红一丝家庭的温情，寂寞的童年形成了萧红孤独、敏感、矜持而又倔强的性格。

1929 年萧红进入哈尔滨第一女子中学学习，接触五四新文学，1930 年反对家庭包办婚姻，离家出走，1931 年被困哈尔滨东兴顺旅馆，无奈困窘中向报社求救，由此结识了萧军并与之相爱同居，并走上了文学创作的道路。1933 年处女作短篇小说《王阿嫂的死》发表在《国际协报》上。1933 年与萧军二人自费出版第一本作品合集《跋涉》。1934 年 6 月，萧红逃亡到上海，得到鲁迅先生的赏识和支持，1935 年 12 月成名作中篇小说《生死场》，作为“奴隶丛书”之一出版，鲁迅为之作序，称赞书中所描写的：“北方人民的对于生的坚强，对于死的挣扎，却往往力透纸背。”萧红由此在三十年代的文坛崭露头角，并在现代文学史上取得了地位，成为国内外读者瞩目的著名女作家。1935年萧红以笔名“悄吟”发表《商市街》，1936年由文化生活出版社出版。1936年7月，为摆脱精神上的苦闷，萧红只身东渡日本，同年回国。抗战爆发后辗转汉口、临汾、西安、重庆等地。1938年8月与萧军分手后，与端木蕻良结合。1940年春萧红和端木辗转到达香港，其间创作了她最出色的长篇小说《马伯乐》（未完成）和独具风格的中篇小说《小城三月》，这年年底在内心孤寂恐慌、重病缠身的悲凉境遇中萧红还写完了最具代表性的作品《呼兰河传》，小说先在香港《星岛日报》副刊连载，1941年由桂林河山出版社出版。

1942年1月22日，因为喉瘤炎、肺病以及虚弱等病症去世于香港临时红十字会医院，享年31岁。短短的十年创作生涯中，萧红留下了60万字的文学财富，她的作品多取材于东北家乡，乡土气息浓厚，作品风格温婉哀伤、充满诗意，尤其在小说文体上做出了很大的创新，受鲁迅影响对民族劣根性的批判挖掘，以及其作为女性特有的观照事物的方式，构成了萧红作品内容中最具个性的一面。

呼兰河传（节选）

第三章

一

呼兰河这小城里边住着我的祖父。

我生的时候，祖父已经六十多岁了，我长到四五岁，祖父就快七十了。

我家有一个大花园，这花园里蜂子、蝴蝶、蜻蜓、蚂蚱，样样都有。蝴蝶有白蝴蝶、黄蝴蝶。这种蝴蝶极小，不太好看。好看的是大红蝴蝶，满身带着金粉。

蜻蜓是金的，蚂蚱是绿的，蜂子则嗡嗡地飞着，满身绒毛，落到一朵花上，胖圆圆地就和一个小毛球似的不动了。

花园里边明晃晃的，红的红，绿的绿，新鲜漂亮。

据说这花园，从前是一个果园。祖母喜欢吃果子就种了果园。祖母又喜欢养羊，羊就把果树给啃了。果树于是都死了。到我有记忆的时候，园子里就只有一棵樱桃树，一棵李子树，为因樱桃和李子都不大结果子，所以觉得他们是并不存在的。小的时候，只觉得园子里边就有一棵大榆树。

这榆树在园子的西北角上，来了风，这榆树先啸，来了雨，大榆树先就冒烟了。太阳一出来，大榆树的叶子就发光了，它们闪烁得和沙滩上的蚌壳一样了。

祖父一天都在后园里边，我也跟着祖父在后园里边。祖父戴一个大草帽，我戴一个小草帽，祖父栽花，我就栽花；祖父拔草，我就拔草。当祖父下种，种小白菜的时候，我就跟在后边，把那下了种的土窝，用脚一个一个地溜平，哪里会溜得准，东一脚的，西一脚的瞎闹。有的把菜种不单没被土盖上，反而把菜籽踢飞了。

小白菜长得非常之快，没有几天就冒了芽了。一转眼就可以拔下来吃了。

祖父铲地，我也铲地；因为我太小，拿不动那锄头杆，祖父就把锄头杆拔下来，让我单拿着那个锄头的"头"来铲。其实哪里是铲，也不过爬在地上，用锄头乱勾一阵就是了。也认不得哪个是苗，哪个是草。往往把韭菜当做野草一起地割掉，把狗尾草当做谷穗留着。

等祖父发现我铲的那块满留着狗尾草的一片，他就问我：

"这是什么？"

我说：

"谷子。"

祖父大笑起来，笑得够了，把草摘下来问我：

"你每天吃的就是这个吗？"

我说：

"是的。"

我看着祖父还在笑，我就说：

"你不信，我到屋里拿来你看。"

我跑到屋里拿了鸟笼上的一头谷穗，远远地就抛给祖父了。说：

"这不是一样的吗？"

祖父慢慢地把我叫过去，讲给我听，说谷子是有芒针的。狗尾草则没有，只是毛嘟嘟的真像狗尾巴。

祖父虽然教我，我看了也并不细看，也不过马马虎虎承认下来就是了。一抬头看见了一个黄瓜长大了，跑过去摘下来，我又去吃黄瓜去了。

黄瓜也许没有吃完，又看见了一个大蜻蜓从旁飞过，于是丢了黄瓜又去追蜻蜓去了。蜻蜓飞得多么快，哪里会追得上。好在一开初也没有存心一定追上，所以站起来，跟了蜻蜓跑了几步就又去做别的去了。

采一个倭瓜花一心，捉一个大绿豆青蚂蚱，把蚂蚱腿用线绑上，绑了一会，也许把蚂蚱腿就绑掉，线头上只拴了一只腿，而不见蚂蚱了。

玩腻了，又跑到祖父那里去乱闹一阵，祖父浇菜，我也抢过来浇，奇怪的就是并不往菜上浇，而是拿着水瓢，拼尽了力气，把水往天空里一扬，大喊着：

“下雨了，下雨了。”

太阳在园子里是特大的，天空是特别高的，太阳的光芒四射，亮得使人睁不开眼睛，亮得蚯蚓不敢钻出地面来，蝙蝠不敢从什么黑暗的地方飞出来。是凡在太阳下的，都是健康的、漂亮的，拍一拍连大树都会发响的，叫一叫就是站在对面的土墙都会回答似的。

花开了，就像花睡醒了似的。鸟飞了，就像鸟上天了似的。虫子叫了，就像虫子在说话似的。一切都活了。都有无限的本领，要做什么，就做什么。要怎么样，就怎么样。都是自由的。倭瓜愿意爬上架就爬上架，愿意爬上房就爬上房。黄瓜愿意开一个谎花，就开一个谎花，愿意结一个黄瓜，就结一个黄瓜。若都不愿意，就是一个黄瓜也不结，一朵花也不开，也没有人问它。玉米愿意长多高就长多高，他若愿意长上天去，也没有人管。蝴蝶随意的飞，一会从墙头上飞来一对黄蝴蝶，一会又从墙头上飞走了一个白蝴蝶。它们是从谁家来的，又飞到谁家去？太阳也不知道这个。

只是天空蓝悠悠的，又高又远。

可是白云一来了的时候，那大团的白云，好像洒了花的白银似的，从祖父的头上经过，好像要压到了祖父的草帽那么低。

我玩累了，就在房子底下找个阴凉的地方睡着了。不用枕头，不用席子，就把草帽遮在脸上就睡了。

选自《萧红精选集》，萧红著，北京燕山出版社 2006 年版

【导读】

《呼兰河传》是萧红最后一部长篇小说。在孤寂悲凉的人生境地萧红以第一人称创作了这部带自传性质的回忆体小说：这是一个战争中的流亡者对沦陷故乡的回忆，又是一个生活在现代都市的作者对乡村生活的回忆，更是一个成年人对童年生活的回忆。学者葛浩文认为《呼兰河传》是中国文坛上“一部非常独特的小说”，是萧红个人回忆式文体的“巅峰之作”。

全书 20 万字，共七章，每一章都可以独立成篇，将这些章节贯串起来的线索是萧红对故乡小城中人与事的浓厚感情。第一、二章，作者浓墨重彩地叙写了小城布局、自然风光、风物人情、小城盛事，特别对儿时吃豆腐、看火烧云这类琐事的描写，情感溢于言表。第三章，用欢快的笔触再现了儿时与祖父在一起的幸福生活，是作品中最温暖人心的地方。第四章笔触凝重，回忆转向那些荒凉的庄院与邻人们愚昧无知的不幸生活。第五章揭露与抨击了小团圆媳妇的不幸遭遇。

第六章描绘了有二伯痛苦又凄凉的晚景。第七章热情赞扬王大姑娘与冯歪嘴子的爱情与顽强的生命意志。

在这部小说里，没有明显的主人公，人与人之间的社会关系接近最原始的形态。对呼兰小城的人们而言，“人活着就是为了吃饭穿衣”“人死了就完了”，这是他们的生活信条。这里的人不了解自己生活痛苦的根源何在，看不到生活的光明和未来的出路，一切都归结于“命”，认为认命后就自然心安理得了，没有人进行反思和质疑，在这种消极的生存方式和悲凉到骨子里的生命观的影响下，人们变得愚昧而顽固。为了掌握自己的命运，他们只好求神拜佛，如小说中描写的放河灯、野台子戏和四月十八娘娘庙大会等。但是这些民众并非真心信奉这些鬼神，乃是抱着一种“围观”的心态，“看看这一家的大神，显的是什么本领，穿的是什么衣裳。听听她唱的是什么腔调，看看她的衣裳漂亮不漂亮。”小说中最让人唏嘘感叹的小团圆媳妇，这个原本活泼开朗的女孩子，仅因为她“坐得笔直”“走得飞快”、见人“又说又笑”就成为众人眼中的“异类”，被大神说成沾上仙气云云，于是又是驱鬼又是洗“热水澡”，最终被生生折磨致死，成为封建迷信的殉葬品。而那些可悲的看客，他们都是封建迷信的帮凶和拥护者，对于这些麻木的“看客”的描写，看似写的是呼兰河小城的人，实则影射的是中国国民整体。在萧红看来，愚昧和落后是制约和毒害这个民族的根本因素，只有改变这些人的精神世界才能从根本上拯救国民的灵魂，才能不让悲凉麻木的人性延续，才能拯救我们的民族。由此可见，现代文学史上由鲁迅开创的对国民劣根性问题的思考在萧红这里得到了传承和发展。当这些可悲可怜的故土乡邻在萧红的笔端浮现的时候，我们看到作者一方面对几千年来的封建专制造成的国民性的愚昧给予辛辣讽刺；另一方面对这些在被侮辱被损害的处境中不自知的人倾注了最深切的同情和悲悯。这正与鲁迅先生对中国国民和笔下人物所持有的态度——“哀其不幸，怒其不争”一脉相承。

对于小说创作，萧红有自己的独到见解，她认为有各式各样的作者，就有各式各样的小说，作家要有自己的“小说学”，因此她在创作中打破了小说的写作常规，淡化了一般小说家最为看重的人物、情节，不注重小说的情节性和戏剧性，将小说化解为散文的连缀，创造了一种介于小说、散文和诗歌之间的小说样式，人们通常称之为“散文化小说”或“诗化小说”，这是萧红在小说文体方面的重大突破和创新，《呼兰河传》就是这类小说的杰出代表。

小说散文化的特色，首先表现在对传统结构方式的突破。整部小说没有连贯的故事情节，没有完整的结构，甚至没有固定不变的人物，萧红要表达的，是回忆中碎片化的人、事、景以及她的感觉。在这种散文化的结构中，时间、过程和情节不再对她形成束缚，因此，她可以放开手脚、从容不迫地抒情达意，为了达到这个目的，萧红在小说中随意打破时空限制、切断故事情节。小说《呼兰河传》的结构虽然是散文化的结构，其内容并不是一些随机片段的随意堆砌，虽然故事情节丰富驳杂，读来似乎信手拈来，但细细品味即会发现萧红是有选择的，表面看似没有关联的对象主体，比如小团圆媳妇、有二伯、冯歪嘴子等，其实都是萧红投注深情描写的被侮辱被损害的对象，所以虽然萧红小说外在的空间结构松散不紧密，但内在的情感结构却连贯统一。第二，小说的散文化特色还体现在叙述角度与叙述笔调上。萧红作为一位具有自由创造天才的作家，在尝试了各种叙述角度后，选择了第一人称这一深深契合其天性的叙述角度，如此她的话语得到了得心应手的表达。不仅如此，第一人称的叙述角度带来的真诚性和亲切感，让读者能在作者真诚亲切的叙述中产生艺术上的共鸣和认同。在小说的字里行间我们可以窥见埋藏在萧红心灵深处的深沉的悲凉之感，因为小说的大部分叙事里面交织着作者种种复杂的感情，渗透着作者对民众的迷信、愚昧、野蛮、冷漠的鞭挞，也渗透着作者对他们贫穷、苦难生活的同情。

上文所选的是《呼兰河传》第三章的第一节，小说第三章是全书最富于梦幻色彩和温暖记忆的一章，也是儿童视角最经典、最诗意的一章。“呼兰河这个小城里住着我的祖父”，这一句几乎可以看作是全篇的主题词，“我和祖父”的点点滴滴既是萧红回忆也是小说中最温情的部分。在阅读中要特别主要体悟：园子里大自然生命的自由，祖父对“我”出于天性的爱，“我”和祖父共同的赤子之心。

【选评】

曾经有过那样多的作家尝试复原自己失落了的“童心世界”，成功者却屈指可数。成功从不来自对儿童的模仿，而来自在时间的迁流中不曾失去的儿童的生动感觉，不曾失去的儿童特有的世界模型，尤其“整合”世界形象的感性才能。凭着这才能，他们才有可能重造童年，像萧红这样。（赵园：《论萧红小说兼及中国现代小说的散文化特征》，《赵园自选集》，广西师大出版社 1999 年版。）

【思考与讨论】

1.《呼兰河传》是散文化的小说，是诗化的小说，请分析这种创作手法有什么特点？

2.《呼兰河传》延续了鲁迅对国民劣根性问题的思考，这种思考在小说中有哪些具体表现，请结合原文谈谈。

【拓展与延伸】

1. 萧红是“东北作家群”中个性最为鲜明、最具代表性的作家，此外萧军、端木蕻良、骆宾基等也隶属于这个群体。这些作家一方面继承了鲁迅开创的乡土文学传统，深受东北黑土地文化的影响，具有鲜明的地域文学特征，另一方面这些作家的创作更具有强烈的时代特征，表现了对失去的天空和土地的眷恋，对国土沦陷的民族伤痛。请选择阅读他们的作品，感受他们作品中对故土家园的怀念与忧思。

2. 2014年，香港导演许鞍华拍摄的作家萧红的传记电影《黄金时代》上映，请观看影片后谈谈你对萧红人生经历的感受，你认为许鞍华的拍摄手法又有什么特别之处？

【推荐阅读】

1.《萧红传》，葛浩文著，复旦大学出版社2011年版。

2.《萧红选集》，萧红著，人民文学出版社2004年版。

梁实秋

梁实秋

【简介】梁实秋（1903～1987），原名梁治华，出生于北京，浙江杭县（今浙江杭州余杭区）人。中国著名的散文家、学者、文学批评家、翻译家，国内第一个研究莎士比亚的权威，翻译作品代表作《莎士比亚全集》（译作）等。1923年8月赴美留学，取得哈佛大学文学硕士学位。1926年回国后，先后任教于国立东南大学（南京大学前身）、国立青岛大学（山东大学前身）并任外文系主任。1949年到台湾，任台湾师范学院英语系教授。1987年11月3日病逝于台北，享年84岁。

自1940年至1987年间，梁实秋创作了大量散文，其中冠以“雅舍”的散文集，就有《雅舍小品》，《雅舍小品》续集、三集、四集，《雅舍散文》一集、二集和《雅舍谈吃》等。这些散文，独具一格，成为二十世纪我国散文的奇葩，同时，也奠定了梁实秋作为现代散文大家的地位。

雅　舍

到四川来，觉得此地人建造房屋最是经济。火烧过的砖，常常用来做柱子，孤零零的砌起四根砖柱，上面盖上一个木头架子，看上去瘦骨嶙嶙，单薄得可怜；

但是顶上铺了瓦，四面编了竹篦墙，墙上敷了泥灰，远远的看过去，没有人能说不像是座房子。我现在住的“雅舍”正是这样一座典型的房子。不消说，这房子有砖柱，有竹篦墙，一切特点都应有尽有。讲到住房，我的经验不算少，什么“上支下摘”，“前廊后厦”，“一楼一底”，“三上三下”，“亭子间”，“茆草棚”，“琼楼玉宇”和“摩天大厦”各式各样，我都尝试过。我不论住在哪里，只要住得稍久，对那房子便发生感情，非不得已我还舍不得搬。这“雅舍”，我初来时仅求其能蔽风雨，并不敢存奢望，现在住了两个多月，我的好感油然而生。虽然我已渐渐感觉它是并不能蔽风雨，因为有窗而无玻璃，风来则洞若凉亭，有瓦而空隙不少，雨来则渗如滴漏。纵然不能蔽风雨，“雅舍”还是自有它的个性。有个性就可爱。

“雅舍”的位置在半山腰，下距马路约有七八十层的土阶。前面是阡陌螺旋的稻田。再远望过去是几抹葱翠的远山，旁边有高粱地，有竹林，有水池，有粪坑，后面是荒僻的榛莽未除的土山坡。若说地点荒凉，则月明之夕，或风雨之日，亦常有客到，大抵好友不嫌路远，路远乃见情谊。客来则先爬几十级的土阶，进得屋来仍须上坡，因为屋内地板乃依山势而铺，一面高，一面低，坡度甚大，客来无不惊叹，我则久而安之，每日由书房走到饭厅是上坡，饭后鼓腹而出是下坡，亦不觉有大不便处。

“雅舍”共是六间，我居其二。篦墙不固，门窗不严，故我与邻人彼此均可互通声息。邻人轰饮作乐，咿唔诗章，喁喁细语，以及鼾声，喷嚏声，吮汤声，撕纸声，脱皮鞋声，均随时由门窗户壁的隙处荡漾而来，破我岑寂。入夜则鼠子瞰灯，才一合眼，鼠子便自由行动，或搬核桃在地板上顺坡而下，或吸灯油而推翻烛台，或攀援而上帐顶，或在门框棹脚上磨牙，使得人不得安枕。但是对于鼠子，我很惭愧的承认，我“没有法子”。“没有法子”一语是被外国人常常引用着的，以为这话最足代表中国人的懒惰隐忍的态度。其实我的对付鼠子并不懒惰。窗上糊纸，纸一戳就破；门户关紧，而相鼠有牙，一阵咬便是一个洞洞。试问还有什么法子？洋鬼子住到“雅舍”里，不也是“没有法子”？比鼠子更骚扰的是蚊子。“雅舍”的蚊虱之盛，是我前所未见的。“聚蚊成雷”真有其事！每当黄昏时候，满屋里磕头碰脑的全是蚊子，又黑又大，骨骼都像是硬的。在别处蚊子早已肃清的时候，在“雅舍”则格外猖獗，来客偶不留心，则两腿伤处累累隆起如玉蜀黍，但是我仍安之。冬天一到，蚊子自然绝迹，明年夏天——谁知道我还是住在“雅舍”！

“雅舍”最宜月夜——地势较高，得月较先。看山头吐月，红盘乍涌，一霎间，清光四射，天空皎洁，四野无声，微闻犬吠，坐客无不悄然！舍前有两株梨树，等到月升中天，清光从树间筛洒而下，地上阴影斑斓，此时尤为幽绝。直到兴阑人散，归房就寝，月光仍然逼进窗来，助我凄凉。细雨蒙蒙之际，“雅舍”亦复有趣。

推窗展望，俨然米氏章法，若云若雾，一片弥漫。但若大雨滂沱，我就又惶悚不安了，屋顶湿印到处都有，起初如碗大，俄而扩大如盆，继则滴水乃不绝，终乃屋顶灰泥突然崩裂，如奇葩初绽，素然一声而泥水下注，此刻满室狼藉，抢救无及。此种经验，已数见不鲜。

“雅舍”之陈设，只当得简朴二字，但洒扫拂拭，不使有纤尘。我非显要，故名公巨卿之照片不得入我室；我非牙医，故无博士文凭张挂壁间；我不业理发，故丝织西湖十景以及电影明星之照片亦均不能张我四壁。我有一几一椅一榻，酣睡写读，均已有着，我亦不复他求。但是陈设虽简，我却喜欢翻新布置。西人常常讥笑妇人喜欢变更桌椅位置，以为这是妇人天性喜变之一征。诬否且不论，我是喜欢改变的。中国旧式家庭，陈设千篇一律，正厅上是一条案，前面一张八仙桌，一旁一把靠椅，两旁是两把靠椅夹一只茶几。我以为陈设宜求疏落参差之致，最忌排偶。“雅舍”所有，毫无新奇，但一物一事之安排布置俱不从俗。人入我室，即知此是我室。笠翁《闲情偶寄》之所论，正合我意。

“雅舍”非我所有，我仅是房客之一。但思“天地者万物之逆旅”，人生本来如寄，我住“雅舍”一日，“雅舍”即一日为我所有。即使此一日亦不能算是我有，至少此一日“雅舍”所能给予之苦辣酸甜我实躬受亲尝。刘克庄词:“客里似家家似寄。”我此时此刻卜居“雅舍”，“雅舍”即似我家。其实似家似寄，我亦分辨不清。

长日无俚，写作自遣，随想随写，不拘篇章，冠以“雅舍小品”四字，以示写作所在，且志因缘。

选自梁实秋著《梁实秋雅舍小品全集》，上海人民出版社 1993 年版

【导读】

长期以来，梁实秋因曾被鲁迅称为“丧家的资本家的乏走狗”而为人熟知，但他的作品却又因诸多原因不能在大陆流行。八十年代以后，梁实秋散文在大陆传播，受到了广大读者的喜爱。

《雅舍》是梁实秋的散文集《雅舍小品》的代序言。文章写于 1940 年，当时抗日战争已经爆发，国民政府也迁都重庆，由于战争期间物资紧缺，生活条件极为艰苦，不少大学教授、文化名人都只能身居陋室。梁实秋 1939 年 5 月至重庆北碚，他与吴景超夫妇在北碚主湾购置平房一栋，却被梁实秋冠以了“雅舍”之美名——取吴景超夫人龚业雅名字中“雅”字而得名。梁实秋在此居住七年（1939 年到 1946 年），其间，他翻译、创作了大量文艺作品，《雅舍小品》中的不少文章就是在这里写就的。

《雅舍小品》系列散文反映的虽然多是世俗生活和身边琐事，但并非空虚无聊，而是写出复杂的人生况味，指出了普遍存在的人性弱点和世俗生活的丑陋现象，对于提高个人和群体素养，也多有裨益。同时，它具有独特的风格韵致，雅洁隽永，亦庄亦谐，充满哲理。

《雅舍》写的是作者抗战期间寓居重庆时的生活。雅舍名为雅舍，其实不过是陋室一栋，正如文中所言“孤零零地砌起四根砖柱，上面盖上一个木头架子，看上去瘦骨嶙嶙，单薄得可怜；但是顶上铺了瓦，四面编了竹篦墙，墙上敷了泥灰，远远的看过去，没有人能说不像是座房子”。然而在作者眼中，这样的房子“纵然不能蔽风雨”，“雅舍”还是自有它的个性。有个性就可爱，名为写雅舍，实质上是借雅舍抒写自己不随波逐流的性情。

接着，作者承接前文，进一步具体写身居雅舍的感受，“若说地点荒凉，则月明之夕，或风雨之日，亦常有客到，大抵好友不嫌路远，路远乃见情谊。”“雅舍”虽然地偏路远、条件艰苦，但常常是高朋满座、友人如云，据说，老舍、冰心等文化名流，都曾是“雅舍”的座上客。可见，雅舍虽处于偏僻之地，却有好友常来，不缺乏生活气息和友情的滋润。明明生活条件极为简陋，作者却能苦中寻乐，找到纾解内心的方式。

文末部分，作者借写“雅舍”陈设之简朴，既委婉地表达了作者对社会各色人等自我炫耀之陋习的讥讽，又凸显了作者坚守“君子固穷”之道，保持清高自尊之心，显示出个性之张扬。在国难当头、全民抗战之际，梁实秋寓居重庆，在极其困窘的生活之中，写下如此淡雅从容的文字，读者可从中感受到他不畏战争、渴望和平热爱生活的情怀。

这篇雅舍散文并非时下流行的心灵鸡汤，梁先生一方面尽己所能地写文章、标语，积极呼吁民众团结抗日，一方面又固守对文学的热爱，抒写心志，表达性情，显示其不流于俗、卓尔不群的一面。另外，尽管居住环境嘈杂，他不仅完成战时中小学教材编写任务，还翻译了包括莎士比亚的《亨利四世》在内的多部外国作品。梁实秋身处逆境却能保持从容、平和的心态，对于生活在当下的我们仍颇有助益和启发。

本文体现出了梁实秋的深厚学养和优雅淡泊的性情，在语言上典雅清朗而又风趣幽默，偶用文言词句，也是信笔而至，娓娓道来，洗练畅达，浑然天成。

【选评】

文字精练到完美境界，真是“增一分嫌肥，减一分嫌瘦”的地步，任何一篇短文中，皆字字珠玑，找不出一个废字。（杨小云：《大师二三事——忆梁实秋先生》，吉林文史出版社《回忆梁实秋》，1992 年版。）

【思考与讨论】

1．梁实秋的雅舍，雅在何处，文章体现出作者怎样的人生态度？

2．梁实秋的散文具有怎样的风格？请阅读他的雅舍系列散文，谈谈你的理解。

【拓展与延伸】

1．长期以来，梁实秋曾因鲁迅的争论而被冠以“丧家的资本家的乏走狗”而闻名，其人其文在很长时间内有没有得到应有的承认。请查找有关资料，就梁实秋的被“误解”写一篇文章，谈谈你的理解。

2．梁实秋不仅是中国现代文学史上公认的散文大师，也是一位杰出的翻译家，他前后经历三十八年，凭一己之力翻译了四百余万字的《莎士比亚全集》。梁实秋先生非常善于利用有限时间，他在一篇文章中曾经写道：“我常常听人说，他想读一点书，苦于没有时间。我不太同情这种说法。不管他是多么忙，他总不至于忙得一点时间都抽不出来。一天当中如果抽出一小时来读书，一年就有三百六十五小时，十年就有三千六百五十小时，积少成多，无论研究什么都会有惊人的成绩。零碎的时间最可宝贵，但是也最容易丢弃。……一个人在学校读书的时间是最可羡慕的一段时间，因为他没有生活的负担，时间完全是他自己的。但是很少人充分的把握住这个机会，多多少少的把时间浪费掉了。”

梁实秋对时间的利用是否对你有所启发？请写一篇文章，谈谈怎样利用时间才能使你的大学生活更充实更有意义。

3．梁实秋先生的雅舍位于重庆北碚区，如有机会的话，请实地考察梁实秋雅舍故居，拍一组照片或者写一篇游记性的文章。

【推荐阅读】

1.《雅舍全集》，梁实秋著，江苏人民出版社 2014 年版。

2.《槐园梦忆》，梁实秋著，中国青年出版社 2012 年版。

3.《梁实秋传》，宋益乔著，百花文艺出版社 2005 年版。

第四单元

二十世纪五十到七十年代的文学

【概述】1949年10月中华人民共和国成立，中国人民完成了新民主主义革命的任务,进入社会主义建设时期。新的社会形态需要新的文学形式。同年7月,在北京召开的“第一次文代会”标志着当代文学的开始。这次会议确立了新的文学形态和文学规范——“工农兵文学”，确立了文艺为工农兵服务的总方向，进一步推进了文艺的大众化进程。同时，成立了中华全国文学艺术界联合会（简称文联），领导并规范社会主义文艺事业。

从1949年到1966年“文革”前夕，被称为“十七年”时期。在文学上，农村和民主革命斗争生活得到了充分的表现。“三红一创”(《红日》《红岩》《红旗谱》《创业史》)、“青山保林”(《青春之歌》《山乡巨变》《保卫延安》《林海雪原》)是这时期具有代表性的作品。话剧创作在1956年“双百”方针期间，诞生了两部经典之作：老舍的《茶馆》与田汉的《关汉卿》。总的来说，这一时期的文学“颂歌”是主调，张扬了昂扬的时代情绪。但是，国家意志的强行介入，使文学成为政治的附庸。围绕新的文学规范的确立，改造作家的思想成为首要任务，目的是清除封建思想的残余以及来自资本主义社会的腐朽思想，并由此引发了全国范围内的多次批判运动。虽然期间，文艺界也努力调整文艺政策，比如“双百方针”的提出，但是很快又被愈演愈烈的“左”倾思想所吞没。最终导致了1966年“文化大革命”的爆发，中国文学随之陷入了灾难的深渊。

“文革”文学在理论上，提出“三突出”创作原则、“主题先行论”等；在创作上，炮制“八个样板戏”，作为主流文学的样板。但是，在压迫和专制下，文学的地下之火依旧在燃烧，六十年代末“北洋淀诗群”创作的诗歌，穆旦、傅雷、丰子恺等人在“文革”中写作的诗歌、书信、散文，在“文革”结束后得以出版。随着“四人帮”的倒台，当文学史上黑暗的一页终被掀过，开始走向复兴。

杨　沫

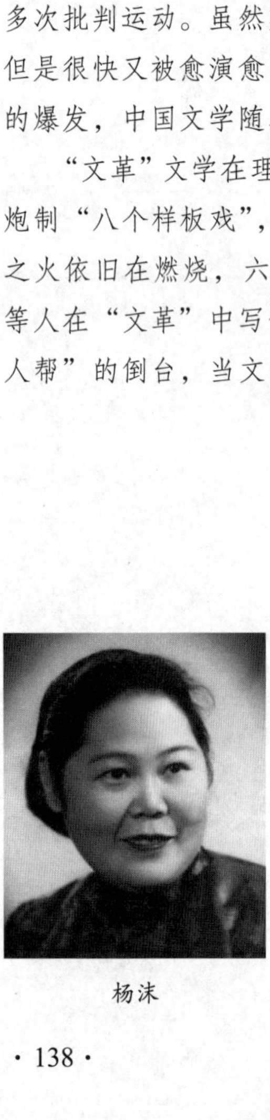
杨沫

【简介】杨沫（1914～1995），原名杨成业，湖南湘阴县人，出生于北京。1928年考入北平温泉女中学习，阅读了大量中外文学作品。1931年因家庭破产而失学，先后当过小学老师、家庭教师和书店职员。1934年开始文学创作，发表处女作《热南山地居民生活素描》，抗战爆发后参加共产党领导的游击战争，做妇女、宣传工作。1943年担任《黎明报》《晋察冀日报》等报纸的编辑工作。新中国成立后，任北京市作协副主席、中国作家协会理事等职务。1958年，代表作《青春之歌》由作家出版社出版。杨沫还创作了《东方欲晓》《芳菲之歌》《英华之歌》等长篇小说，以及中篇小说《苇塘纪事》，长篇报告文学《不是日记的日记》等。

青春之歌（节选）

余永泽在开学前，从家里回到北平来。他进门的第一眼，看见屋子里的床铺、书架、花盆、古董、锅灶全是老样儿一点没变，可是他的道静忽然变了！过去沉默寡言、常常忧郁不安的她，现在竟然坐在门边哼哼唧唧地唱着，好像一个活泼的小女孩。尤其使他吃惊的是她那双眼睛——过去它虽然美丽，但却呆滞无神，愁闷得像块乌云；现在呢，闪烁着欢乐的光彩，明亮得像秋天的湖水，里面还仿佛荡漾着迷人的幸福的光辉。

“看眼睛知道在恋爱的青年人。”余永泽想起《安娜·卡列尼娜》里面的一句话，灾祸的预感突然攫住了他。他不安地悄悄地看了她一会儿，趁着她出去买菜的当儿，他急急地在箱子里、抽屉里、书架上，甚至字纸篓里翻腾起来。当他别无所获，只看到几本左倾书籍放在桌上和床头时，他神经质地翻着眼珠，轻轻呻吟道：“一定，一定有人在引诱她了。”

道静看见余永泽回来，高高兴兴地替他把饭预备好。他吃着的时候，她挨在他身边向他叙谈起她新认识的朋友、她思想上的变化和这些日子她心情上的愉快来。她想他是自己的爱人，什么事都不该隐瞒他。谁知余永泽听着听着忽然变了颜色。他放下饭碗，皱紧眉头说：“静，想不到你变的这么快……”沉了半晌才接着说，“我，我要求你别这样——这是危险的！一顶红帽子往你头上一戴，要杀头的呀！”

一句话把道静招恼了。八字还没一撇，什么事也没做，不过认识几个新朋友，看了几本新书，就怕杀头！她鄙夷地盯着余永泽那困惑的眼色，半天才压住自己的恼火，激动地出乎自己意外地讲了她自己从没讲过的话：“永泽，你干吗这么神经过敏呀？你也不满意腐朽的旧社会，你也知道日本人已经践踏了祖国的土地，为什么咱们就不该前进一步，做一点有益大众、有益国家的事呢？”

“我想，我想……”余永泽喃喃着，“静，我想，这不是我们能够为力的事。有政府，有军队，我们这些白面书生赤手空拳顶什么事呢？喊喊空口号谁不会。你知道我也参加过学生爱国运动，可这是过去的事了。现在——现在我想还是埋头读点书好。我们成家了，还是走稳当点的路吧……”

“你真糊涂！”道静气愤地打断他的话，喊道，“你才是喊空口号呢！原来你就是这么个胆小鬼呀！”

余永泽用小眼睛瞪着道静，愣愣地半晌无言。忽然他脸色发白，双唇抽搐，把头埋在桌上猛烈地抽泣起来。他哭得这样伤心，比道静还伤心。他的痛苦，与其说是因为受了侮辱，还不如说是深深的嫉妒。

“……她、她变得残酷，这样的残酷，一定变心了。爱、爱上别人了。……”他一边流着泪，一边思量着。他认为，天下只有爱情才能使女人有所改变的。

吵过嘴，道静和余永泽虽然彼此有好几天都不大说话，可是她的心里还是很高兴的。她做饭洗衣也轻声哼着唱着，快乐的黑眉毛扬得高高的。完了事，就抱着书本贪婪地读着。一点钟、两点钟过去了，动也不动、头也不抬，那种专注的神情，好像早已忘掉了余永泽的存在和这间蜗居的滞闷。她的精神飞扬到广阔的世界里去了。可是余永泽呢，他这几天可没心思去上课，成天憋在小屋里窥伺着道静的动静。他暗打主意一定要探出她的秘密来。可是看她的神情那么坦率、自然，并无另有所欢的迹象，他又有点茫然了。

晚上，道静伏在桌上静静地读着列宁的《国家与革命》，做着笔记，加着圈点，疲乏的时候，她就拿起高尔基的《母亲》。她时时被那里面澎湃着的、对于未来幸福世界的无限热情激荡着、震撼着，她感到了从未有过的快乐与满足。可是余永泽呢？他局促在小屋里，百无聊赖，只好拾起他最近一年正在钻研的“国故”来。他抱出书本，挨在道静身边寻章摘句地读起来。一大叠线装书，排满了不大的三屉桌，读着读着，慢慢地，他也把全神贯注进去了。这时，他的心灵被牵回到遥远古代的浩瀚中，和许多古人、版本纠结在一起。当他疲倦了，休息一下，稍稍清醒过来的时候——“自立一家说”，——学者，——名流，——创造优裕的生活条件……许多幻想立刻涌上心来，鼓舞着他，使他又深深埋下了头。

道静呢，她不管许多理论书籍能不能消化，也不知如何去与实际结合，只是被奔腾的革命热情鼓舞着，渴望从书本上看到新的世界，找到她寻觅已久的真理。因此她也不知疲倦地读着。就这样，一今一古、一新一旧的两个青年人，每天晚上都各读各的直到深夜。自从大年初一卢嘉川给道静送来她从没读过的新书以后，她的思想认识就迅速地变化着；她的感受和情绪通过这些书籍也在迅速地变化着。多少年以后，她还清楚地记得卢嘉川给她阅读的第一本书名字叫《怎样研究新兴社会科学》。在大年初一的深夜里，她躺在被窝里，忍住寒冷——煤球炉子早熄灭了，透风的墙壁刮进了凛冽的寒风。但她兴奋地读着、读着，读了一整夜，直到把这本小册子一气读完。

卢嘉川给她的仅仅是四本用马克思列宁主义理论写成的一般社会科学的书籍，道静一个人藏在屋子里专心致志地读了五天。可是想不到这五天对于她的一生却起了巨大的作用——从这里，她看出了人类社会的发展前途；从这里，她看见了真理的光芒和她个人所应走的道路；从这里，她明白了“朱门酒肉臭，路有冻死骨”的原因，明白了她妈因为什么而死去。……于是，她常常感受的那种绝望的看不见光明的悲观情绪突然消逝了；于是，在她心里开始升腾起一种渴望前进的、澎湃的革命热情。……

选自《青春之歌》，杨沫著，人民文学出版社 1962 年版

【导读】

杨沫 1950 年开始创作《青春之歌》，历时八年完成。《青春之歌》是“十七年”时期最重要的文学作品之一，也是这一时期为数不多的正面表现知识分子的作品。小说以作者自己的生活经历为原型，带有“自叙传”色彩。作品选取“九一八”事变到“一二·九”运动这段历史时期作为时代背景，再现了热情高涨、风起云涌的学生爱国运动。作者以林道静为中心，塑造了不同类型的知识分子群像：卢嘉川、江华、林红是走上革命道路的时代先锋，是具有坚定信念的无产阶级革命战士；王晓燕、许宁在革命的感召下渐渐觉醒；余永泽、戴愉、白莉萍则是时代的落伍者或革命的背叛者。

小说层次分明地写出了林道静从一个追求个性解放的小资产阶级知识女性成长为一个革命者的艰难历程。在成长的道路上，她经历了两次重要的“决裂”，遇到了余永泽、卢嘉川、江华三个对她起着重要作用的人物。第一次决裂是受到“五四”新思想影响的林道静与封建家庭的决裂。林道静出生于大地主家庭，但亲生母亲是佃户的女儿，生下她不久即被逼惨死。自小她深受继母虐待，形成了孤独倔强的性格。长大后家庭败落，为了逃避继母给她包办的婚姻，她毅然离家出走，开始了对封建家庭的反抗与独立自由的追求。她到北戴河投奔她的表哥不成，却遭到当地小学校长的欺骗，现实的冷酷与丑恶让她感到灰心绝望，无奈之中选择蹈海自尽，被余永泽发现并救起。余永泽是一个热爱文学、崇尚自由的北大学生，他赞美林道静的勇敢与美丽，并以自己的翩翩风度与出众才华博得林道静的好感，他们相恋并同居。第二次决裂是与闭门读书、不问政治的余永泽的决裂。婚后，余永泽不愿林道静走向社会，反对她阅读革命书籍，阻挠她参加爱国游行。林道静不满于小家庭琐碎的生活，她在革命者卢嘉川的引导和鼓励下，阶级意识与革命意识逐渐觉醒。在经历痛苦的抉择之后，她与余永泽决裂，从沉闷的个人小天地中解放出来，投入波澜壮阔的社会生活，把个人的命运与大众的命运联系起来，完成了从要求个体解放到积极投身社会解放的角色转变。她迫切要求入党、参加红军，勇敢地贴标语、散传单，从事进步学生运动，被捕入狱时表现得坚贞不屈，

获救后逃出北平，在定县教书时得到革命者江华的引导教育与帮助，并参加农村革命实践活动，成为一个自觉的革命者。第二次入狱时受到狱友——革命者林红的思想启迪，林道静变得更加成熟坚定。被营救出狱后，她在江华等人的介绍下加入中国共产党，投身到更加艰巨复杂的革命运动中。

林道静是《青春之歌》塑造得最成功的形象。小说以女性作家的细腻笔触，真实地表现了林道静革命前的软弱幼稚，对于爱情的缠绵沉醉，徘徊在余永泽与卢嘉川两个人中间时的矛盾、犹豫、痛苦，刚刚参加革命时的幻想与狂热，与组织失去联系时的苦闷孤独，以及经历革命洗礼后的成熟坚定。在林道静的身上，既体现了从小资产阶级知识分子到无产阶级革命者转变的艰难曲折，也描写了林道静作为青年知识女性丰富的内心世界，小说因而具有人性的内涵与抒情的格调。作者善于把人物放在尖锐的矛盾斗争中，凸显人物的思想性格特征，另外，对比手法、细腻的心理与细节描写也是作者塑造人物形象的主要手法。

《青春之歌》出版后，有人指责《青春之歌》"充满了小资产阶级情绪，作者是站在小资产阶级立场上，把自己的作品当作小资产阶级的自我表现来进行创作"，"林道静自始至终没有认真地实行与工农相结合"，"她的思想感情没有经历从一个阶级到另一个阶级的转变，到书的最后她也只是一个较进步的小资产阶级知识分子"。（郭开：《略谈林道静描写中的缺点》，《中国青年》1959年第2期）对这种政治化色彩浓厚的粗暴批评，茅盾、何其芳等人纷纷撰文进行反驳，引发一场热烈的讨论。不久，杨沫根据批评意见对《青春之歌》进行修改，删除一些她认为不符合革命者形象的小资产阶级感情的描写，强化林道静与工农相结合，增加了有关"一二·九"学生运动的章节。但对《青春之歌》的修改引来了新的争议，较为普遍的意见是：从文学的角度来看，这一修改是不成功的。

本篇节选文字是小说的第一部分第十二章的内容，主要讲述了林道静和卢嘉川等人接触，受到革命思想的影响，与余永泽的思想产生分歧，感情出现裂痕。

【选评】

（《青春之歌》）成为十七年艺术作品序列中，一部十分重要的寓言式文本，它呈现了一个个人主义、民主主义、自由主义的知识分子改造成长为一个共产主义者的过程，它负荷着特定的权威话语：资产阶级、小资产阶级知识分子（女性）只有在中国共产党的领导下，历经追求、痛苦、改造和考验，投身于党、献身于人民，才有真正的生存与出路（真正的解放）。这并非一种政治潜意识的流露，而是极端自觉的意识形态实践。……事实上，在十七年主流艺术的诸多"历史教科书"中，《青春之歌》充当着一种特殊的读本：一部知识分子的思想改造手册。(戴锦华 :《〈青春之歌〉——历史视视域中的重读》, 选自《再解读 : 大众文艺与意识形态》增订版, 唐小兵编, 北京大学出版社, 2007 年 05 月第 1 版, 第 195 页)

【思考与讨论】

1. 结合小说内容谈谈林道静的成长道路及其典型意义。

2. 从 1949 年新中国建立, 到《青春之歌》诞生的 1958 年, "一系列政治 / 文化事件, 渐次确认了主流意识形态话语中知识分子卑琐、不洁、可疑而脆弱的镜式呈现。"而《青春之歌》以及 1959 年根据它改编的同名电影, "是文学作品中为数不多的、而影坛上绝无仅有的一部正面表现知识分子(事实上影片中所有重要人物都是知识分子, 准确地说, 是北京大学师生), 而得到无保留的肯定的作品。"(戴锦华 :《〈青春之歌〉——历史视视域中的重读》, 选自《再解读 : 大众文艺与意识形态》增订版, 唐小兵编, 北京大学出版社, 2007 年 5 月第 1 版, 第 194 页)请分析原因。

【拓展与延伸】

1. 在 2006 版电视剧《青春之歌》中, 对余永泽形象进行大幅度改写, 不仅为他安排了具有英雄性、崇高感的死亡结局 : 保护林道静, 向共产党告发叛徒戴瑜, 被国民党特务杀害。还成为"小资"形象的代言人: 不关心公共事务, 讲究生活品位。请对这一改编作出分析。

2. 陈学昭的长篇小说《工作着是美丽的》, 描摹了知识女性李珊裳投身革命与"旧我"告别的心路历程, 带着浓重的自叙传色彩。请比较阅读《工作着是美丽的》与《青春之歌》, 简要分析二者的异同。

【推荐阅读】

1.《青春之歌》, 杨沫著, 北京十月文艺出版社 2004 年版。

2.《我的母亲杨沫》, 老鬼著, 同心出版社 2011 年版。

3.《工作着是美丽的》, 陈学昭著, 浙江人民出版社 1979 年版。

王　蒙

【简介】王蒙(1934～　), 中国当代著名作家。祖籍河北南皮龙堂村, 生于北京。上中学时参加中共领导的城市地下工作, 1948 年加入中国共产党, 1950 年从事青年团的区委会工作。1953 年创作长篇小说《青春万岁》, 1956 年发表成名作短篇

王蒙

小说《组织部来了个年轻人》，因此被错划为右派分子，1958年后在京郊劳动改造，1962年调北京师范学院任教。1963年起赴新疆生活、工作十多年。1978年调北京市作协工作，后任《人民文学》主编、中国作协副主席、中共中央委员、文化部长（兼任中国艺术研究院院长）、中国作协书记处书记等。代表作有：长篇小说《青春万岁》、“季节”系列等，中篇小说《蝴蝶》《布礼》等，短篇小说《春之声》《组织部来了个年轻人》。

王蒙既是一位非常富有思想性的作家，也是一位偏重感觉型的作家，他的小说具有独特的散文化倾向。纵览王蒙的创作之路，总体上可概括为从单纯到多彩。二十世纪五六十年代创作的作品，基本上以歌颂青春、讴歌理想为母题，历史的乐观主义和革命的理想主义是其作品的思想基础，风格单纯明快，行文流畅自然；二十世纪七十年代末重返文坛后，王蒙在作品的主题表达、艺术手法、美感追求等方面做了多方面的探索和实验，多变成为他创作的一个重要特征。

2000年，王蒙获诺贝尔文学奖提名，2010年，王蒙登上“2010第五届中国作家富豪榜”成为各方关注焦点。2015年凭借小说《这边风景》王蒙获第九届茅盾文学奖，这是他在八十岁高龄时完成的作品，真不愧“中国当代文坛常青树”的美誉。

组织部来了个年轻人（节选）

五

初到区委会十天的生活，在林震头脑中积累起的印象与产生的问题，比他在小学呆了两年的还多。区委会的工作是紧张而严肃的，在区委书记办公室，连日开会到深夜。从汉语拼音到预防大脑炎，从劳动保护到政治经济学讲座，无一不经过区委会的忠实的手。林震有一次去收发室取报纸，看见一份厚厚的材料，第一页上写着“区人民委员会党组关于调整公私合营工商业的分布、管理、经营方法及贯彻市委关于公私合营工商业工人工资问题的报告的请示”。他怀着敬畏的心情看着这份厚得像一本书的材料和它的长题目。有时，一眼望去，却又觉得区委干部们是随意而松懈的，他们在办公时间聊天，看报纸，大胆地拿林震认为最严肃的题目开玩笑，例如，青年监督岗开展工作，韩常新半嘲笑地说："嚯，小青年们，脑门子热起来啦……"林震参加的组织部一次部务会议也很有意思，讨论市委布置的一个临时任务，大家抽着烟，说着笑话，打着岔，开了两个钟头，拖拖沓沓，没有什么结果。这时，皱着眉思索了好久的刘世吾提出了一个方案，大家马上热烈地展开了讨论，很多人发表了使林震惊佩的精彩意见。林震觉得，这最后的三十多分钟的讨论要比以前的两个钟头有效十倍。某些时候，譬如说夜里，各屋亮着灯：第一会议室，出席座谈会的胖胖的工商业者愉快地与统战部长交换意见；第二会议室，各单位的学习辅导员们为"价值"与"价格"的关系争得面红耳赤；组织部坐着等待入党谈话的激动的年轻人，而市委的某个严厉的书记出现在书记办公室，找区委正副书记汇报贯彻工资改革的情况……这时，人声嘈杂，人影交错，电话铃声断断续续，林震仿佛从中听到了本区生活的脉搏的跳动，而区委会这座不新的、平凡的院落，也变得辉煌壮观起来。

在一切印象中，最突出和新鲜的印象是关于刘世吾的：刘世吾工作极多，常常同一个时间好几个电话催他去开会，但他还是一会儿就看完了《拖拉机站站长与总农艺师》，把书转借给了韩常新。而且，他已经把前一个月公布的拼音文字草案学会了，开始在开会时用拼音文字作记录了。某些传阅文件刘世吾拿过来看看题目和结尾就签上名送走，也有的不到三千字的指示他看上一下午，密密麻麻地划上各种符号。刘世吾有时一面听韩常新汇报情况，一面漫不经心地查阅其他的材料，听着听着却突然指出："上次你汇报的情况不是这样！"韩常新不自然地笑了。刘世吾的眼睛捉摸不定地闪着光，但刘世吾并不深入追究，仍然查他的材料，于是韩常新恢复了常态，有声有色地汇报下去。

赵慧文与韩常新的关系也被林震看出了一些疑窦：韩常新对一切人都是拍着肩膀，称呼着"老王""小李"，亲热而随便。独独对赵慧文，却是一种礼貌的公事公办的态度。这样说话："赵慧文同志，党刊第104期放在哪里？"而赵慧文也用顺从包含警戒的神情对待他。

……四月，东风悄悄地刮起，不再被人喜爱的火炉蜷缩在阴暗的贮藏室，只有各房间熏黑了的屋顶还存留着严冬的痕迹。往年这个时候，林震就会带着活泼的孩子们去卧佛寺或者西山八大处踏青，在早开的桃李与混浊的溪水中寻找春天的消息。区委会的生活却不怎么受季节的影响，继续以那种紧张的节奏和复杂的色彩流转着。当林震从院里的垂柳上摘下一片多汁的嫩芽时，他稍微有点怅惘，因为春天来得那么快，而他，却没做出什么有意义的事情来迎接这个美妙的季节……

晚上九点钟，林震走进了刘世吾办公室的门。赵慧文正在这里，她穿着紫黑色的毛衣。脸儿在灯光下显得越发苍白。听到有人进来，她迅速地转过头来，林震仍然看见了她略略突出的颧骨上的泪迹。他回身要走，低着头吸烟的刘世吾做手势止住他："坐在这儿吧，我们就谈完了。"

林震坐在一角，远远地隔着灯光看报，刘世吾用烟卷在空中划着圆圈，诚恳地说：

"相信我的话吧，没错。年轻人都这样，最初互相美化，慢慢发现了缺点，就觉得都很平凡。不要有不切实际的要求，没有遗弃，没有虐待，没有发现他政治上、品质上的问题，怎么能说生活不下去呢？才四年嘛。你的许多想法是从苏联电影里学来的，实际上，就那么回事……"

赵慧文没说话，她撩一撩头发，临走的时候，对林震惨然地一笑。

刘世吾走到林震旁边，问："怎么样？"他丢下烟蒂，又掏出一支来点上火，紧接着贪婪地吸了几口，缓缓地吐着白烟，告诉林震："赵慧文跟她爱人又闹翻了……"接着，他开开窗户，一阵风吹掉了办公桌上的几张纸，传来了前院里散会以后人们的笑声、招呼声和自行车铃响。

刘世吾把只抽了几口的烟扔出去，伸了个懒腰，扶着窗户，低声说："真的是春天了呢！"

"我想谈谈来区委工作的情况，我有一些问题不知道怎么解决。"林震用一种坚决的神气说，同时把落在地上的纸页拾起来。

"对，很好。"刘世吾仍然靠着窗户框子。

林震从去麻袋厂说起："……我走到厂长室，正看见王清泉同志在……"

"下棋呢还是打扑克？"刘世吾微笑着问。

"您怎么知道？"林震惊骇了。

"他老兄什么时候干什么我都算得出来，"刘世吾慢慢地说，"这个老兄棋瘾很大，有一次在咱这儿开了半截会，他出去上厕所，半天不回来，我出去一找，原来他看见老吕和区委书记的儿子下棋，他在旁边支上招儿了。"

林震把魏鹤鸣对他的控告讲了一遍。

刘世吾关上窗户，拉一把椅子坐下，用两个手扶着膝头支持着身体，轻轻地摆动着头：

"魏鹤鸣是个直性子，他一来就和王清泉吵得面红耳赤……你知道，王清泉也是个特殊人物，不太简单。抗日胜利以后，王清泉被派到国民党军队里工作，他当过国民党军的副团长，是个呱呱叫的情报人员。一九四七年以后他与我们的联系中断，直到解放以后才接上线。他是去瓦解敌人的，但是他自己也染上国民党军官的一些习气，改不过来，其实是个英勇的老同志。”

“这样……”

“是啊。”刘世吾严肃地点点头，接着说，“当然，这不能为他辩护，党是派他去战胜敌人而不是与敌人同流合污，所以他的错误是应该纠正的。”

“怎么去解决呢？魏鹤鸣说，这个问题已经拖了好久。他到处写过信……”

“是啊。”刘世吾又干咳了一会儿，做着手势说，“现在下边支部里各类问题很多，你如果一一地用手工业的方法去解决，那是事倍功半的。而且，上级布置的任务追着屁股，完成这些任务已经感到很吃力。作为领导，必须掌握一种把个别问题与一般问题结合起来，把上级分配的任务与基层存在的问题结合起来的艺术。再者，王清泉工作不努力是事实，但还没有发展到消极怠工的地步；作风有些生硬，也不是什么违法乱纪；显然，这不是组织处理问题而是经常教育的问题。从各方面看，解决这个问题的时机目前还不成熟。”

林震沉默着，他判断不清究竟哪样对。是娜斯嘉的“对坏事绝不容忍”对呢，还是刘世吾的“条件成熟论”对。他一想起王清泉那样的厂长就觉得难受，但是，他驳不倒刘世吾的“领导艺术”。刘世吾又告诉他：“其实，有类似毛病的干部也不只一个……”这更加使得林震睁大了眼睛，觉得这跟他在小学时所听的党课的内容不是一个味儿。

后来，林震又把看到的韩常新如何了解情况与写简报的事说了说，他说，他觉得这样整理简报不太真实。

刘世吾大笑起来，说：“老韩……这家伙……真高明……”笑完了，又长出一口气，告诉林震：“对，我把你的意见告诉他。”

林震犹豫着，刘世吾问：“还有别的意见么？”

于是林震勇敢地提出：“我不知道为什么，来了区委会以后发现了许多许多缺点，过去我想象的党的领导机关不是这样……”

刘世吾把茶杯一放：“当然，想象总是好的，实际呢，就那么回事。问题不在于有没有缺点，而在于什么是主导的。我们区委的工作，包括组织部的工作，成绩是基本的呢，还是缺点是基本的？显然成绩是基本的，缺点是前进中的缺点。我们伟大的事业，正是由这些有缺点的组织和党员完成着的。”

走出办公室以后，林震有一种奇怪的感觉；和刘世吾谈话似乎可以消食化气，而他自己的那些肯定的判断，明确的意见，却变得模糊不清了。他更加惶惑了。

选自郜元宝、王军君选编，《蝴蝶为什么美丽——王蒙五十年创作精读》，复旦大学出版社 2007 年版

【导读】

《组织部来了个年轻人》是1956年在“百花齐放，百家争鸣”的方针鼓舞下创作的，既是王蒙五十年代的代表作，也是当时“写真实”“干预生活”作品中影响最大的。

小说共11节，以处理麻袋厂厂长王清泉的官僚主义问题为中心情节，描写了一个区委组织部里的日常工作和生活，成功地塑造了两个性格鲜明、精神各异的人物形象。

第一个人物林震，在很大程度上可以被视为具有现代启蒙批判精神的青年王蒙的艺术化身。他既是作品的主人公，也是整个作品的感受中心，作者通过他的眼睛和心灵来看取生活、感受生活、评价生活。他天真、单纯，富于理想，对党的工作者的生活充满了“神圣的憧憬”。但是到了区党委之后，他发现自己心目中神圣的地方也存在缺点和种种问题，于是他勇敢地对上级提出批评，没有想到不仅没有人给予理睬，还受到不应有的误解和批评，他感到气愤，也曾一度对自己的行为产生怀疑：“难道自己真的错了？”但他对自己的历史使命并没有太多的迷惘，更没有绝望，反抗的意志反而更加坚定，在小说的最后，我们看到的是他那仍然不失坚毅的“英雄”身影。

小说通过林震与其他人物之间的性质不同的纠葛来刻画人物，其中最重要的是：一、他和赵慧文的关系；二、他和刘世吾的关系。至于他和韩常新、王清泉以及魏鹤鸣的关系，虽不是无足轻重，但大多可以汇总到他与刘世吾的关系上。林震与作品中其他人物的关系，一方面从不同角度展示并丰富着他自身的性格特点；另一方面，也在这些关系的那一端勾勒着其他人物的性格。

林震和赵慧文的关系，是作者着墨较多的地方，意在描写“两个年轻人走向社会、走向机关工作以后的心灵的变化，他们的幻想、追求、真诚、失望、苦恼和自责”。作者把这样的描写称为对这两个人物的“感情波流”的描写。林震和赵慧文之间的关系，有思想的契合，有心灵的交流，更有感情的慰藉。他们互相信任，彼此友善，愿意接近，这种关系虽然发生在一对青年男女之间，却不能说就是爱情，刘世吾曾就此事提醒过林震，林震还颇受了影响，甚至赵慧文自己也说刘世吾的警告并不是完全没有必要，然而这多半出于“人言可畏”的顾虑，毕竟赵慧文已经结婚生子，尽管家庭生活并不很幸福。赵慧文在机关里对刘世吾、韩常新等人的工作作风有意见，对某些不正常的事情也看不惯，可是提过意见、碰过钉子之后就变得沉默消沉了。她心地单纯，有正义感，同情林震的斗争，愿意和林震一起谈心，听音乐，吃煮荸荠，称林震为她“尊敬的顶好的朋友”。林震在新生活道路上也碰到麻烦，但是他没有消沉，虽有失望和幻灭，但却迎着矛盾冲突勇敢地指出领导的工作作风问题。从林震和赵慧文两人身上，我们能看到五十年代的年轻人襟怀是那样透亮晶莹，情感是那么圣洁纯真。

林震与刘世吾的关系，相形之下作者落墨并不多，却构成了小说的主要冲突，在这个冲突中所勾勒出来的刘世吾的形象，就客观意义而言，远在主人公林震之上，这是那个时期文学创作中不可多得的艺术典型之一。小说没有对这个人物采取脸谱化、浅表化与一般化的处理，而是尽力透视他的灵魂，并捕捉其个性特征。作为一个典型人物，刘世吾有着主人公林震所不具备的复杂的个性和矛盾的心理，他性格的矛盾性和复杂性，决定了林震对待他的态度的矛盾性和复杂性。

刘世吾参加革命比较久，作为区委组织部第一副部长，一位经验丰富的老干部，他机敏、干练、有魄力、有能力，懂得领导的艺术，知道如何抓重点、解决问题，只要他下决心去做的事，绝不拖泥带水，比如他对通华麻袋厂的问题的最后处理，这个性格侧面具有其积极性，林震因此对他始终抱着尊敬、钦佩的感情，将之视为有能力的领导和有资格的前辈。但刘世吾的基本性格特色是消极的，尤其是他身上革命意志和革命责任感的严重衰退成为他和林震形成尖锐对立关系的根本原因。他明知韩常新善于拍马逢迎，缺乏实际工作能力，但还是重用他、提拔他，因为他自己就喜欢这样的干部和这样的作风。刘世吾的一个口头禅是“就是那么回事”，这句话能够最深刻地标示出他革命热情的衰退和革命责任感的淡薄，林震之所以对他产生强烈的不满，正是因为从他那些独到的见解、精辟的分析背后感受到了一种可怕的冷漠。冷漠与僵化，乍一看，似乎并不可怕，而细究起来，却会使人看到它的严重危害性，这会扼杀新生事物、助长错误行为，乃至断送我们的革命事业。作为一级党的组织部门的主事人，刘世吾对通华麻袋厂的问题，对王清泉的官僚主义作风问题，不是一无所知，却听之任之，长期压制不处理，明知韩常新写的关于麻袋厂的工作简报不符合实际也不予以指出，这是他与林震冲突的导火索。另一方面，尽管他冷漠，但仍有幻想，他缅怀年轻时的热情，流露出对现状的不满，但也没有要改变的想法，面对现实的压迫，他已无力反抗，只是在一个人的时候发一些感慨，在其人生哲学的庇护下越陷越深。这是他的可悲之处，也是他性格复杂性的表现。

王蒙并不同意把他的《组织部来了个年轻人》说成是一篇官僚主义或主要反官僚主义的作品，但是人们还是较多地从反官僚主义的角度看待这篇作品，甚至把刘世吾说成是官僚主义者的艺术形象，刘世吾较为复杂的人物性格是产生这种情况的重要原因。

《组织部来了个年轻人》一发表便引起了轰动，引起很大的争论，有肯定与否定两种意见的尖锐对立，但随着形势的发展，对作者越来越不利，虽然毛泽东曾亲自出面讲过保护性的话，但后来在反“右派”斗争严重扩大化的“左”倾浪潮中，这部作品被指责为“歪曲现实”、污蔑党的领导的“毒草”，最终被定性为“反党”

小说，1958 年王蒙被补划为“右派分子”，遭到了灭顶之灾。直到十一届三中全会召开之后，小说才又获得正确的历史评价，被称为“重放的鲜花”。

选文选自小说第五节：林震来到区委组织部已经十天了，他细心观察着、体验着组织部的新生活，接触到的人事物都在他心头泛起了层层涟漪，他思考着，也迷惑着。

【选评】

王蒙的《组织部来了个年轻人》真正的价值与意义在于它提出了一个特殊的主体——被青春激情与革命精神激励着的“年轻人”，在经历新旧社会体制重大转型的过程中，其精神如何“成长”的现象学问题。这一问题的特殊性与复杂性在于：革命年代培养、积淀的神圣激情与机械化、形式化的生活发生碰撞；浪漫的青春幻想与世俗的日常生活抵触摩擦，而所谓“成长”却不能不是某种程度的“反成长”“反神圣”与“反纯粹”——向生活的世俗化、机械化的低头与退让，“成长”因此变得沉重而艰难。（孙先科：《王蒙〈组织部来了个年轻人〉精神现象学阐释》，《中国现代文学研究丛刊》2004 年第 3 期）

【思考与讨论】

1. 刘世吾是小说中性格最复杂的人物，他身上既有积极的一面，也有消极的一面，你怎么认识这个人物？

2. 小说中写到林震来到区委组织部的时间时，通过季节的变化来表现，你觉得作者这样写有什么用意？试结合作品进行分析。

【拓展与延伸】

1.1956 年至 1957 年上半年，“百花齐放，百家争鸣”的方针给中国当代文学带来勃勃生机，出现了一批目光敏锐、关注社会问题的青年作家和诗人，产生了一些张扬个性的诗歌和一批揭露社会弊端的特写和小说，但在随后的“反右”扩大化中，这些作品被彻底否定，打成“反党反社会主义的大毒草”。1979 年，上海文艺出版社从这些被封杀多年的作品中选取了刘宾雁、流沙河、宗璞、邓友梅等 17 位作者的曾在社会上有过较大影响的篇章，编辑为《重放的鲜花》出版。请选择他们的作品进行阅读，感受这些作家当年的热情和勇气。

2. 王蒙《组织部来了个年轻人》中的林震和刘震云《一地鸡毛》中的小林都是跨出校门走进单位的大学毕业生，阅读两篇小说，比较二人在“单位”的磨砺中精神走向的差异及其原因。

【推荐阅读】

1.《重放的鲜花》，王蒙等著，上海文艺出版社 1979 年版。

2.《这边风景》，王蒙著，花城出版社 2013 年版。

3.《王蒙自述：我的人生哲学》，王蒙著，人民文学出版社 2003 年版。
4.《王蒙小说文体研究》，郭宝亮著，北京大学出版社 2006 年版。

穆 旦

穆旦

【简介】穆旦（1918～1977），原名查良铮，祖籍浙江海宁，出生于天津。他是清代著名诗人查慎行的后代，诗学渊源颇深。穆旦从小就显示出写作的才华，在南开中学读书时，就写出了《流浪人》《哀国难》等出色的诗作。1935 年考入清华大学，抗日战争爆发后随学校南迁至昆明，毕业后留校任教。1942 年响应救国号召投笔从戎，参加中国远征军。在军队中经历了生死考验，对战争、生命、死亡有了新的认识。四十年代是穆旦诗歌创作的黄金时期，著有诗集《探险队》（1945 年）、《穆旦诗集（1939～1945）》（1947 年）、《旗》（1948 年）等。1948 年赴美，1950 年获芝加哥大学英美文学硕士学位。1953 年，穆旦抱着为中华民族翻译更多优秀外国文学作品的目的，与妻子冲破重重阻碍回国，进入南开大学外文系任教。1958 年被错误地打成“历史反革命”，剥夺教学与公开发表作品的权利。“文革”时期被抄家、劳改。1976 年左右，在生命的最后阶段，创作了《智慧之歌》《春》《夏》《秋》《冬》等诗歌。1977 年 2 月去世，1979 年平反。

穆旦的诗大胆吸收外来艺术的营养，充满了象征和思辨，体现出西方现代性文学的特征。同时，他深深扎根于民族苦难深重的现实土壤中，用个人化的生命体验表现了无休止的自我拷问和灵魂的纠结，显示了坚韧的人格力量和生命关怀。穆旦还是著名的翻译家，译作有《拜伦抒情诗选》《普希金抒情诗》《雪莱抒情诗选》以及拜伦的《青铜时代》等。

智慧之歌

我已走到了幻想的尽头，
这是一片落叶飘零的树林，

每一片叶子标记着一种欢喜，
现在都枯黄地堆积在内心。

有一种欢喜是青春的爱情，
那是遥远天边的灿烂的流星，
有的不知去向，永远消逝了，
有的落在脚前，冰冷而僵硬。

另一种欢喜是喧腾的友谊，
茂盛的花不知道还有秋季，
社会的格局代替了血的沸腾，
生活的冷风把热情铸为实际。

另一种欢喜是迷人的理想，
它使我在荆棘之途走得够远，
为理想而痛苦并不可怕，
可怕的是看它终于成笑谈。

只有痛苦还在，它是日常生活
每天在惩罚自己过去的傲慢，
那绚烂的天空都受到谴责，
还有什么彩色留在这片荒原？

但唯有一棵智慧之树不凋，
我知道它以我的苦汁为营养，
它的碧绿是对我无情的嘲弄，
我咒诅它每一片叶的滋长。

1976 年 3 月

选自《穆旦诗文集（一）》，人民文学出版社 2007 年版

【导读】

中国当代诗坛极少有人像穆旦那样长期承受超出常人的冤屈和苦难，这种痛苦一直持续二十来年，死后两年才得以平反。《智慧之歌》创作于穆旦去世的前一年，背负着诸多罪名的穆旦早就被剥夺了公开发表作品的权利。他根本没有想到这些背着家人在一些零散的纸片上写出的诗行会和世人见面。穆旦生命最后阶段写出的这些诗歌可以说是蚌病成珠，是灵魂的独白，是智者的彻悟和绝望。

全诗共六个诗节。第一节，“我已走到了幻想的尽头”，这种“现在完成时”的时态透露出诗人的心路历程：一是曾经有过悠长执着的幻想，二是幻想已然终结。曾经闪耀着希望和喜悦的幻想的丛林，如今已是落叶飘零，“枯黄地堆积在内心”。第一节诗奠定了的全诗抒情基调——绝望、荒凉。第二、三、四节，诗人将“幻想”具体化为“爱情”“友谊”“理想”，这三者是幸福的源泉，是自古以来诗人吟咏不尽的主题，然而残酷的命运把这一切并非不切实际的幻想变成笑谈，扫荡成毫无生机、没有色彩的荒原。幻想破灭后，只有苍白枯寂的日常生活还在痛苦地继续。最后，诗人在一片荒芜中找到了“一棵智慧之树”，然而具有反讽意味的是，这棵树恰恰是以诗人已经“零落成泥碾作尘”的美好幻想作为生命的营养液，它的茁壮成长鲜明地昭示着诗人苦盼一生的种种希望的彻底幻灭，智慧与幸福背离，而与诗人精神创伤的苦痛成正比，这真是一个刻骨的嘲讽，是对“化为春泥更护花”的苦涩戏仿。

冬

一

我爱在淡淡的太阳短命的日子，
临窗把喜爱的工作静静做完；
才到下午四点，便又冷又昏黄，
我将用一杯酒灌溉我的心田。
人生本来是严酷的冬天。

我爱在枯草的山坡，死寂的原野，
独自凭吊已埋葬的火热一年，
看着冰冻的小河还在冰下面流，
不知低语着什么，只是听不见。
人生本来是严酷的冬天。

我爱在冬晚围着温暖的炉火，
和两三昔日的好友会心闲谈，
听着北风吹得门窗沙沙地响，
而我们回忆着快乐无忧的往年。
人生本来是严酷的冬天。

我爱在雪花飘飞的不眠之夜，
把已死去或尚存的亲人珍念，
当茫茫白雪铺下遗忘的世界，
我愿意感情的激流溢于心田，
人生本来是严酷的冬天。

二

寒冷，寒冷，尽量束缚了手脚，
潺潺的小河用冰封住了口舌，
盛夏的蝉鸣和蛙声都沉寂，
大地一笔勾销它笑闹的蓬勃。

谨慎，谨慎，使生命受到挫折，
花呢？绿色呢？血液闭塞住欲望，
经过多日的阴霾和犹疑不决，
才从枯树枝漏下淡淡的阳光。

奇怪！春天是这样深深隐藏，
哪儿都无消息，都怕峥露头角，
年轻的灵魂裹进老年的硬壳，
仿佛我们穿着厚厚的棉袄。

三

你大概已停止了分赠爱情，
把书信写了一半就住手，
望望窗外，天气是如此萧杀，

因为冬天是感情的刽子手。

你把夏季的礼品拿出来，
无论是蜂蜜，是果品，是酒，
然后坐在炉前慢慢品尝，
因为冬天已经使心灵枯瘦。

你那一本小说躺在床上，
在另一个幻象世界周游，
它使你感叹，或使你向往，
因为冬天封住了你的门口。

你疲劳了一天才得休息，
听着树木和草石都在嘶吼，
你虽然睡下，却不能成梦，
因为冬天是好梦的刽子手。

四

在马房隔壁的小土屋里，
风吹着窗纸沙沙响动，
几只泥脚带着雪走进来，
让马吃料，车子歇在风中。

高高低低围着火坐下，
有的添木柴，有的在烘干，
有的用他粗而短的指头
把烟丝倒在纸里卷成烟。

一壶水滚沸，白色的水雾
弥漫在烟气缭绕的小屋，
吃着，哼着小曲，还谈着
枯燥的原野上枯燥的事物。

北风在电线上朝他们呼唤，
原野的道路还一望无际，
几条暖和的身子走出屋，
又迎面扑进寒冷的空气。

1976 年 12 月

原载《诗刊》1980 年第 3 期

【导读】

穆旦的诗与生命交相融合。《冬》写作于 1976 年 12 月，是诗人的天鹅之歌。他已经“走到了幻想的尽头”（《智慧之歌》1976 年），一生的理想已经“流到现实的冰窟中”（《理想》1976 年），他用苦难练就的慧眼凝视冬天的荒原，吟咏出生命的绝唱。

“冬天”是这首诗的核心意象，天寒地冻、毫无色彩和生机的冬天，一派寂寞荒芜。是季节，是社会人生的象征，更是自己内心情感的具象化。第一章的四个诗节均以“我爱”开头，用疏淡的文笔描画出几个生动的片段：工作、与友人闲谈、对逝去时光的凭吊、对死去亲人的怀念；但每一节均以“人生本来是严酷的冬天”结束，消解了以“我爱”传达出的或平和或温暖或深情的片段——一切不过是诗人在严酷冬天中的温暖想象。穆旦的诗从来就直面现实，忠于自己的情感，这里没有廉价的乐观,诗人以不断地重复强化了“人生的本质是冬天”这一苦涩的生命体验。

第二章共三个诗节，层层递进地描写了冬天对大自然和人类社会蓬勃生机的扼杀：小河冰封、蝉鸣和蛙声沉寂、放肆的“笑闹”也绝了踪迹；没有鲜花、绿色、枯树间漏下的淡淡阳光没有温度；在冷酷的荒原，本应该锋芒毕露的热血青年变得谨小慎微、明哲保身、未老先衰。“春天是这样深深隐藏，哪儿都无消息”，这可以说是诗人对曾经翻译过的雪莱诗句“如果冬天来了,春天还会远吗”的反写——春天没有到来的迹象，人生永远是冬天，诗中反复回荡着这种悲凉绝望的情绪。

第三章由大自然转向了人间景象，冬天显示出更为残酷无情的一面：它让浪漫的爱情、柔软丰富的心灵、美好的愿望,甚至梦想统统冻灭凋零。第四章诗风一变，描绘了马车夫的生活片段：他们喂马，围坐在火边，抽烟取暖，“吃着，哼着小曲，还谈着”。人物和背景鲜活、现实，就像电影中的一组镜头。但是，短暂的休息和温暖之后，还是要投身于长久的寒冷，表现出鲁迅式的对绝望的反抗。

穆旦说，他的诗歌要表达自己“对这个时代的特殊感受”。这首诗褪尽了早年诗歌的晦涩，用纯净朴素的语言、舒缓从容的节奏传达了诗人对世界、对生命的深刻体悟，并把这种体验提升到一种超越性的永恒的高度。

【选评】

读穆旦的诗使我们置身现世，感受到真切生活的一切情味。他的诗不是远离人间烟火的“纯诗”，他的诗是丰满的肉体，肉体里奔涌着热血，跳动着脉搏，“这儿有硫黄的气味碎裂的神经”（《从空虚到充实》）。但是，穆旦又是那样的与众不同，对于三十年代以来、四十年代达于极盛的把诗写得实而又实甚至沦为照相式或留声机式的崇尚描摹和模仿的潮流而言，穆旦却有他的一份超然和洒脱。他的诗总是透过事实或情感的表象而指向深远。他是既追求具体又超脱具体并指归于“抽象”。他置身现世，却又看到或暗示着永恒。穆旦的魅力在于不脱离尘世，体验并开掘人生的一切苦厄，但又将此推向永恒的思索。他不停留于短暂。穆旦把他的诗性的思考嵌入现实中国的血肉，他是始终不脱离中国大地的一位，但他又是善于苦苦冥思的一位，穆旦使现世关怀和永恒的思考达于完美的结合。（谢冕：《一颗星亮在天边——纪念穆旦》，《山花》1996 年第 6 期）

【思考与讨论】

本教材选取的《冬天》是穆旦的手稿版，刊载 1980 年 2 月的《诗刊》。现在选入各种书籍的《冬天》大部分是穆旦在好友建议下的修改版。二者差异在于：手稿版第一章每一节的最后一句均为“人生本来是一个严酷的冬天”，修改版分别改为“多么快，人生已到严酷的冬天”“生命也跳动在严酷的冬天”“人生的乐趣也在严酷的冬天”“来温暖人生的严酷的冬天”，请仔细品读，分析这种改动对第一章的情绪基调和象征指向有什么影响？

【拓展与延伸】

1. 1942 年 2 月，刚刚毕业不久的西南联大“校园诗人”穆旦创作了《诗八首》，这些诗歌是爱情的启示录，也是生命的赞美诗。它超越时间与空间的限制，产生了永恒的艺术魅力。品味这些诗歌，理解诗歌的内涵，写一篇诗评。

2. 穆旦的故乡浙江海宁，名人辈出、人杰地灵，这里也是王国维、徐志摩、穆旦、金庸、蒋百里等人的故乡。这里拥有丰富的文化内涵和优美的自然景观。请以“地域文化与文学”为题写一篇文章。

3. 王小波的文章《我的师承》表达了对穆旦的崇敬与感激。他写道：“查先生（查良铮）和王先生（王道乾）对我的帮助，比中国近代一切著作家对我帮助的总和还要大。……他们对现代汉语的把握和感觉，至今无人可比。一个人能对自己的母语做这样的贡献，也算不虚度此生。……提醒现在的年轻人，记住他们的名字，读他们译的书，是我的责任。”请完整阅读这篇文章，选读穆旦的诗歌与译作，交流阅读感受。

【推荐阅读】

1.《穆旦诗文集》，穆旦著，人民文学出版社 2007 年版。

2.《中国现代诗导读（穆旦卷）》，孙玉石主编，北京大学出版社 2007 年版。

3.《穆旦评传》，易彬著，南京大学出版社 2012 年版。

老　舍

【简介】见本书第 72 页。

茶　馆

第一幕（节选）

人　物　王利发、刘麻子、庞太监、唐铁嘴、康六、小牛儿、松二爷、黄胖子、宋恩子、常四爷、秦仲义、吴祥子、李三、老人、康顺子、二德子、乡妇，茶客甲、乙、丙、丁，马五爷、小妞，茶房一、二人。

时　间　一八九八年（戊戌）初秋，康梁等的维新运动失败了。早半天。

地　点　北京，裕泰大茶馆。

松二爷 常四爷　您喝这个！（然后，往后院看了看）

松二爷　好像又有事儿？

常四爷　反正打不起来！要真打的话，早到城外头去啦；到茶馆来干吗？

〔二德子，一位打手，恰好进来，听见了常四爷的话。

二德子　（凑过去）你这是对谁甩闲话呢？

常四爷　（不肯示弱）你问我哪？花钱喝茶，难道还教谁管着吗？

松二爷　（打量了二德子一番）我说这位爷，您是营里当差的吧？来，坐下喝一碗，我们也都是外场人。

二德子　你管我当差不当差呢！

常四爷　要抖威风，跟洋人干去，洋人厉害！英法联军烧了圆明园，尊家吃着官饷，可没见您去冲锋打仗！

二德子 甭说打洋人不打，我先管教管教你！（要动手）

〔别的茶客依旧进行他们自己的事。王利发急忙跑过来。

王利发 哥儿们，都是街面上的朋友，有话好说。德爷，您后边坐！

〔二德子不听王利发的话，一下子把一个盖碗搂下桌去，摔碎。翻手要抓常四爷的脖领。

常四爷 （闪过）你要怎么着？

二德子 怎么着？我碰不了洋人，还碰不了你吗？

马五爷 （并未立起）二德子，你威风啊！

二德子 （四下扫视，看到马五爷）喝，马五爷，你在这儿哪？我可眼拙，没看见您！（过去请安）

马五爷 有什么事好好地说，干吗动不动地就讲打？

二德子 嗻！您说得对！我到后头坐坐去。李三，这儿的茶钱我候啦！（往后面走去）

常四爷 （凑过来，要对马五爷发牢骚）这位爷，您圣明，您给评评理！

马五爷 （立起来）我还有事，再见！（走出去）

常四爷 （对王利发）邪！这倒是个怪人！

王利发 您不知道这是马五爷呀！怪不得你也得罪了他！

常四爷 我也得罪了他？我今天出门没挑好日子！

王利发 （低声地）刚才您说洋人怎样，他就是吃洋饭的。信洋教，说洋话，有事情可以一直地找宛平县的县太爷去，要不怎么连官面上都不惹他呢！

常四爷 （往原处走）哼，我就不佩服吃洋饭的！

王利发 （向宋恩子、吴祥子那边稍一歪头，低声地）说话请留点神！（大声地）李三，再给这儿沏一碗来！（拾起地上的碎瓷片）

松二爷 盖碗多少钱？我赔！外场人不作老娘们事！

王利发 不忙，待会儿再算吧！（走开）

〔纤手刘麻子领着康六进来。刘麻子先向松二爷、常四爷打招呼。

刘麻子 您二位真早班儿！（掏出鼻烟壶，倒烟）您试试这个！刚装来的，地道的英国造，又细又纯！

常四爷 唉！连鼻烟也得从外洋来！这得往外流多少银子啊！

刘麻子 咱们大清国有的是金山银山，永远花不完！您坐着，我办点小事！（康六找了个座儿）

〔李三拿过一碗茶来。

刘麻子 说说吧，十两银子行不行？你说干脆的！我忙，没工夫专伺候你！

康　六 刘爷！十五岁的大姑娘，就值十两银子吗？

刘麻子 卖到窑子去，也许多拿一两八钱的，可是你又不肯！

康　六 那是我的亲女儿！我能够……

刘麻子 有女儿，你可养活不起，这怪谁呢？

康　六 那不是因为乡下种地的都没法子混了吗？一家大小要是一天能吃上一顿粥，我要还想卖女儿，我就不是人！

刘麻子 那是你们乡下的事，我管不着。我受你之托，教你不吃亏，又教你女儿有个吃饱饭的地方，这还不好吗？

康　六 到底给谁呢？

刘麻子 我一说，你必定从心眼里乐意！一位在宫里当差的！

康　六 宫里当差的谁要个乡下丫头呢？

刘麻子 那不是你女儿的命好吗？

康　六 谁呢？

刘麻子 庞总管！你也听说过庞总管吧？侍候着太后，红的不得了，连家里打醋的瓶子都是玛瑙的！

康　六 刘大爷，把女儿给太监作老婆，我怎么对得起人呢？

刘麻子 卖女儿，无论怎么卖，也对不起女儿！你糊涂！你看，姑娘一过门，吃的是珍馐美味，穿的是绫罗绸缎，这不是造化吗？怎样，摇头不算点头算，来个干脆的！

康　六 自古以来，哪有……他就给十两银子？

刘麻子 找遍了你们全村儿，找得出十两银子找不出？在乡下，五斤白面就换个孩子，你不是不知道！

康　六 我，唉！我得跟姑娘商量一下！

刘麻子 告诉你，过了这个村可没有这个店，耽误了事可别怨我！快去快来！

康　六 唉！我一会儿就回来！

刘麻子 我在这儿等着你！

康　六 （慢慢地走出去）

刘麻子 （凑到松二爷、常四爷这边来）乡下人真难办事，永远没有个痛痛快快！

松二爷 这号生意又不小吧？

刘麻子 也甜不到哪儿去，弄好了，赚个元宝！

常四爷 乡下是怎么了？会弄得这么卖儿卖女的！

刘麻子　谁知道！要不怎么说，就是条狗也得托生在北京城里嘛！

常四爷　刘爷，您可真有个狠劲儿，给拉拢这路事！

刘麻子　我要不分心，他们还许找不到买主呢！（忙岔话）松二爷（掏出个小时表来），您看这个！

松二爷　（接表）好体面的小表！

刘麻子　您听听，嘎登嘎登地响！

松二爷　（听）这得多少钱？

刘麻子　您爱吗？就让给您！一句话，五两银子！您玩够了，不爱再要了，我还照数退钱！东西真地道，传家的玩艺！

常四爷　我这儿正咂摸这个味儿：咱们一个人身上有多少洋玩艺儿啊！老刘，就看你身上吧：洋鼻烟，洋表，洋缎大衫，洋布裤褂……

刘麻子　洋东西可真是漂亮呢！我要是穿一身土布，像个乡下脑壳，谁还理我呀！

常四爷　我老觉乎着咱们的大缎子，川绸，更体面！

刘麻子　松二爷，留下这个表吧，这年月，戴着这么好的洋表，会教人另眼看待！是不是这么说，您哪？

松二爷　（真爱表，但又嫌贵）我……

刘麻子　您先戴几天，改日再给钱！

〔黄胖子进来。

黄胖子　（严重的沙眼，看不清楚，进门就请安）哥儿们，都瞧我啦！我请了！都是自家兄弟，别伤了和气呀！

王利发　这不是他们，他们在后院哪！

黄胖子　我看不大清楚啊！掌柜的，预备烂肉面，有我黄胖子，谁也打不起来！（往里走）

二德子　（出来迎接）两边已经见了面，您快来吧！

〔二德子同黄胖子入内。

〔茶房们一趟又一趟地往后面送茶水。老人进来，拿着些牙签、胡梳、耳挖勺之类的小东西，低着头慢慢地挨着茶座儿走；没人买他的东西。他要往后院去，被李三截住。

李　三　老大爷，您外边蹓蹓吧！后院里，人家正说和事呢，没人买您的东西！（顺手儿把剩茶递给老人一碗）

松二爷　（低声地）李三！（指后院）他们到底为了什么事，要这么拿刀动杖的？

李　三　（低声地）听说是为一只鸽子。张宅的鸽子飞到了李宅去，李宅不肯交还……唉，咱们还是少说话好，（问老人）老大爷您高寿啦？

老　人　（喝了茶）多谢！八十二了，没人管！这年月呀，人还不如一只鸽子呢！唉！（慢慢走出去）

〔秦仲义，穿得很讲究，满面春风，走进来。

王利发　哎哟！秦二爷，您怎么这样闲在，会想起下茶馆来了？也没带个底下人？

秦仲义　来看看，看看你这年轻小伙子会作生意不会！

王利发　唉，一边作一边学吧，指着这个吃饭嘛。谁叫我爸爸死的早，我不干不行啊！好在照顾主儿都是我父亲的老朋友，我有不周到的地方，都肯包涵，闭闭眼就过去了。在街面上混饭吃，人缘儿顶要紧。我按着我父亲遗留下的老办法，多说好话，多请安，讨人人的喜欢，就不会出大岔子！您坐下，我给您沏碗小叶茶去！

秦仲义　我不喝！也不坐着！

王利发　坐一坐！有您在我这儿坐坐，我脸上有光！

秦仲义　也好吧！（坐）可是，用不着奉承我！

王利发　李三，沏一碗高的来！二爷，府上都好？您的事情都顺心吧？

秦仲义　不怎么太好！

王利发　您怕什么呢？那么多的买卖，您的小手指头都比我的腰还粗！

唐铁嘴　（凑过来）这位爷好相貌，真是天庭饱满，地阁方圆，虽无宰相之权，而有陶朱之富！

秦仲义　躲开我！去！

王利发　先生，你喝够了茶，该外边活动活动去！（把唐铁嘴轻轻推开）

唐铁嘴　唉！（垂头走出去）

秦仲义　小王，这儿的房租是不是得往上提那么一提呢？当年你爸爸给我的那点租钱，还不够我喝茶用的呢！

王利发　二爷，您说的对，太对了！可是，这点小事用不着您分心，您派管事的来一趟，我跟他商量，该长多少租钱，我一定照办！是！嗻！

秦仲义　你这小子，比你爸爸还滑！哼，等着吧，早晚我把房子收回去！

王利发　您甭吓唬着我玩，我知道您多么照应我，心疼我，决不会叫我挑着大茶壶，到街上卖热茶去！

秦仲义　你等着瞧吧！

〔乡妇拉着个十来岁的小妞进来。小妞的头上插着一根草标。李三本想不许她们往前走，可是心中一难过，没管。她们俩慢慢地往里走。茶客们忽然都停止说笑，看着她们。

小　妞　（走到屋子中间，立住）妈，我饿！我饿！

〔乡妇呆视着小妞，忽然腿一软，坐在地上，掩面低泣。

秦仲义　（对王利发）轰出去！

王利发　是！出去吧，这里坐不住！

乡　妇　哪位行行好？要这个孩子，二两银子！

常四爷　李三，要两个烂肉面，带她们到门外吃去！

李　三　是啦！（过去对乡妇）起来，门口等着去，我给你们端面来！

乡　妇　（立起，抹泪往外走，好像忘了孩子；走了两步，又转回身来，搂住小妞吻她）宝贝！宝贝！

王利发　快着点吧！

〔乡妇、小妞走出去。李三随后端出两碗面去。

王利发　（过来）常四爷，您是积德行好，赏给她们面吃！可是，我告诉您：这路事儿太多了，太多了！谁也管不了！（对秦仲义）二爷，您看我说的对不对？

常四爷　（对松二爷）二爷，我看哪，大清国要完！

秦仲义　（老气横秋地）完不完，并不在乎有人给穷人们一碗面吃没有。小王，说真的，我真想收回这里的房子！

王利发　您别那么办哪，二爷！

秦仲义　我不但收回房子，而且把乡下的地，城里的买卖也都卖了！

王利发　那为什么呢？

秦仲义　把本钱拢在一块儿，开工厂！

王利发　开工厂？

秦仲义　（嗯），顶大顶大的工厂！那才救得了穷人，那才能抵制外货，那才能救国！（对王利发说而眼看着常四爷）唉，我跟你说这些干什么，你不懂！

王利发　您就专为别人，把财产都出手，不顾自己了吗？

秦仲义　你不懂！只有那么办，国家才能富强！好啦，我该走啦。我亲眼看见了，你的生意不错，你甭再要无赖，不长房钱！

王利发　您等等，我给您叫车去！

秦仲义　用不着，我愿意蹓跶蹓跶！

〔秦仲义往外走，王利发送。

……

茶客甲 （正与茶客乙下象棋）将！你完啦！

——幕落

选自《老舍文集》第 11 卷，人民文学出版社 1987 年版

【导读】

《茶馆》写于 1957 年，是老舍戏剧的代表作，也是当代话剧里程碑式的作品，从它诞生之日起，就成为北京人民艺术剧院的保留剧目。1980 年北京人艺远赴西欧，成功上演《茶馆》，被誉为“远东戏剧的奇迹”。西德曼姆剧院还为《茶馆》的演出升起五星红旗。1983 年，英语版《茶馆》在美国上演，大获成功，观众把《茶馆》誉为“中国的《推销员之死》”。《茶馆》以独特的东方文化韵味与艺术魅力享誉世界剧坛与文坛。

茶馆的主题是什么？普遍的看法是：三幕话剧《茶馆》表现了老北京裕泰茶馆在三个时代近半个世纪的变化，虽然时代不同，但特征相似：政治黑暗腐败，社会生活动荡不安，恶势力横行，老百姓处于水深火热之中，从而传达出“葬送三个时代”这一主题。也有的学者认为，与其说《茶馆》的主题是“葬送三个时代”，不如说《茶馆》的主题是凭吊被旧时代葬送的美好事物。《茶馆》以传统文化令人怀念的一个象征物——作为公共空间的茶馆——为凭吊对象，为老北京甚或人世间那些被时代风暴不分青红皂白地加以淘汰的美好生活方式唱一曲挽歌。至于长期以来盛传的、连老舍本人也附和的“葬送三个时代”说，从作者的用意看，是为了使作品能够被当时的主流文化艺术政策所认可接受；社会各界的评论之所以这么解释，是有意或无意地按照“歌颂—批判”的庸俗社会学阐释原则来进行政治上稳妥的“善意”解读的结果。（周光凡：《〈茶馆〉的主题真的是“葬送三个时代”吗》，《戏剧艺术》2005 年第 3 期）

《茶馆》的成就与其独特的艺术构思是分不开的。首先，对于十九世纪末到新中国成立前长达半个世纪的社会生活和历史变迁，《茶馆》显示出巨大的艺术概括力。老舍先生选择以北京城里名为裕泰的茶馆在三个时期（清末 1898 年初秋，戊戌变法失败后的清政府统治时期；1918 年袁世凯死后军阀混战时期；四十年代抗战胜利，内战爆发前夕的国民党统治时期）众多茶客的生活变迁，从“侧面”，从“小人物”的生活变迁的角度，来表现中国的社会变迁。因为“茶馆是三教九流会面之处，可以容纳各色人物。一个大茶馆就是一个小社会”，“我要把他们集中到一个茶馆里，用他们生活上的变迁来反映社会的变迁，不就侧面地透露出一些政治信息么？”

老裕泰茶馆是中国社会和中国历史的缩影，于茶馆这一小窗口见大千世界，具有极大的艺术概括力。

其次，《茶馆》塑造了众多个性鲜明的人物形象。老舍首先是以小说创作蜚声文坛的，曾经塑造过众多血肉丰满极具个性的人物形象。在谈到话剧创作时，他说“一个小说作者，在改行写戏的时候，有这个方便，尽管他不大懂舞台技巧，可是他会三笔两笔画出个人来。”《茶馆》中出场人物多达七十几人，有台词的仅主要人物就有近十人。在短短的篇幅中就能刻画出王利发、秦仲义、常四爷、松二爷、刘麻子、庞太监、马五爷、唐铁嘴等性格鲜明的人物形象，不能不说是一个奇迹。《茶馆》主要不是靠激烈的戏剧冲突来塑造人物形象，而是用“单纯个性化语言”，这些语言生动精练、活泼传神，性格化、有思想，剧中人物“话到人到”“开口就响”“三言两语就能勾画出一个人物形象的轮廓来”，充分显示出老舍先生的语言功力。

再次，《茶馆》戏剧结构独具匠心，被称为“老舍式戏剧结构”。全剧没有贯穿始终的戏剧冲突，三个时代三幕戏，三个生活横断面，如同连缀在一起的三幅老北京市井风俗画。在富有时代特征的舞台环境中各色人等纷纷上场，主要人物如王利发、常四爷、秦仲义等从始至终；次要人物父子相承，如刘麻子父子、宋恩子父子、吴祥子父子等，普通人物随来随去。《茶馆》虽然头绪繁多，但每一幕都有着中心人物事件，显得完整而严谨。另外，《茶馆》每一幕之前都安排了傻杨的一段快板数来宝，衔接起前后两幕戏，既起到介绍剧情的作用，又增强了戏剧的完整性。《茶馆》以三位老人撒纸钱自祭结束，打破了大团圆结尾的戏剧模式。

选读部分节选自第一幕，主要由唐铁嘴讨茶喝、马五爷喝止二德子打人、黄胖子调节鸽子事件、秦仲义谈房租、乡下人卖女、秦仲义常四爷论世道等零碎小事组成，展现出“戊戌变法”后那段反动、黑暗的历史画面。

【选评】

我曾对老舍先生说：“这第一幕是古今中外剧作中罕见的第一幕。”如此众多的人物，活灵活现，勾画出了戊戌政变后的整个中国的形象。这四十分钟的戏，也可以敷衍成几十万字的文章，而老舍先生举重若轻，毫不费力地把泰山般重的时代变化托到观众面前，这真是大师的手笔。(《曹禺全集》第五卷，花山文艺出版社1996年版，第301页)

【思考与讨论】

1. 关于《茶馆》的主题，有几种比较流行的说法：一是吴怀斌、曾广灿的“埋葬三个时代”说；二是周光凡“凭吊被旧时代葬送的美好事物”说；三是洪忠煌的“批判国民劣根性”说。也有学者认为老舍创作这部内容横跨半个世纪的作品，其文本本身在批判国民劣根性的同时，更多的则是从民族性格潜在的力量挖掘中，去寻找民族振兴的理想之路。你如何理解《茶馆》的主题，请谈谈自己的观点。

2.《茶馆》的语言、结构、人物塑造等方面都别具艺术特色，请结合具体内容谈谈你的理解。

【拓展与延伸】

老舍的话剧《茶馆》，其笔下渗透着浓郁的旧北京风情、历史感慨和人生百味，经过于是之、郑榕、蓝天野、黄宗洛、英若诚等一批卓有才华的艺术家精彩演绎，成为中国话剧舞台艺术的巅峰之作。1980 年，《茶馆》代表中国话剧第一次走出国门，被西方观众誉为“东方戏剧的奇迹”，为中国话剧赢得了世界声誉。请选择观看不同版本的《茶馆》，自选角度，写一篇1500 字左右的评论性文章。

老舍话剧中浓郁的“京味儿”对当代戏剧影视创作与表演有着深远影响。《小井胡同》(李龙云)、《天下第一楼》(何冀平)等就是比较成功的“京味”话剧。请选择观看，分析剧中的“京味”特色具体表现在哪些方面。

【推荐阅读】

1.《老舍剧作》，老舍著，傅光明选编，浙江文艺出版社 2003 年版。

2.《〈茶馆〉的舞台艺术》，刘章春主编，中国戏剧出版社 2007 年版。

第五单元

二十世纪八十年代以来的文学

【概述】1976年，“文革”结束，全国上下开展一系列的拨乱反正工作，提倡思想解放，进行经济改革，实施对外开放政策。八十年代末市场经济快速发展，社会急剧转型。文学观念、文学创作、文学的运营方式以及作家的社会文化地位都随之发生巨大变化。各种文学潮流、文学运动此起彼伏，作家的创作呈现多元化格局。

小说方面，“伤痕文学”是“文革”后最先出现的创作潮流，伤痕文学着力于控诉“四人帮”的罪行，揭示“文革”给人们造成的悲惨遭遇与历史创痛，代表作有卢新华的《伤痕》、刘心武的《班主任》等。“反思文学”出现时间稍晚，不同于“伤痕文学”饱含血泪的控诉和刻骨铭心的忏悔，追溯“文革”产生的根源是“反思文学”的特点，作品反映的生活时间跨度更长，思想内容更为深广，代表作有张一弓的《犯人李铜钟的故事》、高晓声的《李顺大造屋》、古华的《芙蓉镇》等。1982年前后，中国进行城乡改革，反映改革的伟大与艰难以及改革过程中的矛盾与问题、塑造改革家形象的“改革文学”应运而生。另外，还出现了现代派文学、市井风俗小说等，汪曾祺的《受戒》《大淖记事》等小说则被作为乡土文化小说的代表。1985年前后出现了“寻根文学”热潮，代表作有王安忆的《小鲍庄》，韩少功的《爸爸爸》《女女女》，张承志的《骑手为什么歌唱母亲》《黑骏马》，阿城的《棋王》《孩子王》《树王》等，寻根文学关注人类生命本体和生存方式，力图从民族文化和大自然中寻求精神力量，以达到对当代生存困境的解脱和超越。八十年代中期开始，文坛上出现了一批先锋小说，代表作有马原的《冈底斯的诱惑》，残雪的《山上的小屋》，余华的《现实一种》，苏童的《一九三四年的逃亡》等。先锋小说的共同特征是提倡回到文学本身，注重语言实验，注重作品的形式感，强调“怎么写”比“写什么”更重要。八十年代中后期，出现了新写实小说，代表作有刘恒的《狗日的粮食》《伏羲伏羲》，方方的《风景》，刘震云的《单位》等，新写实小说改变了传统的写实观念，注重现实生活原生态的还原，体现了一种过去中国文学少有的生存意识，以“零度情感”介入的写作姿态，淡化作者的主观倾向性。1986年，莫言的中篇小说《红高粱》发表，被认为是新历史小说诞生的标志。新历史小说以个人化的立场重写历史，尽可能地凸显出历史的本来面目，力图破除政治权力观念对历史的图解。新历史小说代表作还有张炜的《古船》、周梅森的《大捷》等。八十年代末，在市场运作方式的制约下，出现了一大批具有俗文学特点和商业化倾向的世俗小说，比如王朔小说系列。

“文革”结束后的诗坛，有重新获得写作权利的“归来者”，以老诗人艾青为代表；有在“文革”期间进行地下写作，“文革”后浮出地表的“今天派”，以北岛、顾城、舒婷为代表，他们的诗歌被称为“朦胧诗”，代表作有北岛的《回答》，舒婷的《致橡树》，顾城的《一代人》等。八十年代中期以后，有一个被称为后新诗潮的诗人群，取得较高成就的是海子、于坚等。

八十年代以来的散文创作，巴金、杨绛、黄裳、陈白尘等重返文坛后创作的《随想录》《干校六记》《珠还记幸》《云梦断忆》等，通过个人在“文革”中的经历，展现了现代知识分子的情怀。冰心、孙犁、汪曾祺、贾平凹、周涛、余秋雨、张承志、史铁生、王小波等作家也创作出了极富个人魅力的散文佳作。

戏剧在继承现实主义的同时，进行多方面的探索。沙叶新的《陈毅市长》、高行健的《绝对信号》《车站》、刘锦云的《狗儿爷涅槃》、朱晓平等人共同创作的《桑树坪纪事》等都是这一时期的优秀之作，为中国当代戏剧的发展拓宽了道路。

汪曾祺

汪曾祺

【简介】汪曾祺（1920～1997），江苏高邮人。1939年考入西南联大中文系，师从沈从文并深受其影响，1940年开始发表小说。大学毕业后曾在昆明、上海等地担任中学教员和历史博物馆职员，1946年起在《文学杂志》等刊物上发表短篇小说《复仇》《鸡鸭名家》等，引起文坛注目。1950年后在北京文联、中国民间文学研究会工作，编辑《北京文艺》和《民间文学》等刊物。1958年被错划为“右派”，下放到张家口农业研究所，1962年调北京京剧团任编剧，“文革”中参与样板戏《沙家浜》的定稿。八十年代写了许多描写民国时代风俗人性的小说，其中《受戒》《大淖记事》《异秉》受到人们关注，得到很高的赞誉，之后出版了《汪曾祺短篇小说选》《寂寞与温暖》《晚饭花集》等。

汪曾祺善于以散文笔调写小说，描写家乡高邮五行八作的见闻和风土人情、民风习俗，富有地方色彩，作品在疏放中透着凝重，于平淡中显出奇崛。他的小说被视为“京派”文学传统在当代的“复活”，也被一些评论家誉为“另类小说”。

受 戒（节选）

小英子早早就把船划到荸荠庵门前。不知是什么道理，她兴奋得很。她充满了好奇心，想去看看善因寺这座大庙，看看受戒是个啥样子。

善因寺是全县第一大庙，在东门外，面临一条水很深的护城河，三面都是大树，寺在树林子里，远处只能隐隐约约看到一点金碧辉煌的屋顶，不知道有多大。树上到处挂着“谨防恶犬”的牌子。这寺里的狗出名的厉害。平常不大有人进去。放戒期间，任人游看，恶狗都锁起来了。

好大一座庙！庙门的门槛比小英子的胯膝都高。迎门矗着两块大牌，一边一块，一块写着斗大两个大字：“放戒”，一块是：“禁止喧哗”。这庙里果然是气象庄严，到了这里谁也不敢大声咳嗽。明海自去报名办事，小英子就到处看看。好家伙，这哼哈二将、四大天王，有三丈多高，都是簇新的，才装修了不久。天井有二亩地大，铺着青石，种着苍松翠柏。“大雄宝殿”，这才真是个“大殿”！一进去，凉飕飕的。到处都是金光耀眼。释迦牟尼佛坐在一个莲花座上，单是莲座，就比小英子还高。抬起头来也看不全他的脸，只看到一个微微闭着的嘴唇和胖墩墩的下巴。两边的两根大红蜡烛，一搂多粗。佛像前的大供桌上供着鲜花、绒花、绢花，还有珊瑚树，玉如意、整根的大象牙。香炉里烧着檀香。小英子出了庙，闻着自己的衣服都是香的。挂了好些幡。这些幡不知是什么缎子的，那么厚重，绣的花真细。这么大一口磬，里头能装五担水！这么大一个木鱼，有一头牛大，漆得通红的。她又去转了转罗汉堂，爬到千佛楼上看了看。真有一千个小佛！她还跟着一些人去看了看藏经楼。藏经楼没有什么看头，都是经书！妈吔！逛了这么一圈，腿都酸了。小英子想起还要给家里打油，替姐姐配丝线，给娘买鞋面布，给自己买两个坠围裙飘带的银蝴蝶，给爹买旱烟，就出庙了。

等把事情办齐，晌午了。她又到庙里看了看，和尚正在吃粥。好大一个“膳堂”，坐得下八百个和尚。吃粥也有这样多讲究：正面法座上摆着两个锡胆瓶，里面插着红绒花，后面盘膝坐着一个穿了大红满金绣袈裟的和尚，手里拿了戒尺。这戒尺是要打人的。哪个和尚吃粥吃出了声音，他下来就是一戒尺。不过他并不真的打人，只是做个样子。真稀奇，那么多的和尚吃粥，竟然不出一点声音！他看见明子也坐在里面，想跟他打个招呼又不好打。想了想，管他禁止不禁止喧哗，就大声喊了一句：“我走啦！”她看见明子目不斜视地微微点了点头，就不管很多人都朝自己看，大摇大摆地走了。

第四天一大清早小英子就去看明子。她知道明子受戒是第三天半夜，——烧戒疤是不许人看的。她知道要请老剃头师傅剃头，要剃得横摸顺摸都摸不出头发茬子，要不然一烧，就会“走”了戒，烧成了一片。她知道是用枣泥子先点在头皮上，然后用香头子点着。她知道烧了戒疤就喝一碗蘑菇汤，让它“发”，还不能躺下，要不停地走动，叫做“散戒”。这些都是明子告诉她的。明子是听舅舅说的。

她一看，和尚真在那里“散戒”，在城墙根底下的荒地里。一个一个，穿了新海青，光光的头皮上都有十二个黑点子。——这黑疤掉了，才会露出白白的、圆圆的“戒疤”。和尚都笑嘻嘻的，好像很高兴。她一眼就看见了明子。隔着一条护城河，就喊他：

“明子！”

“小英子！”

“你受了戒啦？”

“受了。”

“疼吗？”

“疼。”

“现在还疼吗？”

“现在疼过去了。”

“你哪天回去？”

“后天。”

“上午？下午？”

“下午。”

“我来接你！”

“好！”

……

小英子把明海接上船。

小英子这天穿了一件细白夏布上衣，下边是黑洋纱的裤子，赤脚穿了一双龙须草的细草鞋，头上一边插着一朵栀子花，一边插着一朵石榴花。她看见明子穿了新海青，里面露出短褂子的白领子，就说：“把你那外面的一件脱了，你不热呀！”

他们一人一把桨。小英子在中舱，明子扳艄，在船尾。

她一路问了明子很多话，好像一年没有看见了。

她问，烧戒疤的时候，有人哭吗？喊吗？

明子说，没有人哭，只是不住地念佛。有个山东和尚骂人：“俺日你奶奶！俺不烧了！”

她问善因寺的方丈石桥是相貌和声音都很出众吗？

“是的。”

“说他的方丈比小姐的绣房还讲究？”

“讲究。什么东西都是绣花的。”

“他屋里很香？”

“很香。他烧的是伽楠香，贵得很。”

“听说他会做诗，会画画，会写字？”

“会。庙里走廊两头的砖额上，都刻着他写的大字。”

“他是有个小老婆吗？”

“有一个。”

“才十九岁？”

“听说。”

“好看吗？”

“都说好看。”

“你没看见？”

“我怎么会看见？我关在庙里。”

明子告诉她，善因寺一个老和尚告诉他，寺里有意选他当沙弥尾，不过还没有定，要等主事的和尚商议。

“什么叫‘沙弥尾’？”

“放一堂戒，要选出一个沙弥头，一个沙弥尾。沙弥头要老成，要会念很多经。沙弥尾要年轻，聪明，相貌好。”

“当了沙弥尾跟别的和尚有什么不同？”

“沙弥头，沙弥尾，将来都能当方丈。现在的方丈退居了，就当。石桥原来就是沙弥尾。”

“你当沙弥尾吗？”

“还不一定哪。”

“你当方丈，管善因寺？管这么大一个庙？！”

“还早呐！”

划了一气，小英子说：“你不要当方丈！”

“好，不当。”

“你也不要当沙弥尾！”

“好，不当。”

又划了一气，看见那一片芦花荡子了。

小英子忽然把桨放下，走到船尾，趴在明子的耳朵旁边，小声地说：

“我给你当老婆，你要不要？”

明子眼睛鼓得大大的。

“你说话呀！”

明子说：“嗯。”

“什么叫‘嗯’呀！要不要，要不要？”

明子大声地说：“要！”

“你喊什么！”

明子小小声说：“要——！”

“快点划！”

英子跳到中舱，两只桨飞快地划起来，划进了芦花荡。

芦花才吐新穗。紫灰色的芦穗，发着银光，软软的，滑溜溜的，像一串丝线。有的地方结了蒲棒，通红的，像一支一支小蜡烛。青浮萍，紫浮萍。长脚蚊子，水蜘蛛。野菱角开着四瓣的小白花。惊起一只青桩（一种水鸟），擦着芦穗，扑鲁鲁鲁飞远了。

…………

一九八〇年八月十二日，写四十三年前的一个梦。

选自《受戒》，《汪曾祺全集》（小说卷），北京师范大学出版社 1998 年版

【导读】

《受戒》发表于《北京文学》1980年第10期，获1980年度“《北京文学》奖”，是汪曾祺最主要的代表小说作之一。《受戒》的发表，使20世纪80年代初还未从“伤痕”中走出来的人们，惊异地发现汪曾祺小说的另类风格和别样情趣，小说所展示的散文化的艺术风格完全与众不同，让读过小说的人们都不禁讶异“原来小说还可以这样写”。

小说以明丽动人的笔调描写了一段少男少女——明海和小英子的纯真爱情，为读者展现了一个独特的“法外之地”——荸荠庵。荸荠庵是小说描写的主要环境，小说一开头，就交代了充满童趣的“荸荠庵”名称的来历，作者用“荸荠”这个世俗、卑微、充满泥土气息的意象，冲洗掉佛教圣地的神秘、禁忌、阴冷。明海当和尚，没有一丝宗教原因，纯粹是为了寻一条生路。这里的领袖不叫方丈或住持，而叫“当家的”。当家的大师父仁山即明海的舅舅，他的主要任务是料理三种账务：经账、租账、债账，类似账房先生。二师父仁海是有家眷的人。三师父仁渡聪明、漂亮、充满活力。平常日子，各路生意人甚至偷鸡摸狗之徒常来庵里打牌聊天，佛寺净土几乎成了娱乐场。逢年过节他们也杀猪吃肉，“杀猪就在大殿上。一切都和在家一样。”庵里唯一显得干枯冷寂的人——老师叔普照，也以给即将升天之猪念“往生咒”的方式参与这项杀生活动。总之，“这个庵里无所谓清规，连这两个字也没人提起。”和尚可以唱情歌，娶媳妇，像常人一样追求人情、追求爱。由此可见，小说通过“受戒”的描写，想要表现的却是“不受戒”的人生理想。

主人公小和尚明海和小英子之间，本是天真无邪的孩提情谊，后来慢慢发展为纯洁真挚的爱情，在汪曾祺的笔下，明海聪明、善良、纯朴，小英子天真、美丽、多情，他们之间朦胧的异性情感，呈现出浪漫的、纯真的色彩，在人生的旅程中奏出了一曲优美的旋律，作品充满了人情味和健康的人性美。然而作家最后却申明，《受戒》是“写四十三年前的一个梦”，这意味着他笔下的一切只是表达了一种希望，一种向往，一种对自由、健康的现实的人性和人情的肯定和赞美，从这个意义上讲，这篇小说是对中国历史和现实中那些束缚人性、限制自由的生活和文化传统的否定和批判。

小说在艺术表现上最大特色是洒脱自如的散文笔法。首先，在结构上，《受戒》不像中国传统小说那样讲究故事的有头有尾，注重故事情节，而是剪取了几个生活片断：如明海出家、赴荸荠庵途中、荸荠庵和尚的生活情景、明海和小英子一家的交往、善因寺受戒等，作者将这些看似独立、散漫却富有特定情韵的生活片断连缀组合，构成了一种明净淡远的格调和韵致；其次，在人物塑造上，小说着意于捕捉人物心灵外化的神情、动作、话语，以极其简练传神的笔墨揭示人物的感情世界，勾勒人物的音容笑貌。第三，“留白”也是小说散文笔法的重要特征，如结尾短短几句看起来精工细描，但它明显安置了“意义空白”。富有暗示性的结尾，把两个小主人公的纯情融化在一片生机盎然的自然物中：才吐穗的芦花，像小蜡烛似的通红的蒲棒，惊飞的水鸟……这一切都包含在“空白”丰富的意蕴里，驱使读者去想象、去填补。《受戒》的语言是洗练圆润的现代汉语，行文如行云流水，潇洒自然中自有法度。

本书节选部分，主要叙述了明海受戒的过程，以及明海与小英子天真纯朴朦胧的爱情，展现了南方水乡人们自由自在、率性自然、不受约束的风土习俗和人情之美。

【选评】

汪曾祺是一个古典主义类型的作家，他的美学观带有明清文人静穆、重性灵的特点。他不属于传统的言志派，也缺少古代文人的忧患感，他的作品仿佛是道家哲学的显现。在文学的天地里，他处处体现了对“超乎形象”的“无名”世界的感悟。汪曾祺笔下的一些主人公的心灵往往不受尘世诸种观念的干扰，他们的人生乐趣是脱离了外界事物的约束的。在和平的、无为之中，他们享受到了精神的绝对与永恒之美。（孙郁：《汪曾祺的魅力》，《当代作家评论》1990年第6期）

【思考与讨论】

1. 汪曾祺对小说语言的美有着自觉的追求，他说："语言是小说的本体，不是外部的，不只是形式……语言具有文化性。作品的语言映照出作者的全部文化修养。"（汪曾祺：《自报家门》，《汪曾祺全集》第四卷，北京师范大学出版社1998年版，第292页）请以《受戒》为例，谈谈汪曾祺小说的语言魅力。

2. 关于《受戒》中和尚喝酒、赌博、娶妻，特别是过年杀猪吃肉，杀之前神情庄重地给猪念经的描写，有人认为这是反对清规戒律，讴歌世俗而又健康的人生。但也有人认为汪曾祺以极为欣赏的态度叙述这种"做戏"的民族习性与"吃教"的民间行为，是对"五四"启蒙精神的一种偏离，是精神状态上的下移和倒退。（《中国当代文学史新稿》，董健、丁帆、王彬彬主编，人民文学出版社2005年8月版，第449页）你认同哪种观点？请谈谈自己的看法。

【拓展与延伸】

1. 汪曾祺认为："散文诗和小说的分界处只有一道篱笆，并无墙壁。"（《〈晚饭花集〉自序》）请结合《受戒》等作品，写一篇研究性文章，谈谈汪曾祺小说的散文化特征。

2. 在谈到自己的创作时，沈从文说："我只想造希腊小庙。……这神庙供奉的是人性。"作为沈从文的得意门生，汪曾祺深受其影响，在谈到《受戒》时，他说："我写的是美，是健康的人性。美，人性，是任何时候都需要的。"（汪曾祺：《关于〈受戒〉》，《汪曾祺文集·文论卷》，陆建华主编，江苏文艺出版社1993年版，第228页）请结合具体作品，谈谈汪曾祺对沈从文文学精神的继承。

【推荐阅读】

1.《汪曾祺小说经典》，汪曾祺著，人民文学出版社2005年版。

2.《人间草木》，汪曾祺著，傅光明选编，江苏文艺出版社2005年版。

阿　城

【简介】阿城，原名钟阿城，祖籍重庆江津，1949年出生于北京。"文革"时期中断学业，1968年到山西插队，开始与绘画结缘，后又辗转至内蒙古、云南。

阿城

1979年回到北京，曾担任编辑等工作。1984年发表中篇小说《棋王》，引起广泛关注。此后《树王》《孩子王》（与《棋王》并称“三王”）、理论文章《文化制约着人类》以及散文化的系列小说《遍地风流》相继问世。九十年代后旅居美国，主要写作随笔和散文。他也曾担任过数部电影的编剧，以及威尼斯电影节的评委。

阿城的小说在日常化的平实叙述中保持对传统文化的自觉的认同，作品风格平实质朴，表现出对人类生命与生存方式的关注，并寄寓着哲学性思考与探讨。

棋　王（节选）

棋开始了。上千人不再出声儿。只有自愿服务的人一会儿紧一会儿慢地用话传出棋步，外边儿自愿服务的人就变动着棋子儿。风吹得八张大纸哗哗地响，棋子儿荡来荡去。太阳斜斜地照在一切上，烧得耀眼。前几十排的人都坐下了，仰起头看，后面的人也挤得紧紧的，一个个土眉土眼，头发长长短短吹得飘，再没人动一下，似乎都把命放在棋里搏。

我心里忽然有一种很古的东西涌上来，喉咙紧紧地往上走。读过的书，有的近了，有的远了，模糊了。平时十分佩服的项羽、刘邦都目瞪口呆，倒是尸横遍野的那些黑脸士兵，从地下爬起来，哑了喉咙，慢慢移动。一个樵夫，提了斧在野唱。忽然又仿佛见了呆子的母亲，用一双弱手一张一张地折书页。

我不由伸手到王一生书包里去掏摸，捏到一个小布包儿，拽出来一看，是个旧蓝斜纹布的小口袋，上面绣了一只蝙蝠，布的四边儿都用线做了圈口，针脚很是细密。取出一个棋子，确实很小，在太阳底下竟是半透明的，像是一只眼睛，正柔和地瞧着。我把它攥在手里。

太阳终于落下去，立即爽快了。人们仍在看着，但议论起来。里边儿传出一句王一生的棋步，外面的人就嚷动一下。专有几个人骑车为在家的冠军传送着棋步，大家就不太客气，笑话起来。

我又进去，看见脚卵很高兴的样子，心里就松开一些，问：“怎么样？我不懂棋。”脚卵抹一抹头发，说：“蛮好，蛮好。这种阵式，我从来也没有见过，你想想看，九个人与他一个人，九局连环！车轮大战！我要写信给我的父亲，把这次的棋谱都寄给他。”这时有两个人从各自的棋盘前站起来，朝着王一生鞠躬，说：“甘拜下风。”就捏着手出去了。王一生点点头儿，看了他们的位置一眼。

王一生的姿势没有变，仍旧是双手扶膝，眼平视着，像是望着极远极远的远处，又像是盯着极近的近处，瘦瘦的肩挑着宽大的衣服，土没拍干净，东一块儿，西一块儿。喉结许久才动一下。我第一次承认象棋也是运动，而且是马拉松，是多一倍的马拉松！我在学校时，参加过长跑，开始后的五百米，确实极累，但过了一个限度，就像不是在用脑子跑，而像一架无人驾驶飞机，又像是一架到了高度的滑翔机只管滑翔下去。可这象棋，始终是处在一种机敏的运动之中，兜捕对手，逼向死角，不能疏忽。我忽然担心起王一生的身体来。这几天，大家因为钱紧，不敢怎么吃，晚上睡得又晚，谁也没想到会有这么一个场面。看着王一生稳稳地坐在那里，我又替他睹一口气：死顶吧！我们在山上扛木料，两个人一根，不管路不是路，沟不是沟，也得咬牙，死活不能放手。谁若是顶不住软了，自己伤了不说，另一个也得被木头震得吐血。可这回是王一生一个人过沟坎儿，我们帮不上忙。我找了点儿凉水来，悄悄走近他，在他跟前一挡，他抖了一下，眼睛刀子似的看了我一下，一会儿才认出是我，就干干地笑了一下。我指指水碗，他接过去，正要喝，一个局号报了棋步。他把碗高高地平端着，水纹丝儿不动。他看着碗边儿，回报了棋步，就把碗缓缓凑到嘴边儿。这时下一个局号又报了棋步，他把嘴定在碗边儿，半晌，回报了棋步，才咽一口水下去，“咕”的一声儿，声音大得可怕，眼里有了泪花。他把碗递过来，眼睛望望我，有一种说不出的东西在里面游动，嘴角儿缓缓流下一滴水，把下巴和脖子上的土冲开一道沟儿。我又把碗递过去，他竖起手掌止住我，回到他的世界里去了。

我出来，天已黑了。有山民打着松枝火把，有人用手电筒照着，黄乎乎的，一团明亮。大约是地区的各种单位下班了，人更多了。狗也在人前蹲着，看人挂动棋子，眼神凄凄的，像是在担忧。几个同来的队上知青，各被人围了打听。不一会儿，“王一生”、“棋呆子”、“是个知青”、“棋是道家的棋”，就在人们嘴上传。我有些发噱，本想到人群里说说，但又止住了，随人们传吧，我开始高兴起来。这时墙上只有三局在下了。

忽然人群发一声喊。我回头一看，原来只剩了一盘，恰是与冠军的那一盘。盘上只有不多几个子儿。王一生的黑子儿远远近近地峙在对方棋营格里，后方老帅稳稳地待着，尚有一“士”伴着，好像帝王与近侍在聊天儿，等着前方将士得胜回朝；又似乎隐隐看见有人在伺候酒宴，点起尺把长的红蜡烛，有人在悄悄地调整管弦，单等有人跪奏捷报，鼓乐齐鸣。我的肚子拖长了音儿在响，脚下觉得软了，就拣个地方坐下，仰头看最后的围猎，生怕有什么差池。

红子儿半天不动，大家不耐烦了，纷纷看骑车的人来没有，嗡嗡地响成一片。忽然人群乱起来，纷纷闪开。只见一老者，精光头皮，由旁人搀着，慢慢走出来，嘴嚼动着，上上下下看着八张定局残子。众人纷纷传着，这就是本届地区冠军，是这个山区的一个世家后人，这次“出山”玩玩儿棋，不想就夺了头把交椅，评了这次比赛的大势，直叹棋道不兴。老者看完了棋，轻轻抻一抻衣衫，跺一跺土，昂了头，由人搀进棋场。众人都一拥而起。我急忙抢进了大门，跟在后面。只见老者进了大门，立定，往前看去。

王一生孤身一人坐在大屋子中央，瞪眼看着我们，双手支在膝上，铁铸一个细树桩，似无所见，似无所闻。高高的一盏电灯，暗暗地照在他脸上眼睛深陷进去，黑黑的似俯视大千世界，茫茫宇宙。那生命像聚在一头乱发中，久久不散，又慢慢弥漫开来，灼得人脸热。

众人都呆了，都不说话。外面传了半天，眼前却是一个瘦小黑鬼，静静地坐着，众人都不禁吸了一口凉气。

半晌，老者咳嗽一下，底气很足，十分洪亮，在屋里荡来荡去。王一生忽然目光短了，发觉了众人，轻轻地挣了一下，却动不了。老者推开搀的人，向前迈了几步，立定，双手合在腹前摩挲了一下，朗声叫道：“后生，老朽身有不便，不能亲赴沙场。命人传棋，实出无奈。你小小年纪，就有这般棋道，我看了，汇道禅于一炉，神机妙算，先声有势，后发制人，遣龙治水，气贯阴阳，古今儒将，不过如此。老朽有幸与你接手，感触不少，中华棋道，毕竟不颓，愿与你做个忘年之交。老朽这盘棋下到这里，权做赏玩，不知你可愿意平手言和，给老朽一点面子？”

王一生再挣了一下，仍起不来。我和脚卵急忙过去，托住他的腋下，提他起来。他的腿仍是坐着的样子，直不了，半空悬着。我感到手里好像只有几斤的分量，就暗示脚卵把王一生放下，用手去揉他的双腿。大家都拥过来，老者摇头叹息着。脚卵用大手在王一生身上，脸上，脖子上缓缓地用力揉。半晌，王一生的身子软下来，靠在我们手上，喉咙嘶嘶地响着，慢慢把嘴张开，又合上，再张开，“啊啊”着。很久，才呜呜地说：“和了吧。”

老者很感动的样子，说：“今晚你是不是就在我那儿歇了？养息两天，我们谈谈棋？”王一生摇摇头，轻轻地说：“不了，我还有朋友。大家一起来的，还是大家在一起吧。我们到、到文化馆去，那里有个朋友。”画家就在人丛里喊：“走吧，到我那里去，我已经买好了吃的，你们几个一起去。真不容易啊。”大家慢慢拥了我们出来，火把一团儿照着。山民和地区的人层层团了，争睹棋王风采，又都点头儿叹息。

我搀了王一生慢慢走，光亮一直随着。进了文化馆，到了画家的屋子，虽然有人帮着劝散，窗上还是挤满了人，慌得画家急忙把一些画儿藏了。

人渐渐散了，王一生还有一些木。我忽然觉出左手还攥着那个棋子，就张了手给王一生看。王一生呆呆地盯着，似乎不认得，可喉咙里就有了响声，猛然“哇”地一声儿吐出一些黏液，呜呜地说：“妈，儿今天……妈——”大家都有些酸，扫了地下，打来水，劝了。王一生哭过，滞气调理过来，有了精神，就一起吃饭。画家竟喝得大醉，也不管大家，一个人倒在木床上睡去。电工领了我们，脚卵也跟着，一齐到礼堂台上去睡。

夜黑黑的，伸手不见五指。王一生已经睡死。我却还似乎耳边人声嚷动，眼前火把通明，山民们铁了脸，肩着柴火在林中走，咿咿呀呀地唱。我笑起来，想：不做俗人，哪儿会知道这般乐趣？家破人亡，平了头每日荷锄，却自有真人生在里面，识到了，即是幸，即是福。衣食是本，自有人类，就是每日在忙这个。可囿在其中，终于还不太像人。倦意渐渐上来，就拥了幕布，沉沉睡去。

选自《棋王 树王 孩子王》，阿城著，人民文学出版社 2013 年版

【导读】

《棋王》讲述了“棋呆子”王一生在下棋中成长的故事。小说采取了第一人称的叙事视角，通过“我”的眼睛看王一生。小说一开篇就由“我”与王一生在知青上山下乡插队的火车上的相识，引出王一生与棋的渊源。一个偶然的机会，王一生帮母亲给印刷厂叠书页子，叠的恰好是一本讲象棋的书，他从此就迷上了象棋。王一生家贫，生活非常艰苦，吃不饱穿不暖，尤其是饥饿给他带来了很焦灼的情绪体验。下棋是他缓解精神压力的重要途径——“何以解不痛快，唯有下棋”。他沉浸在棋的世界中，摈弃了各种外界的纷扰，享受精神的自由驰骋，“一下棋，就什么都忘了。呆在棋里舒服。”正是由于对棋的痴迷，他还得了一个外号“棋呆子”。后来，他得到了一个捡破烂老头的指点，不仅提高了他的棋艺，还告诉他“为棋不为生”的道理。“为棋”就是“养性”，“养性”即保持从容安宁的内心，预享精神领域的自由；“为生”就是物质层面的生存。“所以生不可太盛。”对物质生存的执著会影响自由心灵的保持。这个时候的王一生还远未达到这个境界，在物质极为匮乏的前提下，“一天不吃饭，棋路都乱。”他的母亲说：“下棋下得好，还当饭吃了？”“棋道”与“生道”产生了冲突。

下放到各自的农场后，吃喝基本不愁了。但是“我”和王一生都普遍感到更加的不满足，而这些使我们不满足的东西都是些超越了基准线之上的可有可无的东西："我"渴望书和电影，而王一生仍然痴迷象棋。王一生请了事假，到处找人下棋。经过"我"的引荐，他结识了棋坛世家的后代倪斌，两人成为挚友。倪斌建议王一生参加地区运动会的棋类比赛，但是到比赛开始，都没有看到王一生的影子。原来是分场认为他表现不好，不准他参加比赛。倪斌以家传的明朝乌木棋为自己换取了调动工作的机会，也为王一生争取到了比赛的资格。但是王一生拒绝参赛，他不愿意被人戳脊梁骨。赛后，王一生主动找到象棋比赛的第二、三名，要与他们同时下盲棋。一时吸引了上千人围观，众多高手跃跃欲试，九大高手都参加到这次连环车轮大战中。王一生以一敌九，最后，运动会冠军——一名老者亲自来到现场求和，大赞王一生棋艺高超。在这场大战中，王一生以一人之力，同时驰骋在九个硝烟弥漫的战场上，完全摈弃了外界的干扰，达到了精神领域的自由驰骋，从而成为真正的棋王。小说结尾处，作者通过"我"之口对王一生的人生进行了总结："衣食是本，自有人类，就是每日在忙这个。可囿于其中，终于还不太像人。"作者告诉我们，虽然物质是生存之本，但是人的精神追求与满足也是必不可少的，这是人与动物的本质区别。

《棋王》是寻根文学潮流中的代表性作品，塑造了主人公王一生超脱世俗的精神世界以及人格品性。他与世无争，不为世俗的功名利禄牵绊。无论外在环境怎样纷扰变换，他都可以保持从容淡然的心境，拥有旺盛而饱满的生命力："那生命像聚在一头乱发中，久久不散，又慢慢弥漫开来，灼得人脸热。"小说体现出传统文化道家思想的精神气韵。《棋王》与对"文革"这段历史的主流书写不同，它淡化了时代色彩以及政治色彩。在情感的抒发上，也与"伤痕""反思"类题材的呼号、控诉不同，语气平和，心态舒缓，娓娓道来。风格平实，意蕴深远。

《棋王》共四个部分，本节选取的是第四个部分。这一部分是全书的高潮，也是结局。王一生与九大高手进行决战，作者用"横尸遍野""将士得胜回朝"等战争性词语来描绘这场象棋之战的激烈程度；用"一头一脸都是土""像是被传讯的歹人""瘦脸又干又脏""鼻沟也黑了""把手放在两条腿上，眼睛虚望着"等语句描绘王一生全神贯注投入象棋大战之中的神态，貌似"丑化"人物形象，实则非常符合其自身的气质。

【选评】

谈及一句禅语：说出来的就不是禅。阿城的小说，特别是他沉潜多年后再度创作的《棋王》，其中那种由"静""明"而产生的近"虚"的境界，便接近了"冲淡以致远"的禅境。作品构造了三重世界：王一生行动的世界，"我"（小说中的我）眼中所见到的世界及文本的叙述者无动于衷的令人难以判断的精神世界。这三个世界都没有显示出任何的感情色彩，只是作为客观地印证对方的世界而存在而已。这种“以物观物”的写法放弃一般的创作思维方法——情感的对象化，而是尽量淡化主体的情感，使得主体的情感意向晦暗不明：恍惚中有物，恍惚中有意，恍惚中有情。对情感和价值判断的遮蔽，甚至取消这种意向活动，存在本身就会进入澄明之境，让读者感到它的存在。（潘文峰：《论阿城小说的启示》，《文学评论》2007 年第 3 期）

【思考与讨论】

1.《棋王》中王一生形象具有怎样的文化意蕴？请谈谈你的理解。

2. 以《棋王》为例，谈谈“寻根文学”的特点。

【拓展与延伸】

1. 阿城的小说《孩子王》被陈凯歌改编为同名电影，被很多人认为是陈凯歌八十年代最好的一部作品。从原著到电影发生了较大的变化，请比较分析。

2.“寻根文学”是八十年代改革开放之后，一些作家面对咄咄逼人的西方现代、后现代文化思潮的回应，他们认为，文学只有扎根于独一无二的本土传统才能在世界文坛发出自己的声音。一些“寻根文学”的骨干作家激烈地批判鲁迅、陈独秀等“五四”先驱者的反传统姿态。查阅相关资料，了解“五四”与八十年代的文化语境，阐述你对这一现象的看法。

3. 张承志的《黑骏马》、韩少功的《爸爸爸》、王安忆的《小鲍庄》都是“寻根文学”代表作，结合作品的时代背景，分析其主题意蕴。

【推荐阅读】

1.《棋王·树王·孩子王》，阿城著，人民文学出版社 2013 年版。

2.《黑骏马》，张承志著，人民文学出版社 2014 年版。

3.《八十年代访谈录》，查建英编，生活·读书·新知三联书店 2006 年版。

莫　言

【简介】莫言，原名管谟业，1956 年生于山东高密。小学五年级辍学，回家务农近十年。18 岁时到县棉油厂干临时工。1976 年入伍，1981 年发表处女作《春夜雨霏霏》，1984 年考入解放军艺术学院文学系。1985 年发表短篇小说《透明的红萝卜》，引起文坛注意。1986 年中篇小说《红高粱》发表于《人民文学》第 3 期，反响强烈，获 1985 ～ 1986 年全国优秀中篇小说奖，后来与《高粱酒》《狗道》《高

莫言

梁殡》《狗皮》《奇死》组合成长篇小说《红高粱家族》，至今已被译成英、法、德、日等十几种文字，在世界范围内广泛流传。九十年代以后创作出版有长篇小说《丰乳肥臀》《檀香刑》《生死疲劳》等。2011 年 8 月，莫言小说《蛙》获第八届茅盾文学奖。2012 年 10 月 11 日，莫言获得 2012 年诺贝尔文学奖，成为首位获得此奖项的中国籍作家。

莫言的小说多以高密东北乡为背景，他将满腔的热情倾注到广袤的乡村世界，表达了丰富的故乡情感。莫言对历史、乡村的讲述也不同于传统的历史小说，诺贝尔文学奖在颁奖词中将莫言的创作特色称为“魔幻般的现实主义”，这一评价也揭示了其创作中的“先锋”色彩。莫言作品中天马行空的叙述，儿童视角等陌生化手段的运用，营造了一个缤纷斑斓的主观感觉世界，一个流光溢彩、生机勃勃、野性十足的传奇乡村。

红高粱（节选）

奶奶躺着，沐浴着高粱地里清丽的温暖，她感到自己轻捷如燕，贴着高粱穗子潇洒地滑行。那些走马转蓬般的图像运动减缓，单扁郎、单廷秀、曾外祖父、曾外祖母、罗汉大爷……多少仇视的、感激的、凶残的、敦厚的面容都已经出现过又都消逝了。奶奶三十年的历史，正由她自己写着最后的一笔，过去的一切，像一颗颗香气馥郁的果子，箭矢般坠落在地，而未来的一切，奶奶只能模模糊糊地看到一些稍纵即逝的光圈。只有短暂的又黏又滑的现在，奶奶还拼命抓住不放。奶奶感到我父亲那两只兽爪般的小手正在抚摸着她，父亲胆怯的叫娘声，让奶奶恨爱漶灭、恩仇并泯的意识里，又溅出几束眷恋人生的火花。奶奶极力想抬起手臂，爱抚一下我父亲的脸，手臂却怎么也抬不起来了。奶奶正向上飞奔，她看到了从天国射下来的一束五彩的强光，她听到了来自天国的，用唢呐、大喇叭、小喇叭合奏出的庄严的音乐。

奶奶感到疲乏极了，那个滑溜溜的现在的把柄、人生世界的把柄，就要从她手里滑脱。这就是死吗？我就要死了吗？再也见不到这天，这地，这高粱，这儿子，这正在带兵打仗的情人？枪声响的那么遥远，一切都隔着一层厚重的烟雾。豆官！豆官！我的儿，你来帮娘一把，你拉住娘，娘不想死，天哪！天……天赐我情人，天赐我儿子，天赐我财富，天赐我三十年红高粱般充实的生活。天，你既然给了我，就不要再收回，你宽恕了我吧，你放了我吧！天，你认为我有罪吗？你认为我跟一个麻风病人同枕交颈，生出一窝癞皮烂肉的魔鬼，使这个美丽的世界污秽不堪是对还是错？天，什么叫贞节？什么叫正道？什么是善良？什么是邪恶？你一直没有告诉过我，我只有按着我自己的想法去办，我爱幸福，我爱力量，我爱美，我的身体是我的，我为自己做主，我不怕罪，不怕罚，我不怕进你的十八层地狱。我该做的都做了，该干的都干了，我什么都不怕。但我不想死，我要活，我要多看几眼这个世界，我的天哪……

奶奶的真诚感动上天，她的干涸的眼睛里，又滋出了新鲜的津液，奇异的来自天国的光辉在她的眼里闪烁，奶奶又看到了父亲金黄的脸蛋和酷似爷爷的那两只眼睛。奶奶嘴唇微动，叫一声豆官，父亲兴奋地大叫："娘你好了！你不要死。我已经把你的血堵住了，它已经不流了！我就去叫俺爹，叫他来看看你，娘，你可不能死，你等着我爹！"

父亲跑走了。父亲的脚步声变成了轻柔的低语，变成了方才听到过的来自天国的音乐。奶奶听到了宇宙的声音,那声音来自一株株红高粱。奶奶注视着红高粱，在她朦胧的眼睛里，高粱们奇谲瑰丽，奇形怪状，它们呻吟着，扭曲着，呼号着，缠绕着，时而像魔鬼，时而像亲人。它们在奶奶的眼里结成蛇样的一团，又呼喇喇地伸展开来，奶奶无法说出它们的光彩了。它们红红绿绿，白白黑黑，蓝蓝绿绿，它们哈哈大笑，它们嚎啕大哭，哭出的眼泪像雨点一样打在奶奶心中那一片苍凉的沙滩上。高粱缝隙里，镶着一块块的蓝天，天是那么高又是那么低。奶奶觉得天与地、与人、与高粱交织在一起，一切都在一个硕大无朋的罩子里罩着。天上的白云擦着高粱滑动，也擦着奶奶的脸。白云坚硬的边角擦得奶奶的脸嚓嚓作响。白云的阴影和白云一前一后相跟着，闲散地转动。一群雪白的野鸽子，从高空中扑下来，落在了高粱梢头。鸽子们的咕咕鸣叫，唤醒了奶奶，奶奶非常真切地看清了鸽子的模样。鸽子也用高粱米粒那么大的、通红的小眼珠来看奶奶。奶奶真诚地对着鸽子微笑，鸽子用宽大的笑容回报着奶奶弥留之际对生命的留恋和热爱。奶奶高喊：我的亲人，我舍不得离开你们！鸽子们啄下一串串的高粱米粒，回答着奶奶无声的呼唤。鸽子一边啄，一边吞咽高粱，它们的胸前渐渐隆起来，它们的羽毛在紧张的啄食中奓起，那扇状的尾羽，像风雨中翻动着的花序。我家的房檐下，曾经养过一大群鸽子。秋天，奶奶在院子里摆一个盛满清水的大木盆，鸽子从田野里飞回来，整齐地蹲在盆沿上，面对着清水中自己的倒影，把嗉子里的高粱吐噜吐噜吐出来。鸽子们大摇大摆地在院子里走着。鸽子！和平的沉甸甸的高粱头上，站着一群被战争的狂风暴雨赶出家园的鸽子，它们注视着奶奶，像对奶奶进行沉痛的哀悼。

奶奶的眼睛又朦胧起来，鸽子们扑棱棱一起飞起，合着一首相当熟悉的歌曲的节拍，在海一样的蓝天里翱翔，鸽翅与空气相接，发出飕飕的风响。奶奶飘然而起，跟着鸽子，划动新生的羽翼，轻盈地旋转。黑土在身下，高粱在身上。奶奶眷恋地看着破破烂烂的村庄，弯弯曲曲的河流，交叉纵横的道路；看着被灼热的枪弹划破的混沌的空间和在死与生的十字路口犹豫不决的芸芸众生。奶奶最后一次嗅着高粱酒的味道，嗅着腥甜的热血味道，奶奶的脑海里忽然闪过了一个从未见过的场面：在几万发子弹的钻击下，几百个衣衫褴褛的乡亲，手舞足蹈躺在高粱地里……

最后一丝与人世间的联系即将挣断，所有的忧虑、痛苦、紧张、沮丧都落在了高粱地里，都冰雹般打在高粱梢头，在黑土上扎根开花，结出酸涩的果实，让下一代又一代承受。奶奶完成了自己的解放，她跟着鸽子飞着，她的缩得只如一只拳头那么大的思维空间里，盛着满溢的快乐、宁静、温暖、舒适、和谐。奶奶心满意足，她虔诚地说：

“天哪！我的天……”

原载《人民文学》1986年第4期

【导读】

1985年，莫言的小说《透明的红萝卜》发表，作家张洁认为这是中国文学界的一件大事，标志着一个文学天才的出现。1986年发表的《红高粱》，再一次震动了文坛，被视为“寻根文学”的终结与“新历史小说”的开端与重要代表作。

“寻根文学”试图把文学之根深植于民族的文化土壤中，到民间去寻找能够激发现代人生命能量的源泉。在小说《红高粱》中，莫言以故乡高密东北乡广袤狂野的高粱地为背景，塑造了一个充满暴力、野性、无拘无束的民间世界。“红高粱”既是小说的题目，也是故事中“野合”和“伏击”等主要事件的发生地，而高粱酒则是红高粱的精魂。作品中频繁出现的红高粱构成了一系列各具含义的密集意象，成为小说的主体象征。血海一样无边无际的红高粱，是我们民族不屈不挠、热烈奔放、自由不羁的伟大精神的象征。红高粱儿女的骁勇血性与他们后代的孱弱、怯懦形成极大的反差，表现出作者强烈的“种的退化”的忧患意识，也表现他对没有压抑和扭曲的自然生活状态的向往。

《红高粱》属于抗日战争题材的历史小说。它以抗日战争时期“我奶奶”戴凤莲家的长工罗汉大爷被日本人剥皮而死，“我爷爷”余占鳌愤而反抗，带领一支民间自发组织的土匪军队在胶平公路边伏击日本汽车队的故事为主线，交织着“我爷爷”与“我奶奶”戴凤莲的爱情故事：余占鳌在“我奶奶”出嫁时做轿夫，一路上试图与她调情，并率众杀了一个企图劫花轿的土匪，又在戴凤莲回门时藏身路边，把她抢进高粱地野合，两个人由此开始了激情迷荡的爱情，之后杀了戴凤莲身患麻风病的丈夫，正式做了土匪并成为她的情人。“我奶奶”在为余占鳌的队伍送饭时死在日本人枪口之下。这种普通的战争加爱情的故事框架，在莫言的笔下散发出不同凡响的灿烂光辉。

与此前的同类题材作品相比，作者在处理历史题材时有着自身的特点。首先，《红高粱》对农民的心理和生存进行了原生态还原。在人物塑造上打破了传统“革命历史题材”小说中正面人物与反面人物的二元对立模式。写出了以“我爷爷”余占鳌为首的高粱地儿女们的伟大与卑微，强悍与虚弱，善良与残忍，机智与愚昧。他们精忠报国、除暴安良、重情重义也奸淫抢掠、滥杀无辜。作者没有给主人公“我爷爷”戴上“英雄”的光环，他粗鲁豪迈匪气十足，没有民族国家的意识，也缺乏政治觉悟，然而就是他带着自己的兄弟炸掉了日本人的汽车队，身兼抗日英雄与土匪头子双重身份。其次，尽可能凸显民间历史的本来面目。小说把整个伏击过程还原成一种自然主义式的生存斗争，体现出一种民间自发的为生存而奋起反抗的暴力欲望。最后，小说以虚拟的家族回忆形式，描写“我爷爷”土匪司令余占鳌与“我奶奶”戴凤莲的爱情与抗日故事，从而把历史主体化和心灵化，很大程度上弱化了历史的政治色彩。

“我奶奶”是小说中一位流光溢彩的充满红高粱精神的女性形象。她有着蓬勃的生命欲望与刚强的生命意志，“她什么事都敢做，只要她愿意”，她敢爱敢恨，蔑视人间的法规和传统的道德，追求爱情和人性的自由。她和“我爷爷”在高粱地如火如荼的野合无疑是对戕害人性的旧式婚姻的壮烈反抗，是对封建礼教的轻蔑，是生命意识的自觉。她深明大义，罗汉大叔死后，她让“我爷爷”他们喝下血酒，打掉日本汽车队，为罗汉大叔报仇，最后“为国捐躯”，成为“抗日的先锋、民族的英雄”。她在临死前的对天默语和发问：“天，什么叫贞节？什么叫正道？什么是善良？什么是邪恶？你一直没有告诉过我，我只有按照我自己的想法去办，我爱幸福，我爱力量，我爱美，我的身体是我的，我为自己做主，我不怕罪，不怕罚，我不怕进你的十八层地狱。我该做的都做了，该干的都干了，我什么都不怕。”正是对她红高粱般充满反叛精神和炽烈生命力的一生最好的赞美和评判。

与小说狂放不羁的想象相一致，《红高粱》的叙述方式自由灵活、别具一格。作品以十四岁的“我父亲”——豆官和成年的“我”作为双重叙述视角，以“我父亲”丰富的感觉记忆为线索，叙述人“我”则自由出入于故事内外，以自己的感觉作为补充，形成了双重审美空间。

选文部分是“我奶奶”临终前的意识与幻觉，是对她红高粱般辉煌一生的回顾，表现了“我奶奶”敢爱敢恨的性格以及对生命的留恋和热爱。

【选评】

《红高粱》的文字像流淌的高粱酒一样，在阳光下跳荡着一簇簇无色的透明的火，无声地点燃了我们内心中被沉重地压抑着的久违的激情。罗汉大爷自投罗网，用铁锹怒铲骡蹄马腿，被鬼子活剥了皮仍叫骂不止，他的被割下的耳朵，依然“打击得瓷盘叮咚叮咚响”；戴凤莲临死前的那段天问，更是惊风雨泣鬼神：“我的身体是我的，我为自己做主，我不怕罪，我不怕罚，我不怕进你的十八层地狱。我该做的都做了，该干的都干了，我什么都不怕。”这种异想天开的执着和飞蛾扑火的决绝，映衬出了我们沉浸其中的唯唯诺诺、鼠首两端的苟活状态的苍白，甚至是龌龊，也让我们对自己少年豪情的流失与幻灭，生出沉郁的感伤和无奈的叹惋。（黄发有：《莫言的“变形记”》，《当代作家评论》2006 年第 6 期）

【思考与讨论】

1.《红高粱》中，“我奶奶”是一个充满红高粱精神的女性形象，请细读小说，谈谈你对“我奶奶”这一人物形象的理解。

2.“红高粱”既是小说的题目，也作为小说的中心意象在小说中频繁出现，它有什么样的象征意蕴？

3. 新历史主义小说以革命历史小说为“前文本”，从历史观、文学观和叙事话语等多层面对革命历史小说进行“解构”。《红高粱》被认为是八十年代新历史小说的代表作之一，以《红高粱》为例，具体分析新历史小说之“新”体现在哪些方面？

【拓展与延伸】

1. 八十年代新历史小说的代表作有乔良的《灵旗》、周梅森的《大捷》、苏童的《一九三四年的逃亡》《红粉》《妻妾成群》、叶兆言的《追月楼》、格非的《谜舟》等，选读上述作品，写一篇书评。

2. 根据莫言《红高粱》改编，由张艺谋导演的电影《红高粱》于 1988 年获得柏林国际电影节金熊奖；2014 年《红高粱》被改编为六十集的电视剧，收视率可观。结合八十年代与 21 世纪的文化环境，分析这三部作品精神特质的差异及其原因。

【推荐阅读】

1.《红高粱家族》，莫言著，上海文艺出版社 2005 年版。

2.《莫言了不起》，刘再复著，东方出版社 2013 年版。

3.《莫言评传》，叶开著，河南文艺出版社 2008 年版。

4.《新历史小说选》，王彪选评，浙江文艺出版社 1993 年版。

路遥

路遥

【简介】路遥（1949～1992）原名王卫国，1949年12月3日生于陕西陕北清涧县一个贫困的农民家庭，7岁时，因为家里生活困难被过继给延川县农村的伯父。路遥曾在延川县立中学学习，1969年回乡务农，后曾在农村小学教过一年书。1973年进入延安大学中文系学习，期间开始文学创作。大学毕业后，任《陕西文艺》（今为《延河》）编辑。1980年发表《惊心动魄的一幕》，获得第一届全国优秀中篇小说奖。1982年在《收获》第3期发表中篇小说《人生》，获1981～1982全国优秀中篇小说奖。1991年完成长篇巨著《平凡的世界》，这部小说以其恢宏的气势和史诗般的品格，全景式地表现了改革时代中国城乡的社会生活和人们思想情感的巨大变迁。1988年3月27日，小说还未完成即在中央人民广播电台广播，获得广泛好评。1991年《平凡的世界》荣获第三届茅盾文学奖。1992年11月17日，路遥病逝，年仅43岁。

人　生（节选）

高加林把自行车放到路边，然后伏在大马河的桥栏杆上，低头看着大马河的流水绕过曲曲折折的河道，穿过桥下，汇入到县河里去了。

他在这里等着巧珍。他昨天让回村的三星捎话给巧珍，让她今天到县城来一下。他决定今天要把他和巧珍的关系解脱。他既不愿意回高家村完结这件事，也不愿意在机关。他估计巧珍会痛不欲生，当场闹得他下不了台。

前天，老景让他过两天到刘家湾公社去，采访一下秋田管理方面的经验，他就突然决定把这件事放在大马河桥头了。因为去刘家湾公社的路，正好过了大马河桥，向另外一条川道拐过去。在这里谈完，两个人就能很快各走各的路，谁也看不见谁了……

高加林伏在桥栏杆上，反复考虑他怎样给巧珍说这件事。开头的话就想了好多种，但又觉得都不行。他索性觉得还是直截了当一点更好。弯拐来拐去，归根结底说的还不就是要和她分手吗？

在他这样想的时候，听见背后突然有人喊：“加林哥……”一声喊叫，像尖刀在他心上捅了一下！

他转过身，见巧珍推着车子，已经站在他面前了。她来得真快！是的，对于他要求的事，她总是尽量做得让他满意。

“加林哥，没出什么事吧！昨天我听三星捎话说，你让我来一下，我晚上急得睡不着觉，又去问三星看是不是你病了，他说不是……”她把自行车紧靠加林的车子放好，一边说着，向他走过来，和他一起伏在了桥栏杆上。

高加林看见她今天穿了一身新衣服，浑身上下都打扮得漂漂亮亮的，顿时感到有点心酸。

他怕他的意志被感情重新瓦解，赶快进入了话题。

“巧珍……”

“唔。”她抬头看见他满脸愁云，心疼地问：“你怎么？”

加林把头迈向一边，说：“我想对你说一件事，但很难开口……”

巧珍亲切地看着他，疼爱地说：“加林哥，你说吧！既然你心里有话，就给我说，千万别憋在心里！”

“说出来怕你要哭。”

巧珍一愣。但她还是说：“你说吧，我……不哭！”

“巧珍……”

“唔……”

“我可能要调到几千里路以外的一个地方去工作了，咱们……”

巧珍一下子把手指头塞在嘴里，痛苦地咬着。过了一会，才说：“那你……去吧。”

“你怎办呀？”

“……”

“我主要考虑这事……”

一阵长时间的沉默。两串泪珠静静地从巧珍的脸颊上淌下来了。她的两只手痉挛地抓着桥栏杆，哽咽地说：“……加林哥，你再别说了！你的意思我都明白了！你……去吧！我决不会连累你！加林哥，你参加工作后，我就想过不知多少次了，我尽管爱你爱得要命，但知道我配不上你了。我一个字不识，给你帮不上忙，还要拖累你的工作……你走你的，到外面找个更好的对象……到外面你多操心，人生地疏，不像咱本乡田地……加林哥，你不知道，我是怎样爱你……”

巧珍说不下去了，掏出手绢一下子塞在了自己的嘴里！

高加林眼里也涌满了泪水。他不看巧珍，说："你……哭了……"

巧珍摇摇头，泪水在脸上唰唰地淌着，一串接一串掉在了桥下的大马河里。清朗朗的大马河，流过桥洞，流进了夏日浑黄的县河里……

沉默……沉默……整个世界都好像沉默了……

巧珍迅疾地转过身，说："加林哥……我走了！"

他想拦住她，但又没拦。他的头在巧珍的面前，在整个世界面前，深深地低下了。她摇摇晃晃地走过去，困难地骑上了自行车，然后就头也不回地向大马河川飞跑而去了。等加林抬起头的时候，眼前只剩下了满川绿色的庄稼和一条空荡荡的黄土地……高加林也猛地骑上了他的车子，转到通往刘家湾的公社的公路上。他疯狂地蹬着脚踏，耳边风声呼呼直响，眼前的公路变成了一条模模糊糊的、飘曳摆动的黄带子……他骑到一个四处不见人的地方，把自行车猛地拐进了公路边的一个小沟里。他把车子摔在地上，身子一下伏在一块草地上，双手蒙面，像孩子一样大声号啕起来。这一刻，他对自己仇恨而且憎恶！

一个钟头以后，他在沟里一个水池边洗了洗脸，才推着车子又上了公路。

现在他感觉到自己稍微轻松了一些。眼前，阳光下的青山绿水，一片鲜明；天蓝得像水洗过一般，没有一丝云彩。一只鹰在头顶上盘旋了一会，便像箭似地飞向了遥远的天边……

五天以后，高加林从刘家湾公社返回县城，就和黄亚萍开始了他们新的恋爱生活。

选自《人生》，路遥著，北京十月文艺出版社 2012 年版

【导读】

《人生》发表于 1982 年，小说讲述了改革开放初期，生活在陕北高原的农村青年高加林"极力离开土地却又不得不回归土地"的人生历程，他与农村姑娘刘巧珍、城市姑娘黄亚萍之间的感情纠葛构成了故事发展的主要线索。

小说《人生》的写作始于 1979 年，这正是"文革"结束后下乡知青回城的热潮期。这一时期，城乡差距日趋明显，现代生活方式和传统农耕社会的冲突更加强烈，时代的巨大变革对出身农村的知识青年来说更具有深入心扉的切身体验。由于诸多方面的原因，城乡二元制等现实禁锢了高加林们的梦想，束缚了他们展翅飞翔、实现梦想的翅膀，也残酷地决定了他们的命运。不论在物质还是在精神上，路遥都认真关注并思考这一现象，在城市化大潮冲击中，他提出了农村知识青年该如何做出选择这一时代命题。

高加林是小说的主人公，也是作者最着力塑造的人物。在他身上既体现了现代知识青年不甘命运束缚、自信坚强、勇于进取的品质，又体现了农村子弟勤劳、朴实的传统美德。高加林热爱生活，但他并不愿意一辈子像父辈一样禁锢在黄土地里，他渴望到更为广阔的天地中去实现理想和抱负。然而，他所处的现实与心中的理想却总是背道而驰：高中毕业后，他本可以回到村里，当上民办小学教师，但好景不长，很快就被有权有势的大队书记高明楼的儿子顶替，于是不得不重新回到了土地。在他失意无奈甚至绝望的时候，善良美丽的农村姑娘刘巧珍走进了他的生活，淳朴的巧珍给予了高加林真挚浓烈的爱情，慰藉了高加林孤独失落的心灵。然而，这种爱情一开始就是不平等的，加林不同于传统的农民子弟，他不甘心一辈子“脸朝黄土背朝天”地劳作，他更向往的是充满现代气息的城市生活。因此，当人生理想与爱情需要找一个交汇点的时候，城市姑娘黄亚萍无疑是最好的选择。正如小说中所言：“毫无疑问，黄亚萍和刘巧珍放在一起比较，不平衡是显而易见的——在他最初的考虑中，倾向就有了偏重。”“他当然想和黄亚萍结合在一起。他现在觉得黄亚萍和他各方面都合适。她有文化，聪敏，家庭条件也好，又是一个漂亮的南方姑娘。在她身上弥漫着一种对他来说是非常神秘的魅力。”黄亚萍在他眼中就是更适合他的人，而“像巧珍这样的本地姑娘，尤其是农村姑娘，他非常熟悉，一眼就能看到底。他认为她们是单纯的，也往往是单调的。”因此，“他反复考虑，觉得他不能为了巧珍的爱情，而贻误了自己生活道路上这个重要的转折——这也许是决定自己整个一生命运的转折！不仅如此，单就从找爱人的角度来看，亚萍也可能比巧珍理想得多！他虽然还没和亚萍像巧珍那样恋爱过，但他感到肯定要更好，更丰富，更有色彩！”于是“他权衡了一切以后，已决定要和巧珍断绝关系，跟亚萍远走高飞了！”

可以看出，在高加林心中，巧珍并不符合他内心的真实期待。其实，在小说一开始，高加林对巧珍就没有多少爱情上的好感，如他对马拴来相巧珍时开玩笑地说：“那你这把川道里的头梢子拔了！你不听人家说，巧珍是‘盖满川’吗？”在巧珍向他表白之后，他表现出来的不是爱情上的震撼和感动，而是“感到恐慌”，甚至在分别之后“一种懊悔的情绪突然涌上他的心头。他后悔自己感情太冲动，似乎匆忙地犯了一个错误”。

由此可见，高加林和巧珍的爱是不对等的，巧珍对高加林的爱是纯洁无私的、全心全意的，高加林在她的眼中是完美的。而她对于高加林来说，更多地却是心灵失意时的慰藉。不可否认，加林对巧珍也有爱，然而这种爱远不如巧珍给他的更单纯和热烈。于是，在高加林面临着更好的选择和机遇的时候，他心中的天平也就自然倒向了另一方——黄亚萍。

当然，《人生》中加林和巧珍的爱情悲剧并不是传统负心汉故事的演绎，而是特殊时代背景下巨大的城乡差距的反映，高加林对土地的逃离与回归，正揭示出路遥对乡村中国在现代化进程中生命个体的两难抉择。守望土地，也许生命更接近淳朴自然状态，但要承受来自恶劣的生存环境、繁重的体力劳动和巨大的城乡差距所导致的个性压抑和精神苦闷等。我们如果把《人生》的爱情故事放置在高加林对乡村和城市生活方式的追求上来看，其实，在爱情的故事框架之下，隐藏的是高加林对自我身份的认证、对贫穷的极力摆脱和对进城之路的追逐。然而好梦难圆，当高加林进城之事最终被人告发后，他又不得不回到黄土地。“他将不得不像父亲一样开始自己的农民生涯。他虽然没有认真地在土地上劳动过，但他是农民的儿子，知道在这贫瘠的山区当个农民意味着什么，农民啊，他们那全部伟大的艰辛他都一清二楚！”高加林极力摆脱黄土地和农民的身份，隐含着对农村贫困生活的惧怕，在某种程度上，这种恐惧和痛苦也是作家路遥自身经历与情感在小说中的反映。当然，高加林们的这种对乡村的主动脱离，常常是需要以“自我”和原有生存环境的矛盾、冲突甚至是抛弃来完成的。

从时代变革的角度来看，作为接受过中学教育的农村知识青年，高加林们不甘落后，渴望追求更为现代的生活环境和生活方式，无疑有着进步的时代意义；从传统道德的角度来看，高加林接受了巧珍的爱情，却又喜欢上城市姑娘黄亚萍，在众人眼中，又不可避免地打上了负心汉的烙印。

作为读者，我们无权责备高加林的选择，也无法替高加林给出正确的答案，作家路遥亦是如此，在小说《人生》中，他充满着对农村的土地和人民的真诚热爱和赞美，却又无法掩饰内心深处对农村贫穷落后的环境的深切痛苦和无奈。正因为选择之难，路遥关注到了中国由“文革”结束到改革开放初期的时代巨变，提出了“人生”——人如何生活这一命题？引发了万千读者的深深共鸣。高加林历经艰辛却最终又回到土地的现实，也是路遥在清醒地提醒读者，不要一味地责备高加林，而更应该思考限制高加林和巧珍们离开土地，追求更加文明美好的生活的原因在哪里？由此，从这一背景上来说，我们仅仅从道德上谴责高加林的负心又似乎显得过于简单了。

综上，从爱情的视角来看，加林和巧珍的爱情悲剧固然凄美动人，美丽、朴实、善良、单纯的巧珍，对爱情是无私投入，但这所有的一切都抵不过她自身身份的象征，她代表的是朴实无华但又给予加林许多的乡村和土地，同时也代表着落后、闭塞的生存环境。对于有知识有抱负有理想的高加林们来说，为了更好地融入城市新环境，实现人生梦想，抛弃巧珍而选择黄亚萍的故事，也体现了作者关于人生的思考，尤其是青年人精神世界的价值取向，也体现了作者在“自我”价值角度上的现实理想。

节选部分主要讲述了加林在认真考虑了与黄亚萍、刘巧珍的关系之后，决定向巧珍提出“分手”，两人相约在大马河边相见，加林告诉巧珍自己要到很远的地方去工作，巧珍心有所悟，含泪别去，而加林在短暂的伤痛之后很快开始了和黄亚萍的恋爱生活。大马河边的这次相见，也象征着加林和巧珍爱情的彻底结束。

【选评】

当高加林成为正剧的时候，环境却成为悲剧；而当环境力量成为正剧的时候，高加林又成为一个悲剧。这真是一个令人不可理解却又如此值得深思的矛盾。生活在这样一个带有悲剧色彩的环境中，高加林所有的只是些什么呢？他在坎坷不平的人生道路上有的只是一连串失败的记录。在他完全控制不了的环境力量中他也完全控制不了自己。他似乎不断受到命运的捉弄，被玩弄于股掌之间。他命运的中途转机，与其说是个人的拼命努力，不如说是来自偶然的机遇——叔父的出现和马占胜的奉承。是的，他的悲剧不能仅仅归之于他个人；然而，他的悲剧也不能仅仅归罪于社会。（蔡翔：《高加林与刘巧珍——〈人生〉人物谈》，选自《路遥评论文集》，李建军 邢小利编，人民文学出版社 2007 年版，第 2 页）

【思考与讨论】

1. 高加林被很多人认为是“个人奋斗者”，是“中国的于连”，但也有学者认为这是两个生活在不同社会体制下，价值观完全不同的人物。请谈谈你的理解。

2. 路遥的长篇小说《平凡的世界》1991 年获第三届茅盾文学奖，你觉得与《人生》相比，它们有什么异同？

【拓展与延伸】

1. 马云说：“路遥对我的影响最大。18 岁时，我是蹬三轮车的零工，是《人生》改变了我的人生。”贾樟柯说：“三十年阅读史中，对我影响最大的一本书是路遥的《人生》。读这本书的时候我还是个上中学的孩子。这么多年我看过很多作品，都对我的电影创作有很大的影响，但是对我帮助最大的反而是这本《人生》，它让我开始对社会有了新的认识，开始思考我的人生。”请阅读这部小说，分析小说为什么会有这种影响力？

2. 陈忠实坦言：“路遥只用了 10 年就攀上文学高峰，他刺激我写出了《白鹿原》。”（《路遥刺激我写出〈白鹿原〉》，《西安晚报》2015 年 3 月 4 日）《白鹿原》（1993 年）的问世，被认为是中国当代现实主义文学创作一个新的超越，你认为这种超越性体现在哪些方面？

【推荐阅读】

1.《人生》，路遥著，北京十月文艺出版社 2012 年版。

2.《平凡的世界》，路遥著，北京十月文艺出版社 2013 年版。

3.《路遥传》，厚夫著，人民文学出版社 2015 年版。

4.《断裂地带的精神流亡——路遥的文学实践的及其文化意义》，石天强著，北京大学出版社 2009 年版。

5.《白鹿原》，陈忠实著，人民文学出版社 2012 年版。

北岛

【简介】北岛是早期朦胧诗的核心人物。原名赵振凯，祖籍浙江湖州，1949 年出生于北京，中学就读于北京四中，1969 年中学毕业后在城建公司当过工人。“文革”期间与一些文学青年进行地下文学活动，开始文学创作。1978 年与诗人芒克、黄锐一同筹办民间文学杂志《今天》，一年后停刊。1979 年诗歌《回答》在《诗刊》上公开发表，影响巨大。1989 年移居美国，并旅居北欧诸多国家。三十多年来北岛笔耕不辍，创作了大量作品。主要有诗集《太阳城札记》《北岛诗选》，散文集《失败之书》《青灯》《蓝房子》《午夜之门》《城门开》等，北岛的创作具有世界影响力，数次获得诺贝尔文学奖提名。

北岛

回　答

卑鄙是卑鄙者的通行证，
高尚是高尚者的墓志铭。
看吧，在那镀金的天空中，
飘满了死者弯曲的倒影。

冰川纪过去了，
为什么到处都是冰凌？
好望角发现了，
为什么死海里千帆相竞？

我来到这个世界上，
只带着纸、绳索和身影，
为了在审判之前，
宣读那些被判决了的声音。

告诉你吧，世界
我——不——相——信！
纵使你脚下有一千名挑战者，
那就把我算做第一千零一名。

我不相信天是蓝的，
我不相信雷的回声，
我不相信梦是假的，
我不相信死无报应。

如果海洋注定要决堤，
就让所有的苦水都注入我心中，
如果陆地注定要上升，
就让人类重新选择生存的峰顶。

新的转机和闪闪的星斗，
正在缀满没有遮拦的天空，
那是五千年的象形文字，
那是未来人们凝视的眼睛。

选自《履历》，北岛著，生活·读书·新知三联书店 2015 年版

【导读】

北岛是朦胧诗的代表诗人，《回答》则是朦胧诗中的翘楚。这首创作于 1976 年“四五”运动中的诗歌，是较早地从欺骗、迷狂和鲜血中清醒过来的先觉者的时代预感，是划破历史阴霾的一道闪电，是思想解放运动的先声。它一开始是在地下流传，舒婷和顾城都曾谈到初读这首诗时灵魂所受的震动。后在 1979 年第 3 期的《诗刊》上公开发表，是第一首从地下走到地上的朦胧诗作，引起巨大反响。

那场颠倒混乱、扭曲人性的“文革”劫难，北岛用“卑鄙是卑鄙者的通行证，高尚是高尚者的墓志铭”这一充满反讽色彩的警句加以概括。卑鄙者出卖自己的灵魂，在权力和利益的金光大道上畅通无阻；高尚者坚持正义与真理，却步步荆棘、绝望无路甚至惨遭杀戮；冷峻凝重的诗句中暗含着诗人深刻的洞见与愤怒。“镀金的天空中”“飘满了死者弯曲的身影”，揭示了虚假的、具有欺骗性的政治口号遮掩下，统治手段的残酷和血腥。以至于“到处都是冰凌”“死海里千帆竞发”，人类付出血和无数生命的代价，从野蛮的前文明社会走向文明，到如今似乎只是一个循环，充斥着冷漠、野蛮与暴力。面对这样的社会现实与人生处境，抒情主人公没有胆怯退缩，而是“直面惨淡的人生，正视淋漓的鲜血”，以先觉者的英雄姿态撕破这“镀金”的虚假表象，大声宣告：“我——不——相——信！”振聋发聩，警醒世人，这是被欺骗者觉醒后的愤怒呐喊，也是站在历史门槛上的一代青年的心灵呼声，具有深刻的怀疑精神和启蒙意义。难能可贵的是，面对时代的荒谬与人类的苦难，面对历史的颠倒者，抒情主人公没有选择“逍遥”，而是选择了作为“第一千零一名挑战者”毫不妥协地去抗争；去“拯救”与担当——“让所有的苦水都注入我心中”，充满英雄主义气概。他坚信随着人们的觉醒，“新的转机”终会到来，文明必将战胜野蛮，民族必将获得新生。

《回答》风格凝练冷峻，具有思辨性。浓缩的警句与直接的抒情相结合，张弛有度。善于运用隐喻与象征，选用精当的意象，情感表达深沉蕴藉，具有很强的视觉冲击。

舒婷

舒婷

【简介】舒婷，原名龚佩瑜，1952年出生于福建。“文革”插队期间开始写诗。1972年返城，曾在建筑公司工作。后与北岛等人结识，为《今天》撰稿。1979年中国作家协会主办的《诗刊》刊登了《致橡树》，舒婷开始在全国知名。1980年进入福建省文联工作，从事专业写作，后任中国作协理事、作协福建分会副主席。代表作是《双桅船》《祖国，我亲爱的祖国》《致橡树》《会唱歌的鸢尾花》《神女峰》《四月的黄昏》《呵，母亲》等。舒婷是朦胧诗的代表诗人之一。

她和北岛、顾城等以迥异于前人的“个人性”特征的写作，在中国诗坛上掀起了一股全新的诗歌潮流。她擅于捕捉丰富细腻的情感，写出个人内心的情感体验，诗歌风格柔婉典雅，体现特有的女性视角以及对价值追寻的渴望。近年，多从事散文、随笔写作。

呵，母亲

你苍白的指尖理着我的双鬓，
我禁不住像儿时一样
　　紧紧拉住你的衣襟。
呵，母亲，
为了留住你渐渐隐去的身影，
虽然晨曦已把梦剪成烟缕，
我还是久久不敢睁开眼睛。

我依旧珍藏着那鲜红的围巾，
生怕浣洗会使它
　　失去你特有的温馨。
呵，母亲，
岁月的流水不也同样无情？
生怕记忆也一样退色呵，
我怎敢轻易打开它的画屏？

为了一根刺我曾向你哭喊，
如今带着荆冠，我不敢，
　　一声也不敢呻吟。
呵，母亲，
我常悲哀地仰望你的照片，
纵然呼唤能够穿透黄土，
我怎敢惊动你的安眠？

我还不敢这样陈列爱的礼品，
虽然我写了许多支歌

　　给花、给海、给黎明。
呵，母亲，
我的甜柔深谧的怀念，
不是激流，不是瀑布，
是花木掩映中唱不出歌声的古井。

1975 年 8 月

选自《舒婷的诗》，人民文学出版社出版 2013 年版

【导读】

这首诗表达了对母亲深深的思念以及失去母亲的哀痛，情真意切，忧伤哀婉。诗人首先借梦境打开珍藏的记忆之门，儿时的场景和事物一幕幕出现在诗人眼前："你苍白的指尖理着我的双鬓，我禁不住像儿时一样紧紧拉住你的衣襟""鲜红的围巾""为了一根刺我曾向你哭喊"，这些记忆中的画面温馨甜柔。诗人选取生活中的细节，形成令人感动的画面。可是，时光不可再回，又是那样的令人忧伤，诗人的眼睛挪移到现实：过去可以躲在母爱的翅膀下，现在只能独自面对——"如今戴着荆冠，我不敢，一声也不敢呻吟。"读者仿佛看到了诗人坎坷的人生之旅和一颗受尽盘剥伤痕累累的心。当诗人无助的时候，她真想大声地呼喊母亲——"呵，母亲"，情感达到了高潮，但是又怎能忍心打扰母亲的安睡——"纵然呼唤能够穿透黄土，我怎敢惊动你的安眠？"诗人最终将对母亲如"激流""瀑布"般的思念沉淀成"深谧的怀念"，用记忆封存，就像"花木掩映中唱不出歌声的枯井"，诗人还是选择了冷静地走向坚强。这首诗带给读者的不仅仅是思念母亲的动人之情，还有坚强乐观的人生观。本诗在意境上静谧哀婉，在情感表达上含蓄深沉，是诗人怀念母亲的优秀诗作。

【选评】

舒婷那些处理"重大主题"并带有理性思辨特征的作品（《土地情诗》《这也是一切》《祖国，我亲爱的祖国》等）总是较为逊色。通过内心的映照来辐射外部世界，捕捉生活现象所激起的情感反应，写个人内心的秘密，探索人与人的情感联系：这些是她的独特之处。（洪子诚：《朦胧诗新编 · 序言》，长江文艺出版社 2004 年版，第 15 页。）

顾城

顾城

【简介】顾城（1956～1993），出生于北京。6岁时开始写诗。“文革”时停止学业，跟随父亲顾工下放到山东一个部队农场，以养猪为业。期间与大自然亲密接触，写下许多优秀的诗歌作品，如《生命幻想曲》《无名的小花》等。1974年回京，在街道服务所里做杂工，后做过编辑工作。1979年在《蒲公英》小报上发表诗歌，逐渐闻名诗坛。他的诗因与五六十年代的主流诗歌相比，具有不同的特质，而引起强烈反响，引发了全国范围内关于朦胧诗的大讨论。1985年进入中国作家协会。1987年应邀出访欧美讲学，后隐居新西兰激流岛。1993年因婚姻感情生活危机，杀害妻子谢烨后自杀。

顾城是朦胧诗派的代表诗人之一。著有诗集《无名的小花》《黑眼睛》《舒婷、顾城抒情诗选》《北岛、顾城诗选》等。他用一颗童心支撑起整个诗歌世界，充满了孩童般干净纯洁气息以及童话般奇特的想象力，风格纯净稚嫩，在当代诗坛独树一帜，曾被舒婷称为“童话诗人”。

一代人

黑夜给了我黑色的眼睛
我却用它寻找光明

1979年4月

选自《顾城的诗》，顾城著，人民文学出版社1998年版

【导读】

《一代人》作于1979年，发表于《星星》1980年第3期。全诗只有两个诗行，具有较强的时代指向性。第一诗行的主要意象是“黑夜”与“黑色的眼睛”。“黑夜”来势汹汹，它漫天遍野，遮天蔽地，把所经之处全都晕染，具有无限延伸的扩张感。它遮住了太阳，遮住了夜晚星星的光芒和屋内明亮的灯光，它还把人类的眼睛笼罩上黑色的阴影。“眼睛”是灵魂的窗口，象征了人类追寻真理、辨别善恶的精神性思考。“黑色的眼睛”象征着被打压的思考，被扭曲的灵魂。诗人通过“黑夜”这一意象指向了对“文革”十年浩劫的批判和否定，那个荒谬的时代像“黑夜”一样暗沉恐怖，它扭曲了人类的灵魂，窒息了人类的思考，让人类失去了辨别是非善恶的判断力。第二诗行的主要意象是“光明”,象征着希望和顽强的生命力,与“黑色”形成了暗色与亮色的巨大反差，带来强烈的视觉刺激。虽然“黑夜”令人窒息，但是，那只是暂时的遮蔽，光明终会驱散黑暗，在打压中挣扎扭曲成长起来的一代青年终会爆发出背叛的呼声。因为渴求光明的心是压不住的，顽强求索独立思考的精神是压不住的。从在苦难中磨砺到勇敢、坚韧地承担，再到顽强的追求与觉醒，他们是在悲剧中磨炼的英雄。诗人给我们塑造了一代抗争者的形象，将他们苦难、沉重的人生历程精彩绝伦地浓缩在短短的两行诗句中。

全诗在情感抒发上，含蓄内敛。语言上，简洁明快。虽然只有短短的两行，但是蕴藏着丰富的内涵和强烈的审美张力。

我是一个任性的孩子

——我想在大地上画满窗子，让所有习惯黑暗的眼睛，都习惯光明

也许
我是被妈妈宠坏的孩子
我任性

我希望
每一个时刻
都像彩色蜡笔那样美丽
我希望
能在心爱的白纸上画画

画出笨拙的自由
画下一只永远不会流泪的眼睛
一片天空
一片属于天空的羽毛和树叶
一个淡绿的夜晚和苹果

我想画下早晨
画下露水所能看见的微笑
画下所有最年轻的
没有痛苦的爱情
画下想象中
我的爱人
她没有见过阴云
她的眼睛是晴空的颜色
她永远看着我
永远，看着
绝不会忽然掉过头去

我想画下遥远的风景
画下清晰的地平线和水波
画下许许多多快乐的小河
画下丘陵——
长满淡淡的茸毛
我让他们挨得很近
让它们相爱
让每一个默许
每一阵静静的春天的激动
都成为一朵小花的生日

我还想画下未来
我没见过她，也不可能
但知道她很美

我画下她秋天的风衣
画下那些燃烧的烛火和枫叶
画下许多因为爱她
而熄灭的心
画下婚礼
画下一个个早早醒来的节日——
上面贴着玻璃糖纸
和北方童话的插图

我是一个任性的孩子
我想涂去一切不幸
我想在大地上
画满窗子
让所有习惯黑暗的眼睛都习惯光明
我想画下风
画下一架比一架更高大的山岭
画下东方民族的渴望
无边无际愉快的声音

最后，在纸角上
我还想画下自己画下一只树熊
他坐在维多利亚深色的丛林里
坐在安安静静的树枝上
发愣
他没有家
没有一颗留在远处的心
他只有，许许多多
浆果一样的梦
和很大很大的眼睛

我在希望
在想
但不知为什么

我没有领到蜡笔
没有得到一个彩色的时刻
我只有我
我的手指和创痛
只有撕碎那一张张心爱的白纸
让它们去寻找蝴蝶
让它们从今天消失

我是一个孩子
一个幻想被妈妈宠坏的孩子
我任性

1981 年 3 月

选自《顾城的诗》，顾城著，人民文学出版社 1998 年版

【导读】

《我是一个任性的孩子》表现了理想世界与现实世界的冲突，以及在冲突面前诗人的思考与选择。诗人理想的世界就是孩童的世界。孩童的世界象征着美丽的幻想和肆意的自由，一切生命遵从天性，自由伸展。成人的世界则象征着由责任带来的牵挂甚至重负以及源源不断的约束。这首诗是顾城一生的写照：拒绝长大。诗人希望能拥有一盒七彩蜡笔，在白纸上建造理想中色彩斑斓的美丽世界。在这个世界里，没有泪水，没有痛苦，没有黑暗，没有不幸，每个早晨都能看见微笑和希望，每天都充满快乐和热情，“每一个时刻都像彩色蜡笔那样美丽”；在这个世界里，爱情忠贞，大自然的每一种生命形式都相互爱护，彼此珍惜，同生共存；在这个世界里，每一个明天都令人期待，充满惊喜；在这个世界里，诗人的心不牵挂，不流浪，活在梦幻的世界里足以令诗人富有充实，灵魂变得干净、安宁。但是，现实的残酷毁灭了诗人的幻梦，他没有领到七彩蜡笔，画不出理想的世界，只剩下一颗被现实摧毁的满怀伤痛的心。然而，诗人并没有放弃对理想世界的追寻，在最后一个诗节中，诗人仍固执地说：我是“一个被幻想妈妈宠坏的孩子 / 我任性”，“任性”一词多次使用，起到了前后呼应，突出点题的效果，传达出诗人对理想世界的执着追求。诗人所构筑的理想世界，虽然纯净美妙，令人着迷，但却是以排斥现实、排斥社会为代价的，他只愿意活在梦想构筑的虚幻的世界中，他的执着也是一种极端和绝对。这无疑是不可弥合的分裂，透露出某些危险的信息。

全诗采用儿童视角观察世界，描绘了一个简单纯净的世界，风格清新稚嫩，散发着迷人的魅力。

【选评】

顾城是一个把生命和诗歌合为一体的纯粹的诗人，也是一个选择了诗意的生活方式的生命体验者。某些时候，他的生命服从于创作，生命的延续是为了艺术的发展；另一些时候，生命是第一位的，创作是生命的副产品，他多次流露出“永不写诗，只过日子”的情绪，不能视为矫情，他的死和海子、骆一禾的纯粹的诗人之死有所不同。这是一个非常复杂的深刻的本质的生命的死亡，是典型的从灵魂到肉体的人的死亡，作为诗人，顾城具有天生的秉赋，但作为优秀的诗人，他却明显缺乏正视自己的勇气和超越自己的能力。他的才华和素质之间有着巨大的反差，这使他无法承受一个优秀诗人所应面对的外部压力与自身矛盾。（张捷鸿：《童话的天真——论顾城的诗歌创作》，《当代作家评论》1999 年第 1 期）

海　子

【简介】海子（1964 ～ 1989），原名查海生，出生于安徽省安庆市怀宁县高河镇查湾村。1979 年 15 岁时考入北京大学法律系，大学期间开始诗歌创作。1983 年毕业后分配至北京中国政法大学哲学教研室工作。1989 年 3 月 26 日在山海关卧轨自杀，年仅 25 岁。

海子

海子 1982 年开始诗歌创作，当时即被称为“北大三诗人”之一。1984 年创作成名作《亚洲铜》和《阿尔的太阳》，第一次使用“海子”作为笔名。从 1982 年至 1989 年不到 7 年的时间里，海子创作了近 200 万字的作品，结集出版了《土地》《海子、骆一禾作品集》《海子的诗》《海子诗全编》等。其主要作品有，二百五十余首优秀抒情短诗，《太阳七部书》，即诗剧《太阳》、诗剧《断头篇》、诗剧《但是水，水》、长诗《土地篇》、第一合唱剧《弥赛亚》、仪式和祭祀剧《弑》、诗体小说《你是父亲的好女儿》。

作为二十世纪八十年代后期新诗潮的代表人物，海子在中国诗坛具有独特的地位，他的诗不但影响了一代人的写作，也彻底改变了一个时代的诗歌概念，成为中国现代诗歌文化的一个重要组成部分。

面朝大海，春暖花开

从明天起，做一个幸福的人
喂马，劈柴，周游世界
从明天起，关心粮食和蔬菜
我有一所房子，面朝大海，春暖花开

从明天起，和每一个亲人通信
告诉他们我的幸福
那幸福的闪电告诉我的
我将告诉每一个人

给每一条河每一座山取一个温暖的名字
陌生人，我也为你祝福
愿你有一个灿烂的前程
愿你有情人终成眷属
愿你在尘世获得幸福
我只愿面朝大海，春暖花开

1989年1月13日

选自《海子诗全集》，海子著，西川编，作家出版社2009年版

【导读】

这首诗写于海子1989年卧轨自杀前两个月。大海是海子诗歌中的极为重要的意象，广阔无边的大海是海子灵魂的栖息之地。从表层上来看，这首诗语言朴素明朗，诗歌中的主人公想要做“一个幸福的人”，并愿意把“幸福的闪电”告诉每一个人，即使是陌生人，他都会真诚祝愿他“在尘世获得幸福”。在诗人想象中，尘世是如此的清新自然，宛如世外桃源。然而，如果细心体会的话，相信读者会发现，在诗歌的字里行间，却渗透着诗人无法释怀的忧伤。

诗歌的首句，“从明天起，做一个幸福的人”，诗人开始想象自己的理想生活，接着，诗人具体描绘他想象中的尘世生活内容："喂马，劈柴，周游世界""关心粮食和蔬菜""我有一所房子，面朝大海，春暖花开"，这种充满诗意的田园牧歌般的尘世生活的确让人羡慕，只是这一切都不属于今日，只属于明天。而明天看似就在眼前，其实遥不可及。诗的第三章，抒情主人公留给了陌生的世人以真挚的祝愿："愿你有一个灿烂的前程 / 愿你有情人终成眷属 / 愿你在尘世获得幸福"，而"我只愿面朝大海，春暖花开"，他终把自己隔绝到了尘世生活之外。"这说明他与现实世界存在着无法弥合的割裂和矛盾。联想到这首诗创作之后两个月诗人即自杀，让人不禁充满痛惜和深深的遗憾，同时，也让人心中留下疑问：这位15岁即考上北京大学法律系的天才少年，为何会在诗歌中如此表达他对人生的希冀和痛苦？也许我们很难给出唯一的答案，但以下几个方面的分析或许能提供出一些参考：

其一，天才式的孤独。天才一方面承接了造物主的恩赐，有着超出常人的文艺天赋。另一方面，在个人深邃的心灵世界中，天才却又更痴迷于建构自己远离现实世界的理想国，而肉身却无法摆脱掉尘世的束缚。于是，天才诗人海子就走向令人痛惜的归宿——死亡，他幻想着以死亡来对抗孤独和绝望。

其二，现代文明对乡村文明的压抑。来自安徽怀宁乡下的海子生活在北京这座现代大都市中，他拥有高贵自由的灵魂，却又不得不忍受物质生活条件的窘迫，他内心总是深深眷恋淳朴的乡村生活，却无法更好地融入现代都市文明中，而由这两种文明产生的巨大的碰撞又进一步加剧了其精神上的痛苦和绝望。

其三，爱情上的悲剧。据说，海子一生爱过至少四个女性，其诗歌《四姐妹》写道："我的美丽的结伴而行的四姐妹 / 比命运女神还要多出一个""荒凉的山冈上站着四姐妹 / 所有的风只向她们吹 / 所有的日子都为她们破碎。"然而，在残酷的现实面前，这些爱情最后都无果而终。于是，海子也带着他对爱情的绝望和憧憬以极端而决裂的方式走向了属于他自己的天堂。

这就是海子，他是纯真的、理想的，也是敏感的、孤独的、绝望的。由于这样的孤独和绝望，所以诗人只能寄希望于未来，他在诗歌中反复地歌唱幸福，也为他人祝福。而实际上，他自身的心情已绝望到底了。"一所房子——面朝大海，春暖花开"，他"只愿"一人享受，而如此经安静的生活，恐怕只属于他的天国。

【选评】

每一个接近他的人，每一个诵读过他的诗篇的人，都能从他身上嗅到四季的轮转、风吹的方向和麦子的成长。泥土的光明与黑暗，温情与严酷化作他生命的本质，化作他出类拔萃、简约、流畅又铿锵的诗歌语言，仿佛沉默的大地为了说话而一把抓住了他，把他变成了大地的嗓子。哦，中国广大贫瘠的乡村有福了！（海子著，西川：《怀念·代序》，《海子诗全集》，作家出版社 2009 年版）

【思考与讨论】

1. 结合北岛、舒婷、顾城等人的诗歌，谈谈朦胧诗的特点。

2. 海子的《面朝大海，春暖花开》被不少人认为是一首基调乐观明朗的诗，也有人认为悲剧性才是它的主调。你如何理解？

【拓展与延伸】

1. 朦胧诗经典化地位的确立，离不开诗人的努力和评论家的关注。在朦胧诗被反对者指责为"令人气闷""诗歌逆流"的时候，被称为"三个崛起"的三篇理论文章：《在新的崛起面前》（谢冕）、《新的美学原则在崛起》（孙绍振）、《崛起的诗群》（徐敬亚），对朦胧诗的"崛起"功不可没。查阅相关资料，阐述"三个崛起"与朦胧诗大讨论的文学史意义。

2. "第三代"诗歌是指朦胧诗以后崛起的更年轻一代诗人的创作。他们最初以"反朦胧诗"的姿态在诗坛亮相。请阅读于坚《尚义街 6 号》、韩东《有关大雁塔》《你见过的大海》等诗歌。请写一篇文章，分析诗歌中"反崇高""反文化"的特征。

【推荐阅读】

1.《朦胧诗新编》，洪子诚、程光炜编选，长江文艺出版社 2009 年版。

2.《海子作品精选》，海子著，长江文艺出版社 2009 年版。

3.《海子——一个"80 年代"文学镜像的生成》，赵晖著，北京大学出版社 2011 年版。

黄　裳

【简介】黄裳（1919 ～ 2012），原籍山东益都，生于河北井陉，原名容鼎昌。曾先后就读于南开中学和上海中学，中学期间即开始在校刊上发表作品，1937 年考入上海交通大学电机系，后转至重庆交通大学。1943 年开始被征调到昆明、桂林、贵阳、印度等地担任美军译员。抗战胜利后任《文汇报》驻重庆和南京特派员。五十年代后主要在《文汇报》担任记者、编辑、研究员。后居住上海，主要从事写作。黄裳学识渊博，在戏剧、新闻、出版、文学等领域均有建树。著有散文集多部，有《锦帆集》《锦帆集外》《旧戏新谈》《妆台杂记》《黄裳论剧杂文》《黄裳书话》《过去的足迹》《关于美国兵》《榆下说书》《金陵五记》《珠还记幸》《笔祸史谈丛》《黄裳自述》《来燕榭书跋》《来燕榭书札》《来燕榭集外文钞》等。

黄裳

黄裳散文一个明显的特征就是风格的善变，可谓众体兼备、多姿多彩，笔调纵横驰骋，任情挥洒。唐弢先生曾称赞他"实在是一个文体家"。八十年代文坛有"文化散文"之说，如果这一说法成立，黄裳早就在写文化散文了，1947 年陆续发表在《文汇报》副刊上的《金陵杂记》可以说是这方面的代表性作品，久为世人传诵。

秦淮拾梦记

在住处安顿下来，主人留下一张南京地图，嘱咐我好好休息一下就离开了。遵命躺在床上，可是无论如何也睡不着。只好打开地图来看，一面计划着游程。后来终于躺不住，索性走出去。

在珠江路口跳上电车，只一站就是新街口。这个闹市中心对我来说已经完全变成了一个陌生的地方，新建的市楼吞没了旧时仅有的几幢"洋楼"。三十年前，按照我的记忆，这地方就像被敲掉了满口牙齿的赤裸的牙床，只新装了一两颗"金牙"，此外就全是残留着参差断根的豁口。通往夫子庙的大路一眼望不到底，似乎可以一直看到秦淮河。

在地图上很容易就找到了在附近的羊皮巷和户部街。

三十三年以前，报社的办事处就设在户部街上。这真是一个可怜的办事处，在十来亩大小的院落里，零落在放着许多大缸，原来这是一个酱园的作坊。前面有一排房子，办事处借用了两间斗室，睡觉、办公、写稿都在这里。门口也没有挂什么招牌，在当时这倒不失为一种聪明的措置。

我就在这里紧张而又悠闲地生活过一段日子，也并没有什么不满足。特别是从《白下琐言》等书里发现，这里曾经有过一座"小虹桥"，是南唐故宫遗址所在，什么澄心堂、瑶光殿都在这附近时，就更产生了一种虚幻的满足。这就是李后主曾经与大周后、小周后演出过多少恋爱悲喜剧的地方；也是他醉生梦死地写下许多流传至今的歌词的地方；他后来被樊若水所卖，被俘北去，仓皇辞庙"挥泪对宫娥”之际，应当也曾在这座桥上走过。在我的记忆里，户部街西面的洪武路，也就是卢妃巷的南面有一条小河，河上是一座桥，河身只剩下一潭深黑色的淤泥，桥身下半也已埋在土里，桥背与街面几乎已经拉平，这座可怜的桥不知是否就是当年“小虹桥”的遗蜕。

三十年前的旧梦依然保留着昔日的温馨。这条小街曾经是很热闹的，每当华灯初上，街上就充满了熙攘的人声，还飘荡着过往的黄包车清脆的铃声，小吃店里的小笼包子正好开笼，咸水鸭肥白躯体就挂在案头。一直到夜深，人声也不会完全萧寂。在夜半一点前后，工作结束放下电话时，还能听到街上卖夜宵云吞和卤煮鸡蛋的声音，这时我就走出去，从小贩手中换取一些温暖……总之，我已完全忽视并忘却这条可以代表南京市内陋巷风格而无愧的小巷的种种，高低不平的路面，从路边菜圃一直延伸过来的沟渠，污水面上还满覆了浮萍。雨后，路上就到处布满了一个个小水潭……

这一切，今天是大大变化了，但有的却没有什么变化。那个酱园作坊的大院子，不用说，是没有找到。户部街的两侧，已经新建了许多工厂、机关……再也没有了那样的空地。但街面依旧像当年一样逼仄。这时正在翻修下水道，路面中间挖起了一条深沟。人们只能在沟边的泥水塘中跳来跳去，要这样一直走到杨公井。寻找旧居的企图是失败了，但这跳来跳去的经验倒还与当年无异。

还是到秦淮河畔去看看吧。

在建康路下车，走过去就是贡院西街。我走来走去找了许久，也没有找到那座已经成为夫子庙标记的亭子。但我毫不怀疑，那拥挤的人群，繁盛的市场，那种特有气氛，是只有夫子庙才有的。晚明顾起元在《客座赘语》中提到这一带时说：“百货聚焉”“市魁驵侩，千百嘈哄其中”。这样的气氛，依然保留了下来，但社会的性质完全改变了，一切自然也与过去不同。

与三十年前相比，黄包车、稀饭摊子、草药铺、测字摊、穿了长衫走来走去的人们都不见了；现在这里是各种类型的百货店、饮食店……还有挂了招牌，出售每斤九角一分的河蟹的小铺，和为一个热闹的市井所不可少的一切店铺，甚至在路边上我还发现了一个旧书摊。

穿过街去，就到了著名的秦淮。河边有一排精巧的石栏，有许多老人都在石栏上闲坐，栏杆表面发着油亮的光泽，就像出土的古玉。地上放着一排排鸟笼子。过去对河挂了“六朝小吃馆”店招的地方，现在是一色新修的围墙。走近去凭栏一望，不禁吃了一惊。秦淮河还是那么浅，甚至更浅，记忆中惨绿的河水现在变成了暗红，散发出来的气味好像也与从前不同了。

在文德桥侧边是新建的“白鹭洲菜场”。卡车正停在门口卸货。过桥就是钞库街,在一个堆了煤块的曲折的小弄墙角,挂着一块白地红字搪瓷路牌,上面写着“乌衣巷”。这时已是下午四时,巷口是一片照得人眼睛发花的火红的夕阳。

乌衣巷是一条曲折的小巷,不用说汽车,脚踏车在这里也只能慢慢地穿过,巷里的人家屋宇还保留着古老的面貌,偶然也能看到小小的院落、花木,但王谢家族那样的第宅是连影子也没有,自然也不会看到什么燕子。

巷子后半路面放宽了,两侧的建筑也整齐起来。笔直穿出去就是白鹭洲公园,但却紧紧地闭着铁门。向一位老人请教,才知道要走到小石坝街的前门才能进去。我顺便又向他探问了一些秦淮河畔的变迁,老人的兴致很好,热情地向我推荐了能吃到可口的蟹粉包子和干丝的地方,但也时时流露出一种惆怅的颜色,当我告诉他三十多年前曾来过这里时,老人睁大了眼睛,“噢,噢,变了,变了。”他指引给我走到小石坝街去的方向,我道了谢,走开了,找到了正门,踏进了白鹭洲公园。

这是一处完全和旧有印象不同了的园林。一切都是新的,包括了草地、新植的树木和水泥制作的仿古亭台。干净、安谧,空阔甚至清冷。我找了一个临水的地方坐下,眼前是夕阳影里的钟山和一排城堞。我搜寻着过去的记忆,记得这里有着一堵败落的白垩围墙,嵌着四字篆书“东园故址”的砖雕门额,后面是几株枯树,树上吊着一个老鸦巢。这样荒凉破败的一座“东园”,今天是完全变了。

园里虽然有相当宽阔的水面,但这地方并非当年李白所说的白鹭洲。几十年前,一个聪明的商人在破败的“东园”遗址开了一个茶馆,借用了这个美丽的名字,还曾请名人撰写过一块碑记。碑上记下了得名的由来,也并未掩饰历史的真相,应该还算是老实的。

在一处经过重新修缮彩绘的曲槛回廊后面,正举行着菊展,菊花都安置在过去的老屋里,这时暮色已经袭来,看不真切了。名种的菊花错落地陈列在架上、地上,但盆上并没有标出花的名色。像“幺风”“青鸾”“玉搔头”“紫雪窝”这样的名色,一个都不见。这就使我有些失望。我不懂赏花、正如也不懂读画一样。看画时兴趣只在题跋,看花就必然注意名色。从花房里走出,无意中却在门口发现了那块“东园故址”的旧额,真是如逢旧识。不过看得出来,这是被捶碎以后重新镶拼起来的。面上还涂了一层白粉。即使如此,我还是非常满意。整个白鹭洲公园,此外再没有一块旧题、匾对、碑碣……这是一座风格大半西化了的园林,却恰恰坐落在秦淮河上。

坐在生意兴旺的有名的店里吃着著名的蟹粉小笼包饺和干丝,味道确实不坏。干丝上面还铺着一层切得细细的嫩黄姜丝。这是在副食品刚刚调整了价格之后,但生意似乎并未受到怎样的影响。一位老人匆匆走进来和我同坐,他本意是来吃干丝的，不巧卖完了，只好改叫一碗面。他对我说："调整了价格，生意还是这么好。不过干丝是素的，每碗也提高了五分钱，这是没有道理的。"我想，他的意见不错。

杂七搭八地和老人谈话，顺便也向他打听这里的情形，经过他的指点，才知道过去南京著名的一些酒家，六华春、太平洋……就曾开设在窗外的一条街上，我从窗口张望了一下，黝黑的一片，什么也看不见，我记起三十多年前曾在六华春举行过一次"盛宴"，邀请了南京电话局长途台的全体女接线员，请求他们协助，打破国民党反动派的干扰，使我每晚打出的新闻专电畅通无阻的旧事。这些年轻女孩子叽叽喳喳的笑语，她们一口就答应下来的爽朗、干脆的姿态，这一切都好像正在目前。

自公元三世纪以来，南京曾经是八个王朝的首都。宫廷政治中心一直在城市的北部、中部。城南一带则是主要的平民生活区。像乌衣巷，曾是豪族的住宅区，不过后代败落了，秦淮河的两岸变成了市民经济和文华生活的中心。明代后期这种发展趋势尤为显著。形成商业中心的各行各业，百工货物，几乎都集中在这里。繁复的文化娱乐活动也随之而发展。这里既是王公贵族、官僚地主享乐的地方，也是老百姓游息的场所。不过人们记得的只是写进《板桥杂记》《桃花扇》里的场景，对普通市民和社会下层的状况则所知甚少，其实他们的存在倒是更为重要的，是全部的基础。曾国藩在镇压了太平天国起义以后，第一件紧急措施就是恢复秦淮的画舫。他不再顾及"理学名臣"的招牌，只想在娼女身上重新找回封建末世的繁荣，动机和手段都是清清楚楚的。

穿着高贵的黑色华服的王谢子弟，早已从历史的屏幕上消失了；披了白袷春衫的明末的贵公子，也只能在旧剧舞台上看见他们的影子，今天在秦淮河畔摩肩擦背地走着的只是那些"寻常百姓"，过去如此，今后也仍将如此。不同的是今天的"寻常百姓"已经不是千多年来一直被压迫、被侮辱损害的一群了。

从饭店里出来，走到街上，突然被刚散场的电影院里涌出的人群裹住，几乎移动不得，就这样一路被推送到电车站，被送进了候车的人群。天已经完全昏黑了，我站在车站寻思，在三十年以后我重访了秦淮，没有了河房，没有了画舫，没有了茶楼，也没有了"桨声灯影"，这一切似乎都理所当然地成了历史的陈迹。可是我们应该怎样更好地安排人民的休息、娱乐和文化生活呢？人们爱这个地方，爱这个祖祖辈辈的"游钓之地"。我们应该怎样来满足人民炽热的愿望呢？

一九七九年十二月二日

选自《秦淮旧事》，黄裳编，江苏文艺出版社 2011 年版

【导读】

在中国现当代散文发展史上，黄裳是一位具有突出贡献的散文大家。已出版散文集30余部，300余万字。他富有学养和才情，散文具有浓厚的历史感、幽默感与书卷气。其作品内容丰富广博，或谈历史掌故，或谈与旧友新知的交往与游历，或谈自己的读书心得，等等。散文的各种文体他几乎都成功实践过：抒情叙事散文、游记、书简、读书札记、论剧杂文、社会随感杂文……可以说众体兼备。在具体的创作实践中，他打破文体之间的壁垒，自由穿梭，潇洒率性。

《金陵五记》这部散文集1982年由金陵书画社出版，收录了黄裳半个世纪以来所写有关南京的文章近50篇，对这个城市表现了非同一般的感情。“这里所收最早的一篇是写于一九四二年冬的《白门秋柳》。一个年轻的学生，亡命远行，路过已经成为敌寇铁蹄下汪伪政权‘首都’的地方，自然不能不激发一个中国人必然会有的感情。四年以后，我成了一个记者，又在这里住了虽然短暂但很不平凡的一段日子。那是劫后的年代，我所看到的是满目疮痍，民生凋敝。这‘劫’是双重的，敌伪的劫掠与‘新贵’的劫收。还看到的是英勇战斗与荒淫无耻的鲜明比照。一九四九年秋，又有一次短暂的访问，记下过南京人民迎接解放的欢欣。三十年后重来，则已在十年动乱之后了。时代不同了，社会性质不同了。中国人民在经历了又一场历史性的灾难以后，重新起步向前。清除道路上的障碍，整理被破坏、蹂躏的基址。人们的心情在兴奋的同时也是沉重的。这一切，我也看到了。”（《金陵五记·后记》）前四记分别写于1942年、1946年、1947年、1949年，后一记写于1979年，这些文章形成一个有机整体，散发着浓郁的文化气息和历史沧桑感，既有对历史、人物的追寻考察，又融入了作者的人生阅历和对现实的独特反思。

《秦淮拾梦记》，写于1979年，离作者上一次来南京时隔三十年，三十年时光给这座城市带来了巨大的变化：“三十年前的旧梦依然保留着昔日的温馨”“但社会的性质完全改变了，一切自然也与过去不同”。作者以现实中在秦淮河以及周边地区的游踪为经，编织进历史的旧梦。面对眼前之景，作者怀古思今，用典雅干净、温润朴实而不失幽默的文笔描述着秦淮的地理风物、历史文化、社会现实与世事人情，构成了一个有理有趣的艺术世界。乌衣巷口王谢子弟远去的背影，秦淮河畔遛鸟的市民，画舫里浅吟低唱的歌女，散场后从影院涌出的人流……现实与历史中的一幕幕，电影一样剪辑在读者面前，令人目不暇接，感慨万千。文章最后，作者提出如何建设秦淮这祖祖辈辈的“游钓之地”，引人深思。1980年，黄裳先生在散文集《山川·历史·人物》的后记中所说：“我还时时不能忘记过去，经常会感到‘历史的重载’的沉重分量。……面对湖山，也总是时时记着一些赶也赶不开的历史人物与故事。美丽河山，不只是对自然面貌的客观描述，其中也包含了对世世代代在这里劳动、生息、歌唱的人民的热情的赞颂。"《秦淮拾梦记》就是这样一篇有着“沉重分量”又有着生机与美感的佳作。

【选评】

人们常说散文的至境是自然。我以为无论写什么类型的散文，都须是气质、才情、学养的水到渠成。就说黄裳的文中有史，也是厚积薄发，不是一朝蹴及。他言之有史，并不是故意地獭祭史料，以知识炫人，更不是现趸现卖，那样只会是一堆死知识、死材料。而黄裳的“非正宗”游记也罢，“狭义的杂文”也罢，首先是通过自己的眼睛、自己的感情，选择了自己的话语，透露了相关的识见，而现实和历史（历史是过去的现实，现实是明天的历史）只是以不同形式呈现的文化背景罢了。无论散文或杂文，黄裳的作品，包括叙事或议论，都首先是情感的，而不是知识的。其中必有作者真正的爱憎，真正的喜怒哀乐（不是“学生腔”“文艺腔”中的“抒情腔”)，这是他作品的文学品格，也是他作品的道义品格。（邵燕祥：《黄裳的“散文王国”——我读黄裳散文的一些印象》，选自《旧时船票》，邵燕祥著，上海远东出版社 2008 年版，第 229 页）

【思考与讨论】

以《秦淮拾梦记》为例，谈谈黄裳散文“融古与今、人文与地理、历史和现实于一炉”的特点。

【拓展与延伸】

1.“学者散文”或“文化散文”的出现是八九十年代散文创作的一个重要现象。选读张中行《负暄琐话》、余秋雨《文化苦旅》《文明的碎片》中的文章，以及陈平原的《书生意气》、赵园《窗下》、刘小枫《我们这一代人的“怕”与“爱”》等，谈谈学者散文的特点。

2. 八十年代一批老作家创作了一批回忆往事的散文，主要有巴金的《随想录》、杨绛的《干校六记》、孙犁的《晚华集》、陈白尘的《云梦断忆》等。从上述散文集中选择自己喜欢的作品阅读，写一篇读后感。

【推荐阅读】

1.《爱黄裳》，陈子善编，上海书店出版社 2008 年版。

2.《黄裳自选集》，黄裳著，人民文学出版社 2008 年版。

3.《负暄琐话》，张中行著，中华书局 2006 年版。

4.《干校六记》，杨绛著，生活·读书·新知三联书店 2015 年版。

锦　云

锦云

【简介】锦云（1938～　），本名刘锦云，河北雄县人，出生于农民家庭，有着丰富的乡间生活经历。1963年毕业于北京大学中文系，大学期间即开始发表作品。毕业后曾长期在京郊昌平农村工作，为他的创作积累了深厚的生活基础。其后到北京市委宣传部工作。1982年调到北京人民艺术剧院任专业编剧，曾任北京人民艺术剧院院长。主要戏剧作品有：《狗儿爷涅槃》《背碑人》《乡村轶事》《阮玲玉》《风月无边》《日出而作》等，其中《狗儿爷涅槃》获第四届曹禺文学奖，《阮玲玉》获1996年“五个一”工程奖及文华奖剧目奖。另有中短篇小说多篇，短篇小说《笨人王老大》（与人合作）获1980年全国优秀小说奖。

锦云是一位深刻体察农村生活，长期关注农民命运并有着独到感悟的剧作家，他善于发现并勇于表现现实生活中的矛盾，启发人们去思考。他富有探索与创新精神，在秉承现实主义戏剧手法的同时，能够汲取中国传统戏曲和外国现代主义戏剧艺术的营养，为当代中国话剧的发展拓宽了道路。

狗儿爷涅槃（节选）

第十三场

【狗儿爷痴痴望着。

【祁永年幻影出现。

祁永年　认得吗？

狗儿爷　有点儿眼熟。

祁永年　瞧，又来了，那两口子。

【李万江、冯金花出现在远处，相互说着什么。

狗儿爷 还要割尾巴？

祁永年 过去几年的事就别提了。这回，兴许是美事儿。

狗儿爷 这一阵儿云彩，一阵儿雨的。

祁永年 冷够了就回暖。

狗儿爷 走。

祁永年 聊会儿。

狗儿爷 没工夫。

【二人隐去。

冯金花 （又一遍叮咛）牵上菊花青。

李万江 忘不了——我为啥去的?

冯金花 槽头买马望母仔——这匹小菊花青跟那老菊花青一模一样，脱个影似的。酒呢?

李万江 提上了。

冯金花 把那两个老腌儿鸡子儿带上，他顶爱吃这个。

李万江 带上了。

冯金花 别这么丧荡游魂的，高兴点儿。

李万江 高兴，高兴，二十多年了，我又把马给人牵回去，我都干了些个什么呀?

冯金花 我的爷爷，想开点儿吧，你可别有个好歹的，要再疯一个，我可就没法儿了。你把马送到风水坡，哥儿俩喝一顿，他心口一热，气儿一顺，阿弥陀佛，也许能明白过来呢！

李万江 那敢情好，我也省心了，连马带你，我一块儿还给他。

冯金花 我抽你！你当我也是这匹马呢——女人就这么不值钱?

【一阵马嘶，灯光暗去。复明，狗儿爷、李万江同坐风水坡。

李万江 喝，满满儿一壶。

狗儿爷 难得，先捫一口。说吧，兄弟，你要一片红，狗儿哥决不当“黑膏药”。

李万江 不说这个。先吃——

狗儿爷 老腌儿？难得。（品味）嗯，是味儿，哪儿来的?

李万江 腌的。

狗儿爷 谁腌的?

李万江 我媳妇儿。

狗儿爷 嗯，老娘们儿都会这个，喝！

李万江 喝！老哥，你这会儿明白吗?

狗儿爷　老弟，我什么时候糊涂过？

李万江　那是我糊涂。你说，这人世上的事儿，有时候几十年一个老模样儿，可有时候呢，一个早起就变了，还越变越邪乎，越变越没边儿。

狗儿爷　都是属孙猴儿的。可阎王爷说啦，再怎么变，那高门楼也姓陈，也不能把他变回来……

【祁永年幻影出现。

狗儿爷　哟，他还真来了。

祁永年　荒郊野外的，孤得慌，来蹭口酒喝。

狗儿爷　去！

祁永年　咱们可是儿女亲家，你陈家娶了我闺女。

狗儿爷　那不假，不光娶了，我孙子都有了。可有一宗，咱这亲戚不走动。

李万江　（愕然）狗儿哥，你怎么了？

狗儿爷　喝咱的，甭理他。

李万江　谁呀？

狗儿爷　祁永年。

李万江　我要说的就是他。

祁永年　你看看。

狗儿爷　你少插嘴！——怎么，你说？

李万江　你真要是还……嗨，这么说吧，他真要能来了，也和咱平起平坐啦！

祁永年　你看看。（一屁股坐下）

狗儿爷　去，去，我怕脏了这块土。

李万江　你这观点不时兴了，这不行。

狗儿爷　怎么行？把你的酒给他喝？

李万江　按眼时下的令儿，给就给。

祁永年　你看看。（伸手接杯）

狗儿爷　（接李万江手中酒杯，冲祁永年泼去）给你，我叫你喝，叫你喝！你要平起平坐，休想！你想认亲家，没门儿！

【二人撕扯成一团。

李万江　你这是怎么了？狗儿哥，狗儿哥，（拉也拉不住，大喝）陈贺祥我给你送马来啦！

狗儿爷　马？（痴笑）嘿嘿……你又哄我：楼上楼下，电灯电话……

李万江　不是哄你，是板上钉钉。菊花青，我给你牵来啦！

狗儿爷　我不要。等哪天，你再拿一壶酒来喝喝，又牵去了。

李万江 不会啦！

狗儿爷 要会呢？

李万江 我保险。

狗儿爷 谁保你的险？

祁永年 死榆木头！

狗儿爷 你少插嘴。

李万江 谁要再来那套浑不讲理的，我也豁啦，再就不种地了，饿死他！噢，还有地，“宝葫芦嘴儿”，也归你种了。

狗儿爷 真的？

李万江 蒙你——天打雷劈！

【一阵马嘶。

狗儿爷 菊花青？我的菊花青，乖乖，你在哪儿？

李万江 凉水泉儿，橡子树上拴着呢。

祁永年 凉水泉儿，橡子树上拴着呢，橡子树上拴着呢……

狗儿爷 滚，一万年我也不理你！

【祁永年隐去。

狗儿爷 我得先饮饮它，叫它美美儿喝个够，清粼粼的长流水，喝个够……（兴冲冲下）

【山谷间回响着一声呐喊：“我有马啦——”李万江百感交集地追过去。

【有顷。狗儿爷双手捧水罐，凝视着自己倒映在罐内清水面上的容颜，缓缓走上。李万江随其后。

狗儿爷 （低唤着）狗儿爷，陈贺祥，老伙计，一根儿黑头发也没啦！这一脑瓜子白雪花花儿，换了点儿什么呀？万江兄弟，这是你？脸像个核桃皮。你四十几啦？

李万江 （苦笑）唉，六十整。

狗儿爷 你六十？我比你大一轮，那我就七十二？老天爷呀……

李万江 老天爷不管这个。

狗儿爷 噢，阎王爷……

李万江 收起你的阎王爷吧！那小学生的书本子上说，这是规律，大自然的。

狗儿爷 自然大老爷呀，你再让我倒退三十年，不，二十年，我要攒上全身的力气，攥断它十根锄把子，不赛倒他祁永年，不把他那小匣匣儿拿到手，不挂上千顷牌，我就在这凉水泉儿里头一头浸死！

李万江 还是不大明白。（大声）老哥，这也不晚！

狗儿爷　有你这么一说，咱还有儿子，还有孙子呢。耕、耩、锄、耪，筛、簸、扬、拿，都学到手，才算一个庄稼人。我要手把壶儿地调教他们。骡子马不调教还不能入辕儿呢。

李万江　是时候了，白露早，寒露迟——

狗儿爷　秋分种麦正当时。

李万江　早种一天——

狗儿爷　早熟十天。

李万江　牵上菊花青，驮上铺盖卷儿，儿子媳妇和孙子都等着急啦，回家吧，我的老哥。

狗儿爷　（一时自得地）走！儿子、媳妇、孙子、菊花青、高门楼……（回忆、思忖）虎儿的妈，俺虎儿的妈呢？赶集？（摇头）不对……万江兄弟！

李万江　怎么？

狗儿爷　快回村！我得找金花去，找俺的金花去，找俺的金花去！不管是死，还是活，她跟俺受苦受累半辈子，俺得好好儿补付补付她！

李万江　你……没忘了她？

狗儿爷　忘不了，那是媳妇儿。

李万江　回村——我告诉你。

选自《锦云剧作集》，中国戏剧出版社 2009 年版

【导读】

多场次现代悲喜剧《狗儿爷涅槃》发表于《剧本》1986 年 6 月号，1986 年由北京人民艺术剧院首演，获得成功，连续演出 150 多场，场场爆满。剧本荣获第四届曹禺文学奖和 1986 年北京市国庆征文荣誉奖、演出百场奖。1988 年参加首届中国戏剧节，同年锦云获中国话剧研究会首届振兴话剧优秀编剧奖。《狗儿爷涅槃》经受住时间的考验，已成为北京人民艺术剧院的经典剧目之一。

剧中主人公狗儿爷是一个地地道道的北方农民，原名陈贺祥，他爹为了赢得二亩地，跟人家打赌，活吃了一条小狗，白白地搭上一条性命，由此陈贺祥得了“狗儿爷”这个称号。战争期间，为了躲避战火，村子里的人都跑光了，他的老婆也抱着孩子随着人群跑了，村里只剩下“那没边儿没沿儿的一汪金水儿似的好庄稼”。狗儿爷冒着生命危险，收割了地主祁永年地里的庄稼，可是，他媳妇却在逃难途中被炮弹炸死了……战后，逃难回来的祁永年要狗儿爷归还他的二十亩芝麻。这时解放军来了，狗儿爷求民兵小队长李万江做主，把祁家的高门楼儿分给

他，因为祁永年曾经把他吊在上面毒打。狗儿爷的愿望终于实现了，他分得了土地，住进了心仪已久的高门楼，还娶了漂亮的小寡妇冯金花为妻。他勤劳节俭，日子过得越来越红火，在他看来，“庄稼人地是根本，有地就有根，有地就有指望，庄稼人没了地就变成了讨饭和尚，处处挨挤兑”。他家的地越买越多，还有了名为菊花青的马和一辆气轱辘车，就在他一天天做着地主梦的时候，轰轰烈烈的农业合作化运动来了，狗儿爷辛辛苦苦挣来的家产——牲口、土地、马车全都归了集体，狗儿爷想地想疯了，成了一个废人。土地归公以后，人心涣散，农民们生活极端贫困。狗儿爷家的日子全靠冯金花一人支撑，在万般无奈之下，她趁着夜色到地里偷玉米，被巡夜的村干部李万江抓住，两个人互诉衷肠。不久，冯金花与狗儿爷离婚，嫁给了李万江，但她告诉李万江陈家老小她还得照顾。狗儿爷在风水坡开荒种地，等到庄稼快成熟的时候，李万江又带领社员来割“资本主义尾巴”……多年后，政策又发生了变化，李万江将菊花青和土地送还给了狗儿爷。古稀之年的狗儿爷顶着白雪花花的头发想要再度实现他的土地梦，重修高门楼。然而他的观念和儿子大虎的思想发生了激烈冲撞：儿子要拆除高门楼，开通道路，办白云石厂，走另一条致富路。狗儿爷的土地梦又一次破灭了，他怀着满腔悲愤，点燃了柴草，将高门楼付之一炬，在众人的救火声中，狗儿爷牵着马走了……

《狗儿爷涅槃》是一部“让人思，让人想”的优秀戏剧。该剧最成功的地方是塑造了狗儿爷这一“具有相当历史深度和历史容量的形象。如果把它放到中国现代话剧文学发展史里，可以说它是截至目前最出色最有分量的一个农民的悲剧形象。”（田本相：《我们仍然需要现实主义》，《文艺研究》1988 年 1 期）剧作家将狗儿爷置身于从解放战争到改革开放这一曲折漫长的历史背景中来塑造。他饱经忧患，对土地无比痴迷并有着强烈的占有欲，终其一身的理想就是像曾经剥削他、毒打他的祈永年一样做一个地主。正如马克思在《德意志意识形态》中所说，“统治阶级的思想在每一时代都是占统治地位的思想。”为了土地他可以冒任何危险，甚至不惜自己或亲人的生命。失去土地他就失去理智，土地复归他就清醒过来。狗儿爷是一个立体化的人物形象，具有多侧面的性格：既有勤劳节俭、淳朴善良、正直要强的秉性，又有着因循守旧、妄自尊大、报复心强、自私狭隘、目光短浅的小农意识，表现了中国农民几千年积淀下来的精神特征。作品通过狗儿爷苦辣酸甜的一生，让读者和观众对中国社会数十年的曲折道路进行反思。比如狗儿爷开荒的风水坡被当作“资本主义尾巴”要被割掉，狗儿爷愤懑地说：“我就寻思着，时眼下，还不如解放前了呢”，“那晚儿，还乡团把咱挤兑急了，咱还能找八路军去呢，这晚儿，叫俺找谁去呀？”同时，剧作家站在时代的高度，通过狗儿爷形象告诉人们：在农民占绝大多数的中国，带有严重小农经济思想意识的狗儿爷们，只有经历一番精神涅槃，才能真正走上现代化的道路，而“涅槃”是一个长期的、艰难的过程。另外，土地作为“物”对狗儿爷的异化，白云采石场的石头会不会作为新的“物”使陈大虎们异化为新的狗儿爷，这些都是值得深思的问题。

刘锦云是一位熟稔中国传统戏曲形式，吸纳现代艺术手法，独树一帜、成就突出的戏剧家。《狗儿爷涅槃》的整体风格是现实主义的，狗儿爷的经历是解放战争到改革开放近半个世纪中国农民生活的真实写照。但《狗儿爷涅槃》与传统的现实主义又有所不同，在艺术手法上，作者“运用了表现主义的方法将狗儿爷深层的心灵搏斗直接呈现在舞台上，但是，这种深层心理搏斗的展示，并不妨碍整个戏剧行动仍然按照日常生活的逻辑方式推进。”（汤逸佩：《八十年代中国话剧形式创新的美学前提》,《华东师范大学学报》1998 年 3 期）另外，剧作家还采用象征、隐喻等艺术手法，来深化人物性格的刻画，取得极好的效果。

在结构上，该剧以狗儿爷颤颤巍巍划火柴烧门楼始，以狗儿爷在救火声中出走终。剧中现实时空与心理时空灵活转换，为了适应这种转换，该剧立足于中国传统戏曲的多场次结构，有戏则长，无戏则短，角色进进出出，移步换形，使整部戏既丰富多变又线条清晰。

戏剧语言质朴清新，散发着泥土气息；鲜活幽默个性鲜明。比如：“看看地去，看看地去，看看我的地，看看我的地去！撒手不由人，这是最后一趟啦……一壶酒，满满儿一壶酒，他一杯，我一杯，我一杯，他一杯，小酒壶一打跟头，酒净了，人醉了，菊花青没了，气轱辘车没了，地没了……”这段台词生动地传达出视土地为生命的狗儿爷在农村合作化运动中失去土地时心中的不甘、不舍、无奈、绝望、凄凉。《狗儿爷涅槃》中的语言还有着丰富的潜台词，发人深省。比如祈永年有感于政策的变化无常，说：“冷够了就回暖。”

《狗儿爷涅槃》是多场悲喜剧，用喜剧性的场景与富有幽默色彩的语言塑造了悲剧主人公狗儿爷形象。全剧共 16 场，这里节选的是第 13 场，表现了农村政策改革后，李万江把牲口和土地归还给狗儿爷，年过七旬白发苍苍的狗儿爷想要再度实现土地梦的情景，给读者一种悲喜交加的情感体验。

【选评】

对改革的呼唤与赞美，对乡村“现代化”的热切期盼，这是二十世纪八十年代中国作家表现最多的主题之一。而九十年代以来，随着现代化所伴生的环境破坏、价值失范、道德沦丧等诸多危机，许多作家对“改革”“现代化”的态度发生转变：由热情呼唤、一味拥护到隐忧、反思；对于乡土文明，从最初视为改革的路障，到从中寻找抑制现代文明病的良方（对自然的谦卑，淳良的品性，简朴的生活）。由此看来，《狗儿爷涅槃》的双重文本具有一种“隔空对话”性：表面文本是八十年代式的对现代化的热情呼唤（该剧的题目，首尾火烧门楼的框架设计、推土机声音的象征性就是明显的标识）；潜在文本则是九十年代式的对乡土文明的深情眷顾与再认识。（宋向阳：《重复与潜文本：锦云〈狗儿爷涅槃〉新解》，《剧本》2014 年第 10 期。）

【思考与讨论】

1. “涅槃”是什么意思，狗儿爷“涅槃”意义何在，他能否“涅槃”？

2.《狗儿爷涅槃》被认为是新时期大陆话剧探索的集大成之作，从人物塑造、戏剧结构等方面谈谈《狗儿爷涅槃》对传统写实话剧的突破与艺术探索。

【拓展与延伸】

1. 近些年来，无论是传统的戏曲还是话剧，都逐渐经历了衰落的过程。对此，田本相指出：“当前话剧现状，最令人堪忧的是精神状态，是创作精神的萎靡，是探索艺术精神的衰微，是社会责任感的减弱，是社会良知和激情的缺失。”（田本相：《历史在发问：百年话剧如何重现生机》，《人民日报》2007 年 4 月 12 日）查阅相关资料，请结合戏剧发展现状，写一篇 2000 字左右的论文，谈谈你对当代中国戏剧发展的认识。

2. 八十年代涌现出一批优秀的剧作：高行健的《绝对信号》《车站》，陈子度、徐晓钟等的《桑树坪纪事》，李龙云的《小井胡同》《洒满月光的荒原》，姚远的《下里巴人》等。请选择阅读或观看视频，交流心得体会。

【推荐阅读】

1.《锦云剧作集》，刘锦云著，中国戏剧出版社 2009 年版。

2.《中国百年话剧艺术通史》，田本相著，山西教育出版社 2008 年版。

第六单元

二十世纪九十年代文学

【概述】 九十年代的中国社会由大一统的计划经济时代转型为社会主义的市场经济，并加速融入全球经济一体化进程。商品意识、市场观念渗透到文学领域，对文学观念，文学制度，文学的生产、流通、评价标准等产生深刻影响。随着市场调节机制的形成和消费文化的渐趋成熟，流行性文学读物大量兴起，纯文学作品的位置日趋边缘化。面对这一局面，作家对自我的身份进行重新定位，对文学的价值和功用进行重新评估，进而做出不同的选择，相对统一的新时期文学终结，出现了多元化的、个人化、充满竞争的文学新格局。

九十年代的小说，尤其是长篇小说成就突出。九十年代初开始，马原、余华、苏童等先锋作家的创作集体转向，减弱了探索的激情，改变了探索的姿态，采取更贴近普通读者的叙事风格。余华的《呼喊与细雨》在绝望中有了些许温情，被认为是转型之作。《活着》《许三观卖血记》是余华由先锋向世俗转向后的代表作，虽然带着前期先锋小说死亡、血腥、暴力的影子，但温情的成分越来越多，作者对待生活的态度由愤怒转向和解。九十年代的新历史小说出现了创作高潮，新历史小说以个人化立场对历史进行重构，从历史观念到叙述方式都超越了传统的历史小说。莫言的《丰乳肥臀》，刘恒的《苍河白日梦》，苏童的《米》《我的帝王生涯》，刘震云九十年代初发表了《一地鸡毛》，被认为是“新写实”小说的代表作，接着把笔触伸向历史领域，创作了“故乡系列”（《故乡天下黄花》《故乡相处流传》《故乡面和花朵》）长篇小说，陈忠实的《白鹿原》，张炜的《九月寓言》《柏慧》《家族》等都是这一时期的优秀作品。李锐的《无风之树》、王小波的《黄金时代》、王朔的《动物凶猛》则对当代“反右”“文革”等历史事件进行反思。在“人文精神失落”的九十年代，有一些作家对生存的精神、价值、意义进行形而上的思考，主要作品有张承志的《心灵史》，韩少功的《马桥词典》、史铁生的《务虚笔记》。这一时期的女性写作显示出更为个人化的特点，代表作有王安忆的《长恨歌》、陈染的《私人生活》、林白的《一个人的战争》。

九十年代的散文在报纸、杂志、出版商的推波助澜下出现创作热潮，生活小散文、学者散文、文人散文、小女人散文等品类繁多，都有各自的受众。由《大家》《天涯》等杂志推出的张锐锋、于坚、周晓枫、刘亮程等人的散文作品受到专家学者的好评。在九十年代的散文热中，文人散文与文化散文占有重要地位。汪曾祺出版了《蒲桥集》《葡萄月令》等散文集，延续了“京派”文人的审美传统。余秋雨在九十年代出版《山居笔记》《霜冷长河》等散文集，他的散文满足了都市读者对雅致精神产品的需求，一度成为大众文化市场的热点。张承志、欧阳江河、王蒙、余华、张炜等人的散文创作也成绩卓著，影响最大的当属史铁生与王小波。史铁生的《我与地坛》从个人独特的生命体验出发，探求生与死的奥秘。王小波九十年代出版了《思维的乐趣》《我的精神家园》《沉默的大多数》等散文集，他的杂文与随笔睿智、幽默、独树一帜。

九十年代的诗歌受到大众文化的冲击而读者锐减，迅速地向社会和文化边缘滑落，许多诗人不得不中断诗歌创作，或者转向散文、小说等其他文体，“专职”的诗人越来越少，诗歌的创作侧重诗人的个人感受与个人经验。九十年代末，一些诗歌网站成为诗歌发展的自由空间，网络对诗歌的创作影响越来越大。

九十年代的话剧在影视的挤压下处于低迷状态。相比而言，小剧场戏剧还在沿着先锋和世俗两条路径进行艰苦的探索，努力在艺术与市场间找到合适的平衡点。先锋戏剧主要是受欧美后现代主义思潮的影响，试图解构传统、反叛经典，比如孟京辉等人创作的《思凡》《恋爱的犀牛》《一个无政府主义者的意外死亡》，林兆华等人创作的《哈姆雷特》《三姐妹》《等待戈多》等作品。而另一些小剧场戏剧则表现出通俗化倾向，比如乐美勤的《留守女士》、吴玉中的《情感操练》等。

刘震云

【简介】刘震云（1958～），生于河南延津农村。1973年参军，1978年复员后曾担任中学教师，同年考入北京大学中文系。1982年毕业后在《农民日报》社工作，开始文学创作。1987年在《人民文学》上发表短篇小说《塔铺》，引起文坛注目，之后连续推出中短篇小说《新兵连》《单位》《官场》《一地鸡毛》《官人》。九十年代前后，刘震云把笔触伸向历史和农村，创作长篇小说《故乡天下黄花》和《故乡相处流传》以及多卷本的长篇小说《故乡面和花朵》，这些小说都在历史和当下的权力关系中探索人性的种种问题，对“统治者”和“人民”都有毫不留情的剖析，擅于用反讽、荒诞的手法描写城乡普通平民与基层干部的日常生活以及乡村世界的历史变迁。2011年，刘震云的长篇小说《一句顶一万句》获得第八届茅盾文学奖。

刘震云

一地鸡毛(节选)

孩子在幼儿园也有一个习惯过程。开始几天，孩子哭着不去。送时哭，接时也哭。这是年幼不懂事,大人只要坚持下来,孩子也没办法。坚持一段孩子就习惯了。等孩子熟悉了新的环境，老师、别的孩子，她都认识了，于是也就不哭了。小林有时觉得那么小的孩子，在无奈中也会渐渐适应环境，想起来有些心酸。可老放在身边怎么成，她就不长大了吗？长大混世界，不更得适应？于是也就不把这辛酸放到心上。这时有了世界杯足球赛，小林前几年爱看足球，看得脸红心跳，觉得过瘾，世界级的明星，都能说出口。那时觉得人生的一大目的就是看足球，世界杯四年一次，人生才有几个四年？但后来参加工作、结婚以后，足球赛渐渐不看了。

看它有什么用？人家球踢得再好，也不解决小林身边任何问题。

小林的问题是房子、孩子、蜂窝煤和保姆、老家来人。所以对热闹的世界杯充耳不闻。现在孩子入了幼儿园，小林心里轻松一些，想到今天晚上要决赛，也禁不住心里痒痒起来；由于转播是半夜，他想跟老婆通融通融，半夜起来看一次转播。于是下班接孩子回来，猛干家务。老婆看他有些反常，问他有什么事，他就觍着脸把这件事说了，并说今天晚上上场的有马拉多纳。谁知老婆仍是那么不通情达理，她的思路仍没有转过弯来，竟将围裙摔到桌子上：

“家里蜂窝煤都没有了，你还要半夜起来看足球，还是累得轻！你要能让马拉多纳给咱家拉蜂窝煤，我就让你半夜起来看他！”

小林一阵扫兴，连忙摆手：

“算了，算了，你别说了，我不看了，明天我去拉蜂窝煤不就行了！”于是也不再干家务，坐在床头犯傻，像老婆有时在单位不顺心回到家坐床边犯傻的样子。这天夜里,小林一夜没睡着。老婆半夜醒来,见小林仍睁眼在那里犯傻,倒有些害怕，说：

“你要真想看，你看去吧！明天不误拉蜂窝煤就行了！”

这时小林一点兴致都没有了，一点不承老婆的情，厌恶地说：

“我说看了？不看足球，还不让我想想事情了！”

第二天早起，小林就请了一上午假，去拉蜂窝煤。拉完蜂窝煤下午到单位，新来的大学生便来征求他对昨晚足球的意见。小林恶狠狠地说：

“一个鸡巴足球，有什么看的！我从来不看足球！”

接着就自己去翻报纸。倒把大学生吓了一跳。晚上下班回来，老婆见他仍在闹情绪，蜂窝煤也拉来了，倒觉得有点对不住他，自己忙里忙外弄孩子，还看着他的脸色说话。这倒叫小林有些过意不去，心里的恶气才稍稍出了一些。

……

微波炉用了两个星期，孩子突然出了毛病。本来去幼儿园她已经习惯了，接送都不哭了，有时还一蹦一跳地进幼儿园。但这两天突然反常，每天早上都哭，哭着不去幼儿园，或说肚子疼，或说要拉屎；真给她便盆，什么也拉不出来。呵斥她一顿，强着送去，路上倒不哭了，但怔怔的，犯愣，像傻了一样。小林和小林老婆都有些害怕，断定她在幼儿园出了毛病，要么是小朋友欺负了她，使她见了这个小朋友就害怕；要么问题出在阿姨身上，阿姨不喜欢她，罚她站了墙根或是让她当众出丑，伤了她的自尊心，使她害怕再见阿姨。小林和小林老婆便问孩子因为什么，孩子倒哭着说：

“我没有什么呀，我没有什么呀！”

于是小林老婆只好接孩子时在其他家长中进行调查。调查的结果，原来毛病出在小林和小林老婆身上。他们大意了。大意之中过了元旦；元旦之前，别的家长都向阿姨们送东西，或多或少，意思意思，唯独小林家没有意思，于是迹象就出现在孩子身上。老婆埋怨小林：

“你也真是，孩子进了幼儿园，你连个元旦都记不住！幼儿园阿姨背地里不知嘲笑咱多少回，肯定说咱抠门、寒酸！”

小林也说：

“大意了大意了，过去送礼被人家推出去，就害怕送礼，谁知该送礼的时候，又把这件事给忘了！”

于是就跟老婆商量补救措施，看补送一些什么合适。真要说送什么，两人又犯了愁。送个贺年卡、挂历，显得太小气，何况新年已过去了；送毯子、衣服又太大，害怕人家不收。小林说：

“要不问问孩子？”

小林老婆说：

“问她干什么，她懂个屁！”

小林还是将孩子叫过来，问孩子知不知道其他孩子给老师送了什么，没想到孩子竟然知道，答：

“炭火！”

小林倒吃一惊：

“炭火？为什么送炭火？给老师送炭火干什么？”

于是让老婆第二天再调查。果然，孩子说对了，有许多家长在元旦给老师送了“炭火”。因为现在冬天了，冬天北京时兴吃涮羊肉，大家便给老师送“炭火”。小林说：

“这还不好办？别人送炭火，咱也送炭火！”

但等真要买炭火，炭火在北京已经脱销了。小林感到发愁，与老婆商量送点别的算了，何况别人家已经送了炭火，咱再送也是多余，不如送点别的。但孩子记住了“炭火”，每天清早爬起来第一句话便是：

“爸爸，你给老师买炭火了吗？”

看着一个三岁孩子这么顽固地要送“炭火”，小林又好气又好笑，拍了一下床说：

“不就是一个炭火吗，我全城跑遍，也一定要买到它！”

果然，最后在郊区一个旮旯小店里买到了炭火。不过是高价的。高价能买到也不错。小林让老婆把炭火送到幼儿园。第二天，女儿就恢复了常态，高兴去幼儿园。女儿一高兴，全家情绪又都好起来。这天晚上吃饭，老婆用微波炉烤了半只鸡，又让小林喝了一瓶啤酒。啤酒喝下，小林头有些发晕，满身变大。这时小林对老婆说，其实世界上事情也很简单，只要弄明白一个道理，按道理办事，生活就像流水，一天天过下去，也蛮舒服。舒服世界，环球同此凉热。老婆见他喝多了，瞪了他一眼，一把将啤酒瓶给夺了过来。啤酒虽然夺了过去，但小林脑袋已经发懵，这天夜里睡得很死。半夜做了一个梦，梦见自己睡觉，上边盖着一堆鸡毛，下边铺着许多人掉下的皮屑，柔软舒服，度年如日。又梦见黑压压无边无际的人群向前涌动，又变成一队队祈雨的蚂蚁。一觉醒来，已是天亮，小林摇头回忆梦境，梦境已是一片模糊。这时老婆醒来，见他在那里发傻，便催他去买豆腐。这时小林头脑清醒过来，不再管梦，赶忙爬起来去排队买豆腐。买完豆腐上班，在办公室收到一封信，是上次来北京看病的小学老师他儿子写的，说自上次父亲在北京看了病，回来挺了三个月，现已去世了；临去世前，曾嘱咐他给小林写封信，说上次到北京受到小林的招待，让代他表示感谢。小林读了这封信，难受一天。现在老师已埋入黄土，上次老师来看病，也没能给他找个医院，到家里也没让他洗个脸。小时候自己掉到冰窟窿里，老师把棉袄都给他穿。但伤心一天，等一坐上班车，想着家里的大白菜堆到一起有些发热，等他回去拆堆散热，就把老师的事给放到一边了。死的已经死了，再想也没有用，活着的还是先考虑大白菜为好。小林又想，如果收拾完大白菜，老婆能用微波炉再给他烤点鸡，让他喝瓶啤酒，他就没有什么不满足的了。

选自《新写实小说选》，金健人编，浙江文艺出版社 1993 年版

【导读】

《一地鸡毛》发表于《小说界》1991年第1期。小说描写了一个普通的机关公务员小林的日常生活：早起排队买豆腐，为妻子调动工作而送礼，老家来亲戚，孩子生病去医院，与保姆的矛盾，为孩子入托而求人，帮老同学卖鸭子，教师节给老师送礼，等等。“小林家一斤豆腐变馊了”，这是小说开头的第一句话，也是小说情节的起始所在。小说从一块馊豆腐开始，就注定了它的凡俗和卑琐。

《一地鸡毛》是“新写实”小说的代表作。“新写实”小说与传统现实主义小说不同，传统的现实主义追求对生活的“本质”的再现，不屑于进行生活原色和本相的描绘。“新写实”小说却着意于在日常琐事的描写中呈现生活的原生态，展示当代人的那些艰难困苦、无所适从的尴尬生活情境。在叙述语调上，作者将情感压制到“零度状态”，充当隐匿者、旁观者角色。《一地鸡毛》表现出“新写实”小说的典型特征：叙事语调客观冷静，语言平实简洁，没有戏剧化的故事情节和高潮，琐碎生活叙写构成了小说的全部情节。

作品中的主人公笼罩在权力的阴影下，时时陷入现实与愿望的“错位”中，无奈地挣扎，最终只能接受现实。小林排队好不容易买到的豆腐，因为忘记放进冰箱变馊了，引起了一场家庭大战。小李调动工作由于找错关系最后前功尽弃。小林的妻子坐上单位的班车，不是由于领导体恤下情，而是沾了局长小姨子的光。老家的恩师来找小林帮忙，由于经济条件和社会地位的局限，小林只能放弃想要报答恩师的心意。孩子入托原以为邻居热心帮忙，其实是充当陪读的角色，小林知道真相后，像吃了马粪一样感到龌龊，但是他最终还得让孩子继续去那家幼儿园。小林被老同学拉去帮忙卖鸭子收账，起初觉得是丢脸的事情，可是赚到钱后，他就习惯成自然了。“小林感到就好像当娼妓，头一次接客总是害怕，害臊，时间一长，态度就大方了，接谁都一样。”

小说题为“一地鸡毛”，这是一种象征性的说法。在小说的结尾处，小林梦见自己在睡觉，“上边盖着一堆鸡毛，下边铺着许多人掉下来的皮屑，柔软舒服，度年如日。”生活就是由繁重、琐碎的“鸡毛”小事和人的皮屑一样令人恶心的感觉组成的。作品真实地展现了琐碎而平庸的生活如何磨去了人物的个性和棱角，使他们在昏昏若睡的状态中丧失了精神上的自觉；表现了当年富有理想、诗意的大学生小林和他的妻子小李，如何被琐碎的日常生活破坏、腐蚀掉意志和热情，抹去个性，变得越来越卑微、庸俗的过程。虽然，作者不动声色地写出了一个人人都会认同又颇感无奈的人间，揭示了知识分子的窘迫人生。但是，这并不代表作者认同了这种生活，相反，作者在冷静客观的叙述之中，时时闪烁着一种尖锐的讽刺精神，显示出了知识分子批判精神和人文传统。

全书共七节，本书节选了最后一节部分片断，这一节有点明题旨的作用，“一地鸡毛”这个标题所包含的象征意义通过小林的一个梦直接表述出来。

【选评】

《一地鸡毛》让读者看到了知识精英真实生活的另一侧面，他们同普通平民百姓一样在为生存问题而顽强地“活着”；无论他们的思想境界有多么的神圣与崇高，归根结底他们仍旧是一种现实环境中的生存动物：无论你是“精英”还是“平民”，在“生活”的天平上根本就没有什么身份上的本质差别；“精英”只是人曾经接受过教育的一种经历，它只能给你带来更多苦恼而不是幸福！我们大可以去指责刘震云创作思想的过于消极，不过我们真能摆脱“一地鸡毛”式的生存烦恼吗？每一个知识精英在现实生活中所屡屡受挫的生存困境，实际上都是对于《一地鸡毛》艺术价值的充分肯定。（宋剑华：《论〈一地鸡毛〉——刘震云小说中的“生存”与“本能”》，《文艺争鸣》2010 年第 11 期）

【思考与讨论】

1.《一地鸡毛》是“新写实”的“经典”文本，试结合作品谈谈新写实小说的审美特征。

2. 请谈谈《一地鸡毛》的悲剧性及其批判意义。

3. 比较鲁迅的《伤逝》、杨沫的《青春之歌》、刘震云的《一地鸡毛》，这些作品中叙述人对“日常生活”的态度是什么？为什么？

【拓展与延伸】

1. 刘震云的长篇小说《一句顶一万句》被称为中国版《百年孤独》。这两部作品如何体现了孤独，其中的孤独各有什么特点？

2.“新写实小说”的正式命名，始于《钟山》杂志 1989 年第 3 期上开辟的“新写实小说大联展”。被归入这一名目之下的作家非常广泛，包括刘震云、方方、池莉、刘恒等。请选择阅读：刘震云的《一地鸡毛》、方方的《风景》、池莉的《烦恼人生》《不谈爱情》、刘恒的《狗日的粮食》《伏羲伏羲》，写一篇文学性评论，谈谈你对这类小说的看法。

【推荐阅读】

1.《温故一九四二》，刘震云著，长江文艺出版社 2012 年版。

2.《一句顶一万句》，刘震云著，长江文艺出版社 2009 年版。

3.《中国新写实小说选》，李陀编，三联书店（香港）有限公司 1995 年版。

余　华

余华

【简介】余华（1960～　），原籍山东高唐，生于浙江杭州，长于海盐，中学毕业后子承父业当过五年牙医。1984年开始发表小说，起初影响不大，1987年因短篇小说《十八岁出门远行》和中篇小说《现实一种》的发表而震动文坛。主要作品有《在细雨中呼喊》《许三观卖血记》《活着》《一九八六年》《四月三日事件》等，此外，他还写了不少散文、随笔、音乐评论等。余华是一位风格多变的作家。八十年代，作为先锋小说代表人物之一，他以异常冷静的笔调叙述一件件冷酷荒诞、充满血腥与暴力的事件；九十年代，余华的创作风格转变为温情脉脉，平淡自然的现实主义；新世纪写作风格转向通俗，创作有长篇小说《兄弟》《第七天》。

活　着（节选）

那天晚上我抱着有庆往家走，走走停停，停停走走，抱累了就把儿子放到背脊上，一放到背脊上心里就发慌，又把他重新抱到了前面，我不能不看着儿子。眼看着走到了村口，我就越走越难，想想怎么去对家珍说呢？有庆一死，家珍也活不长，家珍已经病成这样了。我在村口的田埂上坐下来，把有庆放在腿上，一看儿子我就忍不住哭，哭了一阵又想家珍怎么办？想来想去还是先瞒着家珍好。我把有庆放在田埂上，回到家里偷偷拿了把锄头，再抱起有庆走到我娘和我爹的坟前，挖了一个坑。

要埋有庆了，我又舍不得。我坐在爹娘的坟前，把儿子抱着不肯松手，我让他的脸贴在我脖子上，有庆的脸像是冻坏了，冷冰冰地压在我脖子上。夜里的风把头顶的树叶吹得哗啦哗啦响，有庆的身体也被露水打湿了。我一遍遍想着他中午上学时跑去的情形，书包在他背后一甩一甩的。想到有庆再不会说话，再不会拿着鞋子跑去，我心里是一阵阵酸疼，疼得我都哭不出来。我那么坐着，眼看着天要亮了，不埋不行了，我就脱下衣服，把袖管撕下来蒙住他的眼睛，用衣服把他包上，放到了坑里。我对爹娘的坟说：

“有庆要来了，你们待他好一点，他活着时我对他不好，你们就替我多疼疼他。”

有庆躺在坑里，越看越小，不像是活了十三年，倒像是家珍才把他生出来，我用手把土盖上去，把小石子都捡出来，我怕石子硌得他身体疼。埋掉了有庆，天蒙蒙亮了，我慢慢往家里走，走几步就要回头看看，走到家门口一想到再也看不到儿子，忍不住哭出了声音，又怕家珍听到，就捂住嘴巴蹲下来，蹲了很久，都听到出工的吆喝声了，才站起来走进屋去。凤霞站在门旁睁圆了眼睛看我，她还不知道弟弟死了。

邻村的那个孩子来报信时，她也在，可她听不到。家珍在床上叫了我一声，我走过去对她说：

“有庆出事了，在医院里躺着。”家珍像是信了我的话，她问我：“出了什么事？”

我说：“我也说不清楚，有庆上课时突然昏倒了，被送到医院，医生说这种病治起来要有些日子。”

家珍的脸伤心起来，泪水从眼角淌出，她说：“是累的，是我拖累有庆的。”

我说：“不是，累也不会累成这样。”家珍看了看我又说：

“你眼睛都肿了。”

我点点头：“是啊，一夜没睡。”

说完我赶紧走出门去，有庆才被埋到土里，尸骨未寒啊，再和家珍说下去我就稳不住自己了。

接下去的日子，白天我在田里干活，到了晚上我对家珍说进城去看看有庆好些了没有。我慢慢往城里走，走到天黑了，再走回来，到有庆坟前坐下。夜里黑乎乎的，风吹在我脸上，我和死去的儿子说说话，声音飘来飘去都不像是我的。坐到半夜我才回到家中，起先的几天，家珍都是睁着眼睛等我回来，问我有庆好些了吗？我就随便编些话去骗她。过了几天我回去时，家珍已经睡着了，她闭着眼睛躺在那里。我也知道老这么骗下去不是办法，可我只能这样，骗一天是一天，只要家珍觉得有庆还活着就好。

有天晚上我离开有庆的坟，回到家里在家珍身旁躺下后，睡着的家珍突然说：

“福贵，我的日子不长了。”

我心里一沉，去摸她的脸，脸上都是泪，家珍又说：“你要照看好凤霞，我最不放心的就是她。”

家珍都没提有庆，我当时心里马上乱了，想说些宽慰她的话也说不出来。第二天傍晚，我还和往常一样对家珍说进城去看有庆，家珍让我别去了，她要我背着她去村里走走。我让凤霞把她娘抱起来，抱到我背脊上。家珍的身体越来越轻了，瘦得身上全是骨头。一出家门，家珍就说：

“我想到村西去看看。”

那地方埋着有庆，我嘴里说好，腿脚怎么也不肯往村那地方去，走着走着走到了东边村口，家珍这时轻声说：

“福贵，你别骗我了，我知道有庆死了。”

她这么一说，我站在那里动不了，腿也开始发软。我的脖子上越来越湿，我知道那是家珍的眼泪，家珍说：

“让我去看看有庆吧。”

我知道骗不下去，就背着家珍往村西走，家珍低声告诉我：“我夜夜听着你从村西走过来，我就知道有庆死了。”

走到了有庆坟前，家珍要我把她放下去，她扑在了有庆坟上，眼泪哗哗地流，两只手在坟上像是要摸有庆，可她一点力气都没有，只有几根指头稍稍动着。我看着家珍这副样子，心里难受得要被堵住了，我真不该把有庆偷偷埋掉，让家珍最后一眼都没见着。

家珍一直扑到天黑，我怕夜露伤着她，硬把她背到身后，家珍让我再背她到村口去看看，到了村口，我的衣领都湿透了，家珍哭着说：

“有庆不会在这条路上跑来了。”

我看着那条弯曲着通向城里的小路，听不到我儿子赤脚跑来的声音，月光照在路上，像是撒满了盐。

选自《余华文集·活着》，余华著，南海出版公司2003年版

【导读】

《活着》是余华创作中的分水岭。余华早期小说深受西方现代主义及后现代主义思潮的影响，执着于血腥、暴力、死亡、宿命的描写，致力于揭示人性的丑陋。但是，随着时间的推移，作者内心的愤怒渐渐平息，他开始意识到：“作家的使命不是发泄，不是控诉或是揭露，他应该向人们展示高尚。”正是在这样的心态下，余华听到了一首美国民歌《老黑奴》。歌中唱的是一位老黑奴经历了一生的苦难，家人都先他而去，而他依然友好地对待世界，没有一句抱怨的话。余华被深深地打动了，他决定写下一篇这样的小说，写人对苦难的承受能力，对世界乐观的态度。这就是发表在1992年第6期《收获》杂志上的长篇小说《活着》。

《活着》的主人公“我”，是一个普通的农民福贵，出身富裕的地主家庭。福贵年轻时吃喝嫖赌败了家产，气死了父亲，妻子被丈人接走，母亲积劳成疾。福贵去城里为母亲抓药时被国民党抓了壮丁，他侥幸保全性命回到家乡，母亲已死，女儿生病无药医治不幸成为哑巴。“土地改革”中，福贵分到了土地，一心要和妻子家珍、女儿凤霞、儿子有庆守在一起，“好好活着”。可是苦难并没有远离这个家庭，劳累过度的家珍患了重病，长期卧床；为了给学校校长，即县长的妻子急救输血，儿子有庆因抽血过多死去；凤霞在分娩时难产而死，妻子也病死了；女婿二喜也在劳动中死于意外事故；凤霞的儿子苦根先是淋雨得了病，后来因为吃了过多的青豆胀死了，最终只剩下可怜的福贵孤独地老去。福贵的一生，苦难、贫穷、死亡是主旋律。

尽管人生中遭遇如此多的苦难，福贵却没有被残酷的命运击垮，相反，他默默地承受着这些苦难，无怨无悔、无怒无争地“活着”。余华在《活着》的出版“序言”中多次解释过福贵式的“活着”，他认为“活着”的力量“不是来自于进攻，而是忍受，去忍受生命赋予我们的责任，去忍受现实给予我们的幸福和苦难、无聊和平庸”。对于福贵来说，忍受是对抗苦难的唯一途径。从《活着》开始，余华开始了对中国国民性的思考和描述，但与鲁迅的“哀其不幸，怒其不争”不同，余华更多了一份怜悯和宽容。“如果从旁观者的角度，福贵的一生除了苦难还是苦难，其他什么都没有；可是当福贵从自己的角度出发，来讲述自己的一生时，他苦难的经历里立刻充满了幸福和欢乐，他相信自己的妻子是世上最好的妻子，他相信自己的子女也是世上最好的子女，还有他的女婿、他的外孙，还有那头也叫福贵的老牛，还有曾经一起生活过的朋友们，还有生活的点点滴滴……”生活是属于每个人的自我感受，不需要被任何其他人的看法左右。在苦难境遇中，为了活着本身而活着，不为了活着之外的任何事物而活着，不论高贵或是卑贱，超然而又不失热情地将生命继续下去。福贵式的“活着”，让余华对人生价值的寻求落在了生命本身。

本篇节选的部分，描写医院为了给县长的妻子输血，福贵的儿子有庆被医生抽血过度而亡。福贵起初瞒着病重的家珍，独自吞咽着丧子之痛，后来被家珍察觉，两人一起来到有庆坟头。有庆之死是一系列死亡的开始……

【选评】

在余华眼中，人类的苦难就是人类的生存本质，人的存在是一种永无止境的苦难历程，苦难永远是人类不可超越的生存状态。于是，当他满怀激情叙述人生苦难与不幸时，同时也表达了一个优秀作家面对丑恶与阴暗的现实的价值取向与基本立场：在八十年代，更多地表现为在苦难中对温情的强烈呼唤，即因痛感人间温情的缺失故而对“人性之恶”与“人世之厄”内心充满敌意；而到了九十年代，特别是在《活着》和《许三观卖血记》中，那种在苦难中对温情的呼唤却已变异为温情

地受难了。（富华：《人性之恶与人世之厄——余华小说中的苦难叙述》，《华东师范大学学报》2002年第8期）

【思考与讨论】

八十年代余华以先锋小说家的姿态登上文坛，九十年代以后，余华小说创作则出现重大转向。请以《现实一种》与《活着》为例，比较分析余华小说的转向及其具体体现。

【拓展与延伸】

1.《活着》被张艺谋改编成电影，在第47届戛纳国际电影节获得三项大奖。该电影与原著有较大的区别，请从叙事方式、故事情节、情感基调等方面分析二者的差异。

2.对于九十年代余华的小说《活着》《许三观卖血记》，有的评论家认为："余华忘记了，当福贵和许三观在受苦的时候，不仅是他们的肉身在受苦，更重要的是，生活的意义、尊严、梦想、希望也在和他们一起受苦。——倾听后者在苦难的磨碾下发出的呻吟，远比描绘肉身的苦难景象要重要得多。但余华没有这样做，他几乎把自己所有的热情都耗费在人物遭遇（福贵的丧亲和许三观的卖血）的安排上了。"（谢有顺：《余华的生存哲学及其待解的问题》，《余华研究资料》，山东文艺出版社2006年版，第349页）请阅读小说，写一篇评论性文章，谈谈你对这一观点的看法。

3.同余华一样，苏童、叶兆言、格非等作家都被认为是"先锋小说家"，但后来他们都出现了创作转向。请选择其以下作品阅读：《一九三四的逃亡》《妻妾成群》《米》（苏童）、《褐色鸟群》《欲望的旗帜》（格非）、"夜泊秦淮"系列、《一九三七年的爱情》（叶兆言），并交流阅读感受。

【推荐阅读】

1.《现实一种》，余华著，作家出版社2014年版。

2.《活着》，余华著，作家出版社2014年版。

3.《许三观卖血记》，余华著，作家出版社2014年版。

王安忆

王安忆

【简介】1954年生于南京，1955年随母茹志鹃移居上海。1970年到安徽农村插队，1972年考入徐州文工团。1978年调回上海，任《儿童时代》小说编辑。1987年进入上海作家协会，现为上海市作家协会主席，中国作协副主席，复旦大学教授。1976年开始发表文学作品，代表作品有《本次列车终点站》《雨，沙沙沙》《小鲍庄》《小城之恋》《荒山之恋》《锦绣谷之恋》《叔叔的故事》《乌托邦诗篇》《伤心太平洋》《纪实与虚构》《长恨歌》等。1985年在《中国作家》杂志发表的中篇小说《小鲍庄》引发关注，获得第四届全国中篇小说奖。1995年发表长篇小说《长恨歌》，获得第五届茅盾文学奖，跻身国内畅销小说行列。2004年发表的《发廊情话》获第三届鲁迅文学优秀短篇小说奖。王安忆还不断与影视剧结缘，1996年担任陈凯歌的电影《风月》的编剧，2005年畅销小说《长恨歌》被关锦鹏改编成电影，分别在威尼斯国际电影节、香港金像奖上斩获殊荣，之后《长恨歌》又被改编成电视剧、话剧等多种艺术形式。王安忆的文笔酣畅绵密、细腻圆转，在中国当代文学史上显示了独树一帜的风格。

长恨歌（节选）

站一个制高点看上海，上海的弄堂是壮观的景象。它是这城市背景一样的东西。街道和楼房凸现在它之上，是一些点和线，而它则是中国画中称为皴法的那类笔触，是将空白填满的。当天黑下来，灯亮起来的时分，这些点和线都是有光的，在那光后面，大片大片的暗，便是上海的弄堂了。那暗看上去几乎是波涛汹涌，几乎要将那几点几线的光推着走似的。它是有体积的，而点和线却是浮在面上的，是为划分这个体积而存在的，是文章里标点一类的东西，断行断句的。那暗是像深渊一样，扔一座山下去，也悄无声息地沉了底。那暗里还像是藏着许多礁石，一不小心就会翻了船的。上海的几点几线的光，全是叫那暗托住的，一托便是几十年。这东方巴黎的璀璨，是以那暗作底铺陈开。一铺便是几十年。如今，什么都好像旧了似的，一点一点露出了真迹。晨曦一点一点亮起，灯光一点一点熄灭。先是有薄薄的雾，光是平直的光，勾出轮廓，细工笔似的。最先跳出来的是老式弄堂房顶的老虎天窗，它们在晨雾里有一种精致乖巧的模样，那木框窗扇是细雕细作的；那屋披上的瓦是细工细排的；窗台上花盆里的月季花也是细心细养的。然后晒台也出来了，有隔夜的衣衫，滞着不动的，像画上的衣衫；晒台矮墙上的水泥脱落了，露出锈红色的砖，也像是画上的，一笔一画都清晰的。再接着，山墙上的裂纹也现出了，还有点点绿苔，有触手的凉意似的。第一缕阳光是在山墙上的，这是很美的图画，几乎是绚烂的，又有些荒凉；是新鲜的，又是有年头的。这时候，弄底的水泥地还在晨雾里头，后弄要比前弄的雾更重一些。新式里弄的铁栏杆的阳台上也有了阳光，在落地的长窗上折出了反光。这是比较锐利的一笔，带有揭开帷幕，划开夜与昼的意思。雾终被阳光驱散了，什么都加重了颜色，绿苔原来是黑的，窗框的木头也是发黑的，阳台的黑铁栏杆却是生了黄锈，山墙的裂缝里倒长出绿色的草，飞在天空里的白鸽成了灰鸽。

上海的弄堂是形形种种，声色各异的。它们有时候是那样，有时候是这样，莫衷一是的模样。其实它们是万变不离其宗，形变神不变的，它们是倒过来倒过去最终说的还是那一桩事，千人千面，又万众一心的。那种石窟门弄堂是上海弄堂里最有权势之气的一种，它们带有一些深宅大院的遗传，有一副官邸的脸面，它们将森严壁垒全做在一扇门和一堵墙上。一旦开进门去，院子是浅的，客堂也是浅的，三步两步便走穿过去，一道木楼梯在了头顶。木楼梯是不打弯的，直抵楼上的闺阁，那二楼的临了街的窗户便流露出了风情。上海东区的新式里弄是放下架子的，门是镂空雕花的矮铁门，楼上有探身的窗还不够，还要做出站脚的阳台，为的是好看街市的风景。院里的夹竹桃伸出墙外来，锁不住的春色的样子。但骨子里头却还是防范的，后门的锁是德国造的弹簧锁，底楼的窗是有铁栅栏的，矮铁门上有着尖锐的角，天井是围在房中央，一副进得来出不去的样子。西区的公寓弄堂是严加防范的，房间都是成套，一扇门关死，一夫当关万夫莫开的架势，墙是隔音的墙，鸡犬声不相闻的。房子和房子是隔着宽阔地，老死不相见的。但这防范也是民主的防范，欧美风的，保护的是做人的自由，其实是想做什么就做什么，谁也拦不住的。那种棚户的杂弄倒是全面敞开的样子，牛毛毡的屋顶是漏雨的，板壁墙是不遮风的，门窗是关不严的。这种弄堂的房屋看上去是鳞次栉比，挤挤挨挨，灯光是如豆的一点一点，虽然微弱，却是稠密，一锅粥似的。它们还像是大河一般有着无数的支流，又像是大树一样，枝枝杈杈数也数不清。它们阡陌纵横，是一张大网。它们表面上是袒露的，实际上却神秘莫测，有着曲折的内心。黄昏时分，鸽群盘桓在上海的空中，寻找着各自的巢。屋脊连绵起伏，横看成岭竖成峰的样子。站在制高点上，它们全都连成一片，无边无际的，东南西北有些分不清。它们还是如水漫流，见缝就钻，看上去有些乱，实际上却是错落有致的。它们又辽阔又密实．有些像农人撒播然后丰收的麦田，还有些像原始森林，自生自灭的。它们实在是极其美丽的景象。

选自《长恨歌》，王安忆著，南海出版公司 2010 年版

【导读】

《长恨歌》是王安忆的畅销小说，1995 年在《钟山》杂志上连载，年底作家出版社出版了单行本。小说共分为三部，讲述了生活在上海弄堂里的女人王琦瑶四十年的情爱历程和命运沉浮，写尽了上海这座大都市从二十世纪四十年代到九十年代，历经半个世纪的风致情韵以及变化兴衰。

小说的第一部书写了王琦瑶人生的第一个阶段。二十世纪四十年代末，在繁花似锦的大上海狭长闭塞、阴暗潮湿的弄堂里，十六岁的花季少女王琦瑶，穿着阴丹士林蓝的旗袍，身影袅袅地姗姗登场了。王琦瑶在摄影师程先生的帮助下，给时尚杂志拍摄封面照，为照相馆拍摄橱窗照，随后又参加 1946 年“上海小姐”的选美比赛，获得“三小姐”的别称。成名之后的王琦瑶毫无迟疑地拒绝了文艺青年程先生的爱慕，投入军政界要人李主任的怀抱，做起爱丽丝公寓里名副其实的“金丝雀”。在王琦瑶看来，“这一刻可说是正当其时。她觉得这一刻谁都不如李主任有权利，交给谁也不如交给李主任理所当然。这是不假思索，毋庸置疑的归宿。”然而，这风光无限的一切都随着中国历史的大转折和这座城市大变故的到来瞬间覆灭，李主任在逃亡的过程中飞机坠毁，王琦瑶也与“风情娇艳”的爱丽丝公寓挥手道别。

小说的第二部分书写了王琦瑶人生的第二个阶段。新中国成立后，王琦瑶在一个名为平安里的弄堂开了个小诊所，当起了护士，过起了看似平凡而精致的小日子。王琦瑶结识了严家师母（一个资本家的太太），两人因同是上过“繁华场”“有来历”的人物而惺惺相惜。王琦瑶与严师母、严师母的表弟康明逊以及康明逊的好友萨沙（共产国际的混血儿）组成了一个牌局。几个人天天聚在一起，打牌吃下午茶，过着怀旧且有情调的日子，在时代主潮的缝隙中重拾旧日时光，拼凑十里洋场的历史记忆。王琦瑶与康明逊日久生情，几次三番试探往来，有了身孕。康明逊胆小懦弱，没有勇气跟家庭抗争，也不敢承担责任，逃走了。王琦瑶一度

想放弃这个孩子，但是善念之下，她还是选择生下了这个孩子。程先生在王琦瑶临产时再一次出现，悉心照顾王琦瑶。面对程先生的善意相助，王琦瑶只提恩义，不提“情”字，她并不愿意为了报恩嫁与程先生。程先生深知王琦瑶的心意，无限感慨，却也并不强求王琦瑶，只期许能够做一个知己知彼的朋友。孩子出生后，王琦瑶知道与康明逊的未来无望，也不强求作难，释然了原先痛不欲生的爱，伤感而淡漠地接受了康明逊的回归。

小说的第三个部分书写了王琦瑶人生的第三个阶段。“文革”结束之后，中国进入了改革开放的新时期，上海恢复了往日的繁荣。王琦瑶身上积淀的旧时代的气息和繁华的碎片使得她风韵犹存，也成为上海这座城市复苏的潮流风向标，她成功地吸引住了女儿薇薇身边一群年轻的朋友，并与一个年轻的老克蜡发生了老妇少夫的畸恋。王琦瑶拿出她的全部身家，一个装着黄货的雕花木盒，送给老克蜡，希望他能够多陪陪自己，但是，王琦瑶枕头上染发水的污迹以及屋子里隔宿的腐气暴露了她的衰败和风烛残年，老克蜡无法忍受，弃之而去。一天夜里，女儿薇薇的同学张永红的男朋友——长脚偷偷溜进了王琦瑶的房间，图财害命，将她杀死了。

王琦瑶是上海弄堂里成长的女孩的代表，是上海弄堂的女儿。她长得闭月羞花、楚楚动人，在平凡的日子里做着不甘寂寞的美梦。上海这座阶层林立、浮华遍野的大都市，以自身的繁华骚动和纸醉金迷不断撩拨着她的心弦，她追逐时尚和生活的情调，有着强烈而深刻的世俗欲望，她参加“上海小姐”的选美比赛，选择成为李主任的“金丝雀”都是在世俗欲望的驱动下的结果。但是，她并不嚣张跋扈，而是乖巧安静、通情达理、从容机智、谨慎自持的，她的美是“有些家常的，是在客堂间供自己人欣赏的，是过日子的情调。她不是兴风作浪的美，是拘泥不开的美。她的美里缺少点诗意，却是忠诚老实的”。正是有这种以“家常”之美做底子，王琦瑶经得起繁华，也经得起跌落，在人生低谷处处变不惊，不强求作难，从容自持。王琦瑶的命运是与上海这座城市的历史变迁紧密联系在一起的，王安忆的创作意图不仅仅是讲述了一个女人的故事，而是将这个女人作为上海这座城市的代言人，通过王琦瑶的命运变迁讲述一个城市的故事，用一个上海女人的命运诠释一座城市的变迁。王琦瑶一生浮华与落寞跌宕起伏的命运中所透露出来的种种世俗欲望、虚荣与尊严、精明与坚韧、雅致与谦逊、宽容与镇静、晦暗与罪恶，都是上海这座多元化国际大都市的写照。

导读选取的是小说开头的部分，“站在一个制高点看上海”，这是《长恨歌》的点睛之笔，显示了王安忆对上海这座城市的批判与审视。

【选评】

小说的每一个角落都回旋着种种女性对于这个世界的小感觉。这些小感觉是女性对于这个城市细部津津有味的咀嚼和反刍：旗袍的式样，点心的花样，咖啡的香味，绣花的帐幔和桌围，紫罗兰香型的香水，各种各样的发髻，化妆的粉盒，照相的姿态，燃了一半的卫生香，一扇扇后门之间传递的流言，大伏天打开衣服箱子晒霉，舌头灵巧地磕开五香瓜子，略微下坠的眼睑和不易觉察的皱纹，一盘小磨磨糯米粉，……这个城市就是在这些小感觉之中缓缓地浮现出来，肌理细密，纹路精致。

…… 这些世俗细节的密集堆积让人们感到了殷实和富足。这是一个城市的底部，种种形而上的思想意味和历史沉浮的感慨无法插入这些世俗的细节。王琦瑶是一个十足的世俗之人。她的命运就在这种殷实和富足之中穿行，种种情感的挫折并未将她真正抛出相对优裕的日子。（南帆：《城市的肖像——读王安忆的〈长恨歌〉》，《小说评论》1998 年第 1 期）

【思考与讨论】

1. 小说取名为《长恨歌》有何寓意？

2.《长恨歌》开篇即以鸟瞰的视角对上海进行全景式的描写，以此为背景展开弄堂女儿王琦瑶的人生故事，而上海的声与色也正是借助这样一个女人得以展现。请结合文本分析“城”与“人”相互依存、相互塑型的关系。

【拓展与延伸】

王安忆发表《长恨歌》之后，有不少评论家把她和张爱玲相提并论。对这一现象，王安忆认为她们的相似点仅仅限于都是上海作家，都是写上海的城市生活。张爱玲对她们这一代人并没有多少影响，她们的写作方法“绝对不一样”。（王安忆：《别把我和张爱玲放在一起》，《新民晚报》2011 年 6 月 11 日）以《长恨歌》与《金锁记》为例，分析二人小说创作的差异。

【推荐阅读】

1.《流逝》，王安忆著，浙江文艺出版社 2011 年版。

2.《长恨歌》，王安忆著，人民文学出版社 2014 年版。

3.《王安忆小说讲稿》，王安忆著，复旦大学出版社 2007 年版。

王小波

王小波

【简介】王小波（1952 ～ 1997）1952 年生于北京一个知识分子家庭，父亲是哲学教授。王小波从小嗜书，记忆力超群，他以大量的文学书籍完成了文学启蒙，读小学时就显露出写作方面的潜能。1968 年在云南和山东插队期间开始文学创作。1978 年考入中国人民大学贸易经济系，1982 年毕业后留校任教。1984 年赴美，1986 年获得匹兹堡大学文学硕士学位，1988 年回国，先后任教于北京大学和中国人民大学，1993 年辞职，专门从事文学创作。王小波作品一类是杂文、随笔，后来结集成《我的精神家园》《沉默的大多数》《思维的乐趣》等出版；另一类是小说，主要有“时代三部曲”（《黄金时代》《白银时代》《青铜时代》），“怀疑三部曲”（《红拂夜奔》《寻找无双》《革命时期的爱情》），《我的阴阳两界》《黑铁时代》等，其中《黄金时代》《未来世界》分获得台湾第十三届（1992）、十六届（1995）《联合报》文学奖中篇小说大奖。与张元合著的电影剧本《东宫西宫》在 1997 年阿根廷国际电影节上获得最佳编剧奖。

王小波被称为“非同凡响的行吟诗人和自由思想者”，他的文字充满智慧与趣味，彰显着一种独立的人格和自由的精神，作品被誉为“当代文坛最美的收获”。王小波于 1997 年溘然长逝，年仅 45 岁。他生前寂寞死后哀荣，随着著作的大量出版与大众媒体的介入，知道他的人越来越多，一度形成“王小波热”。

一只特立独行的猪

插队的时候，我喂过猪，也放过牛。假如没有人来管，这两种动物也完全知道该怎样生活。它们会自由自在地闲逛，饥则食渴则饮，春天来临时还要谈谈爱情；这样一来，它们的生活层次很低，完全乏善可陈。人来了以后，给它们的生活做出了安排：每一头牛和每一口猪的生活都有了主题。就它们中的大多数而言，这种生活主题是很悲惨的：前者的主题是干活，后者的主题是长肉。我不认为这有什么可抱怨的，因为我当时的生活也不见得丰富了多少，除了八个样板戏，也没有什么消遣。有极少数的猪和牛，它们的生活另有安排。以猪为例，种猪和母猪除了吃，还有别的事可干。就我所见，它们对这些安排也不大喜欢。种猪的任务是交配，换言之，我们的政策准许它当个花花公子。但是疲惫的种猪往往摆出一种肉猪（肉猪是阉过的）才有的正人君子架势，死活不肯跳到母猪背上去。母猪的任务是生崽儿，但有些母猪却要把猪崽儿吃掉。总的来说，人的安排使猪痛苦不堪。但它们还是接受了：猪总是猪啊。

对生活做种种设置是人特有的品性。不光是设置动物，也设置自己。我们知道，在古希腊有个斯巴达，那里的生活被设置得了无生趣，其目的就是要使男人成为亡命战士，使女人成为生育机器，前者像些斗鸡，后者像些母猪。这两类动物是很特别的，但我以为，它们肯定不喜欢自己的生活。但不喜欢又能怎么样？人也好，动物也罢，都很难改变自己的命运。

以下谈到的一只猪有些与众不同。我喂猪时，它已经有四五岁了，从名分上说，它是肉猪，但长得又黑又瘦，两眼炯炯有光。这家伙像山羊一样敏捷，一米高的猪栏一跳就过；它还能跳上猪圈的房顶，这一点又像是猫——所以它总是到处游逛，根本就不在圈里呆着。所有喂过猪的知青都把它当宠儿来对待，它也是我的宠儿——因为它只对知青好，容许他们走到三米之内，要是别的人，它早就跑了。它是公的，原本该劁掉。不过你去试试看，哪怕你把劁猪刀藏在身后，它也能嗅出来，朝你瞪大眼睛，噢噢地吼起来。我总是用细米糠熬的粥喂它，等它吃够了以后，才把糠兑到野草里喂别的猪。其他猪看了嫉妒，一起嚷起来。这时候整个猪场一片鬼哭狼嚎，但我和它都不在乎。吃饱了以后，它就跳上房顶去晒太阳，或者模仿各种声音。它会学汽车响、拖拉机响，学得都很像；有时整天不见踪影，我估计它到附近的村寨里找母猪去了。我们这里也有母猪，都关在圈里，被过度的生育搞得走了形，又脏又臭，它对它们不感兴趣；村寨里的母猪好看一些。它有很多精彩的事迹，但我喂猪的时间短，知道得有限，索性就不写了。总而言之，所有喂过猪的知青都喜欢它，喜欢它特立独行的派头儿，还说它活得潇洒。但老乡们就不这么浪漫，他们说，这猪不正经。领导则痛恨它，这一点以后还要谈到。我对它则不只是喜欢——我尊敬它，常常不顾自己虚长十几岁这一现实，把它叫做“猪兄”。如前所述，这位猪兄会模仿各种声音。我想它也学过人说话，但没有学会——假如学会了，我们就可以做倾心之谈。但这不能怪它。人和猪的音色差得太远了。

后来，猪兄学会了汽笛叫，这个本领给它招来了麻烦。我们那里有座糖厂，中午要鸣一次汽笛，让工人换班。我们队下地干活时，听见这次汽笛响就收工回来。我的猪兄每天上午十点钟总要跳到房上学汽笛，地里的人听见它叫就回来——这可比糖厂鸣笛早了一个半小时。坦白地说，这不能全怪猪兄，它毕竟不是锅炉，叫起来和汽笛还有些区别，但老乡们却硬说听不出来。领导上因此开了一个会，把它定成了破坏春耕的坏分子，要对它采取专政手段——会议的精神我已经知道了，但我不为它担忧——因为假如专政是指绳索和杀猪刀的话，那是一点门都没有的。以前的领导也不是没试过，一百人也逮不到它。狗也没用：猪兄跑起来像颗鱼雷，能把狗撞出一丈开外。谁知这回是动了真格的，指导员带了二十几个人，手拿五四式手枪；副指导员带了十几人，手持看青的火枪，分两路在猪场外的空地上兜捕它。这就使我陷入了内心的矛盾：按我和它的交情，我该舞起两把杀猪刀冲出去，和它并肩战斗，但我又觉得这样做太过惊世骇俗——它毕竟是只猪啊；还有一个理由，我不敢对抗领导，我怀疑这才是问题之所在。总之，我在一边看着。猪兄的镇定使我佩服之极：它很冷静地躲在手枪和火枪的连线之内，任凭人喊狗咬，不离那条线。这样，拿手枪的人开火就会把拿火枪的打死，反之亦然；两头同时开火，两头都会被打死。至于它，因为目标小，多半没事。就这样连兜了几个圈子，它找到了一个空子，一头撞出去了；跑得潇洒之极。以后我在甘蔗地里还见过它一次，它长出了獠牙，还认识我，但已不容我走近了。这种冷淡使我痛心，但我也赞成它对心怀叵测的人保持距离。

我已经四十岁了，除了这只猪，还没见过谁敢于如此无视对生活的设置。相反，我倒见过很多想要设置别人生活的人，还有对被设置的生活安之若素的人。因为这个缘故，我一直怀念这只特立独行的猪。

选自《王小波散文》，王小波著，人民文学出版社 2008 年版

【导读】

王小波在谈到他写杂文的初衷时说："一个社会里，中年人要负很重的责任，要对社会负责，要对年轻人负责，不能只顾自己。因为这个缘故，我开始写杂文。"他的杂文随笔用机智幽默，充满谐趣的笔墨解构着现实社会中的伪崇高、伪权威、伪道德，传播科学民主、自由独立、理性宽容的精神，他认为杂文要"把道理讲得透彻，讲得漂亮，读起来也有种畅快淋漓的快感"，《一只特立独行的猪》就是他杂文理念的经典实践。

这篇杂文的核心理念是反对以权威的名义对别人的身份与生活进行"设置"，而这一理念是通过敢于抗拒"设置"的、"一只特立独行的猪"来体现的，充满谐谑与反讽的色彩。这只猪的特立独行通过与同圈那些安分守己的猪相比较得以体现。动物们原本可以自由自在地生活，人来了之后，给他们设置了不同的生活主题，而这些主题无一例外都是悲惨的，动物们只能接受自己的命运，而这只猪是个唯一的异类。它是公猪，人类把它的主题设置为劁掉后好好长肉。首先，它拒绝人类对它自然身份的改变："哪怕你把劁猪刀藏在身后，它也能嗅出来，朝你瞪大眼睛，噢噢地吼起来。"其次，它拒绝困在猪圈里长肉，像山羊一样敏捷地跳出猪圈，像猫一样到处游逛，"长得又黑又瘦"。再次，因为成功地模仿了收工的汽笛声，它被视为破坏春耕的破坏分子，面对以正、副指导员为核心的专政和暴力，它像一个反抗的斗士，冷静沉着，从容应对，最终胜利逃逸。小猪我行我素，勇敢无畏地反抗规则，它的胜利是对权力的漠视与嘲弄。最终这只特立独行的猪逃脱了人类的驯服，在田野里自由不羁地生活，长出长长的獠牙，实现了自我原始本性的回归。

这头"不正经"的小猪是自由的化身，作者毫不掩饰自己对它的喜爱、欣赏与赞美。"我总是用细米糠熬的粥喂它，等它吃够了以后，才把糠兑到野草里喂别的猪。"知青们"都把它当宠儿来对待"，而它也颇通人性，只对知青好，"容许他们走到三米之内，要是别的人，它早就跑了"。对抗拒设置的猪的赞美，既是对习惯于设置别人生活的权力拥有者的批判，也是对在荒诞强权下安于自己被设置命运的庸碌怯懦之辈的批判。他说："我已经四十岁了，除了这只猪，还没见过谁敢于如此无视对生活的设置。相反，我倒见过很多想要设置别人生活的人，还有对被设置的生活安之若素的人。"

王小波的杂文是"智者的戏谑"，《一只特立独行的猪》探讨的是关于权力与反抗、自由与奴役的沉重话题，却出之以妙趣横生的故事和轻松幽默的文笔，让人会心一笑之后掩卷沉思。文中最荒诞精彩的场面是"人猪大战"：小猪因为模仿收工的汽笛声被"专政"，"领导上因此开了一个会，把它定成了破坏春耕的坏分子，要对它采取专政手段"。正副指导员带领几十个人的队伍全副武装摆开阵势去兜捕它。面对人类咄咄逼人的武装行动，"猪兄的镇定使我佩服之极"，它很冷静机智地找到有利的位置，最终胜利逃脱，"跑得潇洒之极"。小猪的无知无畏与人类权力者的煞有介事形成极大的反讽，让人类显得荒唐可笑之极。这段场景的描写充满狂欢和漫画的色彩，给读者带来畅快淋漓的阅读快感。

王小波以一个现代知识分子的责任感去观察生活、思考社会，他的文字是对自由和理性的书写，为中国文坛增添一道独特的文学风景线。

【选评】

王小波的激情与理想是内在的、收敛的，而不是张扬的、扩张的。在他看似冷漠的理性背后，蕴涵着浪漫的情感、幽默的情趣和理想的冲动。然而，这一切仅仅属于他个人，属于他自己那个小世界，他绝对不会说自己的这种生活方式、价值取向是公共的、最好的，是值得所有人仿效的。相反地，他可以理解和宽容其他人不同的价值和道德取向，只有一种无法宽容，那就是充满道德殖民与精神侵略性质的思想专制和道德理想主义。（选自许纪霖《王小波，他思故他在》，《大时代中的知识人》许纪霖著，中华书局 2007 年 7 月版）

【思考与讨论】

王小波认为杂文要“把道理讲得透彻，讲得漂亮，读起来也有种畅快淋漓的快感”，请结合《一只特立独行的猪》，谈谈这一理念是如何在文章中体现出来的。

在当代文坛，王小波的小说也得到很高的评价，其代表作品有《黄金时代》《白银时代》《青铜时代》《黑铁时代》等。你读过他的哪部小说，请与大家分享你的读后感受。

【拓展与延伸】

1. 王小波与王朔都是“自我放逐”的自由撰稿人，他们的小说经常被文学史家归为“异类”，但是有学者认为：他们的创作有天壤之隔。王小波的作品最大的特征是原创性和非大众性，是创造而后流行的，是在偶然与误读中被纳入了大众传媒；王朔的绝大多数作品则是为流行而制造的。（戴锦华：《智者戏谑——阅读王小波》，《当代作家评论》1998 年第 2 期）请查阅相关资料，谈谈王小波与王朔创作的差异。

2.《一只特立独行的猪》与英国作家乔治·奥威尔的《动物农庄》都是以猪来讽刺社会的弊端和人性的弱点，请阅读并简要比较二者的精神相似性和所指的差异性。

【推荐阅读】

1.《王小波全集·沉默的大多数》，王小波著，译林出版社 2015 年版。

2.《王小波全集·我的精神家园》，王小波著，译林出版社 2015 年版。

3.《王小波全集·黄金时代》，王小波著，译林出版社 2015 年版。

4.《革命星空下的“坏孩子”——王小波传》，房伟著，生活·读书·新知三联书店，2014 年版。

第七单元

新世纪文学

【概述】

新世纪以来的文学既是二十世纪九十年代文学的自然延续，也有着相对独立的历史性和审美价值。进入二十一世纪以后，经济市场化和全球化达到新的高度，互联网普及，大众传媒、商业元素对文学深度介入，消费主义风行，文学生长土壤的变化促使文学产生新质。文学的多元化、市场化特征更加明显，呈现出更为纷乱繁杂的文学景观。

新世纪以来，一些在八九十年代已经成名的作家继续保持旺盛的创作活力。莫言的《檀香刑》《生死疲劳》《蛙》、尤凤伟的《中国一九五七》、阎连科的《坚硬如水》《受活》、贾平凹的《秦腔》《古炉》、王安忆的《桃之夭夭》《启蒙时代》、余华的《兄弟》《第七天》、刘震云的《我叫刘跃进》《一句顶一万句》、格非的江南三部曲《人面桃花》《山河故人》《春尽江南》、苏童的《河岸》《黄雀记》、毕飞宇的《青衣》《平原》《推拿》、迟子建的《额尔古纳河右岸》《群山之巅》、阎真的《沧浪之水》、方方的《乌泥湖年谱》，等等，都是新世纪以来的上乘之作。

“七零后”的作家成为文坛上引人注目的创作力量。卫慧的《上海宝贝》、棉棉的《糖》呈现出“欲望化书写”的异质性，在媒体的炒作之下红极一时，她们的“身体写作”被认为是都市消费文化中的“恶之花”。随后魏微、朱文颖、戴来、乔叶、金仁顺等人则侧重小城镇日常生活以及隐含其中的人性、人情的书写，大部分具有平静、温暖、唯美的风格。

一批“八零后”的青春写手在新世纪登上文坛，韩寒、郭敬明、张悦然、蒋方舟、李傻傻、春树等人的创作汇集成“青春写作”的潮流。他们生活在消费主义盛行、信息资讯发达的时代，生活阅历较为单纯，受过良好的教育，对校园生活有深刻的体会。他们的作品大体可以分为青春小说、校园文学和玄幻小说三大类。韩寒的《三重门》《像少年啦飞驰》《一座城池》《长安乱》、张悦然的《樱桃之远》《誓鸟》、郭敬明的《幻城》《左手倒影 右手年华》、蒋方舟的《正在发育》《青春前期》等具有代表性。“八零后写作”已成为中国当代文坛一种不可忽视的文学现象。

伴随互联网的普及而出现的大量网络写手是新世纪作家队伍重要的组成部分，他们人数众多、创作数量惊人，拥有庞大的读者群。网络小说种类繁多，有历史、玄幻、武侠、青春校园、都市言情、惊悚盗墓、穿越、宫斗，等等。代表性作品有当年明月的《明朝那些事儿》、萧鼎的《诛仙》、今何在的《悟空传》、明晓溪的《泡沫之夏》、唐七公子的《岁月是朵两生花》、安妮宝贝的《告别薇安》、天下霸唱的《鬼吹灯》、南派三叔的《盗墓笔记》、黄易的《寻秦记》、流潋紫的《甄嬛传》等。网络技术的支持使网络作品的推出更为方便迅捷、意识形态与审美规范相对自由，具有通俗性、娱乐性、互动性、传播途径多样化等特点。但是网络文学往往缺少沉淀与提炼，阻碍了进一步提升自身品质的空间。

毕飞宇

毕飞宇

【简介】毕飞宇（1964～　），江苏兴化人，1983年考入扬州师范学院（现扬州大学）中文系，1987年毕业后在南京特殊教育师范学校当了五年教师。1992年到《南京日报》从事记者工作，1998年任职《雨花》杂志社编辑部，1999年加入中国作家协会，现任江苏省作协副主席，并在南京大学成立“毕飞宇创作工作室”。二十世纪八十年代中后期，毕飞宇开始小说创作，代表作有《哺乳期的女人》《青衣》《玉米》《平原》《推拿》等，其中，《哺乳期的女人》获首届鲁迅文学奖短篇小说奖，《玉米》获第三届鲁迅文学奖中篇小说奖，长篇小说《推拿》获得第八届茅盾文学奖。

青　衣（节选）

利用取药的工夫筱燕秋拐到大厅，她看了一眼时钟，时间不算宽裕。毕竟也没到火烧眉毛的程度。吊到五点钟，完了吃点东西，五点半赶到剧场，也耽搁不了什么。这样也好，一边输液，一边养养神，好歹也是住在医院里头。

筱燕秋完全没有料到会在输液室里头睡得这样死，简直都睡昏了。筱燕秋起初只是闭上眼睛养养神的，空调的温度打得那么高，养着养着居然就睡着了。筱燕秋那么疲惫，发着那么高的烧，输液室的窗户上又挂着窗帘，人在灯光下面哪能知道时光飞得有多快？筱燕秋一觉醒来，身上像松了绑，舒服多了。醒来之后筱燕秋问了问时间，问完了眼睛便直了。她拔下针管，包都没有来得及提，就往门外跑。

天已经黑了。雪花却纷扬起来。雪花那么大，那么密，远处的霓虹灯在纷飞的雪花中明灭，把雪花都打扮得像无处不入的小婊子了，而大楼却成了气宇轩昂的嫖客，挺在那儿，在错觉之中一晃一晃的。筱燕秋拼命地对着出租车招手，出租车有生意，多得做不过来，傲慢得只会响喇叭。筱燕秋急得没病了，一个劲儿地对着出租车挥舞胳膊，都精神抖擞了。她一路跑，一路叫，一路挥舞她的胳膊。

筱燕秋冲进化妆间的时候春来已经上好妆了。她们对视了一眼，春来没有开口。筱燕秋上课的时候关照过她的，化上妆这个世界其实就没有了，你不再是你，他也不再是他，——你谁都不认识，谁的话你也不要听。筱燕秋一把抓住了化妆师，她想大声告诉化妆师，她想告诉每一个人，“我才是嫦娥，只有我才是嫦娥！”但是筱燕秋没有说。筱燕秋现在只会抖动她的嘴唇，不会说话。此时此刻，筱燕秋就盼望着王母娘娘能从天而降，能给她一粒不死之药，她只要吞下去，她甚至连化妆都不需要，立即就可以变成嫦娥了。王母娘娘没有出现，没有人给筱燕秋不死之药。筱燕秋回望着春来，上了妆的春来比天仙还要美。她才是嫦娥。这个世上没有嫦娥，化妆师给谁上妆谁才是嫦娥。

锣鼓响起来了。筱燕秋目送着春来走向了上场门。大幕拉开了，筱燕秋看见老板坐在了第三排的正中央。他像伟人一样亲切地微笑，伟人一样缓慢地鼓掌。筱燕秋望着老板，反而平静下来了。筱燕秋知道她的嫦娥这一回真的死了。嫦娥在筱燕秋四十岁的那个雪夜停止了悔恨。死因不详，终年四万八千岁。

筱燕秋回到了化妆间，无声地坐在化妆台前。剧场里响起了喝彩声，化妆间里就越发寂静了。她望着自己，目光像秋夜的月光，汪汪地散了一地。筱燕秋一点都不知道她做了些什么，她像一个行尸，拿起水衣给自己披上了，然后取过肉色底彩，挤在左手的掌心，均匀地、一点一点地往脸上抹，往脖子上抹，往手上抹。化完妆，她请化妆师给她吊眉、包头、上齐眉穗、戴头套，最后她拿起了她的笛子。筱燕秋做这一切的时候是镇定自若的，出奇地安静。但是，她的安静让化妆师不寒而栗，后背上一阵一阵地竖毛孔。化妆师怕极了，惊恐地盯着她。筱燕秋并没有做什么，也没有说什么，只是拉开了门，往门外走。

筱燕秋穿着一身薄薄的戏装走进了风雪。她来到剧场的大门口，站在了路灯的下面。筱燕秋看了大雪中的马路一眼，自己给自己数起了板眼，同时舞动起手中的竹笛。她开始了唱，她唱的依旧是二黄慢板转原板转流水转高腔。雪花在飞舞，剧场的门口突然围上来许多人，突然堵住了许多车。人越来越多，车越来越挤，但没有一点声音。围上来的人和车就像是被风吹过来的，就像是雪花那样无声地降落下来的。筱燕秋旁若无人。剧场内爆发出又一阵喝彩声。筱燕秋边舞边唱，这时候有人发现了一些异样，他们从筱燕秋的裤管上看到了液滴在往下淌。液滴在灯光下面是黑色的，它们落在了雪地上，变成了一个又一个黑色窟窿。

选自《青衣》，《北京文学》2000 年第 11 期

【导读】

《青衣》是毕飞宇的中篇小说，2000 年发表于《花城》第 3 期，之后不断被改编成电视剧、舞台剧等艺术形式。小说讲述了一个戏剧演员筱燕秋二十年台上台下的故事。筱燕秋是新中国的第二代青衣，1979 年，年方十九的筱燕秋，凭借一出《奔月》红极一时。随着《奔月》公演的成功，筱燕秋对艺术的执着和名利心都开始膨胀，她与老师李雪芬的艺术观点产生了分歧，她想着法子独占舞台。《奔月》剧组到坦克师慰问演出，李雪芬强行要求登台表演，“戏演到一半，筱燕秋已经披着军大衣来到舞台了，一个人站立在大幕的内侧，冷冷地注视着舞台上的李雪芬。”谢幕后，李雪芬神采飞扬地与筱燕秋交流演出心得，筱燕秋傲慢无礼地与老师顶撞，并用开水烫伤了老师的脸。筱燕秋因此被调到学校教书，《奔月》也因此熄火。二十年后，烟厂老板出资复排《奔月》，筱燕秋重燃艺术激情。筱燕秋为了《奔月》的复演开始了一系列不顾后果的疯狂的行径：减肥、堕胎、与烟厂老板行苟且之事、违心地退居嫦娥 B 档、演出时又霸占舞台，“筱燕秋一口气演了四场。她不让。不要说是自己的学生，就是她亲娘老子来了她也不会让。这不是 A 档 B 档的事。她是嫦娥，她才是嫦娥。”这一系列疯狂的行径把筱燕秋的生活搞得一团糟，她与丈夫面瓜的婚姻生活亮起了红灯，剧团的人也对她霸道的行为指指点点。身体的病痛、疲倦以及精神上的高度紧张使她疲于应对，在医院里昏睡过去，错过了第五场演出时间，丧失了演出机会，最终陷入疯狂，精神崩溃。

筱燕秋是一个爱戏成痴的人，她享受艺术表演和艺术创作的过程，在舞台上演出“嫦娥”是她人生的全部价值所在。当她上了妆的时候，“筱燕秋盯着自己，看，她漂亮得自己都认不出自己来了。那绝对是另一个世界里的另一个女人。但是，筱燕秋坚信，那个女人才是筱燕秋，才是她自己。”为了能在舞台上演出“嫦娥”一角，她放弃个体尊严，不顾肉体疼痛，顽强执著地为艺术而忘我的精神境界令人动容。筱燕秋将自己一心一意地投入自我虚构的精神世界中，放弃了世俗社会正常的人情世故，不遵循世俗社会的生存法则，不顾及别人的感受，她带着自私孤傲、冷漠无趣的面具，在自我与他人之间构筑了难以逾越的隔膜。筱燕秋混淆了世俗人生和戏剧人生，混淆了真实与虚构，顾此失彼，最终在世俗社会的生存法则和生命自然运行的规律中败下阵来，她终究也不能阻止徒弟春来的登场。筱燕秋用尽生命的全力去追求和捍卫她的艺术信念，生命的执著、韧度和人性的丑陋、自私一同呈现，在读者心中产生了震撼人心的艺术感染力。

《青衣》通过新中国戏剧发展史上三代青衣的传承，展示了时代的变迁，也揭示了戏剧在当代的境遇。李雪芬的戏剧表演具有二十世纪五六十年代的鲜明特征，她曾在样板戏《杜鹃山》中饰演威风凛凛、英姿飒爽的女共产党员柯湘。筱燕秋的艺术生命处于计划经济向市场经济过渡的年代，在这个新旧更替的时代，筱燕秋执着于艺术而罔顾世俗规则的行为触怒了保守的价值观，又不能不惨败于金钱万能的市场经济的逻辑。春来是商品经济时代的青衣，在金钱万能的时代，她将名利作为衡量职业选择的首要标准，她想改行做风光无限的电视台主持人，后因为筱燕秋出让嫦娥A档而暂时留在舞台。老团长和烟厂老板分别是两个时代的代言人，老团长是政治权威的代言人，他蛮横地将筱燕秋调离了戏剧舞台，烟厂老板则是商品社会里金钱的代名词，在他心里艺术不过是满足个人怀旧情趣的小玩意儿,他支持《奔月》的复排隐现着金钱万能的现实逻辑。无论是“政治”还是“金钱”都在卑微的个人面前显现着无可置辩的决定性力量。

导读选取小说结尾部分，筱燕秋身心俱疲，在医院贪睡错过了演出时间，等到她赶到剧场时，春来已经上好妆，筱燕秋目送春来走向舞台，一人装扮整齐来到剧场大门口，在风雪之中开始了她孤独而疯狂的表演，整部作品的悲剧意蕴也达到了高潮。

【选评】

在作家的笔下，我们看到，筱燕秋的悲剧既是性格的悲剧，又是命运的悲剧，既是时代的悲剧，又是人性的悲剧。而“命运”与“性格”在小说中则又被赋予了丰富、复杂的辩证内涵。……毕飞宇正是以他的小说“智慧”，以他不动声色的笔墨写活了筱燕秋，也写尽了女人的虚荣与女人的妒忌，写尽了女人内心的曲折与波涛。小说不同凡响之处在于作家并没有用批判的审视的眼光去表现“人性之恶”，小说没有居高临下，甚至也没有怜悯，而是充满理解与同情，心痛与伤感。(吴义勤:《一个人·一出戏·一部小说——评毕飞宇的中篇新作〈青衣〉》,《南方文坛》2001年第1期)

【思考与讨论】

1.《青衣》中描写了一个爱戏成痴的筱燕秋，你如何看待筱燕秋的对戏剧、对人生的态度?

2. 一部优秀的文学作品，往往具有丰富的意蕴，有多种阐释的可能性。你如何理解《青衣》的主题思想?

【拓展与延伸】

1. 毕飞宇是持续关注女性命运的作家，甚至被认为是“写女性心理最好的男作家”，他塑造了筱燕秋、玉米、玉秀等血肉丰满的女性形象，她们都是在男权社会无法掌控自己命运的悲剧人物。从压抑与反抗这一角度,分析这些人物的悲剧性。

2. 毕飞宇的长篇小说《推拿》，描写了一群盲人的日常生活，写出了底层小人物的尊严。2014年被著名导演娄烨搬上银幕,在第64届柏林国际电影节上首映。

请从故事情节、人物塑造等方面谈谈改编的得失。

【推荐阅读】

1.《青衣》，毕飞宇著，人民文学出版社2015年版。

2.《推拿》，毕飞宇著，人民文学出版社2015年版。

格　非

格非

【简介】（1964～　）格非，原名刘勇，江苏丹徒人。1981年考入上海华东师范大学中文系，毕业后留校任教。2000年获文学博士学位，并于同年调入清华大学中文系。现为中国作家协会会员、清华大学中文系教授。著有长篇小说《敌人》《边缘》《欲望的旗帜》、“江南三部曲”——《人面桃花》《山河入梦》《春尽江南》和中短篇小说集《迷舟》《唿哨》《雨季的感觉》《青黄》《戒指花》等。另有论著和散文随笔多部。2015年8月，格非凭借作品“江南三部曲”获第九届茅盾文学奖。格非擅长通过文学对社会、历史等问题进行深入的思考，其作品具有坚韧、优雅、睿智等特质，在中国当代文坛特点鲜明，独树一帜。

人面桃花（节选）

这是老虎第一次来到校长所住居的伽蓝殿。这座殿宇又高又大，可房内的陈设却极为简陋。北墙支着一张小木床，床边有一张长条桌，桌上一灯如豆。如此而已。大白天的，校长为什么要在房里点灯呢？

房间内密不透光。本来，殿内的东、西两侧各有一扇窗户，北面有一扇大门，通往后面的天王殿，可现在，窗户和门都用土坯砌死了。屋顶上的一扇天窗，也被蒙上了厚厚的黑幔。老虎刚进去的时候，就闻到了积久未扫的泥土的气味，房内更是凉气逼人，阴森黑暗。

这个房间与他的梦中所见完全不同。没有黑漆描金的大屏风，没有光滑锃亮的花梨木桌椅，没有镶着金边的镜子，没有鸡血红花瓶。他留意到，校长睡的那张床也是那么的寒碜，蚊帐打着补丁，床脚绑着麻绳，床上被褥凌乱，床前有一块简易的踏板，上面搁着一双黑布的阔口棉鞋。

校长身披一件旧的红花的夹袄，棉絮外翻。只有一样和梦中相似，那就是她脸上的悲哀。就连她冷不防打个嗝儿，都能让人闻到悲哀的气息。当他的目光注意到床边放着的一只毫无遮拦的马桶时，忽然觉得校长真是太可怜了。可自从他跨进房间的那一刻起，他就一直不敢去看她的眼睛。

“你过来。”校长说，她的嗓音低低的，哑哑的。

她让他坐在床上，然后微微侧过身子，对他说：“你知道，我为什么叫你来吗？”

老虎一愣，低着头，嚅嚅道：“不，不，不知道。”

校长忽然不说话了，老虎知道她正打量着自己。

“你多大了？”

“什么？”

“我问你今年多大了？”

“十四。”校长笑了一下，道：“你不用害怕，我找你来，只想跟你说说话。”

她说话时候，嘴里像是含着一个什么东西，老虎抬起头，看见那是一根银钗，校长正在把蓬松的头发重新盘好。他甚至能闻到她嘴里喷出来的气味，一点也不香，还有些微微的酸气。那是红薯的气味。

“说什么话？”

“只是随便说说。”校长道。

果然，她开始跟他说话。她说，老虎听。甚至，她也不在乎他听不听。她说她睡不着觉，总也睡不着觉。只有到了晚上，她一个人到河边转，闻到河床下的水汽才会想睡觉，可回到房间里又睡不着了。她说她怕见光。她说只有人死了之后变成鬼，才会怕见光。这时校长忽然冷笑了一下，在他的肩膀上拍了一下，道：

“你看看我，像不像个鬼？”

老虎被他一拍，吓得浑身一哆嗦。

“不用怕，我不是鬼。”她笑了笑。她说，她不知道她正在做的事是否是一个错误，或者说，一个笑话。她提到了一个名叫花家舍的地方。说到那有一个坟，坟前有个碑，碑上写着一些字，那是一个跟她一样悲哀的人所写的碑文。有时候，她觉得他们就是同一个人。

她说起在日本的横滨，有一天晚上，她在空荡荡的街上碰到一个人，吓得一屁股瘫倒在地上。不可思议，不可思议。

“猜猜看，我看到了谁？”

“不，不不，不知道。”老虎拼命地摇头，他仿佛觉得只要他把头多摇几下，校长就会放过他。

她又说起她做过的一个个奇异的梦。她相信梦中所有的事都是真的。你有的时候会从梦中醒过来，可有的时候，你会醒在梦中，发现世上的一切才是真的做梦。她的话渐渐让他听不懂了。她派人把他叫到这里来，难道就是为了说说这一大堆没头没脑的话？

“你说的话，我听不懂。”老虎第一次打断校长的话，“你为什么要跟我说这些？”

“因为没有人肯听我说这些话。”校长道，“我的头没有一天、没有一刻不疼，就像把人放在油锅里煎一样。有时候，我真想把头往墙上撞。”

“你真的要攻打梅城吗？”

“对。”

“可是，可是可是，你们为什么要去打梅城呢？”

“做一件事，才能忘掉其他的事。”校长道。

“你想忘掉什么事？”

“所有的事。”

“那，什么叫‘革命’？”过了一会儿，老虎问她。

“唔，革命……”校长的头似乎又疼了起来，她揉了揉太阳穴，懒懒道，“革命，就是谁都不知道他在做什么。他知道他在革命，没错，但他还是不知道他在做什么。就好比……”

校长闭上眼睛，在墙上靠了一会儿，接着说：“就好比一只蜈蚣，整日在皂龙寺的墙上爬来爬去，它对这座寺庙很熟悉，每一道墙缝、每一个蜂孔、每一块砖、每一片瓦，它都很熟悉。可你要问它，皂龙寺是个什么样子，它却说不上来。对不对？”

“是这样，”老虎道，“可总有人知道吧，他知道革命是怎么回事。蜈蚣不知道皂龙寺是什么样子，但鹞鹰却是知道的。”

“你说得对，鹞鹰是知道的。”校长笑道，“可我不知道谁是鹞鹰，谁在那儿发号施令。每隔一段时间，就会有信差来普济送信，信差是同一个人。有时是书信，有时是口信。他的口风很紧。从他嘴里套不出什么话来。我们试过。可我从来没见过那个写信的人。有时候，我觉得自己就是一只蜈蚣，而且，被人施了法术，镇在了雷峰塔下……”

校长的话越扯越远，渐渐地，老虎又有点听不懂了。她虽然废话连篇，可老虎觉得她的心里是柔弱的，至少不是他平时看到的那个让人畏惧的疯子。

“好了，”校长突然用力吸了口气，换了另一种语气，并同时提高了声音，说：“好了，我不跟你说这些闲话了。老虎，你今年多大了？”

“咦，你刚才不是已经问过了吗？”

“我问过了吗？那就算了。”秀米说，“我来问你一点正经事。”

“什么事？”

“你有事瞒着我。”校长说，“现在你把它说出来吧，这儿没有旁的人。”

“我不知道你说的是什么事？”

“昨天晚上，那么晚了，你跑到厨房里来，你是来找什么人的吧？”校长冷笑了一下。

老虎吓得脸都变了，“我，我我我，我是来找你，夫人不好了，我来请你回去看看。对了，老夫人快要死了，你……”

“说实话！”校长脸一板，怒道，“你人不大，编瞎话的本事倒不小。”

她的眼光湿湿的，既严厉，又温柔。既然她可以一眼就看出别人的心事，这说明，她不仅没有疯，而且还相当精明。他甚至觉得自己此刻正在心里盘算什么，校长心里都一清二楚。

“村里来了一个弹棉花的……”他就以这样的话开了头。

他听见自己的声音，心里吃了一惊，仿佛这些话不是由他说出来，而是自己从他嘴里跑出来的一样，他犹豫了一下，不知道是不是要把那天晚上的事全部告诉她。

“弹棉花的？他从哪里来？”校长问道。

“不知道。”

“你接着往下说，那个弹棉花的怎么啦？”

是啊，这个弹棉花的人究竟从何而来？他到普济来干什么？他是怎么和翠莲认识的？翠莲为何问他是不是属猪的？翠莲碰到他，又为何那么慌乱？她为什么会说“姐姐的性命全在兄弟手上”？……想到这里，他的背上就冒出一股冷汗来。

“校长，你是属什么的？”老虎忽然抬起头，问道。

“属猴的，怎么啦？”秀米茫然不解地看着他，“你刚才说，村里来了一个弹棉花的……”

“他，他，他呀，他的棉花弹得真好！”老虎愣了半天，终于下定决心，这样说道。

他紧紧地抿着嘴，似乎担心，只要一张开嘴，那些秘密就会蹿出来。

“好吧。没事了。你走吧！”校长懒懒地叹了一口气，摇了摇头，说道。

老虎从伽蓝殿出来，屋外炽烈的阳光使他意识到现在还是白天。他的脑子里乱哄哄的。他昏昏沉沉地往院外走，刚走到药师房的屋檐下，一个影子从身后撵上了他。是翠莲。他甚至都没有回过头去看她，就知道她是翠莲。他已经记住她身上的香味。老虎不知道她是从什么地方钻出来的，手里捏着一把湿淋淋的葱。

翠莲紧走几步，追上了他。老虎的心又怦怦狂跳了起来。翠莲与他并排走在一起，两人都没有停下来。

“你抬起头，朝西边看。”翠莲低声对他说。

老虎朝西边看了看，他看到了一道高高的院墙，院外有一棵大槐树，树冠伸到院子里边来了。

“你看见那棵大槐树了吗？”

老虎点点头。

“你会爬树吗？”

“会！”

“那好，你只要爬上那棵树，很容易下到院墙上。我在墙这边放上一把梯子。不要让人看见。晚上一准来。”

说完，她就匆匆忙忙地走了。

老虎再次抬头看了看那棵槐树，树冠顶上衬着一片又高又蓝的天。树梢上还有一个老鹊窝。它仿佛就是一个许诺。静谧中，他听见自己的血流得很快。长这么大，第一次有了克制不住的抽烟的欲望。

回到家中，老虎就坐在天井的路槛上，只等太阳落山。他已经打定了主意，晚上要从后院出去。不能再出任何差错了。要不然，他一定会胸膛炸裂而死的。

不能有丝毫的闪失。为了晚上出门时不至于惊动家人，他甚至还偷偷地溜到后院，往门窝里加了点豆油，又来回开关了几次，发现没有任何声音，这才安下心来。

选自《人面桃花》，格非著，上海文艺出版社 2012 年版

【导读】

格非的“江南三部曲”——《人面桃花》《山河入梦》和《春尽江南》，从晚清末年一直写到当下，前后跨度约百年，主要人物依次与上一部衔接，无论是江南官宦小姐陆秀米、梅城县县长谭功达，还是诗人谭端午，他们都面临着时代的放逐。《人面桃花》写的是民国初年知识分子对精神世界和社会理想的探索，《山河入梦》写的是二十世纪五六十年代知识分子的梦想和社会实践，而《春尽江南》

则将目光瞄准了当下中国的精神现实。

《人面桃花》是“江南三部曲”中的开篇之作。故事发上在晚清民国时期。小说的主人公名叫陆秀米，她出身于官宦家庭，父亲早年在扬州做官，因故罢官回到一个名叫普济的地方居住。罢官回家的父亲有一个乌托邦的梦想，渴望把普济变成“世外桃源”，最终因此而发疯离家出走。父亲走后家里来了一个叫张季元的人，张季元的到来搅动着秀米的全部生活。秀米逐渐发觉世界是那么广阔、陌生。住在秀米家半年之久的张季元其实和夏庄薛举人同是革命党人。之后因走漏消息，薛举人、张季元相继被官府杀害。张季元离开陆家后，留下了一本日记。秀米看了日记后，产生了令家人预料不到的反应，一度接近于疯癫。在日记里张季元交代了自己革命党人的身份，描摹了革命胜利之后的美好蓝图，从自己的视角观察秀米家的人与事，尤其赤裸裸地袒露了对秀米的迷恋。张季元的日记对秀米的情感世界产生的冲击是始料未及的，也让秀米对世界、人生有了更进一步的体察。秀米奉母命出嫁，途中遭遇劫匪，被绑至一个叫花家舍地方，困居在湖中的小岛上。通过韩六的介绍，秀米知道了花家舍的很多故事和隐秘。花家舍其实是“世外桃源”的现实版本。后来秀米见证了花家舍一系列可怕的变故，先是花家舍的实际建立者王观澄早晨突然被人砍头，不久后二爷被毒死，三爷跑路，五爷被杀死在羊圈。最后四爷和六爷互相猜忌，发生火并，六爷胜出。然而在迎娶秀米的晚上遭人暗算，被杀身亡。而这背后的操纵者是张季元一直反复念叨的六指。六指也是革命党人，意图策动花家舍的土匪攻打梅县县城。游说众头领未果后，决意利用五爷的马夫暗中将这些头领一一铲除。很多年后秀米从日本回到普济，不仅带回了大量的书籍以及儿子小东西，还带了与普济和那个时代都格格不入的革命思想。秀米回家后起初的表现令母亲和家人担心，后来秀米搬进了普济边上的一座寺庙。那里成为秀米“革命”的大本营，秀米策划实施了一系列大胆的变革：组建“放脚会”、修建水渠、开办食堂，等等，然而结果事与愿违，一事无成。最后秀米宣布废除一切计划，她陷入深深的焦虑。秀米母亲不久病重去世，秀米将自家的土地卖给了梅城的龙庆棠，目的是为了筹措用于“革命”大业的经费。然而革命事业面临着无法挽回的分崩离析的境地，秀米手下人相继离开普济，各寻生路。因为密探的线报，官兵前来围剿，秀米被抓，儿子小东西惨死。秀米被抓后被关在梅城的监狱里，并未受到虐待，期间生有一子，被狱卒抱走抚养。出狱后，秀米回到普济，独自住在家中那间曾经是父亲居住的阁楼上。此时家中只剩下喜鹊一人。秀米回家后不开口说话，家中和喜鹊的交流只用笔纸。以至于大家认为秀米在狱中吃尽苦头，变成哑巴了。秀米在家大部分的精力是侍弄花草。为了和秀米交流，喜鹊学会了识字，并且在和秀米的相处中学会了作诗。然而一次机缘巧合，喜鹊终于察觉到秀米其实并未哑掉，秀米也开始重新说话。喜鹊在秀米的要求下陪着秀米重回了一趟花家舍，然而物是人非，曾经的一切永远镌刻在秀米的记忆深处，成为任何人无法去窥探的隐秘。从花家舍返回家之后，秀米便结束了传奇的一生。

《人面桃花》可以说是一部有关乌托邦的寓言，跌宕起伏的叙事多角度展现了二十世纪几代中国人的乌托邦梦想，作者精心设计了陆秀米这个角色，借助于她将前后的故事有机地串联起来。

小说中一开头交代了父亲的发疯，而发疯的原因耐人寻味。父亲罢官回乡之后便一直有一个古典乌托邦的梦想，相信普济就是陶渊明笔下的桃花源。他甚至有个大胆的设想，建设一座风雨长廊，将村中家家户户都连起来。显然这种外人看起来怪异的念头注定是不为人所理解的。这里我们注意到父亲的乌托邦事实上是中国古典的桃花源梦想，那里宁静、平和、封闭、保守。这其实是传统士大夫文人在遭遇人生挫败之后容易生成的归隐情怀，就父亲而言，正是因为扬州罢官这一重要诱因，导致父亲这一思想的萌生。由此可见，父亲的乌托邦梦想融入了个人的遭际，关注的视野只仅限于自己及周围较小的范围，是一种朴素的“小国寡民”的理想主义的情怀。父亲的梦想在普济无法实现，于是必然的他要出走，出去寻梦！

出乎意料的是父亲的梦想居然有人实现了！秀米出嫁途中被劫持到“花家舍”，此地作为一个小型的“独立王国”，读书人出身的土匪“总揽把”王观澄按照世外桃源的想象构建，秀米父亲陆侃的想法在这里居然得到了实现。小说中设置了秀米在梦境中和王观澄对谈的情节。花家舍的总设计师王观澄表露了他的想法，“它却是真正的世外桃源。我在这里苦心孤诣，已近二十年……夜不闭户，路不拾遗，洵然有尧舜之风。就连家家户户所晒到的阳光都一样多。每当春和景明，细雨如酥，桃李争艳之时，连蜜蜂都会迷了路”。多么美好！陶渊明笔下的桃花源居然再现了！然而花家舍最终被大火吞没，王本人也在一个早晨突然被人砍杀。这表明自古以来文人墨客所幻想的大同世界无法成为现实。凡现实社会只要存在欲求，就必定会产生利益争夺，仅仅指望人们依靠道德克服私欲达到公平正义无疑是如“镜中花，水中月”，理性和私欲始终在人的一生中博弈，二者只能是相互妥协，任何一方压倒另一方都会造成灾难性的后果。

父亲和王观澄都是深受传统文化浸淫的士大夫文人，他们的桃花源梦想继承了古典资源，渴求的是对现存秩序的一种反动，但由于缺乏对人性的根本省察和反思，他们的梦想不可挽回地走向失败。在那个急剧变革的大时代，另外还有一批人，他们怀揣梦想，力求改变社会，建立起他们“理想国”，张季元便是作者塑造的一个别具意味的角色。

张季元是革命党人，他来到普济是因为要策划攻打梅城。在和秀米的交往中，二人产生了朦胧暧昧的感情。张季元留下的日记本，非常真实地呈现了他鲜活的个体，包括他的革命理想。张季元既有“均贫富”、人们随心所欲自由自在生活的理想主义设计，也有灭绝人性、充满血腥味的革命恐怖主义安排，在他的日记中这个反清组织（蜩蛄会）有个《十杀令》，“有恒产超过四十亩以上者杀；放高利贷者杀；朝廷官员有劣迹者杀；妓女杀”。

由此观之，革命者（张季元）理想的乌托邦社会和土匪们（王观澄）的构想都建立在血腥杀戮的基础上，疯狂地将自己的信念建立在空想主义之上，将实施的过程变成了杀人游戏，二者目的略有差别，做法完全一致，在本质上也就没什么不同了。

陆秀米的乌托邦梦想深受前三者的影响，在其父陆侃和王观澄等人的桃源理想基础上，融入了张季元等革命党人大同革命思想。秀米的乌托邦实践力图超越王、张二者，她创办普济地方自治会、普济学堂，意图通过尝试走出另一条“乌托邦之路”。她“想把普济的人都变成同一个人，穿同样的颜色、样式的衣裳；村里每户人家的房子都一样，大小、格式都一样。村里所有的地不归任何人所有，但同时又属于每一个人。全村的人一起下地干活，一起吃饭，一起熄灯睡觉，每个人的财产都一样多，照到屋子里的阳光一样多，落到每户人家屋顶上的雨雪一样多，每个人笑容都一样多，甚至就连做的梦都是一样的”。她的构想具有更多的人情味道，不过这个因为张季元走上革命道路的年轻女子仍然不被他人理解。为了这个虚无的乌托邦理想，陆秀米九死一生，不惜割裂与母亲的亲情，拒绝对孩子的母爱，变卖全部的田地家产，置个人生死于不顾，结果却是遭受惨重失败。在世人眼中，陆秀米的思想荒谬不经，无法理喻，她本人也无法亲近，是个“疯子”。而劫后余生的秀米，为了惩罚自己，闭门索居，发禁语誓，把自己变成一个“哑巴”，从此沉浸在自己的世界中侍弄花草。

陆秀米的故事耐人寻味。在二十世纪中国大地上上演着一幕一幕的“人间喜剧”，其中不少可窥见乌托邦的影子，这一富含意味的文化现象值得深入思考，《人面桃花》从个体的角度聚焦宏大命题，引领读者深切关照，细致读解。

选文中的校长即小说的主人公陆秀米，老虎是陆家的佣人宝琛的儿子，当时年幼不谙世事。陆秀米从日本返回普济后，先后进行了一系列的“革命”活动：组织普济自治会、开挖水渠等，后由于成效不佳，于是便在皂龙寺设立了普济学堂，自任校长。选文与其说是和老虎的对话，毋宁说是秀米在普济的革命遭遇诸多挫折之后的内心独白。阴暗、封闭、散发着腐败气味的伽蓝殿是秀米境遇的隐喻，她孤独、焦虑、煎熬。革命如同是悬搁在秀米头上的魔咒，将她置于痛苦的境地。在她的喃喃自语中，我们既可以窥见其乌托邦思想的来源，又能清晰地看到秀米对于“革命”的认知其实是模糊、迷茫的。

【选评】

从《人面桃花》，到《山河入梦》，再到《春尽江南》，格非的笔触在荡开之后，复归现实和他所熟识的知识分子群体，也最终回到文学的内核：以文学之笔观照人的现实处境。(《新京报》书评周刊致格非的致敬词，2011 年 11 月 29 日新京报网）

格非的《人面桃花》《山河入梦》《春尽江南》以其举重若轻的百年中国叙事，从清末民初一直写到新的世纪转折，隐喻了一个古老民族在寻求新生的过程中的世纪性孤独，轻灵中透出沉重，浪漫中散发出宿命的气息。对于格非来说，从《人面桃花》(2004）到《山河入梦》(2007)，再到《春尽江南》(2011)，这绝不仅仅是一次叙述的历险，更是一次漫长的精神苦旅。(李遇春：《乌托邦叙事中的背反与轮回——评格非的〈人面桃花〉〈山河入梦〉〈春尽江南〉》，《中国现代文学研究丛刊》，2012 年第 2 期）

【思考与讨论】

1. 谈谈你对秀米这一人物形象的理解。

2. 如何理解《人面桃花》的主题思想?

3. 格非的“江南三部曲”体现出作者怎样的写作风格?

【拓展与延伸】

1. 有人认为《江南三部曲》是“《金瓶梅》式的《百年孤独》”，还有人认为，它更像《红楼梦》。请比较阅读这几部小说，自拟角度，写一篇研究性论文。

2. 据说，由《人面桃花》《山河入梦》《春尽江南》组成的《三部曲》在结集出版时，要起一个系列名。起初想叫《人面桃花三部曲》，又想了好几个名字，最后格非以“江南三部曲”一锤定音。

请了解格非的生活经历和小说，谈谈你对“江南三部曲”命名的理解。

【推荐阅读】

1.《江南三部曲》，格非著，上海文艺出版社 2012 年版。

2.《相遇》，格非著，译林出版社 2014 年版。

3.《望春风》，格非著，译林出版社 2016 年版。

4.《一九八四》，[英] 奥威尔著，董乐山译，上海译文出版社 2011 年版。

韩　寒

韩寒

【简介】韩寒（1982～　），生于上海市金山区亭林镇，中国作家、职业赛车手。2000年，韩寒退学，后出版首部长篇小说《三重门》。2001年，出版文集《零下一度》，该书获得当年全国图书畅销排行榜第一名。2009年，主编《独唱团》。2010年，韩寒被《时代周刊》评选为100名影响世界人物之一。2012年，出版杂文集《青春》。2013年，出版《一个：很高兴见到你》。2014年，他导演电影《后会无期》，2015年，担任青春电影《沙漏》的监制。

作为新生代作家，从韩寒的作品中可以看到其精神上的反叛传统，无论是《三重门》还是《零下一度》中提到的有关教育的问题，都是对现在教育体制与教育方法的剖析与拷问。在韩寒的作品中，还常常呈现反讽、隐喻、讽刺性模仿等特点。此外，韩寒的文章语言风格幽默，但他并非是简单地玩弄文字游戏，而是在表层的幽默中隐藏他对社会和人生冷静的思考与观察。学者梁文道这样评价："再写几年他就是鲁迅，他只是少一些鲁迅身上的深沉和悲剧感。人们总说八零后怎么怎么，实在是太类型化了，八零后其实也不乏韩寒这样有想法的。"另一方面，韩寒近些年遭受到不少质疑，由方舟子和肖鹰等人提出的韩寒"抄袭事件"和"代笔风波"引发了广泛的社会争议，这些质疑声音和学术争鸣构成了"韩寒现象"的一部分。

三重门（节选）

期中考试刚过，林雨翔红了五门——数学化学物理自在情理之内，无可非议，化学仗着初中的残余记忆，考了个粉红，五十三分；物理没有化学那样与中考前的内容藕断丝连，高中的物理仿佛已经宣布与初中的物理脱离父子关系，雨翔始料未及，不幸考了个鲜红，四十五分；数学越来越难，而且选择题少，林雨翔悲壮地考了个暗红，三十一分。理科全部被林雨翔抹上血染的风采后，文科也有两门牺牲，其一是计算机，雨翔对此常耿耿于怀——中国的计算机教育仿佛被人蒙上了眼，看不见世界发展趋势；而且被蒙的还是个懒人，不愿在黑暗里摸索，只会待在原地图安全。当时Windows98都快分娩出来了，市南三中，或者说是全上海的高中，都在教Foxbase这类最Basic的东西，学生都骂“今天的学习为了明天的荒废”，其实真正被荒废掉的不是学生的学习，而是电脑的功能，学校里那些好电脑有力使不出，幸亏电脑还不会自主思考，否则定会气得自杀；雨翔比痛恨fox（狐狸）还要痛恨Foxbase，电脑课也学得心不在焉，所以考试成绩红得发紫——二十七分。

最后一门红掉的是英语。雨翔被钱荣害得见了英语就心悸，考了五十八分。但令他欣慰和惊奇的是钱荣也才考了六十二分，钱荣解释："Shit！这张什么试卷，我做得一点兴趣都没有，睡了一个钟头，没想到还能及格！"

语文历史政治雨翔凑巧考了及格，快乐无比。看一下谢景渊的分数，雨翔吓了一跳，都是八十分以上，物理离满分仅一步之遥。雨翔看得口水快要流下来，装作不屑，说："中国的教育还是培养那种高分——的人啊。"话里把“低能”一词省去了，但“低能”两字好比当今涌现的校园烈士，人死了位置还要留着，所以林雨翔在“高分”后顿了一下，使谢景渊的想象正好可以嵌进去。

谢景渊严肃道："林雨翔，你这样很危险，高中不比初中，一时难以补上，到时候万一留级了，那——"

雨翔被这个“那”吓出一个寒战，想万一真的留级真是奇耻大辱，心里负重，嘴上轻松："可能吗，不过这点内容，来日方长。"

“明日复明日，明日何其多，这个样子下去……”

“好了，算你成绩高，我这文学社社长不如你，可以了吧。”

谢景渊说："那你找谁去补课？"

雨翔士可辱不可杀，语气软下来："有你这个理科天才同桌，不找你找谁？"

谢景渊竟被雨翔拍中马屁，笑着说："我的理科其实也不好。"

姚书琴被爱冲昏了头，开了两盏红灯，被梅萱找去谈一次话后，哭了一节课，哭得雨翔心旷神怡。

文学社里依旧是万山授大学教材，万山这人虽然学识博雅，但博雅得对他的学识产生了博爱，每说一条，都要由此而生大量引证，以示学问高深。比如一次说到了四大名著之一《西游记》，不绝地说什么“妖对仙，佛对魔”，不知怎么说到牛魔王，便对“牛”产生兴趣，割舍不下他的学问，由“牛魔王”发展到“牛虻”。这还不算，他居然一路延伸到了《包法利夫人》（Madame Bovary），说："包法利"

(Bovary)隐含了“牛”(Bovine)的读音和意思,所以“包法利夫人”就是“牛夫人”,然后绕一个大圈子竟然能够回到《西游记》——“牛夫人”在《西游记》里就是牛魔王的老婆,铁扇公主是也!

社员们被倾倒一大片,直叹自己才疏学浅。万山当然也有失手的时候,许多次运气不佳,引用了半天结果不慎迷路,回不了家,只好搁在外面。

雨翔对这种教学毫无兴趣可言,笔记涂了一大堆,真正却什么也学不到。只是留恋着社长的名称,才耐下心听课。当上社长后,雨翔演化成了一条魟,两眼长在顶上,眼界高了许多,对体育组开始不满,认为体育生成天不思进取秽语连天,“道不同,不相为谋”,寻思着要退出体育组。

十一月份。天骤然凉下,迟了两个月的秋意终于普降大地。市南三中树多,树叶便也多,秋风一起,满地的黄叶在空中打转,哗哗作响。晚秋的风已经有了杀伤力,直往人的衣领里灌。校广播台的主持终于有了人样,说话不再断续,但古训说“言多必失”,主持还不敢多说话,节目里拼命放歌——

已经很习惯从风里向南方眺望
隔过山 越过海
是否有你忧伤等待的眼光
有一点点难过 突然 觉得意乱心慌
冷风吹痛的脸庞
让泪水浸湿了眼眶
其实也想知道
这时候你在哪个怀抱
说过的那些话
终究我们谁也没能够做到
总有一丝愧疚 自己
不告而别地逃
而往事如昨
我怎么都忘不了……

这歌有催人伤心的威力。雨翔踱到教室里,见自己桌面上静躺了一封信,心猛然一跳。呆着想自己身在异地,原本初中里交的朋友全然没有消息,似曾有一位诗人或哲人打比方说“距离如水”,那么朋友就是速溶的粉末,一沉到距离这滩水里就无影无踪——今天竟有一块粉末没溶化完，还惦着他，怎么不令人感动！林雨翔扑过去，心满肚子乱跳。

雨翔希望信是Susan来的，一见到字，希望凉了一截。那些字仿佛刚被人揍过，肿得吓人，再看信封，希望彻底冷却，那信封像是马拉，患了皮肤病，长期被泡在浴缸里，全身折褶，不是Susan细心体贴的风格。

雨翔还是急不可待拆开了信。信纸一承以上风格，一副年逾古稀的残败样。信上说：

林友：

展信佳。不记得我了吧？应该不会的。我现在在区中里，这是什么破学校，还重点呢，一点都没有味道。每天上十节课，第一个礼拜就补课。中国教委真是有远见，说是实行“双休日”，其实仍旧是单休，还要额外赚我们一天补课费。说说就气，不说了。

期中刚过，考得极差，被爹妈骂了一顿。

说些你感兴趣的事吧——说了你会跳楼，但与其让你蒙在鼓里，还不如我让你知道——你的Susan（是“你的”吗？现在可能不是了）似乎已经变了，她现在和理科极优的男孩好得——我都无法形容！简直——，她有无给你写信？如果没有，你就太可惜了，这种朝三暮四的人，你不去想也罢。不值得啊，你我也是殊途同归。市南三中好吧！一定快好死了，待在里面不想出来了，所以你人都见不到。

匆匆提笔，告之为你，节哀顺变。

勿念。

Tansem Luo

于区中洞天楼

雨翔看完信，脑子里什么都想不了，觉得四周静得吓人，而他正往一个深渊里坠。坠了多时，终于有了反应，怕看错了，再把信读一遍，到Susan那一段时，故意想跳掉却抵抗不了，看着钻心的痛，慌闷得直想大叫，眼前都是Susan的笑脸，心碎成一堆散沙。怔到广播里唱最后一句“不如一切这样吧 / 你和我就散了吧 / 谁都害怕复杂 / 一个人简单点 / 不是吗”，雨翔才回到现实，右手紧握拳，往桌子上拼命一捶，空无一人的教室里全是这一捶的余音。李清照的悲伤是“物是人非”的；林雨翔更惨，物非人非，泪水又不肯出来，空留一颗心——绝不是完整的一颗——麻木得挤不出一丝乐观，欲说不能，像从高处掉下来，嘴巴着地，只“嗯”了一声后便留下无边无际无言无语的痛。人到失恋，往往脑海里贮存的往事会自动跳出来让他过目一遍，加深悲伤。心静之时，回想一遍也没什么，只觉人世沧桑往事如烟；心痛之时，往事如烟，直拖着你一口一口吞苦水。每逢失恋倍思亲，不是思活着的亲人，而是思死去的亲人，所以便有轻世之举。雨翔悲怆得想自杀，满腔的怒火可以再去烧一趟赤壁。自杀之念只是匆忙划过而已，一如科学家的美好设想，设想而已，绝无成品出现的可能。

雨翔突然想到 Susan 的两封信——两张纸条他都带来了，开了柜子找出来看，一看到 Susan 的字又勾起了难过，既舍不得又凶狠地把纸撕烂，边撕边说："什么——三重门——去你的——我——"这时脑子突然聪明，想起万山说过"三重"在古文里乃是三件重要的事之意《礼记·中庸》第二十九章："王天下有三重焉。"三重指仪礼、度、考文。古人"王天下有三重焉"，林雨翔"忘天下有三重焉"，决定把苏珊忘记。

突然，林雨翔的聪明更上了一个台阶——他猛想起，刚才只顾悲伤了，忘了看信是谁写的，区区一个生人的话，何足取信！希望又燃起来，望着一地的纸片后悔不已。

那个"Tansem Luo"实在生疏，英文里各无意义，学鲁迅硬译是"天山骡"，雨翔渐渐怀疑这信的可信度。再念几遍，似乎有了头绪：骡、罗、天——罗天诚！骂这小子变骡子来吓人——罗天诚的意思显而易见，要先利用雨翔通讯不便的劣势撒个谎让他退出，再自己独占 Susan。雨翔长吐一口气，想多亏自己胆大心细推理缜密，刚才的悲哀全部消失，构思写封回信。

一般来说，看信时快乐，回信时就痛苦；而看信时痛苦，回信时就快乐。雨翔没有王尔德和奥登曾那么怕回信，展纸就写。

Dear Luo：

展信更佳。

身在异地，身心漂泊，偶见昔日友人（是友人还是敌人？）之信，感动万分。

信里提及 Susan，挚友大可放心，Susan 与我情有多深我自明了，我俩通信不断，彼此交心，了解极深。至于信里提醒的情况，我的确不知，但我信任她，朋友之间讨论题目有何不可？

不知罗兄在区中生活如何？望来信告之。我一切都好，您大可不必操心。我现任本市最佳之文学社之社长，罗兄可将此消息转告 Susan。

祝学安

写完信后雨翔扬眉吐气，但觉得不解恨，再加几句：

P.S. 罗兄，十分抱歉，复信简短，主要因为我手头有一堆 Susan 的信，要赶着还信债，匆匆止笔，见谅。

雨翔马上买了几张邮票把信寄了出去，觉得早一天让罗天诚收到此信，他林雨翔就多一点快乐。

然而出气归出气，疑惑仍然存在，比如人家扇你一巴掌，你回敬他两巴掌，心理是平衡了，但你的脸却依旧灼痛。

为打消疑虑，雨翔又给沈溪儿写一封信：

溪儿：

为避免你忘记，我先报上名字——林雨翔。如雷贯耳吧？闲着无聊给你写一封信。

雨翔恨不得马上接下去问："快如实招来，Susan 怎么样了？"但这样有失礼节，让人感觉是在利用，便只好信笔胡写"近来淫雨绵绵，噩运连连"；"中美关系好转，闻之甚爽"，凑了三四百个字，觉得掩饰用的篇幅够了，真正要写的话才哆哆嗦嗦出来：

突然记起，所以顺便问一下，Susan 她最近情况怎样？我挺牵挂的。

写完这句话想结束了，但觉得还是太明显，只好后面再覆盖一些废话，好比海龟下蛋，既然已经掘地九寸，把蛋下在里面，目的达到后当然不能就此离开，务必在上面掩上一些土，让蛋不易察觉。

雨翔满心期待地把蛋寄出去。

果然种豆得豆，三天后雨翔同时接到两人来信。雨翔急着要看罗天诚的反应，拆开后却抖出自己的信，上面一句话用红笔划了出来，即"我现任本市最佳之文学社之社长，罗兄可将此消息转告 Susan"，旁边指示道：既然你与 Susan"通信不断"，何必要我转告？雨翔幡然醒悟，脸上臊红一片，想智者千虑，必有一失。批示旁边是对这条批示的批示：我说的都是真话，你不信也罢信也罢。

雨翔心有些抽紧，拆开沈溪儿的信，沈溪儿学来雨翔的风格，废话连篇，雨翔找半天才发现 Susan 的消息：

你很牵挂她吗？我想似乎没有这个必要了。我听许多人说她一进区中就被选上校花，追求者不要太多噢，有谣言说她和一位理科尖子关系挺好的，她也写信过来证实了，要我告诉你不要再多想了，市南三中是好学校，机会不可错过，好好读书，三年后清华见。你要想开一点……

雨翔再也念不下去了，人像一下子被抽空了，从头到底毫无知觉。三天前已被重创一次；今天不仅重创，而且还被重（chóng）创，伤口汩汩流血。

雨翔又把信撕得粉碎，愤然骂："什么狗屁学校，什么狗屁市重点，去你妈的！去你——"哽咽得说不出话，只剩心里的酸楚，跪倒在空荡荡的教室里，咬住嘴唇呜咽着。事情已经这样了，问什么也无济于事，万般悲戚里，决定写信过去画个句号：

Susan：

我真的很后悔来市南三中。这里太压抑了，我连个说话的人都没有。但我一直以为我有你，那就够了。我至今没有——是因为我觉得我配不上你，我也不知道你追求的是什么。我没有给你写过信，因为我想保留这份记忆，这种感觉。我有心事只对我自己说，我以为你会听见。现在似乎我已经多余了，还是最后写一封信，说清楚了也好，我已经不遗憾了，因为有过。我祝你，或者说是你们快乐。好聚好散吧，最后对你说——

雨翔手颤得已经写不下去了，眼前模糊一片，静坐着发呆，然后提起笔，把最后一句划掉，擦干眼泪复看一遍——毕竟这么严肃悲观的信里有错别字是一件很令人尴尬的事。雨翔看着又刺痛了伤心——失恋的人的伤心大多不是因为恋人的离开，而是因为自己对自己处境的同情和怜悯——雨翔只感到自己可怜。

信寄出后，雨翔觉得世界茫然一片，心麻木得停止了跳动。

韩寒著《三重门：十五周年纪念版》，作家出版社 2015 年版

【导读】

《三重门》是韩寒所写的第一部长篇小说，书讲述了高中生林雨翔的青春期历程，展现了主人公与父母、师长、同学之间关系存在的种种矛盾和问题，表达了青春期孩子对学习、生活、爱情等方面的困惑与思考。

林雨翔就读于上海近郊小镇上的一所中学。学校重理轻文，擅长文科的林雨翔生活得很压抑很叛逆且没有目标。幸运的是，林雨翔得到了语文老师马德保的赏识，并在马德保的帮助下，顺利进入梦寐已久的文学社。在一次文学社组织的活动中，林雨翔认识了喜欢故作深沉的同学罗天诚。两人和语文科代表沈溪儿一起游玩，意外邂逅了美丽可人的 Susan。林雨翔对 Susan 动了心，Susan 却始终和他保持着不冷不热的关系。后来在去南京进行“爱国主义教育”的车上，林雨翔幸运地和 Susan 坐在一起，度过了一段愉快的旅程。中考前夕，Susan 将自己的复习资料给林雨翔，叮嘱他认真复习。林雨翔考上了县重点，又凭借母亲的关系以体育特长生身份顺利进了市重点。这时他却得知，成绩优异的 Susan 竟然没考上市重点，只能屈居县重点。进入高中后，林雨翔生活颓废异常，他愤世嫉俗，看不惯身边许多人，与同学关系也不融洽，在他生活不如意时，又收到了罗天诚和沈溪儿的信，告知他 Susan 正在和同班的一个男生谈恋爱。林雨翔万念俱灰，一个人在外闲逛了一整夜。林雨翔逃夜的事不久就被人告发了，将要面临处分。这时 Susan 有种不祥的预感，原来，她让罗天诚和沈溪儿帮着欺骗林雨翔说自己在谈恋爱，想以此激励林雨翔振作精神认真学习。她打电话了解林雨翔近况，得知林雨翔逃夜，既难过又气愤。她告诉了林雨翔自己因为他而放弃了进市南三中的机会，说完真相后，愤恨地挂掉了电话。林雨翔心如死灰，茫然不知所措，而这时 Susan 后悔自己说话说得太绝，打电话找林雨翔，却始终接不通。

《三重门》作为青春校园小说，与很多流行的青春小说颇为不同，虽然林雨翔与 Susan 的“爱情”是小说重要的组成部分，但并非停留在传统校园小说对友情、爱情的唯美抒写，而是更具有批判的锋芒。《三重门》最显价值的地方，林雨翔充满叛逆性的调侃与讽刺体现出一个处于青春成长中少年对社会尤其是现行教育体制、社会现象等方面的思考，如对传统教师形象的颠覆，马德保没上够大学，仅凭几篇“打工文学”就被学校聘请为语文教师，他上课敷衍了事，以为把屠格涅夫念成涅格屠夫，学生也不会发现。英语老师自诩知识渊博，却不知道“wanker”的含义，被学生取笑后又把责任推给自己大学的教授。小说中通过林雨翔的视角直指现实生活尤其是教育中存在的诸多弊端，尽管有些思考还欠理性和深入，却显示了作者独立思考的个性。

林雨翔是小说中韩寒创造的“自传”式人物形象。林雨翔的身上深深烙上了韩寒的影子，渗透着作者的强烈主观情感和审美生命体验。作品较为真实地表现了他们在应试教育体制下的苦闷与焦虑、欢乐与痛苦，正如作者韩寒所说，“尽管情节不曲折，但小说里的人物生存着，活着，这就是生活。我会用全中国所有的 teenager（这个词不好表达，中文难以形容），至少是出版过书的 teenager 里最精彩的文笔来描写这些人怎么活着。”虽然说，这部带有“自叙体小说”色彩的写作，从写作模式上来说，没有传统小说创作上的宏大叙事，而重在展示新世纪青少年个体心灵的主观表现，是一部具有强烈的个性主体意识和幽默文风的韩寒式小说。

【选评】

《三重门》与韩寒的《通稿 2003》《零下一度》《一座城池》等作品都以强烈的自我主体个性，以诙谐幽默风趣的文笔，从容、深刻地表现了“八零后”teenager 真实的生命体验和独特的情感世界，成为在新世纪文坛上不可漠视的新性情文学。（张丽军：《韩寒论》，《文艺争鸣》2006 年第 3 期）

【思考与讨论】

1. 试分析林雨翔这一人物形象。

2. 如何理解《三重门》的主题？

3. 韩寒的这部小说《三重门》，是否让你回忆起中学时的青春岁月，请和大家分享你的感受。

【拓展与延伸】

1. 新世纪以来，以韩寒、郭敬明、张悦然等为代表的八零后作家，其文学创作受到了众多八零后和九零后的喜爱，你还阅读过哪些八零后或九零后作家的作品，他们的创作风格各有什么异同？

2.《三重门》中，作者通过林雨翔的视角批判了教育中存在的诸多问题，你觉得在中国现行教育中，还存在哪些值得关注的现象？

3. 1999 年，韩寒以《杯中窥人》一文获得首届全国新概念作文比赛一等奖。2000 年，在上高一的韩寒退学，后出版首部长篇小说《三重门》。到 2006 年《财经时报》评出的作家富豪榜排名第三位，再到 2008 年挑战作协主席。韩寒还在赛车、影视制作等方面成就突出。你如何看待“韩寒现象”。

【推荐阅读】

1.《三重门》，韩寒著，作家出版社 2015 年版。

2.《我所理解的生活》，韩寒著，浙江文艺出版社 2013 年版。

3.《幻城》，郭敬明著，长江文艺出版社 2014 年版。

第八单元

港澳台及海外华文文学

【概述】 1949 年，海峡两岸国共分治的政治局面形成，台湾文学与大陆文学分离。作为国统区文学的延伸，二十世纪五十年代的台湾，“反共文学”主导文坛。与此同时，怀乡文学应运而生，如林海音小说集《城南旧事》、谢冰莹的散文集《我的少年时代》、余光中的诗集《舟子的悲歌》等，这些作品摆脱了“反共文学”的束缚，抒发对大陆故土亲人的思念。台湾本土作家吴浊流、钟理和、黄春明、陈映真等致力于乡土文学的创作，表现台湾的历史文化与现实生活。现代主义文学由《现代诗》的创办者纪弦领队，登陆文坛。在郑愁予、余光中、洛夫、痖弦等人的合力推动下，现代主义文艺思潮影响巨大。与此同时，言情小说开始萌芽。六十年代的台湾文坛，现代派文学占主流地位。1960 年 3 月，由白先勇、王文兴、欧阳子、陈若曦等创办的《现代文学》杂志诞生，标志着台湾现代派文学高潮的到来。台湾现代派文学受到西方现代主义文学思潮的影响，强调表现自我，主张反理性，把梦幻、本能、潜意识看成艺术创作的源泉，探索新的艺术形式与表现手法。白先勇的《台北人》、王文兴的《家变》是台湾现代主义文学鼎盛期的代表作。六十年代，琼瑶的言情小说，古龙的武侠小说，高阳的历史小说为大众所喜爱，台湾的通俗文学获得很大发展。七十年代，台湾乡土文学崛起，陈映真、黄春明、王祯和等作家坚持现实主义创作手法，关注现实生活，关注小人物命运，创作了许多优秀小说。八十年代以来，台湾文坛流派纷呈，风格多样，呈现出多元化格局。乡土文学继续发展，都市小说、新女性主义文学、探亲文学等争奇斗艳，并产生了后现代主义的文学。柏杨和龙应台的杂文也各有特色，为人称道。

四五十年代之交香港文坛，主力军是徐訏、张爱玲等“南来作家”。50 年代中期，现代主义思潮兴起，刘以鬯的意识流小说《酒徒》是香港现代主义文学的代表作。五六十年代香港通俗文学迅猛发展。梁羽生、金庸、倪匡等人的武侠小说，亦舒、岑凯伦、严沁等人的言情小说构成香港通俗文学的主体。七十年代，香港文学多元化发展。一些作家自觉走向本土化，反映香港社会的变迁和香港人的生存状态，西西的《我城》、刘以鬯的《岛与半岛》具有代表性。言情小说突飞猛进，风头压过武侠小说。八十年代以来，香港回归问题被许多作家所关注。刘以鬯的《一九九七》是最早接触“九七”题材的小说之一。李碧华的言情小说、梁凤仪的财经小说成为大众文化消费的主要内容，其他文体的创作也有可圈可点之作，比如董桥的散文。

澳门被葡萄牙殖民者统治了四百多年，但是中华文化已经深深扎根，作家们在身份认同上并没有迷失。澳门的旧体诗词创作成就非常突出，代表诗人有梁披云、马万祺、程远、谭任杰、冯刚毅、林佐瀚等。新诗创作也很活跃，主要诗人有陶里、高戈、冯刚毅、苇鸣、李观鼎、流星子、林玉凤等。散文创作借助报纸副刊，或叙事抒情，或怡情悦性，或针砭时弊，李鹏翥、凌棱、鲁茂、林中英、徐敏等人形成散文创作的一支劲旅。澳门的小说创作也取得了一定成绩，代表性的作品有鲁茂的《蒲公英之恋》、周桐的《错爱》等。

数十年来，移居欧洲、北美、东南亚等地的海外华人作家名家辈出，佳作纷呈。他们在不同的文学空间里讲述的大多是中国人的故事，表达着中国意识，书写身在异域的生命体验。这些作家有的是第二代移民，比如汤亭亭，其代表作《女勇士》《中国佬》讲述的均是华人故事。二十世纪六十年代前后，大批台湾留学生负笈海外，如白先勇、於梨华、聂华苓、欧阳子、陈若曦、赵淑侠等，於梨华的《又见棕榈　又见棕榈》被认为是当代留学生文学鼻祖。自八十年代中后期起，随着大陆留学与移民热潮移居海外的查建英、严歌苓、虹影、张翎、陈河、陈谦、哈金等，他们的作品陆续在大陆出版或在主流刊物上发表。严歌苓的《小姨多鹤》《陆犯焉识》，虹影的《孔雀的叫喊》《饥饿的女儿》，哈金的《等待》《南京安魂曲》等都是具有影响力的作品。更为年轻一代的留学生写作显示出浓厚的“青春文学”特征，代表性的作品有张惠雯（留学新加坡）的《完美生活》，笛安（留学法国）的《塞纳河不结冰》等，描写新世纪年轻人充满快乐与忧愁的真实生活状态。

金庸

【简介】金庸（1924 ～ 2018），原名查良镛，浙江海宁人。大学主修英文和国际法，曾在上海《大公报》、香港《大公报》及《新晚报》任记者、翻译和编辑。金庸八九岁开始对武侠小说着迷，五十年代初经常以“林欢”和“姚馥兰”的笔名撰写影评、创作剧本。1955 年在《新晚报》上发表第一篇武侠小说《书剑恩仇录》。1959 年，金庸自立门户，创办《明报》，从创刊之日起，在《明报》连载他的多部作品，直到 1972 年年底挂印封笔。金庸的作品一共 15 部，金庸特别选取 14 部中长篇小说名字的第一个字，制成一联：“飞雪连天射白鹿，笑书神侠倚碧鸳。”金庸的小说先后被翻译成多国

金庸

文字，读者遍布全球，在华人社会各个阶层几乎都能找到“金庸迷”。1992 年金庸被加拿大哥伦比亚大学评为“全世界读者最多的小说家”，并被授予文学博士称号。

天龙八部（节选）

四十一 燕云十八飞骑 奔腾如虎风烟举

萧峰于三招之间，逼退了当世的三大高手，豪气勃发，大声道：“拿酒来！”一名契丹武士从死马背上解下一只大皮袋，快步走近，双手奉上。萧峰拔下皮袋塞子，将皮袋高举过顶，微微倾侧，一股白酒激泻而下。他仰起头来，咕嘟咕嘟地喝之不已。皮袋装满酒水，少说也有二十来斤，但萧峰一口气不停，将一袋白酒喝得涓滴无存。只见他肚子微微胀起，脸色却黑黝黝的一如平时，毫无酒意。群雄相顾失色之际，萧峰右手一挥，余下十七名契丹武士各持一只大皮袋，奔到身前。

萧峰向十八名武士说道：“众位兄弟，这位大理段公子，是我的结义兄弟。今日咱们陷身重围之中，寡不敌众，已然势难脱身。”他适才和慕容复等各较一招，虽然占了上风，却已试出这三大高手每一个都身负绝技，三人联手，自己便非其敌，何况此外虎视眈眈、环伺在侧的，又有千百名豪杰。他拉着段誉之手，说道：“兄弟，你我生死与共，不枉了结义一场，死也罢，活也罢，大家痛痛快快的喝他一场。”段誉为他豪气所激，接过一只皮袋，说道：“不错，正要和大哥喝一场酒。”少林群僧中突然走出一名灰衣僧人，朗声说道：“大哥，三弟，你们喝酒，怎么不来叫我？”正是虚竹。他在人丛之中，见到萧峰一上山来，登即英气逼人，群雄黯然无光，不由得大为心折；又见段誉顾念结义之情，甘与共死，当日自己在缥缈峰上与段誉结拜之时，曾将萧峰也结拜在内，大丈夫一言既出，生死不渝，想起与段誉大醉灵鹫宫的豪情胜慨，登时将甚么安危生死、清规戒律，一概置之脑后。

萧峰从未见过虚竹，忽听得他称自己为“大哥”，不禁一呆。段誉抢上去拉着虚竹的手，转身向萧峰道：“大哥，这也是我的结义哥哥。他出家时法名虚竹，还俗后叫虚竹子。咱二人结拜之时，将你也结拜在内了。二哥，快来拜见大哥。”虚竹当即上前，跪下磕头，说道：“大哥在上，小弟叩见。”

萧峰微微一笑，心想：“兄弟做事有点呆气，他和人结拜，竟将我也结拜在内。我死在顷刻，情势凶险无比，但这人不怕艰难，挺身而出，足见是个重义轻生的大丈夫、好汉子。萧峰和这种人相结为兄弟，却也不枉了。”当即跪倒，说道：“兄弟，萧某得能结交你这等英雄好汉，欢喜得紧。”两人相对拜了八拜，竟然在天下英雄之前，义结金兰。

萧峰不知虚竹身负绝顶武功，见他是少林寺中的一名低辈僧人，料想功夫有限，只是他既慷慨赴义，若教他避在一旁，反而小觑他了，提起一只皮袋，说道：“两位兄弟，这一十八位契丹武士对哥哥忠心耿耿，平素相处，有如手足，大家痛饮一场，放手大杀罢。”拔开袋上塞子，大饮一口，将皮袋递给虚竹。虚竹胸中热血如沸，哪管他甚么佛家的五戒六戒、七戒八戒，提起皮袋便即喝了一口，交给段誉。段誉喝一口后，交了给一名契丹武士。众武士一齐举袋痛饮烈酒。

虚竹向萧峰道：“大哥，这星宿老怪害死了我后一派的师父、师兄，又害死我先一派少林派的太师叔玄难大师和玄痛大师。兄弟要报仇了！”萧峰心中一奇，道：“你……”第二个字还没说下去，虚竹双掌飘飘，已向丁春秋击了过去。

萧峰见他掌法精奇，内力浑厚，不由得又惊又喜，心道：“原来二弟武功如此了得，倒是万万意想不到。”喝道:“看拳！”呼呼两拳，分向慕容复和游坦之击去。游坦之和慕容复分别出招抵挡。十八名契丹武士知道主公心意，在段誉身周一围，团团护卫。

虚竹使开“天山六阳掌”，盘旋飞舞，着着进迫。丁春秋那日潜入木屋，曾以“逍遥三笑散”对苏星河和虚竹暗下毒手，苏星河中毒毙命，虚竹却安然无恙，丁春秋早已对他深自忌惮，此刻便不敢使用毒功，深恐虚竹的毒功更在自己之上，那时害人不成，反受其害，当即也以本门掌法相接，心想：“这小贼秃解开珍珑棋局，竟然得了老贼的传授，成为我逍遥派的掌门人。老贼诡计多端，别要暗中安排下对付我的毒计，千万不可大意。”逍遥派武功讲究轻灵飘逸，娴雅清隽，丁春秋和虚竹这一交上手，但见一个童颜白发，宛如神仙，一个僧袖飘飘，冷若御风。两人都是一沾即走，当真便似一对花间蝴蝶，蹁跹不定，于这“逍遥”二字发挥到了淋漓尽致。旁观群雄于这逍遥派的武功大都从未见过，一个个看得心旷神怡，均想：“这二人招招凶险，攻向敌人要害，偏生姿势却如此优雅美观，直如舞蹈。这般举重若轻、潇洒如意的掌法，我可从来没见过，却不知哪一门功夫？叫甚么名字？”

那边厢萧峰独斗慕容复、游坦之二人，最初十招颇占上风，但到十余招后，只觉游坦之每一拳击出、每一掌拍来，都是满含阴寒之气。萧峰以全力和慕容复相拼之际，游坦之再向他出招，不由得寒气袭体，大为难当。这时游坦之体内的冰蚕寒毒得到《易筋经》内功的培养，正邪为辅，水火相济，已成为天下一等一的厉害内功，再加上慕容复“斗转星移”之技奥妙莫测，萧峰此刻力战两大高手，比之当日在聚贤庄与数百名武林好汉对垒，凶险之势，实不遑多让。但他天生神武，处境越不利，体内潜在勇力越是发皇奋扬，将天下阳刚第一的“降龙十八掌”一掌掌发出，竟使慕容复和游坦之无法近身，而游坦之的冰蚕寒毒便也不致侵袭到他身上。但萧峰如此发掌，内力消耗着实不小，到后来掌力势非减弱不可。

游坦之看不透其中的诀窍，慕容复却心下雪亮，知道如此斗将下去，只须自己和这庄帮主能支持得半个时辰，此后便能稳占上风。但“北乔峰，南慕容”素来齐名，今日首次当众拼斗，自己却要丐帮帮主相助，纵然将萧峰打死，“南慕容”却也显然不及“北乔峰”了。慕容复心中盘算数转，寻思：“兴复事大，名望事小。我若能为天下英雄除去了这个中原武林的大害，则大宋豪杰之士，不论识与不识，自然对我怀恩感德，看来这武林盟主一席，便非我莫属了。那时候振臂一呼，大燕兴复可期。何况其时乔峰这厮已死，就算‘南慕容’不及‘北乔峰’，也不过往事一件罢了。”转念又想：“杀了乔峰之后，庄聚贤便成大敌，倘若武林盟主之位终于被他夺去，我反而要听奉他号令，却又大大的不妥。”是以发招出掌之际，暗暗留下几分内力，只是面子上似乎全力奋击，勇不顾身，但萧峰“降龙十八掌”的威力，却大半由游坦之受了去。慕容复身法精奇，旁人谁也瞧不出来。

转瞬之间，三人翻翻滚滚的已拆了百余招。萧峰连使巧劲，诱使游坦之上当。游坦之经验极浅，几次险些着了道儿，全仗慕容复从旁照料，及时化解，而对萧峰所击出刚猛无俦的掌力，游坦之却以深厚内功奋力承受。

选自《天龙八部》，金庸著，上海三联书店 1996 年版

【导读】

《天龙八部》1963 年 9 月 3 日开始在香港《明报》和新加坡《南洋商报》同时连载，历时四年才完成，这是金庸写作时间和篇幅都最长的一部书。“四大名捕”之父——武侠作家温瑞安认为《天龙八部》和《笑傲江湖》《鹿鼎记》是金庸小说的三大杰作，《天龙八部》更是金庸小说的顶尖杰作。

《天龙八部》所记载的事情发生在北宋宋哲宗在位年间。当时外族纷纷觊觎大宋国土，形成宋、辽、西夏对立的局面。武林各派或效忠于本国，或相助于他族，一时间风云际会，英雄辈出。作品通过宋、辽、西夏、大理、吐蕃及女真等王国之间的武林恩怨和民族矛盾，从哲学的高度对人生和社会进行审视和描写，展示了一幅波澜壮阔的生活画卷。

首先，《天龙八部》的格局宏伟，仅从民族、国家的角度看，就写出了大宋、大理、大辽、西夏、女真、吐蕃、大燕所组成的“七国演义”。其次，小说中典型人物众多，一般小说只有一个主人公，这部小说却有三个主人公——顶天立地的萧峰，痴情而善良的公子段誉，浑金璞玉的好和尚虚竹，此外还有风流王爷段正淳，政治狂人慕容复，星宿老怪丁春秋，聪慧薄命的阿朱，口蜜心狠的马夫人，匪夷所思的天山童姥，各具形态的“四大恶人”等，共计有几十个令人难忘的生动形象；再次，小说的寓意深邃，书名“天龙八部”是佛经用语，包括八种神道怪物，作者以此命名，隐喻世间众生。小说里面也充满了佛学的道理和佛家的悲悯情怀。即使对书中最无情无义、最恶的人物如康敏和丁春秋，金庸也有悲悯之心；对鸠摩智、萧远山、阿紫等非正面人物，金庸更是抱有极大的宽宥和同情心，写出他们最终的归宿。

关于这部小说人物情节的特征，旅美学者陈世骧认为，《天龙八部》叫“无人不冤，有情皆孽”。所有人都是冤的，所有情都是孽情。因为书中每个人物都有不平常的挫折，每个人都不能达到自己的目的。第一主人公萧峰是金庸笔下写得最成功的一个人物。他本来是丐帮帮主，武功盖世，义薄云天，是江湖上人人敬仰的英雄好汉，忽然有一天被告知自己不是汉人，被逐出了丐帮。在查寻身世、洗雪冤屈的过程中，历经磨难，在命运的扭转下，他由众人眼中的大仁大义之人变为大奸大恶之人，正派人物骂他“假仁假义”，连邪道中人也骂他“卑鄙下流”。萧峰本来力图昭雪不白之冤，与命运抗争，到后来却被逼双手染血，无法洗清，他曾经发誓不杀一个汉人，可结果他身不由己杀了很多汉人，后来居然把自己的爱人也打死了。他是辽人，但对养育他的大宋怀有深厚的感情。他不忍看到两族人民自相残杀，因而付出生命的代价为两国人民赢得了和平。萧峰的悲剧命运，既有古希腊悲剧的深入心灵的震撼，又充满存在主义的荒诞。他是民族斗争夹缝里的西西弗，最后为了换取天下苍生的和平，他用气壮山河的一死，奏响了武侠精神的最强音。第二主人公段誉，他是第一个出场的主人公，小说以他初涉江湖的历险展开故事，他看起来呆里呆气却活泼幽默，毫无酸腐之气，在呆气中又包含一种卓尔不群的大气和不可忽视的侠气。他本是一个文弱书生、完全不会武功，却因缘际会习得了绝世武功。他年少多情，可命运捉弄，他爱上的所有女孩子都是自己的妹妹，这让他痛不欲生。好在金庸有菩萨心肠，突然发现所有女孩又都不是他的妹妹，最后都得到解决。第三主人公虚竹，他是一个从小不知父母，在少林寺长大的普通和尚，他按照戒律生活，一心一意要做个好和尚，可人生无常，他想当和尚而不得，不仅戒律尽破，少林武功尽失，还“被逼”成为逍遥派的掌门。他父母双全，又咫尺天涯，相认之日又成诀别之时。看起来命运似乎对他极为不公，但最后他跟自己所爱的人幸福地生活在一起，尽管他不再受制于佛教戒律，但他所言所行都证明他是慈悲之人。

小说全书共五十回，每回各有其精彩之处，其中第四十一回“燕云十八飞骑奔腾如虎风烟举”尤为出色，被温瑞安等人誉为“全书精华所在”：这一场的武功，可谓琳琅满目，各种繁杂精彩的武功都融汇在这一场面中；这一场里的人物，将天下精英尽收其中；这一场的打斗，是武林中顶尖儿人物的大比拼；这一场的情感冲突，在全书中属最重要也写得最出色。本书节选了这一回的部分内容，段誉、虚竹二人见萧峰遭遇群雄围攻，挺身而出与萧峰共同御敌，这是全书三大主人公的第一次会齐。看到这三位主人公如此重视兄弟情谊，在重重危机中慷慨赴义，真是让人激动不已。

【选评】

金庸武侠小说是现代华人共同的神话。……《天龙八部》开篇释题："'天龙八部'，都是非人"，而这部洋洋大书就是关于"形似人而实际不是人的众生"的故事。这是一个没有疑问与反思的幻想世界，它的意义核心是严肃的、深刻的，而它寄寓的故事却是由纯粹演绎逐辑组织起来的"莫须有"的人与事，非人间的场景，非人间的人事，透示出的却是人间的道理。武侠小说没有现实的指涉性，但不一定没有文化的启悟性。它是现代华人文化生活中的一种升华形式，从这个角度看，武侠小说的意义与价值都是不可低估的。（周宁：《从金庸作品看文化语境中的武侠小说》，《中国社会科学》1995年第5期）

【思考与讨论】

1. 请结合作品，谈谈"天龙八部"这一题目有什么内涵？

2. 有学者认为，萧峰既是一个理想的英雄，又是一个充满焦虑的小人物，"焦虑"在某种程度上"软化"了英雄性格。你如何理解这一形象，康敏这一角色的设置对于塑造萧峰形象有什么作用？

【拓展与延伸】

1. 金庸作品众多，为了避免作品雷同，必须使人物的形象与命运相异，因而，让不同作品中主要人物之间形成对比成为金庸小说重要的创作方法。请以"射雕三部曲"为例，分析金庸是如何使用"相反相存"的对比策略来塑造郭靖、杨过、张无忌三个人物的。

2.《天龙八部》被改编成各种版本的影视剧，你最喜欢哪个版本，你认为哪位演员将角色塑造得最为成功？试加以分析。

3. 香港被诟病为"文化沙漠"，也有人认为这是个伪话题，因为香港在文化上不亚于中国其他的城市。香港除了拥有像金庸一样广为人知的通俗文学作家，还有像刘以鬯这样长久以来进行严肃文学创作的作家，他的小说《酒徒》被称为中国第一部意识流小说，《对倒》曾启发王家卫拍了电影《花样年华》。请选择阅读刘以鬯的小说，谈谈阅读感受。

【推荐阅读】

1.《金庸作品集》，金庸著，生活·读书·新知三联书店1994年版。

2.《我看金庸小说》，倪匡著，重庆大学出版社 2009 年版。
3.《香港文学史》，刘登翰著，人民文学出版社 1999 年版。
4.《千古文人侠客梦》，陈平原著，北京大学出版社 2010 年版。

林海音

林海音

【简介】林海音（1918～2001），小名英子，原名林含英。原籍台湾苗栗，生于日本，成长于北平。曾先后就读于厂甸小学、北京新闻专科学校，毕业后任《世界日报》记者。1948 年与丈夫带着孩子回到故乡台湾。先后任《国语日报》编辑，《联合报》副刊主编，《文星》杂志编辑等职；1967 年创办《纯文学》杂志，经营纯文学出版社。林海音一生创作了小说、散文、儿童文学等众多作品。长篇小说有《春风》《晓云》《孟珠的旅程》等，短篇小说集有《城南旧事》《烛心》《婚姻的故事》《绿藻与咸蛋》等。散文集《窗》（与何凡合作）、《两地》、《芸窗夜读》、《剪影话文坛》、《一家之主》、《家住书坊边》等，还有一些散文与小说合集。林海音集作者、编辑与出版家于一身，提携了众多的文坛后生，对台湾文学的发展做出重要贡献，被称为“台湾文学祖母级的人物”。

城南旧事（节选）

爸爸的花儿落了　我也不再是小孩子

新建的大礼堂里，坐满了人；我们毕业生坐在前八排，我又是坐在最前一排的中间位子上。我的衣襟上有一朵粉红色的夹竹桃，是临来时妈妈从院子里摘下来给我别上的。她说：

“夹竹桃是你爸爸种的，戴着它，就像爸爸看见你上台时一样！”

爸爸病倒了，他住在医院里不能来。

昨天我去看爸爸，他的喉咙肿胀着，声音是低哑的。我告诉爸，行毕业典礼的时候，我代表全体同学领毕业证书，并且致谢词。我问爸，能不能起来，参加我的毕业典礼？六年前他参加了我们学校的那次欢送毕业同学同乐会时，曾经要我好好用功，六年后也代表同学领毕业证书和致谢词。今天，“六年后”到了，我真的被选做这件事。

爸爸哑着嗓子，拉起我的手笑笑说：

“我怎么能够去？”

但是我说：

“爸爸，你不去，我很害怕，你在台底下，我上台说话就不发慌了。”

爸爸说：

“英子，不要怕，无论什么困难的事，只要硬着头皮去做，就闯过去了。”

“那么爸不也可以硬着头皮从床上起来到我们学校去吗？”

爸爸看着我，摇摇头，不说话了。他把脸转向墙那边，举起他的手，看那上面的指甲。然后，他又转过脸来叮嘱我：

“明天要早起，收拾好就到学校去，这是你在小学的最后一天了，可不能迟到！”

“我知道，爸爸。”

“没有爸爸，你更要自己管自己，并且管弟弟和妹妹，你已经大了，是不是？”

“是。”我虽然这么答应了，但是觉得爸爸讲的话很使我不舒服，自从六年前的那一次，我何曾再迟到过？

当我在一年级的时候，就有早晨赖在床上不起床的毛病。每天早晨醒来，看到阳光照到玻璃窗上，我的心里就是一阵愁：已经这么晚了，等起来，洗脸，扎辫子，换制服，再到学校去，准又是一进教室被罚站在门边。同学们的眼光，会一个个向你投过来。我虽然很懒惰，却也知道害羞呀！所以又愁又怕，每天都是怀着恐惧的心情，奔向学校去。最糟的是爸爸不许小孩子上学乘车的，他不管你晚不晚。

有一天，下大雨，我醒来就知道不早了，因为爸爸已经在吃早点。我听着，望着大雨，心里愁得了不得。我上学不但要晚了，而且要被妈妈打扮得穿上肥大的夹袄（是在夏天！），和踢拖着不合脚的油鞋，举着一把大油纸伞，走向学校去！想到这么不舒服的上学，我竟有勇气赖在床上不起来了。

等一下，妈妈进来了。她看我还没有起床，吓了一跳，催促着我，但是我皱紧了眉头，低声向妈哀求说：

“妈，今天晚了，我就不去上学了吧？”

妈妈就是做不了爸爸的主意，当她转身出去，爸爸就进来了。他瘦瘦高高的，站在床前来，瞪着我：

“怎么还不起来，快起！快起！”

“晚了！爸！”我硬着头皮说。

“晚了也得去，怎么可以逃学！起！”

一个字的命令最可怕，但是我怎么啦！居然有勇气不挪窝。

爸气极了，一把把我从床上拖起来，我的眼泪就流出来了。爸左看右看，结果从桌上抄起鸡毛掸子倒转来拿，藤鞭子在空中一抡，就发出咻咻的声音，我挨打了！

爸把我从床头打到床角，从床上打到床下，外面的雨声混合着我的哭声。我哭号，躲避，最后还是冒着大雨上学去了。我是一只狼狈的小狗，被宋妈抱上了洋车——第一次花五大枚坐车去上学。

我坐在放下雨篷的洋车里，一边抽抽搭搭地哭着，一边撩起裤脚来检查我的伤痕。那一条条鼓起的鞭痕，是红的，而且发着热。我把裤脚向下拉了拉，遮盖住最下面的一条伤痕，我最怕被同学耻笑。

虽然迟到了，但是老师并没有罚我站，这是因为下雨天可以原谅的缘故。

老师教我们先静默再读书。坐直身子，手背在身后，闭上眼睛，静静地想五分钟。老师说：想想看，你是不是听爸妈和老师的话？昨天的功课有没有做好？今天的功课全带来了吗？早晨跟爸妈有礼貌地告别了吗？……我听到这儿，鼻子抽答了一下，幸好我的眼睛是闭着的，泪水不至于流出来。

正在静默的当中，我的肩头被拍了一下，急忙地睁开了眼，原来是老师站在我的位子边。他用眼势告诉我，教我向教室的窗外看去，我猛一转头看，是爸爸那瘦高的影子！

我刚安静下来的心又害怕起来了！爸为什么追到学校来？爸爸点头示意招我出去。我看看老师，征求他的同意，老师也微笑地点点头，表示答应我出去。

我走出了教室，站在爸面前。爸没说什么，打开了手中的包袱，拿出来的是我的花夹袄。他递给我，看着我穿上，又拿出两个铜板来给我。

后来怎么样了，我已经不记得，因为那是六年以前的事了。只记得，从那以后，到今天，每天早晨我都是等待着校工开大铁栅校门的学生之一。冬天的清晨站在校门前，戴着露出五个手指头的那种手套，举了一块热乎乎的烤白薯在吃着。夏天的早晨站在校门前，手里举着从花池里摘下的玉簪花，送给亲爱的韩老师，她教我跳舞。

啊！这样的早晨，一年年都过去了，今天是我最后一天在这学校里啦！

当当当，钟响了，毕业典礼就要开始。看外面的天，有点阴，我忽然想，爸爸会不会忽然从床上起来，给我送来花夹袄？我又想，爸爸的病几时才能好？妈妈今早的眼睛为什么红肿着？院里大盆的石榴和夹竹桃今年爸爸都没有给上麻渣，他为了叔叔给日本人害死，急得吐血了。到了五月节，石榴花没有开得那么红，那么大。如果秋天来了，爸还要买那样多的菊花，摆满在我们的院子里、廊檐下、客厅的花架上吗？

爸是多么喜欢花。

每天他下班回来，我们在门口等他，他把草帽推到头后面抱起弟弟，经过自来水龙头，拿起灌满了水的喷水壶，唱着歌儿走到后院来。他回家来的第一件事就是浇花。那时太阳快要下去了，院子里吹着凉爽的风，爸爸摘下一朵茉莉插到瘦鸡妹妹的头发上。陈家的伯伯对爸爸说："老林，你这样喜欢花，所以你太太生了一堆女儿！"我有四个妹妹，只有两个弟弟。我才十二岁……

我为什么总想到这些呢？韩主任已经上台了，他很正经地说：

"各位同学都毕业了，就要离开上了六年的小学到中学去读书，做了中学生就不是小孩子了，当你们回到小学来看老师的时候，我一定高兴看你们都长高了，长大了……"

于是我唱了五年的骊歌，现在轮到同学们唱给我们送别：

"长亭外，古道边，芳草碧连天。问君此去几时来，来时莫徘徊！天之涯，地之角，知交半零落，人生难得是欢聚，唯有别离多……"

我哭了，我们毕业生都哭了。我们是多么喜欢长高了变成大人，我们又是多么怕呢！当我们回到小学来的时候，无论长得多么高，多么大，老师！你们要永远拿我当个孩子呀！

做大人，常常有人要我做大人。

宋妈临回她的老家的时候说：

"英子，你大了，可不能跟弟弟再吵嘴！他还小。"

兰姨娘跟着那个四眼狗上马车的时候说：

"英子，你大了，可不能招你妈妈生气了！"蹲在草地里的那个人说：

"等到你小学毕业了，长大了，我们看海去。"

虽然，这些人都随着我的长大没有了影子了。是跟着我失去的童年一起失去了吗？

爸爸也不拿我当孩子了，他说：

"英子，去把这些钱寄给在日本读书的陈叔叔。"

"爸爸！——"

"不要怕，英子，你要学做许多事，将来好帮着你妈妈。你最大。"

于是他数了钱，告诉我怎样到东交民巷的正金银行去寄这笔钱到最里面的台子上去要一张寄款单，填上“金柒拾圆也”，写上日本横滨的地址，交给柜台里的小日本儿！

我虽然很害怕，但是也得硬着头皮去。——这是爸爸说的，无论什么困难的事，只要硬着头皮去做，就闯过去了。

“闯练，闯练，英子。”我临去时爸爸还这样叮嘱我。

我心情紧张，手里捏紧一卷钞票到银行去。等到从高台阶的正金银行出来，看着东交民巷街道中的花圃种满了蒲公英，我高兴地想：闯过来了，快回家去，告诉爸爸，并且要他明天在花池里也种满蒲公英。

快回家去！快回家去！拿着刚发下来的小学毕业文凭——红丝带子系着的白纸筒，催着自己，我好像怕赶不上什么事情似的，为什么呀？

进了家门来，静悄悄的，四个妹妹和两个弟弟都坐在院子里的小板凳上，他们在玩沙土，旁边的夹竹桃不知什么时候垂下了好几个枝子，散散落落地很不像样，是因为爸爸今年没有收拾它们——修剪、捆扎和施肥。

石榴树大盆底下也有几粒没有长成的小石榴，我很生气，问妹妹们：

“是谁把爸爸的石榴摘下来的？我要告诉爸爸去！”

妹妹们惊奇地睁大了眼，她们摇摇头说：“是它们自己掉下来的。”

我捡起小青石榴。缺了一根手指头的厨子老高从外面进来了，他说：

“大小姐，别说什么告诉你爸爸了，你妈妈刚从医院来了电话，叫你赶快去，你爸爸已经……”他为什么不说下去了？我忽然觉得着急起来，大声喊着说：

“你说什么？老高。”

“大小姐，到了医院，好好儿劝劝你妈，这里就数你大了！就数你大了！”

瘦鸡妹妹还在抢燕燕的小玩意儿，弟弟把沙土灌进玻璃瓶里。是的，这里就数我大了，我是小小的大人。我对老高说：

“老高，我知道是什么事了，我就去医院。”我从来没有过这样的镇定，这样的安静。

我把小学毕业文凭放到书桌的抽屉里，再出来，老高已经替我雇好了到医院的车子。走过院子，看到那垂落的夹竹桃，我默念着：

爸爸的花儿落了，

我也不再是小孩子。

选自《城南旧事》，林海音著，人民文学出版社 2000 年版

【导读】

林海音是大陆去台湾的第七代移民，1921年随父母移居北京，在城南度过童年和青年时代，1948年离开北京迁居台湾。林海音说，“台湾是我的故乡，北平是我长大的地方。我这一辈子没离开过这两个地方。……当年我在北平的时候，常常幻想自小远离的台湾是什么样子，回到台湾一十八载，却又时时怀念北平的一切，不知现在变了多少？”（散文集《两地·序》）对北平的怀念催生了小说《城南旧事》，这部作品创作于二十世纪五十年代后期，八十年代被著名导演吴贻弓搬上银幕，成为电影史上的经典之作。在林海音众多的作品中，《城南旧事》是最为读者喜爱和熟悉的一部，它在艺术上具有以下几个鲜明的特色：

首先，“冰糖葫芦式”结构。《城南旧事》由五个独立的短篇小说组成，它们分别是：《惠安馆》《我们看海去》《兰姨娘》《驴打滚》《爸爸的花儿落了》。这几篇小说都是林海音对童年生活的回忆，各自独立成篇；小英子与宋妈作为贯穿人物，把这几个短篇串联起来，并以小英子的视角展开叙述；故事的叙事视角、风格、时空连贯统一，组成一个有机整体。

第二，童年视角的运用。小说以小英子作为视角人物，让她用一双纯净天真的眼睛，观察着二十世纪二十年代北京城南一些悲欢离合的故事：失去女儿后精神失常的秀贞、为了供弟弟读书铤而走险的小偷、风情万种身世坎坷的兰姨娘、命运凄苦丧失儿女的宋妈、儒雅正直英年早逝的爸爸，他们的故事经由小英子一双童眸的过滤朴实隽永地展现在读者眼前。孩童的懵懂无邪与成人世界的复杂险恶、无奈心酸形成鲜明的对比。她不懂秀贞和思康的爱情（《惠安馆》）；她分不清小偷是好人还是坏人，就像分不清大海和蓝天（《我们看海去》）；她不明白兰姨娘与德先叔、爸爸的暧昧，以及由此引发的爸爸妈妈之间的不愉快（《兰姨娘》）；她不理解宋妈与其丈夫那种无法割舍的联系（《驴打滚儿》）。小英子的“分不清”与读者的“分得清”之间构成一种艺术张力，具有别样的感染力。也正是因为小英子的“分不清”，让她与疯子秀贞、小偷等人成为朋友，他们对她袒露心中的苦恼悲欢与期盼，让读者得以走进人物的内心世界，触摸到这些“边缘人”正常的、人性的一面。

第三，小说充满感伤情调，具有深挚的抒情性。这五个故事浸透着回忆的感伤与离别的哀愁。林海音在《城南旧事·后记》中写道：“我多么想念童年住在北京城南的那些景色和人物啊！我对自己说，把它们写下来吧，让实际的童年过去，心灵的童年永存下来。”北京城南的人物在那个新旧交替的时代潮流里沉浮。人生的残酷，命运的无常，宿命的可怕，让他们的故事充满悲剧性。但所有这一切经过儿童视角的净化和几十年光阴的淘洗，隔着无垠的空间距离，表现出来的是淡淡的哀伤与惆怅。林海音说，这五个故事，“每段故事的结果，里面的主角都是离我而去，一直到最后一篇《爸爸的花儿落了》，亲爱的爸爸也离去了，我的童年结束了。”别离的笙箫低回婉转，贯穿着小说的始终，小英子和同学们一起唱的那首离别歌：“长亭外，古道边，芳草碧连天，问君此去几时来，来时莫徘徊。……”是整个小说的抒情基调。

最后，小说具有浓郁的“京味儿”。《城南旧事》是林海音对北平的空间回忆与想象，是以小说形式呈现的“京味儿回忆录”，寄托着她剪不断的文化乡愁。作者“把那时代的生活形态如北平的大街小巷、日常用物、城墙骆驼、富连成学戏的孩子、捡煤核的、换洋火的、横胡同、井窝子……”都写进了小说。(《〈城南旧事〉代序》)随着小英子的所见所闻，北平如同一幅卷轴缓缓铺展：齐化门、兴华门、哈德门、虎坊桥、新帘子胡同、西交民巷、东交民巷、椿树胡同、绒线胡同、琉璃厂、厂西门……一一出现在读者眼前。秀贞墙上贴的年画、宋妈唱的童谣、七月十五兰姨娘给小英子做了南瓜灯去逛莲花等具有浓郁的北平民俗风情，北平城新旧杂糅的日常生活形态经由小英子的一双眼睛鲜活地呈现出来。林海音因为对北平的书写，一度成为具有浓厚“北平范儿”的代表性作家。

本文所选部分来自第五个故事《爸爸的花儿落了》，“亲爱的爸爸去了，我的童年结束了”，既是向爸爸告别，也是向自己的童年告别，读来感人肺腑。

【选评】

她的文字永远浅白，永远真挚。每一个句子部像她清脆的声音说出来的话，没有一丝斧痕，没有片刻吞吐：我想不到文学价值那么高的作品可以写得那样不带丝毫的文学自觉。那是林海音给中国现代文化带来的最美丽的惊喜：我也想不到一段段那么邻里那么平凡的故事，真的载得起文学最大最重的意义与功能。那是林海音给苦难的当代中国和中国人带来的最温煦的慰藉。(董桥：《永远的林海音》，选自《董桥七十》，胡洪侠编，海豚出版社 2012 年版)

【思考与讨论】

1. 从叙事结构、叙事视角、情感基调等方面分析《城南旧事》的艺术特色。

2.《城南旧事》具有深厚的悲剧意蕴，请从底层女性的悲剧命运这一角度进行分析。

【拓展延伸】

1.1983 年《城南旧事》被导演吴贻弓改编成同名电影，电影的基调是“淡淡的哀愁，沉沉的相思”，弥漫着一种东方式的含蓄情感，形成了一种独特的“散文诗”风格。有学者认为：这是一部真正和中国千百年来的思想文化、审美趣味相契合的电影，是一部以“现代”之名发扬东方传统的电影，是“里程碑”式的电影。

〔《电影课》(上)，陈旭光，苏涛主编，北京大学出版社2012年版，第173页〕请观赏这部电影，从名著改编的角度写一篇影评。

2.“乡愁母题”是中国文学的传统，在五六十年代的台湾，“乡愁”成为突破“反共文学”拘囿的主要途径，林海音的《城南旧事》，钟理和的《原乡人》《故乡》，司马中原的《狂风沙》等都属此类。查阅相关资料，了解五六十年代台湾的文学环境，选读上述作品，从内容、形式等方面进行分析。

【推荐阅读】

1.《城南旧事》，林海音著，人民文学出版社2015年版。

2.《英子的乡恋——林海音散文》，林海音著，浙江文艺出版社2015年版。

3.《她从城南走来——林海音传》，夏祖丽著，生活·读书·新知三联书店2013年版。

白先勇

白先勇

【简介】白先勇(1937～　)，生于广西桂林，国民党高级将领白崇禧之子。童年经历战乱，随家人先后辗转于桂林、重庆、南京、上海、香港等地，1952年赴台。1956年至1961年先后就读于台湾成功大学水利工程系和台湾大学外文系，在此期间进行最初的文学活动。1963年到美国爱荷华大学“作家工作室”从事创作研究，1965年获硕士学位。后在美国加州大学圣塔芭芭拉分校任教，讲授中国语言文学课程。出版有短篇小说集《寂寞的十七岁》《台北人》《纽约客》，散文集《蓦然回首》，长篇小说《孽子》等。白先勇小说传统与现代兼收并蓄，既有中国传统文学中“美人迟暮”的苍凉，也有西方存在主义文学中的孤绝与隔膜；在技巧层面上，自觉继承中国传统文学以形传神、善于营造意境等笔法，并深受象征、意识流等西方现代派创作手法的影响，小说《游园惊梦》非常典型地体现了上述特征。白先勇自幼喜爱昆曲，二十一世纪以来，为昆曲的传承和发展做出卓越贡献。

游园惊梦(节选)

蒋碧月走了过来，一下子便坐到了程参谋的身边，伸过头来，一只手拍着钱夫人的肩，悄声笑着说道。

"夫人，今晚总算我有缘，能领教夫人的'昆腔'了。"

程参谋也转过头来，望着钱夫人笑道。钱夫人睇着蒋碧月手腕上那几只金光乱窜的扭花镯子，她忽然感到一阵微微的晕眩，一股酒意涌上了她的脑门似的，刚才灌下去的那几杯花雕好像渐渐着力了，她觉得两眼发热，视线都有点朦胧起来。蒋碧月身上那袭红旗袍如同一团火焰，一下子明晃晃的烧到了程参谋的身上，程参谋衣领上那几枚金梅花，便像火星子般，跳跃了起来。蒋碧月的一双眼睛像两丸黑水银在她醉红的脸上溜转着，程参谋那双细长的眼睛却眯成了一条缝，射出了逼人的锐光，两张脸都向着她，一齐咧着整齐的白牙，朝她微笑着，两张红得发油光的面靥渐渐的靠拢起来，凑在一块儿，咧着白牙，朝她笑着。笛子和洞箫都鸣了起来，笛音如同流水，把靡靡下沉的箫声又托了起来，送进《游园》的《皂罗袍》中去——

原来姹紫嫣红开遍
似这般都付与断井颓垣
良辰美景奈何天
便赏心乐事谁家院——

杜丽娘唱的这段"昆腔"便算是昆曲里的警句了。连吴声豪也说：钱夫人，您这段《皂罗袍》便是梅兰芳也不能过的。可是吴声豪的笛子却偏偏吹得那么高(吴师傅，今晚让她们灌多了，嗓子靠不住，你换支调门儿低一点儿的笛子吧。)吴声豪说，练嗓子的人，第一要忌酒；然而月月红十七却端着那杯花雕过来说道：姐姐，我们姐妹俩儿也来干一杯。她穿得大金大红的，还要说：姐姐，你不赏脸。不是这样说，妹子，不是姐姐不赏脸，实在为着他是姐姐命中的冤孽。瞎子师娘不是说过：荣华富贵——蓝田玉，可惜你长错了一根骨头。冤孽啊。他可不就是姐姐命中招的冤孽了？懂吗？妹子，冤孽。然而他也捧着酒杯过来叫道：夫人。他笼着斜皮带，戴着金亮的领章，腰杆扎得挺细，一双带白铜刺的长筒马靴乌光水滑的啪哒一声靠在一起，眼皮都喝得泛了桃花，却叫道：夫人。谁不知道南京梅园新村的钱夫人呢？钱鹏公，钱将军的夫人啊。钱鹏志的夫人。钱鹏志的随从参谋。钱将军的夫人。钱将军的参谋。钱将军。难为你了，老五，钱鹏志说道，可怜你还那么年轻。然而年轻人哪里会有良心呢？瞎子师娘说，你们这种人，只有年纪大的才懂得疼惜啊。荣华富贵——只可惜长错了一根骨头。懂吗？妹子，他就是姐姐命中招的冤孽了。钱将军的夫人。钱将军的随从参谋。将军夫人。随从参谋。冤孽，我说。冤孽，我说。（吴师傅，换枝低一点儿的笛子吧，我的嗓子有点不行了。哎，这段《山坡羊》。）

没乱里春情难遣
蓦地里怀人幽怨
则为俺生小婵娟
拣名门一例一例里神仙眷
甚良缘把青春抛的远
俺的睡情谁见——

那团红火焰又熊熊的冒了起来了，烧得那两道飞扬的眉毛，发出了青湿的汗光。两张醉红的脸又渐渐地靠拢在一处，一齐咧着白牙，笑了起来。笛子上那几根玉管子似的手指，上下飞跃着。那袅袅的身影儿，在那档雪青的云母屏风上，随着灯光，仿仿佛佛地摇曳起来。笛声愈来愈低沉，愈来愈凄咽，好像把杜丽娘满腔的怨情都吹了出来似的。杜丽娘快要入梦了，柳梦梅也该上场了。可是吴声豪却说，《惊梦》里幽会那一段，最是露骨不过的。（吴师傅，低一点儿吧，今晚我喝多了酒。）然而他却偏捧着酒杯过来叫道：夫人。他那双乌光水滑的马靴啪哒一声靠在一处，一双白铜马刺扎得人的眼睛都发疼了。他喝得眼皮泛了桃花，还要那么叫道：夫人。我来扶你上马，夫人，他说道，他的马裤把两条修长的腿子绷得滚圆，夹在马肚子上，像一双钳子。他的马是白的，路也是白的，树干子也是白的，他那匹白马在猛烈的太阳底下照得发了亮。他们说：到中山陵的那条路上两旁种满了白桦树。他那匹白马在桦树林子里奔跑起来，活像一头麦秆丛中乱窜的白兔儿。太阳照在马背上，蒸出了一缕缕的白烟来。一匹白的。一匹黑的——两匹马都在淌着汗。而他身上却沾满了触鼻的马汗。他的眉毛变得碧青，眼睛像两团烧着了的黑火，汗珠子一行行从他额上流到他鲜红的颧上来。太阳，我叫道。太阳照得人的眼睛都睁不开了。那些树干子，又白净，又细滑，一层层的树皮都卸掉了，露出里面赤裸裸的嫩肉来。他们说：那条路上种满了白桦树。太阳，我叫道，太阳直射到人的眼睛上来了。于是他便放柔了声音唤道：夫人。钱将军的夫人。钱将军的随从参谋。钱将军的——老五，钱鹏志叫道，他的喉咙已经咽住了。老五，他喑症地喊道，你要珍重吓。他的头发乱得像一丛枯白的茅草，他的眼睛坑出了两只黑窟窿，他从白床单下伸出他那只瘦黑的手来，说道，珍重吓，老五。他抖索索地打开了那只描金的百宝匣儿，这是祖母绿，他取出了第一层抽屉。这是猫儿眼。这是翡翠叶子。珍重吓，老五，他那乌青的嘴皮颤抖着，可怜你还这么年轻。荣华富贵——只可惜你长错了一根骨头。冤孽，妹子，他就是姐姐命中招的冤孽了。你听我说，妹子，冤孽呵。荣华富贵——可是我只活过那么一次。懂吗？妹子，他就是我的冤孽了。荣华富贵——只有那一次。荣华富贵——我只活过一次。懂吗？妹子，你听我说，妹子。姐姐不赏脸，月月红却端着酒过来说道，她的眼睛亮得剩了两泡水。姐姐到底不赏妹子的脸，她穿得一身大金大红的，像一团火一般，坐到了他的身边去。（吴师傅，我喝多了花雕。）

迁延，这衷怀哪处言

淹煎，泼残生除问天——

就在那一刻，泼残生——就在那一刻，她坐到他身边，一身大金大红的，就是那一刻，那两张醉红的面孔渐渐的凑拢在一起，就在那一刻，我看到了他们的眼睛：她的眼睛，他的眼睛。完了，我知道，就在那一刻，除问天——（吴师傅，我的嗓子。）完了，我的喉咙，摸摸我的喉咙，在发抖吗？完了，在发抖吗？天——（吴师傅，我唱不出来了。）天——完了，荣华富贵——可是我只活过一次，——冤孽、冤孽、冤孽——天（吴师傅，我的嗓子。）——就在那一刻：就在那一刻，哑掉了——天——天——天——

"五阿姐，该是你《惊梦》的时候了。"蒋碧月站了起来，走到钱夫人面前，伸出了她那一双戴满了扭花金丝镯的手臂，笑吟吟地说道。

"夫人——"程参谋也立了起来，站在钱夫人跟前，微微倾着身子，轻轻地叫道。

"五妹妹，请你上场吧。"窦夫人走了过来，一面向钱夫人伸出手说道。

锣鼓笙箫一齐鸣了起来，奏出了一只《万年欢》的牌子。客人们都倏地离了座，钱夫人看见满客厅里都是些手臂交挥拍击，把徐太太团团围在客厅中央，笙箫管笛愈吹愈急切，那面铜锣高高地举了起来，敲得金光乱闪。

"我不能唱了。"钱夫人望着蒋碧月，微微摇了两下头，喃喃说道。

选自《台北人》，白先勇著，上海文艺出版社 1999 年版

【导读】

《游园惊梦》完成于 1966 年，是《台北人》系列小说中的一篇。台湾评论家欧阳子认为，"在中国文学史上，就中短篇小说类型来论，白先勇的《游园惊梦》是最精彩最杰出的一个创作品。"《台北人》在书前引用了刘禹锡的《乌衣巷》"朱雀桥边野草花，乌衣巷口夕阳斜。旧时王谢堂前燕，飞入寻常百姓家"。故事里的主人公都是从大陆漂泊到台北，在一个充满异质的文化环境中生活，经历了人生的盛衰荣辱。今昔对比、人世沧桑是这部小说集的总主题；《游园惊梦》讲述的也是这样一个变幻无常的人生故事。

小说讲述的是昆曲艺人“蓝田玉”“桂枝香”“天辣椒”“月月红”的故事，她们二十世纪四十年代在南京秦淮河得月台唱戏，在时局的巨大变动中来到台湾。主人公蓝田玉，年轻时是红遍南京城的昆曲名伶，后来嫁给了年岁足可以给她当爷爷的国民党高级将领钱鹏志，成为他的填房夫人。钱鹏志娶蓝田玉是因为喜欢听她唱《游园惊梦》，为了让她伴他的晚年。身份卑贱的歌女成为显赫一时的将军夫人，尽享荣华富贵和万般宠爱。“可惜她错长了一根骨头”，爱上了钱将军年轻英俊的副官郑彦青，但这一生唯一的一次爱情被她的妹妹月月红夺走。退守台湾以后不久钱鹏志弃世，她的身份随之一落千丈，曾经的赏心乐事转眼成为过眼云烟，在台北过着黯然落寞的生活。

小说集中笔墨写的是窦夫人家的一次宴会，蓝田玉、桂枝香、天辣椒这三个当年在得月台唱戏的姐妹淘在台北重逢。人世沧桑，她们的身份和地位均发生巨大变化。宴会的女主人窦夫人，也就是当年的“桂枝香”，在南京时命运最为不济，情人任子久被妹妹天辣椒横刀夺爱，不得已嫁给普通军官窦瑞生做了偏房；但是现在她不仅扶了正，而且丈夫的官越做越大，夫贵妻荣，她的风光就像当年在南京时的蓝田玉。天性蛮横风流的“天辣椒”，任子久死后，也和蓝田玉一样成了孤孀。在宴会上，她们又唱起“游园”和“惊梦”，对于钱夫人来说，游的是别人园，惊起的是自己的旧梦；人生如戏，戏如人生，曲终人散，无比凄然伤怀。

《游园惊梦》最显著的艺术特色是意识流手法的成功运用。白先勇曾谈到这篇小说的创作，他说：“我写这篇小说写了五次。前三次用比较传统的手法写内心的活动，我都不满意。起初我并没想到要用意识流手法。女主角回忆过去时的情绪非常强烈，也有音乐、戏剧的背景，为了表达得更好，尝试用了意识流手法。”当年在南京得月台的众姐妹在窦府相聚。宴席上，钱夫人多喝了几杯花雕，眼前向她劝酒的天辣椒和程参谋唤起了当年在南京的清唱会上，亲妹妹月月红与自己情人郑彦青郑参谋向她劝酒的举动。听到徐太太唱《游园惊梦》，钱夫人触景生情，陷入年轻时在南京的一段交织着甜蜜与创痛的回忆……——当年自己唱《皂罗袍》时琴师吴声豪的笛音、瞎子师娘为她算命、钱将军将死时的遗言、自己与郑彦青在中山陵幽会等情景。当年唱《惊梦》的那一刻，她发现妹妹月月红与郑彦青的暧昧关系，气急之中，哑了嗓子……在现实中，蒋碧月也正好前来请她上台演唱《惊梦》，今、昔的“惊梦”交织在一起，以往经验和眼前情境互相交错，促成一片纷呈而又顺畅的意识流动，眼前与过去，现实与幻想互相交融，表现了钱夫人痛苦复杂的感情纠葛及悲剧命运，描画了人物哀怨、无奈、苍凉的内心世界。总的来说，意识流手法在小说中呈现出时空平行的特点，钱夫人的意识在眼前的台北与青春年少时的南京之间流动，表现出强烈的今昔之感。

白先勇说，“十岁时看梅兰芳、俞振飞演的《游园惊梦》，那支‘皂罗袍’的音乐便一辈子留在了脑海里。”小说将昆曲《游园惊梦》融入情节、人物命运和主题之中。从情节安排上来看，这是钱夫人的“游园”与“惊梦”，是钱夫人的“还魂记”。小说像戏曲表演一样“移步换景”，随着钱夫人的行踪，从正厅、饭厅、客厅到露台，对应着小说的开端、发展、高潮、结局。从人物命运上看，昆曲《游园惊梦》之中的“皂罗袍”与“山坡羊”，传达出杜丽娘对春天的追慕、怜惜、伤怀，对应着钱夫人的命运跌宕：青春年少时对爱情的向往、爱情来临时的甜蜜与慌乱、爱情破灭时的绝望，这一切和青春一起埋葬了——曾经的姹紫嫣红，如今都付于断井颓垣。从主题上看，昆曲《游园惊梦》是中国戏曲中的瑰宝，“蓝田玉”是玉中极品，钱夫人身上穿的杭州丝绸旗袍，这些都是中国传统文化的表意符号，因此钱夫人的没落象征着传统文化的命运：在粗鄙的、高速发展的现代城市文明的强势挤压下走向边缘，走向衰亡。从这一意义上看，《游园惊梦》是对中国传统文化的一曲挽歌。

选文部分是钱夫人由眼前徐太太演唱《游园》联想到自己年轻时在南京演唱《游园》《惊梦》时的场景，具有显著的意识流小说的特征。

【选评】

《台北人》中的许多人物，不但“不能”摆脱过去，更令人怜悯的，他们“不肯”放弃过去。他们死命攀住“现在仍是过去”的幻觉，企图在“抓回了过去”的自欺中，寻得生活的意义。如此，我们在《台北人》诸篇中，到处可以找到表面看似相同，但实质迥异的布设与场景。这种“外表”与“实质”之间的差异，是《台北人》一书中最主要的反讽（irony），却也是白先勇最寄予同情，而使读者油然生起恻怜之心的所在。（欧阳子：《白先勇的小说世界——〈台北人〉主题探讨》原刊 1974 年 8 月 21～23 日中国时报《人间》副刊）

【思考与讨论】

1. 结合文本，分析《游园惊梦》中意识流手法的运用。

2. 欣赏昆曲《牡丹亭》中“惊梦”一折，谈谈小说《游园惊梦》是如何将传统的戏曲元素融入其中，这对小说的情节、人物、主题与审美情调有什么样的作用？

【拓展与延伸】

1. 中国的戏曲有着源远流长的历史，戏剧演员以其生活的特殊性引起很多作家的关注。《游园惊梦》表现了一个昆曲红伶的繁华与衰落，香港女作家李碧华的《霸王别姬》、张恨水的《夜深沉》、汪曾祺的《云致秋行状》、毕飞宇的《青衣》、方方的《水在时间之上》都是表现戏曲演员命运的小说。请选择阅读，写一篇文章，谈谈你对伶人命运的理解以及对中国传统戏曲的认识。

2. 白先勇的许多作品传达出历史的沧桑和命运的无常，请选读《芝加哥之死》《谪仙记》《永远的尹雪艳》《金大班的最后一夜》等作品，谈谈你对这一问题的看法。

【推荐阅读】

1.《台北人》，白先勇著，广西师范大学出版社2010年版。

2.《纽约客》，白先勇著，广西师范大学出版社2010年版。

3.《树犹如此》，白先勇著，广西师范大学出版社2011年版。

4.《王谢堂前的燕子——〈台北人〉的研析与索引》，欧阳子著，广西师范大学出版社2014年版。

余光中

余光中

【简介】余光中（1928～2017），祖籍福建永春。1928年10月21日生于江苏南京，1947年入金陵大学外语系，后转入厦门大学，1950年由香港赴台湾。1952年毕业于台湾大学外文系，1958年赴美留学，获美国爱荷华大学艺术硕士。曾任台湾师范大学、台湾政治大学、香港中文大学教授。是蓝星诗社的发起人之一。曾主编《蓝星诗页》《现代文学》等。1952年出版第一本诗集《舟子的悲歌》，其后陆续出版诗集《蓝色的羽毛》《钟乳石》《万圣节》《莲的联想》《五陵少年》《天国的夜市》《白玉苦瓜》《与永恒拔河》《余光中诗选》等。除了写诗，余光中还致力于评论、翻译和散文创作，著述甚丰。

余光中是个“艺术上的多妻主义”者，诗风多变，手法多样，能巧妙地融西方现代诗艺与中国传统诗歌技巧于一炉。作为台湾现代诗歌的代表之一，余光中“少年时代，笔尖所染，不是希顿克灵的余波，便是泰晤士的河水”。六七十年代以来，余光中“浪子回头”，把笔“伸回那块大陆”，创作了《乡愁》《白玉苦瓜》《春天，遂想起》等众多抒发怀乡之情的作品。

春天，遂想起

春天，遂想起
江南，唐诗里的江南，九岁时
采桑叶于其中，捉蜻蜓于其中
（可以从基隆港回去的）
江南
　　小杜的江南
　　苏小小的江南
遂想起多莲的湖，多菱的湖
多螃蟹的湖，多湖的江南
吴王和越王的小战场
（那场战争是够美的）
　　逃了西施
　　失踪了范蠡
失踪在酒旗招展的
（从松山飞三个小时就到的）
　　乾隆皇帝的江南

春天，遂想起遍地垂柳
　　的江南，想起
太湖滨一渔港，想起
那么多的表妹，走在柳堤
（我只能娶其中的一朵！）
走过柳堤，那许多的表妹
　　就那么任伊老了
　　任伊老了，在江南
　　（喷射云三小时的江南）

即使见面，她们也不会陪我
陪我去采莲，陪我去采菱
即使见面，见面在江南
　　在杏花春雨的江南

在江南的杏花村
（借问酒家何处）
何处有我的母亲
复活节，不复活的是我的母亲
一个江南小女孩变成的母亲
清明节，母亲在喊我，在圆通寺

喊我，在海峡这边
喊我，在海峡那边
喊，在江南，在江南
多寺的江南，多亭的
江南，多风筝的
江南啊，钟声里
的江南
（站在基隆港，想——想
想回也回不去的）
多燕子的江南

一九六二年四月二十九日午夜

选自《余光中集》，百花文艺出版社 2003 年版

【导读】

《春天，遂想起》这首诗，写于1962年清明节。是远行的游子对江南故土的深情回眸。余光中说自己是闽南人，也是江南人。余光中祖籍福建，出生在“南朝四百八十寺，多少楼台烟雨中”的六朝古都南京，一直到九岁时才迫于战乱，离开南京去重庆。童年时代，母亲常常带他到常州武进外婆家。外婆家是一个大家族，那里有“那么多表妹”，而余光中的妻子范我存女士就是当年的表妹之一。多雨、多湖、多寺、多亭、多燕子、多风筝、多表妹的江南是余光中美丽的童年回忆。这份美丽的回忆，随着时间的推移渐行渐远渐浓，成了诗人心头永远的牵挂。九岁离别，一别经年，至写这首诗的时候，诗人再也没能回到魂牵梦绕的江南，江南，成了诗人斩不断的乡愁。

“江南好，风景旧曾谙”，在诗人的笔下，童年的江南，是“酒旗招展的”“遍地垂柳的”“杏花春雨的”“多湖的”“多寺的”“多亭的”“多风筝的”“多燕子的”“钟声里的”江南，展现了风景如画、有声有色的自然之美。杏花春雨的江南，有着悠远的历史文化传统，“吴王与越王的小战场 / 逃了西施 / 失踪了范蠡”，这些江南儿女留下一段段动人的历史传说。江南，也吸引着无数的迁客骚人流连其间，留下那么多美丽的风流辞章。所以江南在诗人的笔下，又是“唐诗里的”的江南，是“小杜的”“苏小小的”“乾隆皇帝的”的江南。而最为重要的一点，诗人的生命，是一个“由江南小女孩变成的母亲”给的，清明节，诗人想到故去的母亲，“遂想起”江南。而自己的另一半，是童年时一起去采莲、采菱，是在柳堤上走过的众表妹中的一个，一个江南小女孩变成的新娘。因而，诗人与江南之间有着天然的、至深的血缘纽带。

总而言之，诗人想起的江南，是充满着风景美、历史文化美、人情美的所在。然而时光流转，当年迈着轻盈的脚步走过柳堤的众表妹，“就那么任伊老了”，纵使相逢，当年的欢乐情景也不会重现了吧？母亲已经故去，“清明节，母亲在喊我，在圆通寺 / 喊我，在海峡这边 / 喊我，在海峡那边 / 喊，在江南，在江南……”母亲的爱，跨越时空，相伴终身，诗人对母亲的怀念绵绵无绝期。而故乡——江南，“想回也回不去”了……无限的怅惘与刻骨铭心的思念，化成江南的雨云，为童年时欢快明媚的江南晕染上一层层愁绪。

乡愁

小时候
乡愁是一枚小小的邮票
我在这头
母亲在那头

长大后
乡愁是一张窄窄的船票
我在这头
新娘在那头

后来啊
乡愁是一方矮矮的坟墓
我在外头
母亲在里头

而现在
乡愁是一湾浅浅的海峡
我在这头
大陆在那头

一九七二年一月二十七日

选自《余光中集》(第二卷),百花文艺出版社 2003 年版

【导读】

《乡愁》感情真挚,构思独特,是余光中最为读者熟知和喜爱的诗歌之一。没有时间的距离就没有童年,没有空间的距离就没有故乡。长大成人,离开故土,天涯游子对童年故土的怀念是中国诗歌史上咏叹不尽的主题。余光中先生 1928 年 10 月 21 日生于江苏南京,1937 年 12 月 13 日,日军开始了震惊中外的南京大屠杀,9 岁的余光中告别了童年故土,跟随母亲开始了漫长的漂泊。中国的重庆、香港、台湾以及北美成了他一个又一个停靠的码头。时间的流逝、空间的辗转,伴随着人事的变迁,诗人一片乡心与离愁越酿越浓,化为《乡愁》这首深情的诗歌。“小时候”“长大后”“后来啊”“而现在”,时间像一条红线贯穿全诗。在生命的历程中,那些“小小的”“窄窄的”“矮矮的”“浅浅的”的东西横亘在“我”与亲人、“我”与故乡之间,形成巨大的障碍,无助无奈的“我”,不得不面对着一次又一次的生离与死别。诗人用“邮票”“船票”“坟墓”“海峡”这四种新颖的意象,层层递进,寄寓了与母亲生离之愁、与新娘远别之愁、与母亲死别之痛以及遥望故土而海天相隔不能归依的漫天离愁别恨,将浓厚、无形的“乡愁”真切、生动地呈现出来,极具艺术感染力。

【选评】

余光中的诗融会了西方现代文化的灵性和中国传统文化的神韵,在传统与现代、历史与现实之间走出了一条属于自己的现代主义诗歌的创作道路,具有鲜明特征。在内容上,表现出强烈的“中国情结”和“乡愁母题”特征,体现出强烈的中华民族意识和坦诚的人生情怀。在艺术上,将西方现代诗艺与中国传统诗歌精神相融合,一方面受西方象征主义、存在主义和超现实主义的影响,另一方面借助于中国古代诗词传统的联想、象征手法和结构的优点,在表现现代人自身的主体意识方面有很大的突破。他的诗构思巧妙、想象丰富、追求诗的整齐,讲究诗的和谐,强调诗的节奏韵律,创造了与中国语言文字特点相结合的民族化的诗歌艺术美,赋予了现代新诗活力。(黄永林:《在现代与传统之间——论余光中诗歌创作的特色》,《华中师范大学学报》2001 年第 2 期)

【思考与讨论】

1.《乡愁》这首诗是如何把无形的乡愁具象化的？请你谈一谈。

2.《春天，遂想起》中，“江南”有哪几层含义，你是怎样理解的？

【拓展与延伸】

余光中在散文《新内地，旧内地》中写自己二十一岁离开大陆时，“汉魂已深，唐命已牢，任你如何‘去中国化’都摇撼不了。”请阅读余光中诗文并查阅相关资料，写一篇1500字左右的文章，谈谈中国传统文化对余光中创作的影响。

【推荐阅读】

1.《乡愁四韵》，余光中著，南京大学出版社2008年版。

2.《台湾诗歌选读》，莫文征选编，人民文学出版社2004年版。

董　桥

董桥

【简介】董桥（1942～　）生于福建晋江，一岁时随家人迁居印尼，父亲是个读书人，董桥自幼受到传统文化的熏陶。1964年毕业于台湾成功大学外文系，大学期间曾受教于苏雪林、胡适、梁实秋等人。毕业后去中国香港、英国伦敦等地工作，1975年到英国伦敦大学亚非学院做研究工作，1979年返回香港。历任《今日世界》丛书编辑、英国国家广播公司制作人及时事评论员、香港《明报月刊》总编辑、香港中文大学出版组主任、《读者文摘》总编辑、《苹果日报》社长等职，和金庸、黄霑、蔡澜一起，并称香港四大才子。董桥多年来创作了大量散文，八十年代董桥被介绍到大陆，引起的“董桥热”至今不衰。主要作品集有：《这一代的事》《跟中国的梦赛跑》《辩证法的黄昏》《另外一种心情》《双城杂笔》《乡愁的理念》《青玉案》《今朝风日好》《旧时月色》等。

董桥曾在他的散文集《这一代的事·自序》中这样谈论散文：“散文须学，须识，须情，合之乃得Alfread North Whitehead所谓‘深远如哲学天地，高华如艺术之境界’。”学、识、情的统一是董桥散文追求的境界，也是他散文的特色。

“一室皆春气矣！”

一

现在是不流行写信了，人情不是太浓就是太淡。太浓，是说彼此又打电话又吃饭又喝茶又喝酒，脸上刻了多少皱纹都数得出来，存在心中的悲喜也说完了，不得不透支、预支，硬挖些话题出来损人娱己。友情真成身外之物了；轻易赚来，轻易花掉，毫不珍惜。太淡，是说大家推说各奔前程，只求一身佳耳，圣诞新年签个贺卡，连上款都懒得写就交给女秘书邮寄：收到是扫兴，收不到是活该。

文明进步过了头，文化是浅薄得多了。小说家 Evelyn Waugh 论电话，说打电话的人八九是有求于人的人，偏偏有人专爱女秘书代拨电话；你应铃接听，线那边是女秘书的声音说："请等一等，李四先生想跟阁下谈话！”人家架子这样大，他实在不想强颜伺候，毅然挂断电话。“对付这种人只能用这种办法。”他说。日前偶见台湾一位书画家刻的一枚闲章：“相见亦无事，不来常思君”；这样浅的话，这样深的情，看了真教人怀旧！上一辈的人好像都比较体贴，也比较含蓄，又懂得写信比打电话、面谈都要有分寸的道理。收到这些前辈的信当然高兴；好久没收到他们的信，只要知道他们没事，也就释然。“墨痕断处是江流”；断处的空白依稀传出流水的声音！

二

友情跟人情不同。不太浓又不太淡的友情可以醉人，而且一醉一辈子。“醉”是不能大醉的；只算是微醉。既说是“情”，难免带几分迷惘：十分的知心知音知己是骗人的；真那么知心知音知己也就没有意思了。说“墨痕断处”是“相见亦无事，不来常思君”的“不来”；“疑是玉人来”的心情往往比玉人真来了还要缠绵。文学作品的最大课题是怎么样创造笔底的孤寂境界。画家营造意境，也不甘心轻轻放过有孤寂的笔触：“似曾有此时，似曾有此景，似曾有此境界”，有一位国画大师写过这样的句子。书信因为是书信，不是面对面聊天，写信的人和读信的人都处于心灵上的孤寂境界里，联想和想象的能力于是格外机敏。梁鼎芬给缪荃孙的信上有“寒天奉书，一室皆春气矣”之句，又有“秋意渐佳吟兴如何？”之念，还有“天涯相聚，又当乖离，临分惘惘。别后十二到朱雀桥，梅犹有花，春色弥丽”之淡淡的哀愁，正是友情使孤寂醉人也是孤寂使友情醉人的流露。

有断处的空白才有流水的声音。二十四小时抵死相缠，苦死了！电影演员葛丽泰·嘉宝在一九三二年主演的名片《格兰酒店》里说了一句很有名的对白：“I want to be alone.”《牛津名言词典》里不但收了这句话，还加上注文说明嘉宝生平爱说这句话，电影里这句对白其实是剽窃她的名言；朋友们私底下都听过她说："I want to be left alone."和"Why don't they leave me alone."一类的话。嘉宝是红伶，又甚美艳，想在生活上一求身心的孤寂当然不容易，烦躁不难想见；"我要一个人静一静""我希望人家让我一个人静一静""他们为什么不让我一个人静一静"！玉人不想来都不行，做人真太没有诗意了。

三

Stephen Spender 的自传 *World Within World* 里说诗人艾略特任出版社社长期间给他出书，两人开始有书信往来。斯潘特有几次写信质问诗人的宗教观，认为是诗人"逃避"社会责任的借口；诗人回信说，宗教信仰并非斯潘特所想可以有效避世；他指出不少人宁愿读小说、看电影、开快车，觉得这些"逃避"比较轻松；"关键在我是不是相信原罪"。斯潘特读这封信是在慕尼黑，当时春光明媚，他说他实在不能相信原罪之说。读信的环境居然可以影响读信人对信上议论的想法；要是当时慕尼黑是秋风秋雨时节，斯潘特对艾略特宗教信仰的观感一定不同。要不是江南落花时节，李龟年就不像李龟年了！

世事妙在这里。书信之命运竟如人之命运："不可说"！ Harold Nicolson 有一次写文章批评朋友的小说，事后甚感歉疚，写了封信解释加道歉。朋友过几天回了短简说："你当众在我背后捅了我一刀我已经不能原谅你了，你这回竟私下向我道歉，我更不能原谅你了。"

断处的空白依稀传出流水的声音，万一把空白塞住了，流水恐怕会泛滥。写信是艺术，但也要碰运气；不能太浓也不能太淡。徐志摩的《爱眉小札》只有陆小曼才读得下去；税务局的公文则谁也读不下去了。"微雨，甚思酒，何日具鸡黍约我？《梦余录》再送两部，祈察收。"雨冷，酒暖，书香，人多情：寒天得这样的信，当然"一室皆春气矣"！

选自《董桥散文》，浙江文艺出版社 1996 年版

【导读】

董桥被誉为"香江一支笔"，是一位才、学、情、趣兼备的作家。他一生经历丰富，曾生活于印尼、英国伦敦、中国的台湾和香港等不同的国家和地区。自称是文化遗民的董桥幼年受教于父辈，深受中国传统文化的熏陶，大学时学的是英文专业，就读于书香怡人、文人学者名满校园的台湾成功大学，对中西方的文化、文学有了进一步的了解与认识，后来到英国伦敦大学亚非学院做研究工作多年，扩充了识见，具有深厚的东西文化学养。长期担任《明报月刊》和《读者文摘》总编的工作经历又让他能广泛地接触社会，有着广博的见闻。正因为如此，下笔时自由地出入中西古今，旁征博引，涉笔成趣，境界开阔。在《“一室皆春气矣！”》中，上述特点非常鲜明。这是一篇写人情、友情及其传达方式的文章，既有世态人情的描摹，又有中外古今相关人事的联想与对比。文章开篇即表明立场：“现在是不流行写信了，人情不是太浓就是太淡。”“文明进步过了头，文化是浅薄得多了。”继而由现代人情表达方式的失之分寸，联想到在台湾看到的一枚刻着“相见亦无事，不来常思君”的闲章，再由上一辈人书信往来的好处联想到梁鼎芬给缪荃孙的信，并把信上“寒天奉书，一室皆春气矣”一句化为文章题目，由写信的人和读信的人的孤寂境界联想到影星葛丽泰·嘉宝欲孤寂而不得的命运。由斯潘特与艾略特、Harold Nicolson 和朋友的书信往来谈到书信命运的神秘，由写信的艺术谈到徐志摩的《爱眉小札》、税务局的公文，最后回到“一室皆春气矣”。整篇文章知识含量丰富又能做到文脉畅通，无掉书袋之嫌。

最能打动读者的是董桥散文中的“情”。父女之情、朋友之情、师生之情、对自然的爱恋、对岁月流逝的感触、对古代文人雅士的仰慕……在他的笔下都有动人的表达，而贯穿董桥散文创作始终的是他的人文关怀。作为一个生活在现代高科技社会的“文化遗民”，董桥长期以来关心的是：面对城市的纷乱喧嚣和工业文明的挤压，现代人如何寻找精神家园，让灵魂诗意地栖居；如何保持内心的丰富充实，拒绝做一个“单向度的人”；如何在现代都市文明和传统文化的夹缝里，找出一个最佳的契合方式。董桥说他是旧派人，窗竹摇影，野泉滴砚的光景挥之不去，尽管电脑吐字的时代到来了，心中向往的竟还是青帘沽酒和纸上风月。《“一室皆春气矣！”》就是董桥对现代都市生活中人情关系的反思。现代人的人情充满功利目的，传递人情靠饭桌、靠电话。在他看来，传统文化中有很多值得怀念也值得现代人借鉴的东西，作为一种源远流长的情感交流方式——书信，是那么妥帖、充满情调与魅力，却被很多人弃之不用，似乎已然成为历史的一部分。文章在古今对比与评说中有着自己鲜明的立场。董桥的散文典雅精致、情韵悠长、恬淡宁静、轻声慢语娓娓道来，读来如同喝一杯下午茶。

【选评】

董桥没有我们的经历，我们则没有他那种唯美的文学感受。他是轻松自在的，他完全不妨把自己从事的文学理解成一把音质超群的瓜内利小提琴。对社会性创伤缺乏体验的董桥，（那本来就不是一位文人必然要体验的东西，不然，难道因为“大难出诗人”的缘故，天下文人都应该在内心渴望社会不公正？）根本没必要在文字里夹杂些我们始终想夹杂进去的东西。但是我们不行，我们的经历、记忆和置身的环境，决定了我们无法具备对文学的超然心境。我们以为文学天然是要载道言志的，而董桥他们却认为文学有着固有的轻灵，本不必承受如此之重。在没有亡国之恨的时代，隔江传来的“后庭花”，原本就是艺术的正音。但内地作家则觉得文学仅仅是文学，是一件说不过去的事情。他们想通过文字证明别的东西：思想家、经济学家、宗教裁判家、人格大法官、社会良心的义务巡警，等等。我们的文学总体上仍是一种题材的文学，而董桥们则更注重体裁。换句话说，我们强调的是写什么，他们讲究的是怎么写。（周泽雄：《面对董桥》，《读书》2001 年第 1 期）

【思考与讨论】

1. 阅读《“一室皆春气矣！”》，谈谈文中的“学”“识”“情”是如何统一的？

2. 本文中引用诗句“墨痕断处是江流”来比喻友情。你如何理解“断处的空白依稀传出流水的声音”这句话？

【拓展与延伸】

1.1989 年 4 月，《读书》杂志刊载柳苏的文章《你一定要读董桥》，《新京报》2004 年 2 月 13 日登载冯唐的文章《你一定要少读董桥》。请对比阅读这两篇文章，写一篇文章，谈谈自己的看法。

2. 董桥的散文具有“名士风”，你如何理解这种“名士风”，就此写一篇鉴赏性文章。

【推荐阅读】

1.《董桥文录》，陈子善编，四川文艺出版社 1996 年版。

2.《你一定要看董桥》，陈子善编，文汇出版社 1997 年版。

3.《生涯——蠹鱼》，傅月庵著，上海书店出版社 2009 年版。

赖声川

【简介】赖声川（1954～　），原籍江西会昌，出生于美国华盛顿。1972 年入台湾辅仁大学英文系学习，大学期间从事音乐活动。1978 年赴美深造，获美国加州大学伯克利分校戏剧博士学位。1983 年回台湾从事戏剧工作。编导过的舞台剧主要有《暗恋桃花源》《如梦之梦》《红色的天空》《陪我看电视》、“我们说相声”系列、《宝岛一村》等。编导过《我们一家都是人》等电视剧集 300 余集。出版书籍有《赖声川创意学》《赖声川：剧场》等。赖声川是一位富有创新精神的编导，他强调戏剧的现场性，重视编、导、演的集体即兴创作与互动，让戏剧成为一个不断成长变化的生命体。他创造性地吸收西方戏剧和中国传统戏曲的理念和技巧，立足台湾的社会现实，洞察现代人的内心世界，将“精致艺术”与“大众艺术”相结合，创作了《暗恋桃花源》等形式新颖活泼又有内涵的作品。

暗恋桃花源(节选)

春　花　你这个人是怎么搞的？整天打不到一条大鱼；要我去买药，药给你买回来你又不吃；人家袁老板说啊，这个药很有效的！吃不吃，随便你！

【春花将药结实地摔往老陶身上】

【突然发现自己失言】你不要说话，我来解释。

老　陶　【抓到把柄】袁老板怎么知道这个药有效啊！

春　花　【心虚】人家是刚好路过，一番好心嘛！

老　陶　我们家生不出孩子，袁老板怎么会知道？啊？啊？

春　花　人家是好心好意的嘛！

老　陶　好心好意？我们生不出孩子，他怎么会知道？你告诉我！他怎么会知道？

春　花　你吃不吃？

老　陶　【大吵】他怎么会知道？

春　花　你吃不吃？

老　陶　他怎么会知道？

春　花　你吃不吃？

老　陶　你告诉我他怎么知道？……

春　花　你到底是吃还是不吃？……

【两人边吵春花边把药包往地上大力一摔，老陶、春花同时一脚踩上去，然后拼命踩烂。】

老　陶　【爬到凳子上】让开——！！

【春花让开，老陶高空跳下，踩烂药包。】

春　花　【爬到凳子上】该我了！！让开——！！

【春花正要跳的时候，外面传来袁老板的声音。】

袁老板　【唱小调，上】“我的心里一大块，左分右分我分……”

【春花听见歌声，连忙收起张牙舞爪的泼样，老陶摆出个武打架势迎向袁老板。】

老　陶　【结巴】袁……袁老板！

袁老板　【发现老陶】嗯……老陶？你在家呀？

老　陶　啊！

袁老板　【自语】那我今儿可费事了！

老　陶　啊？

袁老板　我是说……你最近还好哇？

老　陶　托福！婚姻生活美满！

袁老板　那就好！

【春花趁老陶背对着时，彼此使眼色。】

春　花　袁——【发现语气太亲热】老板！

袁老板　花——【发现语气太亲热】春花！

春　花　上来玩吧！

袁老板　你在上面我不好玩嘛！

老　陶　嗯？快下来，当心摔着！

【袁扶春花下桌，老陶欲扶，扑个空，十分尴尬。】

袁老板　春花！你来看看我送什么东西给你！

老　陶　啊？

袁老板　【发现措词不当，补一个字】——们！

【袁老板把带来的棉被交给春花。】

春　花　哇！好新的一床棉被！

老　陶　【远远地站在一旁】听说过有送手表、送珠宝、送礼券的，没听过还有人送棉被的！

袁老板　哎呀！老陶呀，你们家棉被又破又旧盖上去会感冒的！

春　花　就是嘛！

老　陶　我们家棉被又破又旧，你怎么知道？

袁老板　【发现自己说错话】耶？！嗐！【对老陶】老陶，你想哪去了！

【袁老板向春花使眼色，但二人突然一起打喷嚏。】

袁老板、春花　阿沏……！【顿】没事！

【老陶盯着暧昧的两人看。袁把被子拿给陶。】

袁老板　老陶！这床被子可是我托人从苏州带回来给我们的【不漏一拍地更正自己】你们的！

【老陶不悦地接过被子来。】

老　陶　饭都吃不饱了，要这么花哨的棉被干什么？你自己看看吧……

【老陶将被面摊开展示，春花顺势接个正着，棉被成为一张大幕，三

个人——陶、袁、春花依序一并排站在被子后面，只露出头。】

袁老板 【低头指着被面子】老陶，你看这个料子有多好，我就不用多说了，这手工嘛……

【春花趁机用右手偷偷摸着袁老板的右脸，袁右脸边于是出现两只手，袁陶醉在春花嫩手的触感中。】

【陶醉地】我说这手工……这手工……这手工巧，摸起来多舒服！

【老陶觉得不对，将眼光从被褥转移到袁老板脸上。袁自己的手立刻逃离到被下，剩下春花的手在他脸边。】

老　陶 什么呀？

【春花的手忙着指被面，配合袁的话，看上去像是袁的手在动作。】

袁老板 哎！你不要看我，看被子！【低头看被面】看这手工，看手工。这上面还绣的有龙有凤……还有凤爪，又白又嫩……【亲春花指着被面的手】……嗯！嗯！嗯！

老　陶 干什么呀？

袁老板 【借春花的手打呵欠】啊！……

【春花的手忙帮着拍袁的嘴，再抓袁的头。】

吆……！看我干什么？你看被子！【春花的手忙着指被面】

老　陶 被子有什么好看？睡觉用的！不重要！

袁老板 【春花的右手猛挥】不、不、不、睡觉才重要！耶？【春花的右手打陶一巴掌】你看我干什么？你也不要看她！【春花的手又拼命指被面】你看被子呀！【陶又看】你看这龙的眼睛绣得多好？雄壮威武，炯炯有神……再说这个凤的身材那更是没话说，该凹的地方凹，该凸的地方凸，是怎么摸怎么舒服啊……

老　陶 我不喜欢！【摔下被子，转身便走】

袁老板、春花 我喜欢哪！

【被子一落地，只看见袁双手环抱着春花的腰，两人发现没有隐蔽，大吃一惊，立刻放手，各自护住要害部位，同时一起打喷嚏。】

袁老板、春花 阿沏……！【顿】没事！

春　花 【捡起被子】老陶，你就把这被子收进去吧！

老　陶 这别人的东西我们不能随便拿……

春　花 你给我拿进去吧！去！【脚踢老陶，老陶下】

【老陶拿棉被下。袁一旁闲逛，见地上的药包。】

袁老板 【不屑地】生孩子靠这个？我去！【一脚将药包踢开】

【春花见陶进去了，急忙的迎上来说话。】

春　花　【甜蜜地】袁！

袁老板　【柔情地】花！我送给你的花呢？

春　花　【指花】在那儿！

【二人陶醉地看着花。】

袁老板、春花　【陶醉地、齐声】噢！

春　花　【忽然清醒】你别管花，你赶快走，他已经怀疑了！

袁老板　【夸张地文艺英雄式地】不！我不能再等了！

春　花　【无奈地】可是我们只能等啊！

袁老板　不！我恨不得现在就把你带走，离开这个破地方，离开这个破日子！

春　花　【绝望地】不可能！我们能到哪儿呀？

袁老板　哪儿都不重要！【拉着春花的手，非常文艺腔的期盼】只要我们俩真心相爱，哪怕是到了天涯海角【望着远方】，都是我们自己的园地！

春　花　【跟着陶醉】噢！【梦醒】可是……可是……

袁老板　【英雄式地】不要再“可是”了！【带着春往前走两步】我——有一个伟大的抱负【指前方】在那遥远的地方，我已经看见了我们绵延不绝的子孙，在那儿手牵着手，肩并着肩，一个个只有【食指和拇指比出一点点长度】这么大。

春　花　【原陶醉，忽感怀疑】为什么只有【比】这么大。

袁老板　因为远嘛。

春　花　【陶醉】噢！

春　花　真有这样的地方吗？

袁老板　只要你我相信……

春　花　【指里面的陶】可是他……

【袁把花一把拉回，横抱起。】

袁老板　放心！有我在！！

袁老板、春花　【陶醉地、齐声】噢！

老　陶　【从房间里传出陶的声音。】活逮了！

选自赖声川著《赖声川剧场》，东方出版社2007年版

【导读】

《暗恋桃花源》于1986年在台湾首演，好评如潮，有力地推动了台湾小剧场运动的发展。赖声川也因此于1988年获“国家文艺奖”，1991年，该剧在美国、中国香港巡演。1992年由赖声川亲自执导改编为电影，1992年获第五届东京国际电影节青年导演银奖，台湾金马奖最佳男配角和最佳改编剧本奖等奖项。2006年开始在大陆巡演，至今常演不衰。

《暗恋桃花源》共十四场，由《暗恋》和《桃花源》两个部分“混搭”而成。《暗恋》是一个现代爱情悲剧，二十世纪四十年代，东北青年江滨柳和昆明姑娘云之凡在上海相遇相恋，云之凡要回昆明过年，临行前送江滨柳一条围巾，二人依依惜别。然而别时容易见时难，由于战乱，二人分手后即失去联系。后来两人同来台湾，却互不知情，各自有了自己的家庭。四十多年来江滨柳一直思恋着云之凡。生命垂危的江滨柳偶然得知云之凡也在台湾，立刻在报纸上登寻人启事，两人终于在病房相见，命运弄人，白发苍苍的两位老人却无法再续前缘。《桃花源》戏说的是陶渊明的《桃花源记》，是古装喜剧。武陵渔夫老陶捕不到大鱼又无生育能力，妻子春花与房东袁老板私通，老陶无奈离家出走，冒险去上游，希望能捕捉到大鱼，无意中进入“落英缤纷、芳草鲜美”的桃花源，在那里遇到一对酷似春花与袁老板的白衣男女，他们是一对夫妻，从没离开过桃花源，不知外部世界为何物。老陶在此住下，度过一段单纯快乐的好时光。然而他心中无法忘记春花，想带她来桃花源共享幸福生活，于是回到武陵。此时的春花与袁老板已结婚生子，他们在破败不堪的家中相互抱怨不休，当初的浪漫温柔荡然无存。无奈中老陶又一次独自离开，却找不到回桃花源的路。

《暗恋桃花源》的主题呈开放性，有多种解读的可能性。你可以说它是一个经典的爱情主题，正如赖声川谈到该剧受欢迎的原因时所说：“我觉得未来会怎么样没有一个人知道，但我只知道《暗恋》在当时能够感动那么多人，到今天还是能够感动这么多人。时代是在变，但是爱情是永恒的东西，它随时都可以让人感动。”该剧展现了世俗人生中几种主要的爱情模式：江滨柳与云之凡相恋相爱却不能结合，江滨柳与江太太厮守一生却不能心心相通，春花因为对丈夫的不满而出轨，春花与袁老板偷情时的浪漫与同居后的平淡无聊，疯女人对刘子骥单方面的执着追寻，让观众目睹婚姻这座“围城”内外的种种情状。赖声川指出，“《暗恋桃花源》表达了人类心中对任何一个失去的，或者无法得到的东西的向往，这不只是一个爱情的对象。任何一个时代都会这样子，都应该被其感动。”（蒋春光：《文化名人有话说》，重庆大学出版社2009年版，第139页）从这一角度去探究，可以说《暗恋桃花源》表达了一个超越了爱情的更加宽广的关于“寻找”的主题，寻找失去的永不再来的一切美好的东西，寻找自己的“桃花源”。该剧中，疯女人在苦苦寻找着刘子骥，而在陶渊明的《桃花源记》中，刘子骥为了寻找桃花源，付出生命的代价。春花和袁老板希望排除老陶这一障碍，寻找属于他们的美好生活；老陶在寻找能打到大鱼的地方，以期给自己带来有尊严的生活。《暗恋》的导演通过戏剧的形式寻找自己年轻时的旧梦，剧中的江滨柳在寻找着云之凡，云之凡也曾寻找着江滨柳，但是具有讽刺意味的是，寻找到的眼前情境与心中设想的情境形成鲜明的对比甚至对立。春花和袁老板同居生子，过着争吵不休的凡俗生活，老陶在桃花源里依然念念不忘武陵的烦恼人生；江滨柳与云之凡重逢之后更多的是苍凉、无奈与苦涩。该剧通过人物的命运引发我们对理想与现实，对平凡生活与乌托邦的思考。

该剧运用了戏中戏的复式结构。全剧在一个大的故事中，包括两个正在上演的小故事，两个故事一古一今，一悲一喜，被"拼贴"在同一个舞台上，两组表演由互相干扰、互相串戏到相互默契，最后竟然交织融合为一体，出现一种让人意想不到的效果。两个剧组之间以及内部的矛盾纠纷，导演说戏，工作人员换布景、修改布景、穿帮、演员互相看对方演戏以及挖苦嘲讽等都呈现在舞台上，不断营造与打破舞台情境，把舞台拉向现实，时时告诉观众这是在演戏，演员则在戏里戏外不断转换角色,这种戏中戏的安排带来一种间离效果。让观众从剧情中"间离"出来，与剧作家一起对舞台上呈现的社会人生进行思考。这样的结构安排也弱化了《暗恋》的悲剧色彩与《桃花源》喜剧色彩，在一定程度上打通了悲剧与喜剧的界限，特别是当两个剧组同台表演时,连台词都串接在一起,俨然成了一个整体。赖声川认为，"当情感激烈到一个程度，再用另一个方式来嘲讽这种激烈，更能达到净化的目的，产生更高的境界。"（鸿鸿、月惠编著：《我暗恋的桃花源》，河北教育出版社 2004 年版）可以说,《暗恋桃花源》是这种美学追求的体现。

节选部分表现的是武陵渔夫老陶，打不到大鱼又无生育能力，妻子春花与袁老板相好的苦恼生活情景。戏剧语言富有潜台词，动作性强，喜剧色彩浓。

【选评】

赖声川的很多话剧都有浓重的传统印记：传统的题材、传统的叙事、传统的艺术手段。"我从来不觉得传统的东西是古板的，它充满了创意。过去的东西经过时间的沉淀，形成了一个完美的形式，所以我们要更尊敬传统，越尊敬它越知道怎么用它。"《暗恋桃花源》也不例外。无论是《暗恋》还是《桃花源》都属于老题材，整个故事的讲述也符合中国观众的接受习惯。但对于理想乐土桃花源的反讽，以及通过《暗恋》和《桃花源》对比表现出来的人的生存困境却又充满现代感。"先有演出，事后才可能有成文的剧本"的"即兴集体创作"表演方式无疑也是对传统的一种超越。在吸收古希腊的羊人剧、日本的能剧、意大利喜剧以及亚里士多德、莎士比亚戏剧观念基础上打破悲喜剧对立的戏剧观念则让这一部悲喜交融的话剧更多

回味的空间。（李春红 :《行走在传统与现代之间——论话剧〈暗恋桃花源〉》,《文艺争鸣》2010 年第 24 期）

【思考与讨论】

1.《暗恋桃花源》有着丰富的主题意蕴，请谈谈你的理解。

2《暗恋桃花源》中，寻找刘子骥的疯女人游离于《暗恋》与《桃花源》情节之外，她的反复出现有什么作用?

3. 赖声川说,《暗恋桃花源》让他“找到一个创作重心，结合传统与实验”。请谈谈该剧是如何把传统与现代相结合的。

【拓展与延伸】

1. 请选择观看赖声川的相声剧，从传统艺术的当代价值方面谈谈你的看法，可以选择其中的片段进行排演。

2. 姚一苇是台湾当代一位重要的剧作家，1969 年在台湾《文学季刊》发表的《红鼻子》是他的代表作，该剧 1970 年在台北演出，1982 在大陆演出，1987 年在日本公演，均引起很大反响。姚一苇说，他“永远在思索人生的处境问题”。阅读剧本，分析《红鼻子》通过红鼻子的经历展现了怎样的人生处境。

【推荐阅读】

1.《赖声川剧场》，赖声川著，东方出版社 2007 年版。

2.《台湾戏剧——从现代到后现代》，马森著，秀威资讯 2010 年版。

3.《胡星亮讲现当代戏剧》，胡星亮著，湖南教育出版社 2011 年版。

4.《战后台湾文学经验》，吕正惠著，生活·读书·新知三联书店 2010 年版。

严歌苓

【简介】严歌苓（1957～　），旅美作家，好莱坞专业编剧。童年跟随父亲在安徽省的作协大院生活。1970 年考入中国人民解放军成都军区文工团，成为文艺兵，1979 年以战地记者身份参加对越自卫反击战，1983 年担任铁道兵政治部创作员，1986 年加入中国作家协会，1989 年赴美留学，获哥伦比亚艺术学院文学硕士学位。八十年代开始发表作品，创作产量颇丰，代表作品有短篇小说《天浴》《少女小渔》《女房东》,中篇小说《灰舞鞋》《谁家有女初长成》,长篇小说《雌性的草地》《扶桑》《小姨多鹤》《金陵十三钗》《人寰》《第九个寡妇》《舞男》等。九十年代初开始担任电影、电视剧的编剧，她相继改编了自己的作品《少女小渔》《天浴》《一个女人的史诗》《金陵十三钗》等。作为生活在海外的作家，她用母语写出了文化底蕴厚重的大陆记忆；作为一位女性作家，她的创作体现出对女性命运的关注，显示出引人瞩目的光彩。

严歌苓

灰舞鞋（节选）

小穗子看着这张三十来岁的好阿姨面孔，她惹得她也翻了脸。勺子溅了几滴水在碗周围，最后一块碎冰糖正在化开。她听自己又出来一声："没有。"她原来不想这样生硬，不近情理，原来她想对教导员表达领情的，她没料到嘴一张，又是这副坏态度。

"那都干了什么？"

她又茫然地沉默了。

"你说你没干，那你告诉我，都干了些什么。"

她说起第一次见冬骏时的感觉。那时她是新兵，在为新兵排写黑板报，站在一个翘来翘去的板凳上。一大群老兵在她身后看她画图案，等人全走光了，还剩一个人，还在看，就是冬骏。她说触及灵魂地反省，她从那时就喜欢上了他。也许冬骏在很长时间里什么也没感觉到……

"手不要抠我的藤椅。"曾教导员说，"好，你再接着说。"

她说从那时起，她就爱看他走路、出操、练功，有时他当值集合队伍，她就是一副完美的军容风纪，偶尔他看她一眼，完全无意的，她扫地、洗衣、冲厕所都成了舞蹈……

"唉，脚当心，别踢到我的暖壶。"曾教导员说。

她把最秘密的心思都翻出来，摊给曾教导员。那些心思对于她自己都是秘密的，这一摊开她才认清了它们。她讲得忘乎所以，曾教导员的手上，甜美的小酒窝全消失了，然后握成一只拳头，捶捶藤椅扶手。

"看来你这小丫头不简单嘛！"曾教导员说。她意思是，小小年纪就知道避重就轻。

过了五分钟，曾教导员站起来，在十二平方米的木板地上踱步，铿亮的黑皮矮靴边沿露出浅黄的狗毛,一寸高的鞋跟儿。两根长辫梢上系着缠黑绒线的橡皮筋,军装领口一圈黑色细绒线钩织的狗牙形花边。她踱到两个帆布箱子前面，箱面上盖着尼龙纱巾，纱巾上一个相框，里面有她和丈夫在天安门前的合影。她不时看看执迷不悟的小穗子，觉得冷场还可以长一些，压力会更理想。

好了，曾教导员站住了。

“你真的没干那件事？”

小穗子两眼发直，不说话。

“是不好意思说吧？”曾教导员说，“那当时怎么好意思干呢？”

“没有！”小穗子大声说。

曾教导员吓一跳。她偏一下脸，看看小丫头究竟不识好歹到什么程度。然后她长叹一声：“邵冬骏全承认了。哪年哪月哪日，在哪个地方，写得清清楚楚。”她马上看见小穗子自己也糊涂了，难道“那件事”真发生过，而她并不知道？

曾教导员拉开抽屉，从里面抽出一个牛皮纸公文袋。她把牛皮纸拍得直响，告诉她里面全是小穗子写给邵冬骏的信，一百六十封，全被缴获。这下你小穗子不能抵赖了吧？信都写得这样过分，还有什么事干不出来。

小穗子早跑神了。她脑子里轰轰一片，想着她点灯熬油、呕心沥血写的信，一个字没得跑，全落了网。那些不该被看的字们，痛苦而羞辱地裸露着，让人翻过来调过去地看；在绝对缺乏尊重的眼睛前面，它们一丝不挂，窘得曲扭了。她的那些失去了保护、近乎失了贞操的字们。“我们从邵冬骏交上来的这些信里，也分析出你和他的关系到了什么程度。”曾教导员说，“你这个孩子，一晚上引着我跑题。现在你必须把你们哪年哪月哪日，在哪里做了那件事，好好写出来。”

小穗子想，冬骏为了她这些白纸黑字赖不掉的恋爱证明一定也受了苦。

“你听见没有？小穗子？”

“……”

“你没听见我刚才的话？”

“听见了。”她站直身，从桌边拿起军帽，手在帽徽上捻着，捻出红漆五角星凉阴阴的光润。

“你要好好去写，否则你这身军装可能就危险了。”

小穗子抬起头，看着好阿姨似的教导员，她对她们这群小女兵一向是呵护的。小穗子知道自己的入伍手续一直没办妥，她所在城市的人武部、她的学校、父亲单位串通一气，跟文工团扯皮。就是说，她是军队当中的一名黑户。

选自严歌苓著《灰舞鞋》，人民文学出版社 2015 年版

【导读】

严歌苓的中篇小说《灰舞鞋》原载于2004年第5期的《收获》杂志，后收入2005年出版的小说集《穗子物语》。《穗子物语》收录了十二个故事，以“穗子”为主人公贯穿始终，讲述了少女穗子在“文革”中的成长经历。严歌苓笔下的“穗子”的故事，带有极为浓厚的自传色彩，严歌苓在《穗子》“自序”中说：“穗子是‘少年时代的我’的印象派版本。……应该说这部小说是最接近我个人经历的小说，……所有的故事，难免掺有比重不同的虚构，但印象是真切的，是否客观我毫不在乎，我忠实于印象。”

《灰舞鞋》讲述了主人公穗子青春期的一段惊心动魄的情感经历。“文革”时期，十五岁的文艺女兵穗子爱上了二十二岁的排长邵冬骏，她偷偷给心上人写了一百六十多封情书，表达着纯洁而热烈的爱情。然而，这些情书却被同样爱上了邵冬骏的副分队长高爱渝公之于众。懦弱的邵冬骏无法抵挡来自高爱渝充满了激情和实惠的爱情，向世俗欲望屈服，放弃了与穗子纯洁的精神恋爱，继而与高爱渝结婚。情书的公布掀起了轩然大波，十五岁的恋爱自白使穗子落入了歧视、痛苦、孤独的深渊。她成了一只被群体驱逐的孤雁，她被迫交代恋爱经过，被迫在团大会上朗读悔过书，接受人们对她的批判和嘲讽。不久，团里就对穗子下达了“非正常退役”的处分，这个处分在乔副司令的帮助下改成“观察留用”。三年后，穗子在乔副司令的遗像前遇到了军区体工队的篮球中锋刘越。刘越青春帅气，对穗子的感情深沉又鲁莽，他得知了穗子过去的经历，打断了懦弱逃避的邵冬骏的两根肋骨，向穗子表示愿意与首长的女儿解除恋爱关系。刘越的深情不弃，逐渐融化了穗子的心，随着穗子的提干问题提上日程，穗子也渐渐走出了十五岁那场处分的阴影，开始对刘越的感情做出回应，并对他们未来的人生充满了美好的幻想。然而，团支书王鲁生在穗子的提干报告上借题发挥，企图对穗子图谋不轨，唤起了穗子的屈辱记忆，穗子又一次封闭了内心世界的大门，选择了逃避，去了中越边境的野战医院，刘越也与首长女儿解除了婚约。刘越得知穗子离开的真相，在一次军区野战演习中枪击了团支书王鲁生，也因此被调至西藏军区昌都军分区当宣传干事。穗子有了男朋友之后，才得知刘越枪击王鲁生的事件，但是逝去的一切都已经无法挽回了。现实的沧桑变化击碎了青春年少时的深情，给两个人留下的只有无法言说又意味深长的沉默。

小穗子是一个被高压政治年代里扭曲、变形的道德观（真诚纯洁的爱情成为罪恶，自私卑劣的行径却成为正义）摧毁的女性。她忠诚于内心的爱情，愿意为之献身并承担责任。情书被公开后，面对教导员的调查询问，她不仅没有责怪邵冬骏的懦弱和背叛，还毫无防备地把内心的秘密坦露出来。面对人们扭曲的道德偏见和异样的眼光，她一声不吭，坚忍地生活，在经过了一年多的自我封闭的低迷期之后，重整精神，把自己全身心地投入到了舞台表演中去。然而，穗子始终无法走出十五岁那场处分的阴影，扭曲的道德偏见摧毁了她的自信，在她的内心深处结了一个随时都会疼痛的伤疤，她无法打开心扉，正视自己，接受刘越的爱情。她不断地对刘越拒绝、逃避，刘越也无法走进穗子敏感自尊的内心世界。严歌苓通过小穗子的爱情悲剧反思了高压政治对道德和人性的扭曲，将小穗子在特殊年代的遭遇刻画得真切感人，细腻地再现了小穗子深刻复杂的精神世界：青春期的爱恋与叛逆，坚忍与迸发，压抑与逃避，以及无言的沉默，表现出人物心灵的丰富性与人性的纠结。

导读所选取的片段是曾教导员让小穗子详细交代与邵冬骏的恋爱经过，丑陋的窥探欲望与小穗子坦率真诚的陈述形成了鲜明的对比。

【选评】

《灰舞鞋》等作品，虽然写的是当年军队文工团一群少男少女舞蹈演员的生活故事，但它决非载歌载舞或是欢蹦乱跳的舞台狂欢，它镌刻着一个非正常的悲剧时代的深深烙印，承载着一段青春期的幼稚、纯真、狂热、骚动却又无比沉重辛酸的初恋情怀。这样的记忆与烙印虽然难堪甚至蒙受羞耻却是刻骨铭心、难以释怀的。这些作品，是成长于二十世纪六七十年代的整整一代过早告别纯真的青少年的共同感怀与集体记忆。（钱虹：《“少年的我”的残酷青春记忆——严歌苓及其“文革”题材小说》，《华文文学》2012 年第 1 期）

【思考与讨论】

1. 《灰舞鞋》中描写了情窦初开的女孩小穗子在“文革”时期的情感经历，你如何看待小穗子的爱情悲剧？请结合小说和现实生活，谈谈你的看法。

2. 仔细阅读《灰舞鞋》，分析这部小说在结构叙事上的特色。

【拓展与延伸】

1. 严歌苓曾说电影和小说的关系永远是爱恨交织的。她相继把自己的作品《少女小渔》《天浴》《一个女人的史诗》《金陵十三钗》等改编成电影，请选择其中一部，分析她是如何在小说和电影这两种艺术形式之间进行转换的？

2. 有评论将严歌苓的创作分为大陆时期与美国时期，严歌苓在访谈中也认为自己在这两个时期有很大的不同。请结合她的创作，谈一谈你的看法。

3. 严歌苓的小说创作中普遍存隐含着一个“逃离—隐藏”的结构模式。选读《第九个寡妇》《小姨多鹤》《花儿与少年》《陆犯焉识》等作品，分析这一结构模式的具体表现及其深层意蕴。

【推荐阅读】

1.《灰舞鞋》，严歌苓著，人民文学出版社 2015 年版。

2.《陆犯焉识》，严歌苓著，作家出版社 2011 年版。

3.《金陵十三钗》，严歌苓著，作家出版社 2015 年版。

哈　金

哈金

【简介】哈金（1956～　），原名金雪飞，1956 年出生于辽宁金州的一个军人家庭。1970 年参军，在东北边境的炮兵部队服役。1976 年复员后到佳木斯铁路局做报务员，业余时间自学英语。1977 年考入黑龙江大学外语系英语专业，1982 毕业后考入山东大学美国文学专业研究生，1985 年获得硕士学位后赴美留学，1992 年于布兰德斯大学获博士学位，研究方向是诗歌和诗学。博士毕业后，他以英语写作作为生存之道，以诗歌创作开启他的写作生涯，以小说创作获得世界声誉。主要作品有：诗集《面对阴影》《残骸》；短篇小说集《词海：军队里的故事》《红旗下》；长篇小说《池中》《等待》《战争垃圾》《自由生活》《南京安魂曲》等。其中《等待》1999 年获美国全国图书奖，2000 年获福克纳国际笔会奖，评论界对这部小说平予以极高的评价，美国笔会赞誉哈金“在疏离的后现代时期，仍然坚持写实派路线的伟大作家之一”，这部小说奠定了他在美国文学界的地位。

等　待（节选）

吴曼娜同孔林相爱已经好多年了，她仍然等着他同妻子离婚，然后他们才能结合。一年又一年，他回家去想办法离婚，但从未成功。今年，吴曼娜也没有抱多大希望。根据部队医院的王政委在一九五八年冬天制定的规定：只有分居十八年后，部队干部才可以不经妻子同意，单方面离婚。王政委在第二年的夏天就死于肝炎，但是二十五年来，这条规定得到严格的执行。

到了一九八三年，孔林和他的妻子已经分居十七年了。所以，不管淑玉是否同意，孔林明年就能离婚。这就是为什么吴曼娜确定他这次不会下多大劲儿。她了解他的思路：他永远只拣容易的道儿走。

从乡下回来的第二天，孔林来到吴曼娜的宿舍，告诉她法院的裁定。她木然地回答："你走之前，我就知道你离不成。"

他双手圈起膝盖，对她说："别难过。我真的尽了力。"

"我没难过。"

"别这样。明年我就能同她离婚，她不同意也没有用。咱们就再等一年，好吗？"

"再等一年，"她抬高了嗓门，"你一辈子能有几个一年？"

他用手托着下巴，沉默了一会儿，然后说："不管怎么样，我们已经等了这么多年。只剩一年了。"

她仰起脸看着他："林，看着我。我是不是变成老太婆了？"

"不，你不老。不要自寻烦恼。"

是的，她并不老，四十岁刚出头。她的脸上有了几条皱纹，眼睛虽然有点分得太开，但仍然明亮有神。她虽然有了点白头发，身材却蛮好，修长苗条。从后面看去，人们很容易以为她只有三十岁。

门开了，和吴曼娜同房间的护士小许哼着流行歌曲《太阳岛上》走了进来。小许的床对面就是吴曼娜的床。她看见孔林坐在自己的床沿上，伸伸舌头，做了个不好意思的鬼脸，说："对不起，打扰了。"

孔林说："占了你的地方，我该对不起你。"

"没关系。"小许走到自己的床头柜前，拿出一个大番茄，匆忙走出去，又哼起了那首歌。

孔林站起来，关上门。接下来是沉默，仿佛两人谁也不愿意再说什么。

吴曼娜的黄瓷脸盆放在屋角的脸盆架上，他开始在脸盆里洗手。他把几捧水撩在脸上，对她说："我得去上班。咱们今天晚上见，好吗？"他用她的白毛巾擦了擦脸。

她点点头，没说话。

他们俩都在医院的内科工作，孔林是医生，吴曼娜是护士长。虽然他们是大家公认的一对儿，但是他们不能住在一起，只能在食堂的同一张桌子上吃饭，在医院的院子里一道散步。医院的规定禁止本院的一男一女在医院外面走在一起，除非是已婚或者订婚的同志。一九六四年，医院的一位护士被她的医助男友弄大了肚子，从那以后，这条规定执行了十九年。这位护士怀了孕，被人发现后，他们供认曾经在医院东面的桦树林里幽会了几次。两个人都被部队开除，男的回吉林老家的村子里当医生，女的被分配到营口市，在一个罐头食品厂包装水产品。医院党委做出了这项规定：两位异性同志，除非已婚或者订婚者，不得在医院大院的外面一起出现。

这条规定在当时对许多护士都是沉重的打击，因为医院里未婚的男军官们怕被处罚，很快瞄准了城里和附近村子里的姑娘们。大多数护士都对此不满，但是这项规定严格实行了十九年。每当有人犯规，领导都要批评。因为孔林已经结婚，吴曼娜又不能成为他的未婚妻，所以他们不可能在医院大院外面一起散步。如今，经过这么多年的严格限制，他们对此已经习惯了。

选自《等待》，哈金著，四川文艺出版社 2015 年版

【导读】

《等待》1994 年开始创作，原来是一部中篇小说，后来扩展成为长篇。小说用朴实无华的笔触讲述了一个关于等待的故事。

孔林是二十世纪六十年代从农村考入军事医学院的大学生，大学毕业的前一年，父母给他找了一个裹着小脚的媳妇刘淑玉，孔林虽然心中不满，但孝顺的他还是向父母让了步，“他不爱她，也不讨厌她，待她像个表亲”，在唯一的女儿出生后他们开始分居。1963 年年底孔林毕业后到木基市一所部队医院工作，在护士学校教书时认识了学生吴曼娜，后来成了同一个科室的同事。在相互交往的过程中，他们从相知到相爱。父母离世后，孔林希望把自己从没有爱情的婚姻中解放出来，于是“每年夏天，孔林都回到鹅庄同妻子淑玉离婚。”淑玉每次都是先同意离婚，但在最后一刻改变主意，离婚成了持久战。孔林所在的部队医院有一条不成文的规定：军官只有和在地方的妻子分居 18 年后才可不经女方同意离婚，他和吴曼娜开始了漫长的等待。1966 年他们在青春年华相爱，1984 年人到中年的他们终于走到一起，然而岁月的流逝、环境的压抑、等待过程中的万般艰辛不仅改变了他们的模样，损毁了他们的健康，也改变了他们的性情。婚后生活并不像他们想象的那么温馨美好：吴曼娜得了严重的心脏病，生了孩子后身体越来越虚弱，脾气越来越暴躁；孔林疲累不堪，软弱无力，他开始怀疑这 18 年等待的价值，他希望过上安宁的不谈爱情的生活，而这种生活是前妻刘淑玉所能给他的。小说结尾，醉酒后的孔林要求前妻等他，等吴曼娜死后他会回到她身边，这句话给刘淑玉带来了喜悦与希望，新一轮的等待开始……

孔林是作者着力塑造的一个乱世知识分子形象。首先，他是一个“好人”。他出于孝顺，接受了父母给他包办的婚姻；他善待家人，一直接济妻子和女儿的生活，在离婚之际他还帮助前妻办理城市户口，并为女儿在城里安排好工作；他稳重斯文，工作认真负责，待人亲切随和，年年被选为劳模。他又是一个优柔寡断、做事瞻前顾后，没有行动能力的“多余人”。面对夫妻分居 18 年才能离婚的规定，他束手无策，选择了苦苦等待；吴曼娜被他的病友杨庚强奸，他面对暴力无力反击；面对部队严明的军纪，他不敢越雷池一步，和吴曼娜只能保持无性的爱情关系；与吴曼娜婚后有了一对双胞胎儿子，面对烦琐沉重的家庭生活和患有严重的心脏病脾气越来越坏的妻子，他想到的不是担当与爱，而是逃避。孔林的悲剧是人的个性被权力驯服的悲剧，是生命活力被耗散的悲剧，正如他的反思："驱动你行动的是周围人们的舆论，是外界的压力，是你的幻觉，是那些已经融化在你血液中的官方的规定和限制。"作为"文革"时期的一个知识分子，孔林的性格具有普遍性："文革"时代的中国知识分子实际上被整体的阉割了，若不是这样，我们就无法理解"文革"这个历史事件在中国发生的现实。从这一角度看，《等待》接通了中国现代文学中对阉割性心理或寺宦观念的批判传统。

吴曼娜也是一个悲剧性的人物，三岁时当记者的父亲和大学法语专业毕业的母亲死于车祸，她成为孤儿。八岁时，一个信仰基督教的老先生说她像个天使，然而这个"天使"在人间的故事就是一个受难的故事。成年后，无家可归的她希望能够找到一个坚强的、"在困难时能够依靠的男人"，然而，初恋情人董迈并不坚强，他因为忍受不了边防部队的艰苦生活而和上海的表妹订婚，抛弃了她回了上海；之后她将终身托付给更不坚强的孔林，孔林允诺给她的希望让她进入了漫长的等待，等待耗尽了她的青春，让她从一个惹人喜爱的年轻姑娘变成了"无可救药的泼妇"；唯一一个坚强的、"在许多方面更像个男人"的杨庚却成为强暴她的恶棍，无法在法律上讨回公道的她沦为许多人的笑柄。这三个男人无一例外地伤害了她，走进婚姻生活中的她和小时候在孤儿院一样的孤独无助。小说悲凉地展示，靠得住的只有她自己，而她已经千疮百孔，身染沉疴，即将走到生命的尽头。她不仅和孔林一样受到了来自体制和社会的沉重压力，还受到中国社会中男女性别差异所带来的伤害。

《等待》所讲述的故事具有反讽性和荒诞性。贯穿小说主线是等待这一行为，而18年辛苦等待的结果是否定了原初的行为动机：为了爱情而等待的孔林失去了热情，在爱情与安宁之间，他宁愿选择安宁，这是一个彻底的悖论。多少年来，孔林一直严格遵守官方规则，用"革命伦理观"约束自己，医院里禁止异性成对出现在院墙外散步的规定取消后，"可是不知怎的，对他和曼娜而言，好像还是有一堵墙在包围着他们，婚后他们从没有一块儿在院外走过"，新的时代已经来临，但这些有悖人性的外在规则却已经内化为他们心灵的枷锁，再也祛除不了；善良的孔林在新的时代身心俱疲，而恶人杨庚却发财扬名，成为时代英雄和媒体红人，等等。小说展示了人们生存其间的这个世界的矛盾与荒谬，使作品具有了形而上的深度内涵。

小说叙事风格克制冷静，不动声色，与故事本身的反讽与悖论形成艺术的张力。在人物塑造上，作者擅长设置障碍，让人物面对障碍展现性格各个侧面；作者还擅长运用幻想、梦境、自语等手法来剖析人物深层心理，写出人性的复杂与矛盾。

选文部分讲述了孔林又一次与妻子刘淑玉离婚失败后与吴曼娜见面时的情景，以及医院里对于男女恋爱的规定，他们的恋情就在这样严格的规范下萌芽，生长。

【选评】

1. 这部名叫《等待》的翻译小说，让我如此接近中国的历史和现实，近到几乎贴到一起了。很多生于中国、长于中国，甚至从未离开过中国的作家写出来的小说，为什么总让我觉得远离中国的历史和现实？我读到了太多隔靴搔痒的中国故事，可是远离中国的哈金让我读到了切肤之痛的中国故事。（余华：《一个作家的力量》，《小说界》2005 年第 6 期）

2.《等待》中对于中国人人生黑暗真相的揭示并不是导向颓废，毋宁说恰好相反。作品本身那深刻的洞察，那动人的力量所暗示的，却是绝望之后某种朦胧的希望。（残雪：《哈金之痛》，《小说界》2005 年第 6 期）

【思考与讨论】

1. 请分析孔林形象，并谈谈作者是如何运用梦境、自我对话等手段塑造这一人物的？

2. 小说中吴曼娜向孔林请教天使是什么？并向孔林讲述小时候一个老人说她像天使，这一细节有什么作用？

3. 试分析《等待》的反讽色彩。

【拓展与延伸】

1. 有学者认为孔林的性格体现了一种“阉割性心理”，请查阅相关资料，比如叶舒宪的《阉割与猖狂》，沈从文所批判的“寺宦观念”等，谈谈你对这一问题的认识。

2. 南京大屠杀既是民族的灾难，也是人类的灾难，然而，海外的华裔作家张纯如的《南京大屠杀》、严歌苓的《金陵十三钗》、哈金的《南京安魂曲》，用文学为历史作证，显示出让人尊敬的良知、胆识与智慧。请阅读哈金的《南京安魂曲》，写一篇读书笔记。

【推荐阅读】

1.《南京安魂曲》，哈金著，江苏文艺出版社 2011 年版。

2.《落地》，哈金著，江苏文艺出版社 2012 年版。

3.《小镇奇人异事》，哈金著，江苏文艺出版社 2013 年版。

4.《等待》，哈金著，四川文艺出版社 2015 年版。

后 记

本书由中国传媒大学南广学院基础教学部宋向阳和常州工学院教育与人文学院王振军两位老师担任主编。编写过程中，主编及其他编写组成员与审阅专家就教材的定位、版块设计、篇目选择、选文内容等诸方面都进行反复讨论，经过多次修改，较好地保证了教材质量。

本教材执笔者具体分工如下：

宋向阳：鲁迅《伤逝》《过客》、周作人《喝茶》、曹禺《雷雨》、艾青《大堰河，我的保姆》《我爱这土地》、钱钟书《围城》、张天翼《华威先生》、穆旦《智慧之歌》《冬天》、杨沫《青春之歌》、老舍《茶馆》、北岛《回答》、莫言《红高粱》、黄裳《秦淮拾梦记》、锦云《狗儿爷涅槃》、王小波《一只特立独行的猪》、白先勇《游园惊梦》、余光中《乡愁》《春天，遂想起》、林海音《城南旧事》、董桥《"一室皆春气矣！"》、赖声川《暗恋桃花源》、哈金《等待》。

王振军：梁实秋《雅舍》、路遥《人生》、格非《人面桃花》、海子《面朝大海，春暖花开》、韩寒《三重门》。

夏冬兰：鲁迅《阿Q正传》、郁达夫《沉沦》、丁玲《莎菲女士的日记》、茅盾《子夜》、巴金《家》、老舍《骆驼祥子》、萧红《呼兰河传》、赵树理《小二黑结婚》、王蒙《组织部来了个年轻人》、汪曾祺《受戒》、金庸《天龙八部》。

倪雪坤：郭沫若《凤凰涅槃》、徐志摩《雪花的快乐》《偶然》《再别康桥》、闻一多《死水》、戴望舒《雨巷》、冰心《往事·一》、沈从文《边城》、舒婷《呵，母亲》、顾城《一代人》《我是一个任性的孩子》、张爱玲《金锁记》、余华《活着》、刘震云《一地鸡毛》、毕飞宇《青衣》、严歌苓《灰舞鞋》。

在教材编写过程中，编者所在的中国传媒大学南广学院及常州工学院的各级领导给予了大力支持。中国传媒大学文学院周靖波教授、常州工学院陆克寒教授、南京师范大学沈杏培副教授认真审阅了书稿，并提出了建设性修改意见。中国艺术研究院田本相教授、中国人民公安大学唐永德教授、南京师范大学赵普光副教授、南京外国语学校的刘伟老师均对书稿提出了诸多有益的建议。中国广播影视出版社余潜飞主任、李潇潇编辑也为本书的出版倾注了心血，付出了辛劳。另外，彭世强老师为本书的封面设计提供了画作。在此，致以深深的感谢！

此外，本书的编写还参考了国内外众多学者的研究成果，对其中的创见和思想多有汲取，恕难一一注明。本书中所节选文字、图等少部分由于种种原因联系不上作者，请见书后与本书主编联系，以便奉寄样书和稿费。在此，谨致以真诚的谢意！

编者

2016 年 7 月